# The Dare

ELLE KENNEDY

BRIAR U

O JOGO DE TAYLOR E CONOR

Tradução
JULIANA ROMEIRO

*3ª reimpressão*

Copyright © 2020 by Elle Kennedy

A Editora Paralela é uma divisão da Editora Schwarcz S.A.

*Grafia atualizada segundo o Acordo Ortográfico da Língua Portuguesa de 1990, que entrou em vigor no Brasil em 2009.*

TÍTULO ORIGINAL The Dare: Briar U
CAPA E FOTO DE CAPA Paulo Cabral
PREPARAÇÃO Alexandre Boide
REVISÃO Renato Potenza Rodrigues e Jasceline Honorato

Dados Internacionais de Catalogação na Publicação (CIP)
(Câmara Brasileira do Livro, SP, Brasil)

Kennedy, Elle
    The Dare / Elle Kennedy ; tradução Juliana Romeiro. —
1ª ed. — São Paulo : Paralela, 2021.

    Título original: The Dare : Briar U.
    ISBN 978-85-8439-187-5

    1. Ficção canadense (inglês) I. Título. II. Série.

20-49194                                          CDD-813

Índice para catálogo sistemático:
1. Ficção : Literatura canadense em inglês  813

Cibele Maria Dias — Bibliotecária — CRB-8/9427

[2022]
Todos os direitos desta edição reservados à
EDITORA SCHWARCZ S.A.
Rua Bandeira Paulista, 702, cj. 32
04532-002 — São Paulo — SP
Telefone: (11) 3707-3500
editoraparalela.com.br
atendimentoaoleitor@editoraparalela.com.br
facebook.com/editoraparalela
instagram.com/editoraparalela
twitter.com/editoraparalela

# The Dare

# 1

## TAYLOR

É sexta à noite, e estou assistindo às mentes mais brilhantes da minha geração se destruindo com shots de gelatina azul, tirados de baldes de tinta de quarenta e cinco litros. Corpos suados e seminus se contorcem, frenéticos, hipnotizados pelas ondas subliminares da excitação eletrônica. A casa está apinhada de alunos de psicologia reproduzindo seu ressentimento parental. E de alunos de ciência política plantando as sementes dos cheques que terão que assinar daqui a dez anos para comprar o silêncio de alguém.

Ou seja, a típica festa de fraternidade.

"Já reparou como música eletrônica parece gente bêbada transando?", comenta Sasha Lennox. Estamos juntas num canto da sala, nos camuflando entre o relógio de pedestal e um abajur alto.

Ela me entende.

É o primeiro fim de semana desde que voltamos das férias de primavera, o que é sinônimo de Festa Anual da Ressaca de Primavera na casa da Kappa Chi, a nossa irmandade. Um dos muitos eventos que Sasha e eu chamamos de diversão compulsória. Como integrantes da Kappa, somos obrigadas a participar, mesmo que nossa presença seja apenas decorativa.

"Como se fosse um crime ter no mínimo uma melodia. Isso..." Sasha torce o nariz e estremece diante de uma sirene que berra pelo alto-falante, antes de mais uma sequência retumbante batida de baixo. "Isso é alguma merda que a CIA usava em cobaias dopadas do projeto MKUltra."

Seguro o riso, quase engasgando com sei lá que receita de batida do YouTube que estou segurando há uma hora. Sasha, uma estudante de música, tem uma aversão quase religiosa a qualquer coisa que não seja executada ao vivo com instrumentos. Ela prefere estar na primeira fila de um show num bar, com o reverb de uma Gibson Les Paul ressoando nos tímpanos, a ser flagrada ouvindo techno sob a luz caleidoscópica de uma balada.

Não me entendam mal, Sasha e eu não temos nada contra diversão. Frequentamos os bares do campus, cantamos no karaokê no centro da cidade (bem, ela canta; eu fico no escurinho, batendo palmas sem me expor). Porra, nós já conseguimos ficar perdidas no principal parque de Boston às três da manhã, completamente sóbrias. Estava tão escuro que Sasha acabou caindo na lagoa e quase foi atacada por um cisne. Vai por mim, a gente sabe se divertir.

Mas o ritual universitário de ficar se entupindo de substâncias psicoativas até confundir embriaguez com atração e supressão do comportamento habitual com personalidade não é o nosso passatempo preferido.

"Cuidado." Sasha me cutuca, quando o som de gritos e assobios chega do hall de entrada. "Vai começar a confusão."

Uma onda de masculinidade sem freio invade a casa pela porta da frente sob gritos de *Briar! Briar!*.

Como os Selvagens invadindo o Castelo Negro, os imensos Golias do time de hóquei da universidade marcham casa adentro, com seus ombros fortes e peitos largos.

"Glória aos campeões", digo com sarcasmo, enquanto Sasha sufoca um sorriso malicioso com a lateral do polegar.

O time de hóquei ganhou o jogo de hoje e está na primeira rodada de partidas eliminatórias do campeonato nacional. Sei disso porque Linley, nossa colega de irmandade, namora um dos reservas, então estava no jogo postando sem parar em vez de ficar aqui, lavando banheiro, passando aspirador de pó e preparando batidas para a festa. Os privilégios de namorar alguém da realeza... Se bem que um jogador que não sai do banco não chega a ser exatamente o príncipe Harry; está mais para o filho viciado em cocaína de um aristocrata qualquer.

Sasha tira o telefone da cintura da calça legging de couro falso para ver a hora.

Olho para a tela e solto um gemido. Como assim ainda são onze da noite? Já sinto uma enxaqueca chegando.

"Relaxa", diz ela. "Em vinte minutos, aqueles grandalhões vão secar o barril de cerveja. Aí vão atacar o que sobrou da batida. E vai ser a minha deixa. Meia hora, no máximo."

Charlotte Cagney, a presidente da irmandade, não especificou quanto tempo a gente tinha que ficar para fazer número. Em geral, quando a bebida acaba, as pessoas começam a procurar a próxima festa, e aí é fácil desaparecer. Com alguma sorte, à meia-noite já estarei de pijama no meu apartamento em Hastings. Se conheço bem Sasha, ela vai até Boston procurar algum show ao vivo.

Eu e ela somos duas meias-irmãs desgarradas da Kappa Chi. Acabamos fazendo parte da irmandade pelos motivos errados. Para Sasha, foi por causa da família. A mãe dela, a mãe da mãe dela, a mãe da mãe da mãe dela e daí por diante foram todas da Kappa, então não havia dúvida de que sua vida acadêmica deveria incluir a continuidade à tradição. Era isso ou dar adeus a algo "frívolo e egoísta" como um diploma em música. Ela vem de uma família de médicos, então suas escolhas já são motivo de muita briga.

Para mim, bem, acho que eu planejava uma reviravolta na faculdade. De fracassada no colégio a universitária popular. Uma reinvenção. Uma reforma de vida total. O problema é que entrar no clubinho, vestir a camisa e aturar semanas de doutrinação ritual não tiveram o efeito desejado. Não saí novinha do processo. É como se todo mundo tivesse vendido a alma e recebido em troca revelações maravilhosas, enquanto eu fiquei me sentindo totalmente sozinha e morrendo de tédio.

"Oi!", um cara de olhos vermelhos nos cumprimenta, cambaleando para junto de Sasha enquanto conversa descaradamente com meus peitos. Nós duas somadas formamos uma mulher perfeitamente desejável. A simetria facial sofisticada dela, além do corpo magro, e meus peitos enormes. "Quer uma bebida?"

"Agora não", Sasha grita de volta, por cima da música alta. Nós erguemos os copos quase cheios. Uma estratégia para manter os garotos de fraternidade à distância.

"Quer dançar?", pergunta ele, inclinando-se em direção aos meus peitos como se estivesse falando com o caixa de um drive-thru.

"Desculpa", respondo, "eles não dançam."

Não sei se ele me ouve ou se percebe meu desprezo, mas assente e vai embora.

"Seus peitos têm uma força gravitacional que só atrai idiotas", diz Sasha, bufando.

"Você não tem ideia."

Um dia, acordei e foi como se dois tumores enormes tivessem aparecido no meu peito. Desde o fim do ensino fundamental tenho que andar por aí com essas coisas que chegam aos lugares dez minutos antes de mim. Não sei qual de nós duas é um risco maior para a outra, eu ou Sasha. Meus peitos ou o rosto dela. Quando entra na biblioteca, ela causa o maior alvoroço. Os caras se atropelam para ficar perto dela e esquecem até o próprio nome.

Um estouro alto ecoa pela casa, e todo mundo se encolhe e tampa os ouvidos. Em meio à confusão, um silêncio se instaura, e nossos tímpanos se afogam com os ecos persistentes de um zumbido.

"O alto-falante quebrou!", anuncia uma de nossas colegas de irmandade, na sala ao lado.

Vaias por todo lado.

Começa um corre-corre enlouquecido, enquanto as meninas da irmandade tentam encontrar uma solução rápida para salvar a festa antes que nossos convidados inquietos promovam uma revolta. Sasha nem tenta esconder a animação. Ela me olha como quem diz que talvez a gente consiga escapar logo daqui.

É aí que Abigail Hobbes entra em cena.

Ela atravessa a multidão, desfilando em seu vestidinho preto minúsculo, os cabelos platinados enrolados em cachos perfeitos. Então bate palmas e, com uma voz mais do que aguda, chama atenção para seus lábios bem vermelhos.

"Gente, tá na hora de jogar Consequência ou Consequência!"

Gritinhos irrompem, e mais algumas pessoas entram na sala. O jogo é uma tradição popular da Kappa, e exatamente o que o nome indica. Alguém te desafia a fazer uma coisa, e você faz — sem a opção de escolher "verdade". Pode ser divertido, mas na maior parte das vezes é brutal: já causou algumas prisões, ao menos uma expulsão e, dizem, até alguns bebês.

"Então, vamos ver..." A vice-presidente da irmandade leva o indicador com a unha bem feita ao queixo e olha lentamente ao redor, examinando a sala em busca de sua primeira vítima. "Quem vai ser?"

Claro que seus olhos verdes malignos se voltam diretamente para mim e para Sasha, coladas contra a parede. Abigail caminha na nossa direção cheia de malícia.

"Ah, querida", me diz ela, com o olhar vidrado de quem bebeu um pouco demais. "Relaxa, você tá numa festa. Melhora essa cara de quem acabou de encontrar outra estria."

Abigail é bem cruel quando está bêbada, e eu sou seu alvo preferido. Já me acostumei com ela, mas as risadas que provoca toda vez que faz um comentário maldoso sobre o meu corpo nunca deixam de me magoar. Minhas curvas são a desgraça da minha existência desde que tenho doze anos.

"Ah, querida", imita Sasha, mostrando o dedo médio para ela. "Por que você não vai encher o saco de outra?"

"Qual é?", resmunga Abigail, fazendo vozinha de neném. "Tay-Tay sabe que é só brincadeira." Ela reforça a declaração cutucando minha barriga como se eu fosse uma porcaria de um boneco da Michelin.

"Tô só preocupada com a sua calvície, Abs."

Tenho que morder o lábio inferior para não rir da resposta de Sasha. Ela sabe que eu me acanho diante de conflitos e nunca perde a chance de trocar farpas em minha defesa.

Abigail responde com uma risada sarcástica.

"A gente vai jogar ou não?", pergunta Jules Munn, melhor amiga de Abigail. A morena alta se aproxima de nós, com um olhar entediado. "Qual é o problema? Sasha tá tentando fugir de um desafio de novo, que nem na festa da colheita?"

"Vai se foder", devolve Sasha. "Você me desafiou a jogar um tijolo na janela do reitor. Eu não ia ser expulsa por causa de uma brincadeira infantil de menininhas de irmandade."

Jules arqueia uma sobrancelha. "Ela acabou de insultar uma tradição milenar, Abs? Porque para mim foi isso o que ela fez."

"Ah, foi sim. Mas tudo bem, vou te dar uma chance de se redimir, Sasha", anuncia Abigail, com gentileza, e então faz uma pausa. "Humm.

Desafio você a..." Ela se vira para seus espectadores enquanto pensa num desafio. Só está querendo atenção. Então se volta de novo para Sasha. "Fazer uma dupla dinâmica e cantar o hino da irmandade."

Minha melhor amiga bufa e dá de ombros, como se dissesse: *Só isso?*

"De cabeça pra baixo e de trás pra frente", acrescenta Abigail.

Sasha curva os lábios e meio que rosna para ela, o que faz os caras na sala urrarem, maravilhados. Eles adoram uma briga de mulher.

"Você que sabe." Revirando os olhos, Sasha dá um passo à frente e sacode os braços como um boxeador que se aquece para a luta.

A dupla dinâmica é outra tradição da Kappa e consiste em virar dois shots duplos da bebida que estiver disponível, depois encarar dez segundos de *beer bong* e ficar mais dez segundos de cabeça pra baixo no barril de cerveja. Mesmo as beberronas mais resistentes entre nós raramente conseguem dar conta do desafio. Depois de tudo isso, ainda plantar uma bananeira e cantar a música da fraternidade de trás pra frente é puro sadismo de Abigail.

Mas, desde que isso não a faça ser expulsa da faculdade, Sasha não é de recuar diante de um desafio. Ela prende o cabelo preto num rabo de cavalo e aceita o copo que se materializa do nada, virando obedientemente o primeiro shot, e depois o segundo. Então segue adiante com o *beer bong*, enquanto uns caras da casa Theta seguram o funil para ela, entre os gritos de incentivo da multidão ao redor. Em seguida, provoca uma cacofonia de aplausos ao dar conta do barril, enquanto um jogador de hóquei de um metro e noventa a segura de pernas pro ar. Quando é colocada de volta no chão, ficamos chocados ao vê-la de pé, ainda mais com tanta firmeza e malícia no olhar. A garota é uma guerreira.

"Chega pro lado!", ordena Sasha, abrindo um espaço na parede oposta.

Com um floreio de ginasta, ela ergue os braços no ar e faz uma meia-estrela, recostando a bunda na parede de cabeça para baixo. Então, em alto e bom som, recita as palavras do nosso hino ao contrário, enquanto ficamos tentando acompanhar feito bobas, para ver se está cantando certo.

Ao final, Sasha aterrissa com elegância e faz uma reverência para a multidão, diante de aplausos retumbantes.

"Você é uma máquina", digo, aos risos, enquanto ela saltita de volta para o canto das fracassadas. "Bela aterrissagem."

"Minha aterrissagem é sempre cravada." No primeiro ano da faculdade, Sasha era uma das melhores ginastas do mundo no salto sobre o cavalo e quase disputou a seletiva nacional para as Olimpíadas, mas arrebentou o joelho em um escorregão no gelo, e sua carreira olímpica acabou.

Para não perder a pose, Abigail se volta para mim. "Sua vez, Taylor."

Respiro fundo. Meu coração dispara. Já consigo sentir as bochechas vermelhas. Abigail sorri diante do meu desconforto feito um tubarão alerta para as vibrações de uma foca se contorcendo em perigo. Tento me preparar para o desafio maligno que ela está maquinando para mim.

"Eu desafio você a..." Ela desliza os dentes pelo lábio inferior. Vejo minha humilhação iminente em seus olhos antes mesmo de ela abrir a boca. "Levar o cara que eu escolher para o segundo andar."

Vaca.

Os homens assistindo à demonstração de agressividade feminina começam a soltar gritos indecentes.

"Qual é, Abs? Ser estuprada não é uma brincadeira de festa." Sasha dá um passo à frente, me protegendo com o próprio corpo.

Abigail revira os olhos. "Ah, deixa de drama. Vou escolher um cara legal. Um cara com quem qualquer uma ia querer se divertir. Até Taylor."

*Deus, por favor, não me obrigue a fazer isso.*

Para meu grande alívio, a ajuda vem na forma de Taylor Swift.

"Consertamos!", grita uma menina da irmandade, enchendo a casa de música mais uma vez.

"Blank Space" é recebida com uma onda de aplausos animados, desviando a atenção da brincadeira idiota de Abigail. A multidão se dispersa prontamente para encher seus copos e voltar às preliminares rítmicas na pista de dança.

*Obrigada, Taylor mais bonita e mais magra.*

Para meu assombro, Abigail não desiste. "Humm, e o cara de sorte vai ser..."

Engulo um gemido. Que ingenuidade a minha achar que ela deixaria pra lá. Uma vez que o desafio é lançado, se a pessoa não conseguir concluir a tarefa do melhor jeito que puder, é punida sem piedade até uma outra pobre coitada ter o azar de tomar seu lugar. E, se depender de

Abigail, isso vai acontecer três semanas depois do final da eternidade. Já tenho dificuldade de me enturmar com as outras meninas. Isso me transformaria em uma pária.

Ela examina a sala na ponta dos pés, para espiar por cima da cabeça das pessoas quem está disponível. Então um sorriso largo se abre em seu rosto, e ela se vira para mim de novo.

"Eu te desafio a seduzir Conor Edwards."

Merda.

Puta merda.

Sim, eu sei quem é Conor. Todo mundo sabe. Ele é do time de hóquei e está em todas as festas das fraternidades e irmandades. E em todas as camas de todas as casas. Mas sua fama vem do fato de que é indiscutivelmente o cara mais bonito do terceiro ano, o que o coloca num patamar muito acima do meu. Uma escolha perfeita, se o objetivo do desafio for a minha total humilhação por ser rejeitada enquanto ele ri da minha cara.

"Rachel ainda tá em Daytona", acrescenta Abigail. "Pode usar o quarto dela."

"Abigail, por favor", digo, implorando a ela para mudar de ideia. Mas meu pedido tem o efeito contrário.

"O que foi, Tay-Tay? Não me lembro de você ter se incomodado de beijar outros caras num desafio. Ou você só gosta de pegar o namorado de outra?"

Porque com Abigail é sempre a mesma coisa: vingança, e o erro pelo qual ela está me fazendo pagar todos os dias desde o segundo ano. Não importa quantas vezes eu peça desculpas, ou que eu me arrependa sinceramente de tê-la magoado, minha vida só serve para Abigail se divertir com meu sofrimento.

"Você devia procurar um médico pra tratar dessa escrotite aguda", retruca Sasha.

"Ah, pobrezinha da Taylor, tão puritana. Cuidado com ela, ou vai roubar seu namorado", cantarola Abigail. A zombaria ganha coro quando Jules se junta à amiga.

A provocação abala os nervos atrás dos meus olhos e deixa meus dedos dormentes. Minha vontade é de me desfazer no chão. Sumir na parede. Explodir em combustão espontânea e virar cinzas. Qualquer coisa menos estar aqui, agora. *Odeio* atenção indesejada, e a diversão às minhas custas atraiu vários rostos bêbados de volta para nós. Mais alguns segundos e a casa inteira vai explodir numa cantoria dizendo que eu sou uma puritana, como uma cena terrível saída do meu pior pesadelo.

"Tá bom!", exclamo, só para fazer aquilo parar. Qualquer coisa para calar aquelas duas. "Que se dane. Aceito o desafio."

Abigail sorri vitoriosa. Nem se estivesse babando ela poderia deixar sua satisfação mais óbvia. "Vai buscar seu homem, então", ordena, estendendo a mão graciosamente atrás de si.

Mordo o lábio e sigo a linha apontada pelo braço fino, até ver Conor junto à mesa de *beer pong*, na sala de jantar.

Nossa, como ele é alto. E seus ombros são inacreditavelmente largos. Daqui não vejo os olhos, mas tenho uma visão clara do perfil esculpido e dos cabelos louros compridos afastados da testa. Deveria ser um crime ser tão bonito.

*Força, Taylor.*

Respirando fundo, reúno coragem e sigo na direção de um desavisado Conor Edwards.

# 2

## CONOR

O pessoal está enchendo a cara hoje. Faz vinte minutos que chegamos a esta festa, e Gavin e Alec já rasgaram a camiseta com as mãos e estão andando em volta da mesa de *beer pong* feito dois selvagens. Verdade seja dita, depois da vitória de hoje, eu mesmo estou com instintos meio primitivos. Mais duas vitórias, e estamos no Frozen Four. Apesar de ninguém ter coragem de dizer isso em voz alta para não dar azar, acho que este ano o campeonato é nosso.

"Con, vem aqui." Hunter me chama do outro lado da sala, onde ele e alguns dos caras arrumaram uma fileira de shots. "Traz esses dois idiotas também."

Nos juntamos aos nossos colegas de time, todos com o rosto vermelho e cheios de adrenalina. Nós erguemos um copo, enquanto nosso capitão, Hunter Davenport, faz um discurso. Ele não precisa nem gritar, porque tem uns dez minutos que a música parou. As meninas da irmandade estão em pânico ao redor do sistema de som da sala de estar.

Hunter olha para cada um de nós. "Só queria dizer que estou muito orgulhoso de todo mundo pelo nosso trabalho em equipe nesta temporada. Apoiamos uns aos outros, e todo mundo se esforçou ao máximo. Só faltam dois jogos, gente. Dois jogos, e a gente tá na final. Então, aproveitem a noite. Vamos virar este shot. E depois é hora de se concentrar na reta final."

Às vezes, nem parece verdade. Um desclassificado que nem eu numa universidade da Ivy League, socializando com os bem-educados filhos e filhas das famílias ricas tradicionais e dos pais fundadores do país. Mesmo entre os meus amigos do time, a coisa mais próxima que já tive de uma família depois da minha mãe, ainda não consigo relaxar totalmente. É como se a qualquer momento eles pudessem me desmascarar.

Depois de exclamar "Hóquei da Briar!", viramos os shots. Bucky engole e solta um grito de guerra gutural que surpreende a todos, e então caímos na gargalhada.

"Segura a onda, camarada. Guarda pro gelo", digo a ele.

Bucky não está nem aí. Está feliz demais. É jovem, burro e está cheio de más intenções hoje. Vai fazer alguma mulher muito feliz, tenho certeza.

Por falar em mulher, não demora muito para elas se reunirem em torno da mesa de *beer pong* quando começamos outra partida. Desta vez é Hunter e a namorada, Demi, contra mim e Foster. E Demi joga sujo. Tirou o moletom e agora está só com uma camiseta branca fina por cima de um sutiã preto, que está usando estrategicamente para nos distrair com os peitos empinados. E está funcionando. Foster fica cego por um momento, e a bolinha cai fora da mesa.

"Porra, Demi", resmungo, "guarda essas coisas."

"O quê, isso aqui?" Ela segura os peitos com as mãos e levanta até quase o pescoço, fazendo cara de inocente.

Hunter acerta uma bolinha num dos nossos copos com facilidade.

Demi pisca para mim. "Foi mal aí, só que não."

"Se sua namorada tirar a camisa, eu entrego o jogo agora mesmo", diz Foster, tentando provocar Hunter.

Ele é uma presa fácil. Entra no modo homem das cavernas, tira a própria camiseta e veste em Demi, como se fosse um vestido folgado. "Se concentra nos copos, idiota."

Seguro a risada, decidindo não salientar que Demi Davis ficaria gostosa até num saco de estopa. Teve uma época em que eu poderia ter feito alguma coisa a respeito, mas, antes mesmo de o próprio Hunter perceber, nós já sabíamos que nosso capitão estava caidinho por essa garota. Os dois só precisaram de um pouco mais de tempo para se entender.

Por enquanto, minhas perspectivas para a noite não são as melhores. Tá cheio de mulher bonita, isso é certo. Quando acerto uma bolinha num dos copos de Hunter e Demi, uma morena quase tenta me escalar para plantar um beijo no meu pescoço. Mas as meninas estão com uma vibe meio sedenta demais, e, até agora, ninguém despertou meu interesse.

A verdade é que elas estão todas começando a se misturar na minha mente. Já dormi com várias desde que me mudei para a Briar no outono passado. Virar o mundo de uma mulher de cabeça para baixo, fazê-la se sentir especial, é uma das minhas habilidades, mas — e eu seria motivo de chacota eterna entre meus amigos se admitisse isso para eles — nenhuma das meninas com quem estive se preocupou em tentar *me* fazer me sentir especial. Algumas fingem que querem me conhecer melhor, mas em geral não passo de uma conquista para elas, um prêmio para esfregar na cara das amigas invejosas. Metade do tempo, nem tentam conversar. Só enfiam a língua na minha garganta e as mãos na minha calça.

Nem pra comprar flores. Sei lá, acho que bastava abrir a conversa com uma boa piada. Mas é a vida...

Por outro lado, não é como se eu estivesse atrás de um relacionamento. Posso satisfazer uma mulher por uma noite ou uma semana, talvez até um mês, mas nós dois sabemos que não estou disponível no longo prazo. E por mim tudo bem. Fico facilmente entediado, e namorar é o epítome da chatice.

Mas esta noite estou igualmente entediado com o desfile de garotas que passa pela mesa de *beer pong*, todas oferecendo o mesmo sorriso inocente enquanto roçam descaradamente meu braço com a lateral do peito. Pois é, não estou no clima para nenhuma delas hoje. Cansei desse ritual de acasalamento que sempre termina do mesmo jeito. Não preciso nem mais correr atrás, o que é metade da diversão.

A música recomeça, e as pessoas comemoram pela casa. Uma garota tenta se aproveitar do momento me puxando para dançar, mas faço que não com a cabeça e tento me concentrar de novo no jogo. Não é nada fácil, porque alguma comoção no gramado lá fora chamou a atenção de todo mundo para a janela da frente. Distraído, Foster erra completamente a bola, e estou prestes a dar uma bronca nele, quando minha visão periférica capta um borrão de movimento.

Eu me viro para a sala de estar e vejo uma loura meio assustada vindo na nossa direção. Parece um coelho disparando para a segurança da toca depois de avistar uma raposa faminta. Primeiro, acho que vai correr para a janela para espiar o que está acontecendo lá fora, mas então algo verdadeiramente bizarro acontece.

Ela vem até mim, agarra meu braço e me puxa para baixo para falar no meu ouvido.

"Desculpa, você vai achar que eu sou louca, mas preciso da sua ajuda, então, por favor, colabora comigo", ela balbucia tão rápido que é difícil de acompanhar. "Preciso que você venha comigo até o segundo andar e finja que vai ficar comigo, mas não quero pegar no seu pau nem nada do tipo."

Nem nada do tipo?

"É só uma brincadeira idiota, e vou ficar te devendo um favorzão se você puder quebrar essa pra mim", sussurra ela, apressada. "Prometo que não vou fazer nada esquisito."

Tenho que admitir que fiquei intrigado. "Então, se eu entendi direito, você não quer ficar comigo?", sussurro de volta, incapaz de esconder a diversão.

"Não. Quero só fingir que a gente vai ficar."

Bem, eu com certeza não estou mais entediado.

Dou uma boa olhada nela, que tem um rosto interessante. Não é uma beldade que nem Demi, mas é bonita. Já o corpo... Cacete. Parece uma pin-up ambulante. Embaixo do suéter largo que deixa um dos ombros à mostra tem um par de seios que eu podia passar a noite inteira envolvendo no meu pau. Dou uma espiada na bunda e não consigo pensar em outra coisa além de colocá-la de joelhos na minha cama.

Mas todos esses pensamentos evaporam quando vejo seus olhos turquesa implorando por socorro, e sinto alguma coisa se partir no meu coração. Eu seria um belo de um canalha se desse as costas a uma mulher precisando tanto de ajuda.

"Alec", chamo, sem desviar o olhar da pin-up.

"O quê?", meu colega de time grita de volta.

"Entra aqui no meu lugar. Vê se acaba com a raça do capitão e da namorada maligna dele."

"Pode deixar."

Não deixo de ouvir as risadinhas de Hunter e Foster, e a gargalhada alta de Demi.

Ela volta os olhos inseguros por cima do meu ombro na direção da mesa de *beer pong*, onde Alec tomou o meu lugar. "Isso foi um sim?", murmura.

Em resposta, prendo uma mecha de seu cabelo atrás da orelha e aproximo meus lábios dela, para falar. Porque seja lá quem está torturando essa pobre garota sem dúvida está nos observando agora, e eles que se danem.

"Me mostra pra onde eu tenho que ir, gata."

Ela arregala os olhos e, por um momento, acho que seu disco rígido travou. Não é a primeira vez que isso acontece comigo. Então pego sua mão e, em seguida, deixando vários suspiros de choque atrás de nós, guio a menina pelo labirinto de corpos que tomaram conta da casa. O fato é que conheço bem este lugar.

Subimos a escada, e consigo sentir os olhares nos acompanhando. Ela aperta minha mão um pouco mais forte, enquanto seu cérebro reinicia. No segundo andar, ela nos leva para um quarto em que nunca estive antes e tranca a porta atrás de nós.

"Obrigada", suspira, assim que ficamos a sós.

"Tranquilo. Posso ficar à vontade aqui?"

"Humm, não. Quer dizer, sim. Tudo bem. Pode sentar se quiser. Ou... uau, tá bom, você prefere deitar."

Sorrio com o nervosismo visível dela. É fofo. Enquanto estico meu um metro e oitenta e sete entre bichos de pelúcia e almofadas na cama, ela continua igual a um coelhinho assustado, colada contra a porta, ofegando.

"Vou ser sincero com você", digo a ela, entrelaçando as mãos atrás da cabeça, "nunca vi uma garota tão incomodada por estar trancada num quarto comigo."

O comentário a faz relaxar um pouco os ombros e até provoca um sorriso tímido. "Aposto que não."

"Meu nome é Conor, aliás."

Ela revira os olhos. "É, eu sei."

"Por que o desdém?", pergunto, me fazendo de ofendido.

"Não, desculpa, não é isso. É que sei quem você é, só isso. Todo mundo no campus sabe."

Quanto mais a observo, as mãos coladas na lateral do corpo contra a porta, um joelho dobrado, o cabelo louro escuro um pouco bagunçado e caído num dos ombros, não posso deixar de me imaginar segurando seus braços acima da sua cabeça enquanto exploro seu corpo com a boca. Ela tem uma pele bastante beijável.

"Taylor Marsh", ela diz de repente, e percebo que não sei por quanto tempo ficamos em silêncio.

Deslizo para o canto da cama e coloco um travesseiro ao meu lado, fazendo uma barreira. "Anda. A gente vai ter que ficar um tempo aqui, podia pelo menos rolar uma amizade."

Taylor deixa escapar uma risada e libera um pouco mais a tensão. Ela tem um sorriso bonito. Bem aberto, gentil. Mas é preciso um pouco mais de convencimento para trazê-la para a cama.

"Não inventei essa história pra dar em cima de você", me diz ela, alinhando um monte de bichinhos para montar guarda na barreira entre nós. "Não sou uma louca que engana os homens pra levar pra cama e atacar depois."

"Certo." Concordo com a cabeça, com seriedade fingida. "Mas ser atacado não seria tão ruim assim."

"Nada disso." Ela nega com a cabeça, bem enfática, e acho que acabei de conseguir tirá-la da concha. "Nada de ataque. Vou me comportar muito bem."

"Então me explica uma coisa, por que alguém que devia ser sua amiga está te colocando numa situação que é obviamente um pesadelo pra você?"

Taylor solta um suspiro profundo e abraça uma tartaruga de pelúcia contra o peito. "Porque Abigail é uma vaca. Nossa, como odeio aquela garota."

"Por quê? O que aconteceu entre vocês?"

Ela lança um olhar cheio de dúvida na minha direção, obviamente se perguntando se pode confiar em mim.

"Juro por Deus", digo. "Minha boca é um túmulo."

Ela revira os olhos, mas me oferece um sorriso divertido. "Foi no ano passado. Uma festa igualzinha a esta. Me desafiaram a pegar um cara qualquer."

Eu dou risada. "Estou detectando um padrão aqui."

"Pois é, bem, eu também não fiquei muito empolgada com o desafio. Mas elas são assim, as garotas da irmandade. Sabem que tenho problema em chegar nos caras, então gostam de mexer com as minhas inseguranças. As mais cruéis, pelo menos."

"As mulheres são perversas."

"Cara, você não tem ideia."

Eu me ajeito na cama para olhá-la de frente. "Tá, continua. Você tinha que pegar um cara."

"Isso. Acontece que..." Distraída, ela brinca com o olho de plástico da tartaruga, torcendo-o entre os dedos. "Fui até o primeiro cara que não parecia tão bêbado a ponto de vomitar em mim ou algo assim. Agarrei a cara dele, dei um beijo e, sabe como é, fechei os olhos e mandei ver."

"É assim que se faz."

"Bem, quando me afastei, Abigail tava me encarando como se eu tivesse acabado de tosar o cabelo dela enquanto dormia. Tava me fuzilando com os olhos. Acontece que o cara que eu tinha acabado de atacar era namorado dela."

"Caramba, T. Que golpe baixo."

Ela pisca aqueles olhos azuis de mar do Caribe desesperados para mim, com um beicinho triste. Fico observando-a falar, cada vez mais obcecado com a pinta de Marilyn Monroe em sua bochecha direita.

"Eu não sabia! Abigail troca de namorado como quem experimenta uma marca de cereal nova. Eu não tava em dia com a vida amorosa dela."

"Quer dizer que ela não ficou muito feliz", comento.

"Ela deu um ataque. Fez o maior estardalhaço na festa. Ficou semanas sem falar comigo, e quando voltou a falar era só pra fazer comentários maliciosos e me insultar. Desde então, somos praticamente inimigas, e agora ela aproveita todas as oportunidades possíveis para me humilhar. Daí a proposta indecente de hoje. Ela tinha certeza de que você ia me rejeitar de um jeito bem escandaloso."

Droga. Fiquei com pena da menina. Homens são bem idiotas; os caras do time fazem de tudo para atormentar um ao outro, mas é tudo brincadeira. Essa tal de Abigail já é outra história. Desafiar Taylor a pegar um estranho esperando que ela fosse brutalmente rejeitada e passasse vergonha na frente da festa inteira... *isso* é golpe baixo.

Começo a sentir um instinto protetor e irracional lá no fundo. Não sei quase nada sobre ela, mas Taylor não me parece o tipo de garota que trairia uma amiga de forma tão insensível.

"A pior parte é que, antes disso, éramos amigas. Ela foi minha maior aliada na semana das calouras, nos trotes para entrar na irmandade. Quase desisti uma porção de vezes, e foi ela que me ajudou a aguentar firme. Mas, depois que me mudei para fora do campus, a gente meio que se distanciou."

Vozes do lado de fora chamam a atenção de Taylor. Olho na direção da porta e franzo a testa quando noto sombras se movendo pela fresta.

"Ai. É ela", murmura Taylor. A esta altura, já reconheço o pavor em sua voz. Ela empalidece, e vejo as veias pulsando em seu pescoço. "Merda, estão tentando ouvir."

Resisto ao desejo de gritar e mandar todo mundo embora. Se fizer isso, Abigail e companhia vão saber que Taylor e eu não estamos nos pegando; caso contrário, estaríamos concentrados um no outro, e não na porta do quarto. Ainda assim, essas intrometidas precisam de uma lição. E, apesar de não ter como resolver o problema de Taylor, posso dar a ela a satisfação da vitória nesta noite.

"Espero que estejam prestando atenção", digo, com um sorriso travesso.

Então fico de joelhos e coloco as duas mãos no topo do cabeceira. Taylor me olha, desconfiada, o que só me faz sorrir de novo e começar a mover o corpo, batendo a cabeceira contra a parede.

*Bang. Bang. Bang.*

"Caralho, gata, você é tão apertada", grito, meio alto demais.

Taylor leva a mão à boca, os olhos arregalados.

"Você é tão gostosa!"

A parede treme a cada golpe meu contra a cabeceira. Pulo de joelhos no colchão, fazendo o estrado ranger. Todos os barulhos típicos de quem está se divertindo.

"O que você tá fazendo?", sussurra ela, admirada e horrorizada ao mesmo tempo.

"Uma encenação. Não me deixa aqui sozinho, T. Elas vão achar que tô comendo a minha mão."

Ela balança a cabeça. Pobre coelhinha apavorada.

"Ah, devagar, assim eu vou gozar!"

Quando estou prestes a achar que exagerei, Taylor joga a cabeça para trás, fecha os olhos e solta o barulho mais sensual que já ouvi sair de uma mulher sem que eu esteja dentro dela.

"Assim, assim", grita ela. "Ai, tô quase lá. Não para. Não para."

Perco o ritmo, rindo histericamente. Estamos os dois vermelhos como pimentões, gargalhando na cama.

"Humm, é isso aí. Assim é bom?"

"Demais", geme ela de volta. "Não para. Mais rápido, Conor."

"Você gosta assim?"

"Adoro."

"Ah, é?"

"Adoro, bota na minha bunda!", implora ela.

Desabo na cama e bato com a testa na porcaria da cabeceira. Então encaro Taylor, pasmo.

"O quê? Eu exagerei?", me pergunta ela, toda inocente, de olhos arregalados.

Que garota é essa? Ela é de outro mundo. "Um pouco. Pega mais leve", sussurro.

Mas não conseguimos parar de rir, e fica mais difícil respirar e manter os gemidos sensuais. Depois de provavelmente muito mais tempo do que necessário, nós enfim paramos. Ainda estremecendo de tanto rir, ela enterra a cabeça nos travesseiros, com a bunda empinada para cima, e, de repente, tenho dificuldade de lembrar por que estamos só fingindo.

"Foi bom pra você?", pergunto, deitado de costas. Meu cabelo está úmido de suor, e afasto-o dos olhos com as mãos, enquanto Taylor se ajeita do meu lado.

Ela me lança um olhar diferente. Um que ainda não tinha presenciado hoje — me encarando com as pálpebras pesadas, os lábios vermelhos e inchados por tê-los mordido enquanto gemia. Há muitas camadas por trás dessa máscara, profundidades fascinantes que estou cada vez mais ansioso para explorar. Por um instante fugaz, acho que ela quer ser beijada. Então ela pisca, e o momento se perde.

"Conor Edwards, você é um cara legal."

Já fui chamado de coisa pior. Não significa que não percebo o decote delicioso quando Taylor vira de lado para me encarar. "Esse foi o melhor sexo de mentirinha que já fiz na vida", digo, solenemente.

Ela ri.

Meu olhar percorre suas bochechas coradas, a pele sedosa e impecável. Então mergulha no decote incrível de novo. Já sei o que ela vai dizer antes mesmo de fazer a pergunta, mas as palavras saem da minha boca assim mesmo.

"E então, quer se divertir um pouco?"

# 3

## TAYLOR

Ele não está falando sério. Não pode estar. Dar em cima de mim depois do nosso teatrinho é só o jeito de Conor me fazer me sentir melhor sobre essa situação de merda. Mais uma prova de que, sob os cabelos louros compridos, os olhos cinzentos e o corpo escultural, ele tem um coração mole. Mais um motivo para eu sair correndo daqui, antes de deixar os sentimentos aflorarem, porque Conor Edwards é exatamente o tipo de cara pelo qual você se apaixona antes de descobrir que meninas que nem eu não ficam com caras que nem ele.

"Desculpa, mas a gente concordou que ninguém ia atacar ninguém", digo, com firmeza.

Ele me lança um meio sorriso torto que faz meu coração bater mais depressa. "Não custa tentar."

"Enfim, foi muito divertido", digo a ele, saindo da cama, "mas acho que a gente devia..."

"Espera aí." Conor segura minha mão. Uma onda de nervosismo sobe pelo meu braço e faz cócegas em minha nuca. "Você falou que ia ficar me devendo um favor, não foi?"

"Falei", respondo, com cautela.

"Bem, vou cobrar esse favor agora. Só tem cinco minutos que a gente está aqui. Não posso deixar as pessoas lá embaixo achando que não sei como agradar uma dama." Ele levanta uma sobrancelha. "Fica mais um pouco. Ajuda a manter minha reputação intacta."

"Você não precisa de mim pra proteger seu ego. Não se preocupa, eles vão achar que você cansou de mim."

"Eu até fico entediado com facilidade", concorda ele, "mas você é uma sortuda, T. Tédio é a última coisa que estou sentindo agora. Você é a pessoa mais interessante com quem falo há séculos."

"Você tá precisando conhecer mais gente", comento.

"Qual é", insiste ele, "não me faz voltar lá pra baixo agora. Tá todo mundo muito sedento por lá. As mulheres estão todas agindo como se eu fosse o último bife do açougue."

"Mulheres clamando por sua atenção? Coitadinho." E embora esteja tentando não pensar nele como um pedaço de carne, não posso negar que Conor é um belíssimo exemplar do gênero masculino da espécie. Sem dúvida, o cara mais bonito que já vi. Pra não falar o mais sensual. Ele ainda está segurando minha mão, e numa posição que faz todos os músculos de seu braço bem definido me atiçarem.

"Vai, fica e conversa comigo."

"E os seus amigos?", pergunto.

"Vejo todo dia no treino." Seu polegar desenha um círculo suave na parte interna do meu pulso, e pronto, estou entregue. "Taylor. Por favor, fica."

É uma péssima ideia. Este é o momento que vou relembrar daqui a um ano, depois que mudar de nome, pintar o cabelo e começar a trabalhar com um crachá que diz "Olga" numa lanchonete de Schenectady. Mas seus olhos me implorando e sua pele contra a minha me impedem de sair.

"Tá legal." Nunca tive a menor chance contra Conor Edwards. "Só pra conversar."

Juntos, nos reacomodamos na cama, a fortaleza de travesseiros entre nós desfeita pelos movimentos e as batidas contra a parede. E o charme de Conor. Ele pega a tartaruga de pelúcia que foi parar no pé da cama e coloca na mesa de cabeceira. Acho que nunca estive aqui antes, agora que penso nisso. O quarto de Rachel é... um pouco demais. Como se uma vsco girl e uma mãe blogueira tivessem vomitado numa princesa da Disney.

"Me conta sobre você." Conor cruza os braços sensuais sobre o peito. "Este não é o seu quarto, né?"

"Não, você primeiro", insisto. Se vou fazer um favor a ele, a conversa vai precisar ter um pouco de reciprocidade. "Acho que já monopolizei demais a conversa. Me conta de *você*."

"O que você quer saber?"

"Qualquer coisa. Tudo." *Como você é quando está pelado...* Mas não, não posso perguntar isso. Posso estar na cama com o cara mais gostoso do campus, mas vamos continuar vestidos. Eu, principalmente.

"Ah, bem..." Ele tira os sapatos com os pés e os chuta para fora da cama. Estou prestes a dizer que não vamos ficar tanto tempo assim aqui, mas ele responde. "Jogo hóquei, mas acho que você já sabe disso."

Faço que sim com a cabeça.

"Vim pra cá transferido de Los Angeles, no semestre passado."

"Ah, entendi. Isso explica muita coisa."

"Explica, é?" Ele faz uma cara de ofensa fingida.

"Não no mau sentido. Quer dizer, você é a definição de uma capa de revista de surfista, mas o visual cai bem."

"Vou considerar isso um elogio", responde ele, e dá uma leve cotovelada na minha costela.

Ignoro o pequeno arrepio feliz que isso provoca. Esse jeito brincalhão dele é muito atraente. "Como um garoto da Costa Oeste foi acabar jogando hóquei, entre todos os esportes do mundo?"

"As pessoas jogam hóquei na Costa Oeste", responde ele, secamente. "Não é uma coisa só da Costa Leste. Eu também jogava futebol americano no colégio, mas hóquei era mais divertido, e eu me destacava mais."

"Então, o que fez você querer vir para o leste?" O inverno na Nova Inglaterra não é pra qualquer um. No primeiro ano, teve uma menina da irmandade que depois de seis dias com neve até o joelho pegou um avião de volta para Tampa. Tivemos que mandar todas as coisas dela por correio.

Uma sombra encobre seu rosto. Por um momento, seus olhos cinzentos perdem o foco, ficam distantes. Se o conhecesse melhor, diria que encontrei um ponto fraco. Quando ele responde, sua voz parece ter perdido um pouco da graça.

"Só precisava de uma mudança de ambiente. A oportunidade de vir para a Briar apareceu, e eu aceitei. Estava morando com a família e, sabe como é, estava ficando um pouco apertado."

"Irmãos e irmãs?"

"Não, por muito tempo sempre fomos só eu e a minha mãe. Meu pai foi embora quando eu tinha seis anos."

"Que droga. Sinto muito", digo, com simpatia.

"Ah, tudo bem. Mal me lembro dele. Minha mãe se casou com outro cara, Max, tem uns seis anos."

"E vocês dois não se dão bem?"

Ele suspira e afunda mais nos travesseiros enquanto olha para o teto. Uma ruga de irritação se forma em sua testa. Fico tentada a voltar atrás, dizer que ele não precisa falar disso e que não era minha intenção ser intrometida. Dá pra ver que é um assunto difícil, mas ele segue em frente.

"Não é que ele seja ruim. Minha mãe morava comigo numa casa alugada de merda quando eles se conheceram. Ela trabalhava sessenta horas por semana como cabeleireira pra sustentar a gente. Então aparece esse homem de negócios rico e engomadinho, tira a gente da miséria e leva pra Huntington Beach. Não dá nem pra explicar como só o cheiro do ar já era melhor. Foi a primeira coisa que eu reparei." Ele dá de ombros, com um sorriso depreciativo. "Mudei de uma escola pública para uma particular. Minha mãe passou a trabalhar menos, depois acabou saindo do trabalho. Mudou a nossa vida toda." Ele faz uma pausa. "Ele é bom pra ela. Ela é tudo pra ele. Mas eu e ele não nos entendemos muito bem. Ela era o prêmio; eu era a caixa de cereal velho esquecida no armário."

"Você não é um cereal velho", digo a ele. É de doer o coração imaginar alguém crescendo com essa opinião de si mesmo, e me pergunto se essa persona descontraída é o jeito que ele encontrou para sobreviver às cicatrizes da sensação de abandono. "Tem gente que não é muito boa com criança, né?"

"Verdade." Ele assente, com um ar de ironia no rosto, e nós dois sabemos que a ferida é profunda demais para ser curada com meus lugares-comuns.

"Também sempre morei sozinha com a minha mãe", digo, mudando de assunto para afastar o azedume que recaiu sobre Conor feito uma sombra. "Sou o produto de uma noitada de amor tórrido."

"Certo." Os olhos de Conor se iluminam. Ele vira de lado para me encarar e apoia a cabeça numa das mãos. "Agora a conversa ficou boa."

"Ah, sim, Iris Marsh era uma nerd de dia e uma devassa à noite."

Sua risada rouca provoca outro arrepio. Preciso parar de ser tão... *sensível* a ele. É como se meu corpo estivesse na mesma frequência que o seu e agora respondesse a todos os seus movimentos, todos os sons.

"Ela é professora de engenharia e ciência nuclear no MIT e, vinte e dois anos atrás, conheceu um cientista russo importante numa conferência em Nova York. Eles tiveram um único encontro romântico, e depois ele voltou para a Rússia, e minha mãe voltou para Cambridge. Uns seis meses depois, ela viu uma notícia no *Times* de que ele tinha morrido num acidente de carro."

"Puta merda." Ele levanta a cabeça. "Você acha que seu pai foi morto pelo governo russo?"

Eu dou risada. "O quê?"

"Cara, e se o seu pai estivesse metido em alguma merda de espião? E a KGB descobriu que ele era um agente da CIA e apagou ele?"

"Apagou? Acho que você tá confundindo as gírias. Gangues apagam pessoas. E nem sei se a KGB ainda existe."

"Claro, é isso que eles querem que você pense." Então ele arregala os olhos. "Peraí, e se você for uma agente russa infiltrada?"

Ele sem dúvida tem imaginação. Mas pelo menos seu humor melhorou.

"Bem", digo, pensativa, "ao meu ver, das duas uma: ou, quando chegar a hora de cumprir minha missão, em breve posso estar marcada para morrer..."

"Ah, porra." Com uma agilidade impressionante, Conor pula da cama e espia pela janela, antes de fechar as cortinas e apagar as luzes.

Agora estamos iluminados só pelo abajur de tartaruga de Rachel e a luz da rua entrando pela fresta entre as cortinas.

Aos risos, ele volta para a cama. "Não esquenta, gata, eu te protejo."

Sorrio. "Ou eu teria que te matar por descobrir meu segredo."

"Ou, *ou*, me escuta: eu viro seu parceiro bonitão e musculoso, e a gente foge pra ganhar a vida como mercenários."

"Humm." Finjo estudá-lo, considerando a proposta. "Oferta tentadora, camarada."

"Mas, primeiro, acho que a gente devia fazer uma revista completa e sem roupas um no outro, para ver se ninguém tá usando uma escuta. Sabe como é, pra estabelecer confiança."

Ele é adorável, tipo um cachorrinho insaciável. "Hã, não."

"Você é muito sem graça."

Não sei qual é a desse cara. Ele é gentil, charmoso, engraçado — todas as qualidades com que os homens nos enganam a ponto de acreditar que podemos transformá-los em alguém civilizado. Mas ao mesmo tempo é ousado, sincero e completamente despretensioso de um jeito que quase ninguém é na época da faculdade. Na verdade estamos todos só tentando entender quem somos enquanto fazemos cara de quem está no controle da situação. Então, como conciliar isso com a figura pública de Conor Edwards? O homem com uma lista de pegador com mais nomes do que os flocos de neve que caem em janeiro. Quem é o verdadeiro Conor Edwards?

E o que eu tenho com isso?

"E aí, você tá cursando o quê?", pergunto, me sentindo um verdadeiro clichê.

Ele volta a cabeça para trás e solta um suspiro. "Finanças, acho."

Certo, não é o que eu esperava. "Você acha?"

"Sei lá, não estou muito confiante. Não foi ideia minha."

"E de quem foi?"

"Do meu padrasto. Ele enfiou na cabeça que vou trabalhar pra ele depois que me formar. Aprender a administrar a empresa dele."

"Essa não parece ser a sua praia."

"Não, nem um pouco", concorda ele. "Preferia ser pendurado pelo saco a ter que vestir um terno e passar o dia preenchendo planilha."

"O que você preferia estudar?"

"Esse é que é o problema. Não faço ideia. Acho que acabei aceitando estudar finanças porque não consegui pensar em nada melhor. Não podia fingir que tinha outro grande interesse, então..."

"Nada?", pressiono.

No meu caso, fiquei dividida entre tantas possibilidades. Tudo bem que algumas eram sonhos que tinham ficado na infância, como ser arqueóloga ou astronauta, mas mesmo assim. Na hora de decidir o que queria fazer pelo resto da vida, não me faltavam opções.

"Do jeito como fui criado, não era como se tivesse o direito de esperar muito", diz ele, com a voz rouca. "Achei que fosse acabar com salário mínimo, uniforme e crachá, ou na cadeia, em vez de ir para a faculdade. Então nunca pensei muito nisso."

Não consigo imaginar como é viver assim. Analisar o futuro e não ter esperança. Isso me lembra de como sou privilegiada por ter crescido ouvindo que podia ser o que quisesse e sabendo que sempre teria oportunidades e a segurança do dinheiro.

"Cadeia?" Tento descontrair. "Você precisa se valorizar mais, cara. Com esse rosto e esse corpo, você podia fazer carreira na indústria pornô."

"Você gosta do meu corpo?" Ele sorri, gesticulando para si próprio. "Todo seu, T. Pode vir."

Deus, quem dera. Engulo em seco e finjo não me abalar por toda essa gostosura. "Passo."

"Você que sabe, *cara*."

Reviro os olhos.

"E você?", pergunta ele. "Qual é o seu curso? Não, espera. Deixa eu adivinhar." Conor estreita os olhos, me avaliando. "História da arte."

Nego com a cabeça.

"Jornalismo."

Mais um não.

"Hum..." Ele me olha com mais intensidade, mordendo o lábio. Nossa, ele tem a boca mais sexy do mundo. "Ia dizer psicologia, mas conheço os tipos que fazem psicologia, e você não é um deles."

"Pedagogia. Quero ser professora."

Ele ergue uma sobrancelha e depois me examina com um olhar quase... faminto. "Isso é sexy."

"O que tem de sexy nisso?", pergunto, incrédula.

"Todo homem tem uma fantasia de comer a professora. É sério."

"Meninos são esquisitos."

Conor dá de ombros, mas seu apetite continua aceso em suas feições. "Me explica uma coisa... por que você não tá com ninguém?"

"Como assim?"

"Não tem um cara em algum lugar?"

É a minha vez de me esquivar do assunto. Provavelmente tenho mais a dizer sobre a indústria têxtil do século XIII do que sobre namorados. E, como já me envergonhei o suficiente por uma noite, seria melhor não agravar minha humilhação compartilhando os detalhes da minha vida amorosa inexistente.

"Ah, então tem alguma história aí", conclui Conor, interpretando minha hesitação como timidez. "Desembucha."

"E você?", devolvo. "Ainda não escolheu a fã preferida?"

Ele dá de ombros, sem se incomodar com a provocação. "Namorada não é muito o meu lance."

"Ui, que canalha."

"Não, eu só tô dizendo que nunca namorei ninguém por mais do que algumas semanas. Se não dá liga, não dá liga, entende?"

Ah, conheço o tipo. Logo fica entediado. Tá sempre olhando por cima do ombro pra ver quem tá passando. Um meme ambulante.

Faz sentido. Os mais bonitos estão sempre em busca de liberdade.

"Não pense que você me enrolou", diz ele, com um sorriso travesso. "Responda à pergunta."

"Desculpa aí te desapontar, mas não tem ninguém. História nenhuma." Um rolo banal no segundo ano que mal poderia ser considerado um relacionamento é patético demais para ser digno de nota.

"Qual é. Não sou tão burro quanto pareço. O que aconteceu, você partiu o coração dele? Fez o cara passar seis meses dormindo na calçada do lado de fora da irmandade?"

"Por que você acha que sou o tipo de garota por quem um cara enfrentaria chuva e granizo?"

"Tá brincando?" Seus olhos prateados percorrem meu corpo, demorando-se em várias partes antes de voltar para os meus olhos. Todos os pontos em que seu olhar pousou agora estão formigando loucamente. "Gata, você tem o tipo de corpo que os caras imaginam debaixo do lençol depois que apagam as luzes."

"Não faz isso", digo a ele, sentindo todo o humor se esvair da minha voz, enquanto começo a me virar para sair. "Não me zoa. Isso não é legal."

"Taylor."

Tenho um sobressalto quando ele pega a minha mão para nos manter frente a frente. Meu coração dispara, e ele aperta minha mão trêmula contra seu peito. Seu corpo é quente, mais do que firme. Seu coração mantém um ritmo rápido e constante sob a palma da minha mão.

Estou tocando o peito de Conor Edwards.

O que que está acontecendo agora? Nem nos meus sonhos mais loucos imaginei que a Festa da Ressaca de Primavera da Kappa Chi terminaria assim.

"Tô falando sério." Sua voz soa mais forte. "Passei a noite inteira aqui imaginando todo tipo de sacanagem com você. Não confunda minhas boas maneiras com indiferença."

Um sorriso relutante curva meus lábios. "Boas maneiras, é?" Não sei se acredito nele. Ou se o filme pornô passando na cabeça dele comigo como atriz principal pode ser considerado um elogio. Mas acho que o que vale são as intenções.

"Minha mãe não criou um cafajeste, mas posso ser bem indecente, se você quiser."

"E o que é considerado indecente na Costa Oeste?", pergunto, observando o jeito como seu lábio superior se contrai quando ele está sendo atrevido.

"Bem..." Todo o seu comportamento muda. Seus olhos se estreitam. A respiração fica mais lenta. Conor lambe os lábios. "Se eu não fosse um cavalheiro, poderia tentar algo como colocar seu cabelo atrás da orelha." Ele roça a ponta dos dedos por meus cabelos, depois ao longo do meu pescoço. Só um sussurro suave de pele contra pele.

Meu pescoço se arrepia inteiro, e minha respiração fica presa na garganta.

"E passaria meu dedo pelo seu ombro."

É o que ele faz, acelerando minha pulsação. Um desejo cresce dentro de mim.

"E desceria até..." Ele alcança a alça do sutiã. Não tinha percebido que estava exposto pela gola do suéter, que caiu do meu ombro.

"Tá bom. Já chega, garoto." Recuperando meu juízo, afasto a mão dele e ajeito a manga do suéter. Caramba, esse cara deveria vir com um aviso de perigo. "Acho que já entendi."

"Você é absurdamente atraente, Taylor." Desta vez, quando ele fala, não duvido de sua sinceridade, só de sua sanidade. Acho que um cara como ele não pegaria tanta gente assim se fosse exigente. "Não pense o contrário nem por um minuto."

E não penso mesmo, por algumas horas. Em vez disso, me permito fingir que alguém como Conor Edwards realmente gosta de mim.

Ficamos deitados ali, no casulo ridículo da coleção de bichos de pelúcia de Rachel, conversando como se fôssemos amigos havia anos. Surpreendentemente, não falta assunto, nem há silêncios durante a conversa. Passamos de temas banais como comidas preferidas e a nossa apreciação mútua por filmes de ficção científica para assuntos mais sérios, como o desconforto que sinto entre minhas colegas de irmandade, ou histórias divertidas, como a vez em que, aos dezesseis anos, ele ficou bêbado depois de um jogo fora de casa em San Francisco e mergulhou na baía, dizendo que iria nadar até Alcatraz.

"A Guarda Costeira apareceu e...", ele se interrompe no meio da frase, bocejando alto. "Merda, não tô conseguindo mais ficar de olho aberto."

Seu bocejo é contagiante, e cubro a boca escancarada com o antebraço. "Nem eu", digo, sonolenta. "Mas a gente não vai sair deste quarto até você terminar essa história, porque, cacete, que garoto idiota que você era."

Isso desencadeia uma crise de risos do deus nórdico ao meu lado. "Não é a primeira vez que ouço isso, e não será a última."

Quando ele termina a história, estamos bocejando, piscando depressa para tentar ficar acordados. E a discussão mais imbecil e sonolenta se segue, enquanto tentamos encontrar forças para nos levantar.

"A gente devia descer", murmuro.

"Ã-ham", murmura ele de volta.

"Tipo, agora."

"Humm, boa ideia."

"Ou daqui a cinco minutos." Eu bocejo.

"Cinco minutos, isso." Ele boceja.

"Tá, então a gente vai fechar os olhos por cinco minutos e depois levanta."

"Só descansar os olhos. Sabe como é, olho cansa."

"Cansa."

"Olhos cansados", ele murmura sob cílios grossos, "e eu joguei hoje, tô meio dolorido, então a gente vai só..."

Não ouço o restante da frase, porque nós dois adormecemos.

# 4

**TAYLOR**

*Toc.*

*Toc.*

*Toc!*

*TOC!*

A última batida à porta me coloca de pé. Espremo os olhos e os protejo dos raios de luz que entram no quarto. Onde eu estou?

É de manhã. O dia está claro. Minha boca está seca, com um gosto amargo e espesso na língua. Não me lembro de dormir. Com um bocejo, estendo os braços, sinto os músculos se soltando. Então outro som faz meu coração parar de bater.

Um ronco. Do meu lado.

Puta merda.

Conor está deitado de bruços, sem camisa, só de cueca.

"Ei! Abre a porta! É o meu quarto!"

Mais batidas. Murros na porta.

Merda. Rachel chegou.

"Acorda." Dou uma sacudida em Conor. Ele nem se mexe. "Cara, levanta. Você precisa ir embora."

Não entendo como ele ainda pode estar aqui nem a que horas dormi ontem. Depois de uma conferida rápida, vejo que ainda estou de roupa e sapato, então por que diabos Conor está praticamente pelado?

"Fora do meu quarto, seus cretinos!" Daqui a pouco, Rachel vai tentar derrubar a porta.

"Anda, levanta." Dou um tapa forte nas costas de Conor, o que o faz pular, atordoado.

"Hã?", murmura ele, sem conseguir formar uma palavra.

"A gente pegou no sono. A dona do quarto chegou e quer entrar", sussurro, depressa. "Você precisa se vestir."

Conor cai da cama. Ele tenta se equilibrar, ainda murmurando coisas sem sentido. Com uma careta, destranco e abro a porta, e me deparo com uma Rachel furiosa no corredor. Atrás dela, todas as meninas da casa estão acordadas, de pijama e cabelo bagunçado, segurando canecas de café e Pop-Tarts frios. Não vejo Sasha entre elas, então imagino que acabou arrumando um show no centro de Boston e passou a noite na casa de alguma amiga na cidade.

"O que deu em você, Taylor? Por que minha porta tava trancada?"

Na multidão de rostos, vejo o sorriso cruel de Abigail. "Desculpa, eu..."

Rachel não me deixa terminar, simplesmente abre a porta e irrompe dentro do quarto, oferecendo a todas uma bela visão de Conor, ainda sem camisa, abotoando a calça jeans.

"Ah", exclama ela. Sua ira é acalmada quase que na mesma hora pelo corpo imaculado de Conor.

Não a culpo por devorá-lo com os olhos. Ele é extraordinário. Ombros largos e músculos definidos. A superfície perfeitamente lisa e convidativa do peitoral. Não acredito que dormi do lado de tudo isso e não me lembro de nada.

"Bom dia", diz Conor, com um sorriso. Ele acena para as garotas do lado de fora. "Meninas."

"Não sabia que você tinha companhia", Rachel fala comigo, mas sem desviar os olhos dele.

"A culpa é minha", diz ele, tranquilo, vestindo a camisa e cobrindo o peito esculpido. Então calça os sapatos. "Foi mal." Para mim, ele pisca a caminho da porta e diz: "Me liga".

E vai embora tão subitamente quanto apareceu para se tornar um improvável aliado. Todos os olhares se voltam para a bunda firme envolta pela calça jeans, até que ele enfim desaparece, com passos pesados ressoando pelos degraus da escada.

Inspiro algumas vezes antes de falar. "Rachel, eu..."

"Não esperava isso de você, Marsh." Ela parece surpresa, claro, mas também impressionada. "Da próxima vez que resolver transar no meu quarto, tenta sair antes do café da manhã, tá legal?"

"Certo. Desculpa", digo, aliviada. Acho que o pior foi evitado. Vou viver para lutar batalhas mais dignas. E se ganhei essa ou não, se isso sacrifica mais um pouco da minha dignidade em favor da minha posição social, pelo menos por um dia todas essas meninas vão sonhar com as minhas supostas façanhas.

Mas também tem Abigail.

Enquanto as outras voltam para os desenhos animados matinais e seus cereais de canela, ela permanece no alto da escada, esperando por mim. Minha vontade é de passar direto, ignorá-la, quem sabe fazê-la tropeçar de leve, enquanto descemos a escada. Em vez disso, feito uma idiota, paro na frente dela e dou uma bela encarada.

"Você deve estar se sentindo", ela diz, arqueando a sobrancelha perfeita.

"Não, Abigail, só cansada."

"Se acha que provou alguma coisa ontem à noite, está errada. Conor comeria uma meia molhada se sorrisse pra ele. Então não pense que isso te faz especial, Tay-Tay."

Desta vez, passo por ela. "Nem sonharia com isso."

"E ele não tentou nada?", pergunta Sasha, no domingo pela manhã, depois que termino de atualizá-la sobre minhas façanhas da sexta à noite.

Ao contrário de mim, Sasha ainda mora na casa Kappa Chi, então veio tomar café da manhã comigo no Della's Diner, uma lanchonete na cidade. Em geral, é preguiçosa demais para vir até Hastings e sempre me obriga a encontrá-la em algum dos refeitórios da Briar, mas acho que a mensagem vaga que mandei ontem — *te conto quando a gente se encontrar* — não satisfez a curiosidade da minha melhor amiga. Pelo menos agora sei o que é capaz de arrastá-la para fora do campus: detalhes sujos.

Ou a falta deles.

"Não", confirmo. "Nadinha." Não tenho medo de que Sasha conte para alguma das meninas da Kappa. Confio nela de olhos fechados, e de jeito nenhum deixaria minha amiga mais próxima achar que fiquei com um atleta pegador. É a única pessoa que sabe que sou virgem.

"Não tentou beijar você?"

"Não." Mastigo lentamente um pedaço de torrada integral. Sempre que vou ao Della's, peço o mesmo café da manhã triste: torrada integral, omelete de clara de ovo e uma tigelinha de frutas. Se "contar calorias" fosse uma opção de carreira, eu seria mais rica do que Jeff Bezos.

"Estou chocada", anuncia ela. "Quer dizer, o cara tem uma reputação."

"Bem, ele flertou um pouco", admito, pegando meu copo d'água. "E fingiu que gostou do meu corpo."

Ela revira os olhos. "Taylor, garanto que ele não estava *fingindo*. Sei que você acha que os homens só gostam de mulher magérrima, mas confia em mim, você tá errada. Eles são loucos por curvas."

"Pois é, curvas. Não pneus."

"Você não tem pneus."

Não agora, felizmente. Desde o Ano-Novo, só estou comendo coisas saudáveis, depois de ter me entupido nas férias e engordado quase cinco quilos. Em três meses, já perdi quatro dos cinco, e estou feliz com o resultado, mas adoraria perder mais.

Meu corpo ideal está em algum lugar entre Kate Upton e Ashley Graham. Em geral, fico sanfonando entre uma e outra, mas se pudesse chegar ao tamanho de Kate, ficaria superfeliz. Eu realmente acredito que todos os tipos de corpo são lindos. Só que, quando me olho no espelho, me esqueço disso. Meu peso tem sido uma fonte de estresse e insegurança a vida toda, então mantê-lo é uma prioridade.

Engulo a última garfada da omelete, fingindo não notar como o café da manhã de Sasha parece delicioso. Uma pilha de panquecas de chocolate de dar água na boca, nadando num mar de calda de caramelo.

Ela é uma dessas sortudas que pode comer qualquer coisa e não ganhar um grama sequer. Já eu, dou uma mordida num cheeseburger e ganho cinco quilos da noite pro dia. Meu corpo é assim, já aprendi a aceitar isso. Cheeseburger e panqueca são muito gostosos na hora de comer, mas depois não valem a pena.

"Enfim", continuo, "ele foi muito cavalheiro."

"Ainda não consigo acreditar nisso", comenta ela, com a boca cheia de panquecas. Sasha mastiga depressa. "E ainda pediu pra você ligar pra ele?"

Faço que sim com a cabeça. "Mas claro que não tava falando sério."

"Por quê?"

"Porque ele é Conor Edwards, e eu sou Taylor Marsh?" Reviro os olhos. "E quer saber do que mais? Ele não me passou o telefone dele."

Ela faz uma careta. Rá, calou a boca rapidinho.

"Então, seja qual for a fantasia que você tá criando nessa sua linda cabecinha, pode esquecer. Conor me fez um favor." Dou de ombros. "Só isso."

# 5

## CONOR

Se algum de nós achou que o treinador Jensen ia pegar leve depois de garantirmos nossa vaga na semifinal do campeonato da primeira divisão da NCAA, a ilusão logo se desfaz quando pisamos no gelo na segunda de manhã. O treinador está furioso desde o primeiro apito, como se tivesse acabado de descobrir que Jake Connelly engravidou a filha dele ou algo assim. Passamos a primeira hora fazendo treino de velocidade, patinando até as unhas do pé sangrarem. Então ele começa uma sequência de exercícios de disparos pro gol, e mando tantas tacadas na rede que parece que meus braços vão soltar dos ombros.

*Apito*, patinar. *Apito*, lançar. *Apito*, alguém me mata.

Quando o treinador manda todo mundo para a sala de mídia, para estudar os vídeos de jogo, estou quase rastejando no gelo. Até Hunter, que tenta de tudo para manter uma postura positiva como capitão do time, está começando a dar sinais de que quer pedir para a mãe vir buscá-lo. No túnel, trocamos um olhar de desânimo. *Eu também, cara.*

Depois de uma garrafa de Gatorade e um daqueles sachês de carboidrato em gel, estou me sentindo semivivo, pelo menos. A sala de mídia tem três semicírculos de poltronas macias, e sento na primeira fila, com Hunter e Bucky. Estão todos largados no assento, exaustos.

O treinador fica de pé na frente da tela, com uma imagem pausada do nosso jogo contra o Minnesota projetada na cara. Até o som dele limpando a garganta me dá arrepios.

"Alguns de vocês parecem pensar que a parte difícil acabou. Que agora é só manter o embalo até ganhar o campeonato e que é tudo champanhe e festas daqui pra frente. Bem, tenho uma notícia pra vocês." Ele bate a mão duas vezes contra a parede, e juro que o prédio inteiro treme. Sentamos todos eretos nas poltronas, bem acordados. "Agora que o trabalho começou. Até hoje, vocês estavam andando de bicicleta com rodinhas. Agora o papai arrastou todo mundo até o alto da montanha e vai dar um bom empurrão na bunda de vocês."

Ele solta o vídeo em câmera lenta. A linha de defesa está fora de posição, deixa um atacante sem marcação, e o lançamento bate na trave. Eu estou ali, na esquerda, e me ver correndo atrás do adversário me deixa com um buraco no estômago.

"Bem aqui", diz o treinador. "Nossa concentração foi embora. Ficamos só olhando pro disco. Basta um segundo para perder o foco, e *bum*, ficamos atrás no placar."

Ele acelera o vídeo. Desta vez, Hunter, Foster e Jesse não conseguem acertar um passe.

"O que foi isso, meninas? Isso é o básico que vocês fazem desde que tinham cinco anos. Mão leve. Visualiza onde seu colega de time está. Sai da marcação. Finaliza o movimento."

Um depois do outro, todo mundo na sala leva um golpe no ego superinflado. Assim é o nosso técnico; não suporta divas. Tem algumas semanas que estamos todos nos sentindo quase invencíveis em nossa escalada rumo ao topo. Agora que estamos diante dos nossos principais adversários, é hora de botar o pé no chão. Ou seja, pegar pesado nos treinos.

"Onde quer que o disco esteja, quero três caras prontos para tomá--lo", continua o treinador. "Não quero ver ninguém parado procurando alguém livre. Se quisermos enfrentar Brown ou Minnesota de igual pra igual, precisamos melhorar nosso jogo. Passes rápidos. Pressão. Quero ver confiança atrás do taco."

Meu técnico em Los Angeles era um verdadeiro filho da puta. O tipo de sujeito que entra na sala berrando e gritando, batendo portas e chutando cadeiras. Era expulso de um jogo pelo menos duas vezes por temporada, e no treino seguinte descontava na gente. Em algumas ocasiões, o time merecia. Em outras, era como se ele precisasse exorcizar quarenta anos de vergonha e inadequação num monte de moleques burros. Não é de admirar que o programa de hóquei fosse tão ruim.

Por causa dele, quase nem me dei ao trabalho de tentar entrar na equipe de hóquei quando me mudei para a Briar, mas conhecia a reputação do time e tinha ouvido coisas boas. O treinador Jensen foi um alívio. Ele pode ser rígido, mas nunca é sacana. Nunca fica tão concentrado no esporte que esquece que está treinando pessoas. Tenho certeza que Jensen se preocupa com todo mundo no time. Chegou até a ajudar Hunter no semestre passado, quando ele foi preso. Por isso, nós o seguiríamos até onde quer que fosse, que se danem nossas unhas do pé.

"Certo, chega por hoje. Agora todo mundo vai falar com o nutricionista e pegar o cardápio das próximas semanas. Vamos nos esforçar mais do que fizemos a temporada inteira. Isso significa que quero que cuidem do corpo. Quem estiver com algum machucado fala com os preparadores físicos e pede uma avaliação. Agora não é hora de esconder nenhum problema. Todo mundo no time precisa saber que pode contar com o cara do lado. Entendido?"

"Ei, treinador?", chama Hunter. Ele suspira, já meio se encolhendo. "Os caras querem saber quando a gente vai ter uma resposta sobre a questão do mascote."

"O porco? Seus idiotas, vocês ainda estão falando desse maldito porco?

"Hum, é. Sem o Pablo Eggscobar, tem gente que tá tendo crise de abstinência."

Eu rio baixinho. Não vou mentir, também meio que sinto falta do ovo idiota que tivemos de mascote. Ele era um cara legal.

"Deus do céu. Tudo bem, vocês vão ganhar uma porcaria de um animal de estimação. Lá pra agosto, acho. Tem uma quantidade absurda de papelada envolvida na compra de suínos para fins não agrícolas. Tudo certo? Satisfeito, Davenport?"

"Ótimo, ótimo. Obrigado, treinador."

Todos começamos a nos levantar para sair, um burburinho irrompendo aqui e ali, enquanto os caras caminham em direção à porta.

"Ah, espera", exclama o técnico.

Todo mundo para, feito bons soldadinhos.

"Já ia esquecendo. Ordens de cima: no sábado à tarde, vamos ter que participar de algum evento oficial com ex-alunos da universidade."

Gemidos e protestos por todos os lados.

"O quê? Por quê?", pergunta Matt Anderson, do fundo da sala.

"Ah, qual é, treinador!", reclama Foster.

Gavin, ao meu lado, está furioso. "Que palhaçada."

"Que tipo de evento?", pergunta Bucky. "Ficar puxando saco de ex--aluno?"

"É bem por aí", responde o técnico. "Escutem só, também odeio essas coisas. Mas, quando o reitor manda, o diretor atlético abaixa a orelha."

"Mas quem precisa fazer o trabalho sujo é a gente", protesta Alec.

"Agora vocês estão entendendo. Esses eventos são só uma questão de bajular gente em troca de dinheiro. A universidade precisa desses showzinhos pra financiar coisas como o programa de esportes e o centro de treinamento das princesinhas aqui. Então, mandem passar seus ternos, penteiem o cabelo e, pelo amor de Deus, se comportem."

"Isso significa que vai ter coroa rica beliscando a minha bunda?" A sala inteira ri, quando Jesse levanta a mão para falar. "Porque não ligo de fazer um sacrifício pelo resto do time, mas minha namorada é ciumenta, e vou precisar de um atestado ou algo em papel timbrado, se ela me perguntar sobre isso."

"Gostaria de registrar que considero essa premissa sexista e abusiva", anuncia Bucky.

Num tom controlado que sugere que está cansado de nos aturar, o treinador coça os olhos e recita o que presumo ser o código de conduta da Briar.

"É política da universidade que nenhum aluno seja obrigado a se comportar de maneira antiética ou imoral, ou que possa entrar em conflito com suas sinceras crenças religiosas ou espirituais. A universidade é uma instituição de oportunidades iguais, baseada em mérito acadêmico e não discrimina com base em gênero, orientação sexual, status econômico, religião ou ausência dela, nem em função do temperamento da sua namorada. Satisfeitos, pessoal?"

"Obrigado, treinador!", diz Bucky, erguendo o polegar de forma bem exagerada. O cara vai acabar provocando um aneurisma no nosso técnico um dia desses.

Mas Jesse e Bucky não estão tão errados assim. Existe algo de fundamentalmente deturpado num sistema que nos faz pagar cinquenta mil de mensalidade ao ano para sermos tratados como prostitutas. Pelo menos os que, ao contrário de mim, não têm bolsa de estudos.

Mas se tem um lance que sei fazer é brincar de objeto sexual.

Uma coisa eu posso dizer sobre esse bando de palhaços, todo mundo aqui tem uma boa aparência quando se esforça um pouco. O time inteiro ficou nos trinques no sábado à tarde. Barba feita. Cabelo arrumado. Bucky até aparou os pelos do nariz, como fez questão de informar a todos nós.

O evento dos ex-alunos está sendo realizado no Woolsey Hall, no campus. Até agora, tudo se resumiu a ouvir um monte de gente se levantar e discursar sobre a Briar ter feito deles os homens e as mulheres que são hoje, sobre oferecer alguma coisa em troca, espírito escolar, blá-blá-blá. Em cada uma das muitas mesas, a organização mesclou atletas, membros de fraternidades, dirigentes do grêmio e de outras organizações estudantis importantes com os ex-alunos e seus convidados. Basicamente, tudo que temos que fazer é sorrir, assentir, rir de piadas ruins e dizer: *Sim, senhor, este ano o título é nosso.*

Não é tão ruim assim. A comida é boa e a bebida, além de grátis, é farta. Então, pelo menos, já estou meio alegre.

Não importa se eu fico de terno, ainda sinto como se eles pudessem me identificar pelo cheiro. O fedor da pobreza. O cheiro de hospital do dinheiro novo. Todos esses ricos babacas que provavelmente passaram a maior parte do tempo na faculdade cheirando cocaína com notas de cem dólares tiradas de um fundo de investimentos que rende juros desde os tempos que os ancestrais deles estavam envolvidos no tráfico de escravos.

Cheguei há sete meses na Briar, um rebelde de Los Angeles. Exatamente o tipo de pessoa que gente de bem de uma universidade da Ivy League prefere ver limpando o chão em vez de frequentando as aulas. Mas um padrasto cheio da grana faz maravilhas para a imagem de alguém aos olhos do conselho de admissões.

Sim, posso até ficar arrumadinho, mas esse tipo de merda me lembra que não sou um deles. Nunca serei.

"Sr. Edwards." A senhora sentada ao meu lado está com um colar pendurado no pescoço digno da rainha da Inglaterra. Ela desliza a mão ossuda pela minha coxa e se aproxima de mim. "Pode providenciar um gim-tônica para esta dama aqui? Vinho me dá dor de cabeça." Ela cheira a cigarro, chiclete de menta e perfume caro.

"Agora mesmo." Torcendo para que ela não repare na minha expressão aliviada, peço licença da mesa, grato por poder me afastar um pouco.

Fora do salão principal, encontro Hunter, Foster e Bucky no bar, onde a equipe do bufê arruma as coisas depois de servir os aperitivos.

"Posso pedir um gim-tônica?", pergunto ao barman.

"Claro." Ele começa a preparar a bebida. "Quanto mais garrafas esvaziar, menos tenho que carregar de volta no final."

"Gim-tônica? Cara, desde quando você virou a minha avó?", brinca Bucky.

"Não é para mim. É pra coroa da minha mesa."

Hunter bufa e bebe sua cerveja.

"Por favor, não dá risada. Mais dois gins-tônicas, e ela vai tentar sentar no meu pau." Aceno para o barman para avisar e pego uma das garrafas de Stella que ele tem numa caixa térmica no chão.

"Pelo que ouvi", diz Foster, "seu pau tem andando muito ocupado esta semana."

Abro a cerveja com o anel que uso no dedo médio da mão direita. "O que quer dizer com isso?"

"Pelo que ouvi, você passou a noite com uma Kappa na sexta passada e pulou direto pra cama de uma Tri-Delt na quinta."

Dito assim, parece grosseiro. Mas, sim, acho que é isso o que pode parecer. Claro que ele não sabe que Taylor e eu passamos uma bela noite platônica só conversando. E não posso defender a honra dela sem também estragar seu disfarce. Confio nos caras, mas é inevitável que qualquer coisa que eu diga seja repetido para suas namoradas e, bem, as pessoas comentam.

"Quem te contou sobre a menina da Delta?", pergunto, curioso, porque Natalie me levou para dentro da fraternidade depois da meia-

-noite. Aparentemente, a casa Delta tem uma regra ridícula sobre homens não poderem passar a noite.

"Ela própria", responde Foster, rindo.

Franzo a testa. "Hein?"

Bucky tira o telefone do bolso. "Ah é, todo mundo viu essa foto. Espera aí." Ele toca na tela algumas vezes. "Aqui."

Dou uma olhada no Instagram de Bucky. E, sim, tem uma selfie de Natalie mostrando o polegar para a câmera, comigo no canto inferior da imagem, completamente apagado. A legenda diz: *Olha só quem marcou um golaço. #DelíciaDoHóqueiBriar #Toma #NosAcréscimos #Gooolll*

Quanta classe.

"Gostei da luz e da composição", comenta Foster, aos risos. Babaca.

"Hashtag maria-patins", acrescenta Bucky. "Hashtag..."

Pego o gim-tônica do barman e volto para entregá-lo, mostrando o dedo médio para os caras ao sair.

Não é a gozação que me incomoda. Nem a foto, na verdade. Só me sinto meio... fácil demais. A transa de alguém que só quer ganhar umas curtidas na internet. Posso ser um pouco promíscuo, mas não trato as mulheres como troféus. Uma simples troca de prazer físico, em que as partes conseguem o que querem e ninguém conta nenhuma mentira, é perfeitamente saudável. Por que fazer a outra pessoa se sentir como um pedaço de carne?

Mas acho que eu mereço. Aja como um devasso, seja tratado como um devasso.

Quando volto para o salão, a banda de jazz começou a tocar, e os pratos do almoço já foram retirados. A maior parte dos convidados foi para a pista de dança, inclusive a coroa das joias. Coloco a bebida na mesa e sento, torcendo para ninguém me obrigar a dançar. Por enquanto, está indo tudo bem. Bebo minha cerveja e fico observando as pessoas. Logo, uma conversa a poucas mesas de distância chama minha atenção.

"Ah, por favor. Não precisa dar tanto crédito assim a ela também. Foi um desafio, tá legal? Não é como se ele tivesse dado em cima dela ou alguma coisa do tipo."

"Vai por mim", responde uma garota, "eu ouvi o que estava acontecendo lá dentro. Ele viu aqueles peitos e aquela bunda de atriz pornô e provavelmente pensou que, se comesse ela por trás, não ia ter que olhar praquela cara feia."

"Eu comia a Taylor se ela tivesse o seu rosto", comenta um cara.

Meus dedos apertam a garrafa de cerveja. Esses filhos da mãe estão falando de Taylor?

"Tá de brincadeira com a minha cara, Kevin? Fala isso de novo e coloco suas bolas na minha chapinha de cabelo."

"Calma, Abigail, tô brincando. Relaxa."

Abigail. A colega de irmandade de Taylor que fez o desafio idiota?

Dou uma espiada por cima do ombro. A própria. Eu me lembro dela de pé no corredor da casa Kappa quando fiz minha caminhada da vergonha naquela manhã. Está sentada com um grupo de meninas da Kappa que me lembro da festa e mais uns caras. Taylor tinha razão; é uma bela de uma vaca.

Supondo que ela também esteja aqui, vasculho o ambiente em busca de Taylor, mas não a vejo.

"Vocês sabiam que ela quer ser professora?", comenta outra garota. "Certeza que vai virar uma daquelas mulheres que engravidam de aluno."

"Ah, cara, ela devia fazer pornô de professora", responde um dos caras. "Aquele air-bag duplo daria uma grana e tanto."

"Como é que alguém ainda ganha dinheiro com pornografia? Não é tudo de graça hoje em dia?"

"Vocês deviam ver os vídeos que a gente tem da semana das calouras. Vocês iam ter material de fantasia pro resto da vida."

Só quando a coroa volta para pegar o gim-tônica e deixa uma marca de batom na minha bochecha é que percebo que meus punhos estão cerrados debaixo da mesa e que estou prendendo o fôlego. Ainda não sei bem o que pensar disso. Tá, essa gente é nojenta, mas por que estou tão revoltado por uma garota com quem só conversei por uma noite? Meus colegas de time sempre brincam que nada me incomoda, e em geral eles têm razão — sou muito bom em relevar tudo, ainda mais quando não me diz respeito diretamente.

Mas toda essa conversa está me irritando.

"Vocês viram o post da Delta no Insta? Conor nem tentou sair com a Taylor de novo."

"Tem mulher que só serve para uma noite. Esse é o lugar dela", diz Abigail, num tom presunçoso. "Conseguir um cara feito Conor é uma meta inatingível para Taylor. Quanto mais cedo ela perceber isso, mais feliz vai ser. Na verdade, é muito triste."

"Ai, meu Deus! Aposto que ela já está rabiscando *Taylor ama Conor* nos cadernos dela."

"Escrevendo *Taylor Edwards* com sangue no diário."

Eles riem, gargalham. Idiotas.

Penso em caminhar até eles e tirar a história a limpo. Taylor não fez nada para merecer essa merda. É uma garota legal. Inteligente, engraçada. Faz muito tempo desde a última vez que eu realmente quis passar uma noite inteira conversando com uma desconhecida. E não porque ela seja digna de pena ou precisasse de um álibi. Me diverti de verdade com ela. Esses babacas não têm direito de falar de...

Falando no diabo.

Vejo Taylor caminhando na minha direção, e meus ombros se enrijecem. Vem com a cabeça abaixada, concentrada no telefone. Está com um vestido preto na altura do joelho, um casaquinho rosa curto abotoado até o pescoço e o cabelo preso num coque meio bagunçado na nuca.

Eu me lembro do jeito como reclamou das suas curvas, e, sinceramente, não entendi. Taylor tem um corpo mil vezes mais interessante para mim do que, digamos, a esquelética da Abigail. Eu gosto de mulheres macias, curvilíneas, apertáveis. Não sei quando começou essa lavagem cerebral que fez todas elas pensarem o contrário.

Taylor se aproxima, e minha boca fica um pouco seca. Está muito gostosa esta noite. Sensual. Elegante.

Não merece o desprezo dessa gente.

Alguma coisa me motiva. Um senso de justiça, talvez. O triunfo do bem sobre o mal. Sinto cócegas na nuca, um sinal de que estou prestes a ter uma ideia imbecil.

Ela passa pela mesa ao lado da minha, sem me ver sentado aqui, e fico de pé num pulo para detê-la.

"Taylor, ei! Por que você não me ligou?", digo, alto o suficiente para chamar a atenção de Abigail e seu grupinho a duas mesas de distância.

Taylor pisca algumas vezes, atordoada e legitimamente confusa.

*Por favor, gata. Colabora comigo.*

Imploro com os olhos, enquanto repito a pergunta num tom arrasado. "Por que você não me ligou?"

# 6

## TAYLOR

Tento ouvir o que Conor está falando, mas a visão dele de terno está afetando minha concentração. Seus ombros imensos e o peito largo sob o paletó azul-marinho não se comparam aos de mais ninguém. Fico tentada a pedir para ele dar uma voltinha para eu avaliar a bunda. Aposto que está uma delícia também.

"Taylor", insiste ele, impaciente.

Pisco algumas vezes, me forçando a me concentrar de novo no rosto dele. "Conor, oi. Desculpa, o que você disse?"

"Faz uma semana", diz ele, com uma estranha urgência na voz. "Você não me ligou. Achei que a gente tinha se divertido na festa."

Minha boca se abre. Ele tá falando sério? Quer dizer, tudo bem, tecnicamente ele falou "me liga" quando foi embora no sábado pela manhã, mas foi só parte da encenação, não? Ele nem me deu o número dele!

"Ah, desculpa de novo?" Franzo a testa. "Acho que a gente se desencontrou."

"Você tá me evitando?", pergunta ele.

"O quê? Claro que não."

Ele está agindo de forma estranha. E meio que carente. De repente, começo a me perguntar se ele tem algum tipo de distúrbio de personalidade.

Ou talvez esteja bêbado? Teve muita bebida de graça neste evento. E é exatamente por isso que eu estava indo direto para o banheiro antes de ele aparecer do nada e me emboscar.

"Não consigo parar de pensar em você, Taylor. Não consigo comer, não consigo dormir." Ele passa a mão agitada pelo cabelo. "Achei que tivesse sido uma noite especial. Quis ficar de boa, sabe como é. Não parecer muito carente. Mas tô sentindo sua falta, gata."

Se isso for uma piada, não tem a menor graça.

Apertando os punhos junto ao meu corpo, dou um passo para trás. "Certo, não sei que papo é esse, mas, só pra você ficar sabendo, vi aquele post no Instagram de você na cama com uma garota. Então diria que você tá superando muito bem."

"Porque você mexeu com a minha cabeça." Ele deixa escapar um gemido agoniado. "Olha, sei que fiz merda. Sou fraco. Mas foi só porque fiquei muito magoado com a ideia de que aquela noite incrível que a gente passou junto não significou nada pra você."

Agora estou preocupada com ele.

A exasperação me faz avançar de novo. "Conor, você..."

Ele me agarra sem aviso. Me envolve em seus braços, cravando as mãos grandes na minha cintura enquanto se abaixa para enterrar o rosto na dobra do meu pescoço. Fico imóvel, atordoada e, pra ser sincera, um pouco assustada com o que está acontecendo.

Até que ele sussurra no meu ouvido.

"Prometo que não sou louco, mas preciso da sua ajuda e não vou pegar no seu pau. Só me ajuda aqui, T."

Afasto-me para encontrar seus olhos, vislumbrando um brilho de urgência e um lampejo de humor. Ainda não sei o que está acontecendo. Ele está tentando se vingar do que fiz com ele no fim de semana passado? É uma piada? Um revide?

"Con, cara, deixa a pobre garota em paz", comenta uma voz divertida.

Eu me viro para o cara de cabelos escuros que acabou de falar — é então que noto Abigail e Jules. Minhas colegas de irmandade estão sentadas com os namorados e alguns dos caras da Sigma, e tudo começa a fazer um pouco mais de sentido.

Meu coração se derrete um pouco. O mundo não merece Conor Edwards.

"Cai fora, capitão", responde Conor sem se virar. "Estou cortejando minha mulher."

Engulo uma risada.

Ele pisca para mim e aperta minha mão, transmitindo segurança.

Então, para meu completo assombro, fica de joelhos. Ai, Deus, todo mundo que não estava olhando pra gente antes com certeza está *agora*.

Meu bom humor chega muito perto de evaporar por completo. Com essa cara de arrasar corações, tenho certeza de que Conor está acostumado aos holofotes. Já eu prefiro ser torturada com farpas de madeira embaixo das unhas a ser o centro das atenções. Mas dá pra sentir os olhos de laser de Abigail em mim, o que significa que não posso transmitir fraqueza. Não posso demonstrar nem um traço da ansiedade corroendo minhas entranhas feito ácido de bateria.

"Por favor, Taylor. Tô te implorando. Acaba com esse sofrimento. Não sou nada sem você."

"O que está acontecendo?", pergunta outro cara.

"Cala a boca, Matty", adverte o primeiro. "Tô querendo ver aonde isso vai dar."

Conor continua a ignorar os amigos. Seus olhos cinzentos não se afastam dos meus nem por um momento. "Sai comigo. Um encontro."

"Humm, acho que não", respondo.

Ouço um suspiro de assombro vindo das proximidades da mesa da Kappa.

"Qual é, T!", implora ele. "Me dá uma chance de me redimir."

Tenho que morder o interior da bochecha para não rir. Lágrimas histéricas se acumulam em meus olhos. Se hesito por um longo tempo, não é porque estou tentando criar drama ou tensão. Estou preocupada que, se abrir a boca, posso cair na gargalhada ou chorar de vergonha.

"Tá bom", finalmente aceito, dando de ombros. Para parecer ainda mais indiferente, meio que olho na direção do palco, como se estivesse entediada com toda essa conversa. "Um encontro. Acho."

O rosto dele se ilumina inteiro. "Obrigado. Prometo que você não vai se arrepender."

Já me arrependi.


Depois da grande performance de Conor, não ficamos mais muito tempo no banquete de ex-alunos. Considerando que eu nem queria ir em primeiro lugar, estou mais do que feliz em ir embora.

No ano passado, Sasha e eu ficamos bêbadas e nos divertimos muito, mas desta vez ela não pôde vir, porque teve um ensaio de última hora para o festival de primavera. O que significa que acabei de passar as últimas horas sorrindo, interagindo e fingindo ser melhor amiga de Kappas que ou me odeiam ou no mínimo são indiferentes a minha pessoa. Sem falar no cardigã idiota que estou usando. Vesti mais cedo, depois de cansar da atenção que meu decote estava atraindo, e agora estou suando loucamente.

Como nós dois moramos em Hastings, Conor se oferece para me dar uma carona de volta até o meu apartamento, mas acontece que ele é algum tipo de mago da mente, porque, de alguma forma, acabamos na casa dele. Não tenho ideia do que me fez concordar com um jantar e um filme. Decido culpar as duas taças de champanhe que bebi no banquete, apesar de já estar completamente sóbria.

"Vou logo avisando", diz ele, diante da porta da frente de uma casa na cidade, numa rua tranquila e arborizada, "meus colegas às vezes parecem meio que um bando de cachorros descontrolados."

"Do tipo que tentam transar com a minha perna ou do tipo que se assustam com qualquer barulho?"

"Um pouco dos dois. É só dar um chega pra lá se eles passarem dos limites."

Assinto com a cabeça e endireito os ombros. "Entendi."

Se sou capaz de lidar com uma sala de aula com mais de vinte crianças de seis anos hiperativas por excesso de açúcar, dou conta de domar quatro jogadores de hóquei. Embora provavelmente fosse mais fácil se eu tivesse trazido algum petisco.

"Con, é você?", grita alguém, assim que entramos. "O que vai querer no seu cereal?"

Conor tira meu casaco e pendura num dos ganchos do lado da porta. "Pode ir todo mundo colocando o pau pra dentro da calça", anuncia ele. "Temos visita."

"Cereal?", pergunto, confusa.

"É o programa de nutrição do time. Tá todo mundo comendo que nem rato. Nenhuma caloria a mais do que o necessário." Ele suspira.

Sei como é.

Ele me leva até a sala de estar, onde três homens grandes estão esparramados nos sofás, dois deles jogando Xbox.

Ainda estão com o terno do banquete, ainda que em diferentes estágios de desordem, com gravatas desfeitas e camisas desabotoadas. Juntos, parecem um anúncio de perfume da *GQ* retratando o fim de uma noitada de garotos ricos em Las Vegas ou algo assim. Só está faltando umas pernas femininas de salto alto e sem corpo envolvendo seus ombros, e talvez uma calcinha vermelha rendada elegantemente pendurada num descanso de braço.

"Pessoal, esta é Taylor. Taylor, esse é o pessoal." Conor tira o paletó e o joga no encosto de uma cadeira.

Por um instante, fico paralisada, observando seus músculos se moverem sob o tecido branco da camisa. Os peitorais apertados sob os botões. Acho que nunca mais um cara de terno vai ter a menor graça pra mim.

Em uníssono, o pessoal responde: "Oi, Taylor", como se fosse tudo combinado.

"Oi, pessoal." Dou um aceno, me sentindo desconfortável. Principalmente porque está quente aqui, e queria muito tirar o suéter.

Mas o vestido que estou usando deve ter encolhido na lavanderia ontem, porque meus peitos estão tentado pular para fora a tarde inteira. É desanimador andar por uma sala cheia de ex-funcionários da Casa Branca, vencedores do Prêmio Nobel e CEOs de empresas da Fortune 500 e descobrir que, desde a época da fraternidade, eles ainda não aprenderam a olhar uma mulher nos olhos.

Os homens são uma experiência que deu errado.

"Então é você." Encurvado para a frente com um joystick nas mãos, um dos colegas de Conor levanta uma sobrancelha para mim. Ele é bonito, com covinhas do tipo que derrete corações.

Lembro-me dele no banquete como o cara que estava do lado do capitão do time de hóquei. Chegou em casa antes de Conor, mas a culpa é minha... Precisava ir ao banheiro, e a fila estava enorme.

"Sou eu o quê?", pergunto, me fazendo de boba.

"A menina que fez Con cair de joelhos e declarar seu amor?", o sr. Covinhas me olha com expectativa, esperando que eu dê mais explicações.

"Ah, merda, foi *você*?", pergunta outro. "Não acredito que a gente foi embora antes do espetáculo." Ele lança um olhar acusatório para o cara ao seu lado. "Falei que a gente devia ter ficado pra mais uma bebida."

"Nada de interrogar minha visita, Matt", resmunga Conor. "O mesmo vale pra vocês."

"Você vai ser a nossa nova mãe?" O terceiro cara abre uma cerveja, sorrindo com olhos de cãozinho carente, e não consigo conter o riso.

"Já chega." Conor chuta Matt do sofá menor e faz um gesto para eu me sentar. "Por isso que vocês não recebem visita."

A casa deles é enorme comparada ao meu apartamento. Uma sala de estar grande com sofás de couro velhos e duas cadeiras reclináveis. Uma TV gigante, conectada a pelo menos quatro consoles de videogame. Quando Conor disse que morava com quatro amigos, achei que estava prestes a entrar num antro masculino malcheiroso, cheio de caixas de pizza e roupas sujas, mas o lugar até que é bem arrumado e não cheira a chulé nem peido.

"Ei, visita?" Uma quarta cabeça aparece pela porta que separa a sala da cozinha. "O que você vai querer do Freshy Bowl?", pergunta ele, com o celular junto do ouvido.

"Salada de frango grelhado, por favor", grito de volta na mesma hora. Conheço bem o cardápio de uma das únicas opções saudáveis de Hastings.

"Deixa que eu pago", murmura Conor, quando pego minha bolsa.

Olho para ele. "Obrigada. Eu pago a próxima."

A *próxima*? Como se essa rara ocorrência de jantar na casa de Conor Edwards fosse algum dia se repetir. Seria mais provável o cometa Halley passar algumas décadas antes da data.

E não sou a única maravilhada com a sequência imprevista de acontecimentos. Quando Sasha me manda uma mensagem alguns minutos depois e eu a informo de onde estou, ela me acusa de estar zoando com a cara dela.

Enquanto Conor e seus amigos debatem sobre qual filme assistir, escrevo sorrateiramente para minha melhor amiga.

EU: *Tô falando sério, juro.*

ELA: *Você tá na CASA dele???*
EU: *Juro pelo meu pôster autografado da Ariana Grande.*

É a única pop star que Sasha me permite idolatrar. Em geral é só "se a pessoa não consegue cantar ao vivo sem playback ou sem usar autotuner, então não é músico de verdade, blá-blá-blá".

ELA: *50% de mim ainda acha que você tá mentindo. Só vocês dois?*
EU: *Seis pessoas. Eu + Con + 4 amigos dele.*
ELA: *Con??? CÊS JÁ TÃO SE CHAMANDO POR APELIDO AGORA?*
EU: *Não, tô só economizando letra pra escrever mais rápido.*

Estou prestes a acrescentar um emoji revirando os olhos, quando o telefone é arrancado sem cerimônia da minha mão.

"Ei, devolve isso aqui", protesto, mas Conor se limita a me oferecer um sorrisinho maligno e começa a ler toda a minha conversa com Sasha em voz alta para os amigos.

"Você tem um pôster autografado da Ariana Grande?", pergunta Alec. Pelo menos acho que é Alec. Ainda estou tentando aprender os nomes deles.

"Você dá um beijo de boa-noite nela todo dia antes de dormir?", pergunta Matt, o que faz os outros gargalharem.

Olho para Conor. "Traidor."

Ele dá uma piscadinha. "Aprendi com a minha professora de geografia no colégio, a sra. Dillard. Se ela te pegasse passando bilhete no meio da aula, lia em voz alta pra turma toda."

"A sra. Dillard parece uma bela de uma sádica. E você também." Reviro os olhos, dramaticamente. "E se eu estivesse mandando mensagens sobre minhas cólicas menstruais horrorosas?"

Ao lado de Alec, Gavin empalidece. "Devolve o telefone, Con. Você não vai ganhar nada com isso."

Conor volta os olhos acinzentados para a tela. "Mas a amiga de T não acredita que ela tá aqui com a gente. Espera, vamos mandar uma prova. Sorriam."

Ele tem a cara de pau de bater uma foto. Seus quatro amigos flexionam os bíceps para a câmera, e eu fico pasma.

"Pronto", diz Conor com um aceno satisfeito. "Mandei."

Arranco o telefone da mão idiota dele. E não é que ele realmente mandou a foto para Sasha? E a resposta dela é imediata.

ELA: *AI, MEU DEUS!!! Quero lamber as covinhas de Matt Anderson.*
ELA: *E depois chupar o pau dele.*

Começo a rir, o que faz Conor tentar roubar o telefone de novo. Dessa vez, venço a batalha e enfio o iPhone no fundo da bolsa antes que alguém possa colocar as mãos sujas nele.

"Estão vendo isto aqui?", digo para todos, erguendo a bolsa de couro. "Isto aqui é um lugar sagrado. Qualquer homem que ousar bisbilhotar dentro da bolsa de uma mulher vai ser morto durante o sono pelo Monstro da Bolsa."

Conor dá risada. "Que coisa, gata. Não conhecia esse seu lado serial killer."

Me limito a abrir um sorriso forçado, então tiro finalmente o cardigã, porque esse monte de corpos masculinos imensos está gerando uma onda louca de calor.

No momento em que o tecido desliza dos meus ombros, sinto mais do que um par de olhos descendo até o meu peito. Um rubor surge nas minhas bochechas, mas ignoro e contorço os lábios.

"Tudo bem aí?", pergunto a Gavin, cujos olhos castanhos estão completamente embaçados.

"Humm, sim, tudo bem. É só que... você... ah... gostei do vestido."

Matt dá risada de seu novo poleiro numa das poltronas reclináveis. "Levanta o queixo do chão, taradão."

Isso tira Gavin de seu estupor. E, apesar da secada inicial, eles voltam a agir normalmente, para meu alívio. Não os chamaria de cavalheiros, mas também não chegam a ser repulsivos.

Quando a comida chega, os caras começam a assistir a *Abismo do terror*. Como minha salada de frango grelhado e fico vendo a estação subaquática ser atacada por um caranguejo gigante, o tempo todo me perguntando qual foi a hipnose que me fez sair com Conor Edwards.

Não que eu me incomode. Ele é divertido. Gentil, até. Mas ainda não entendi qual é a sua. Quando se trata de homens e amizades espontâneas, costumo ser meio cética. Cheguei a perguntar no carro por que ele fez aquele showzinho na frente de Abigail e dos amigos dela, mas ele só deu de ombros e disse: "Porque é divertido mexer com gente de fraternidade".

Acho mesmo que ele se divertiu mexendo com eles, mas também sei que tem mais alguma coisa nessa história. Só não posso perguntar na frente dos amigos dele. O que me faz me perguntar se ele sabe disso e, portanto, está usando os outros de escudo para não ter que responder a pergunta nenhuma.

"Isso não faz o menor sentido!" Deitado na poltrona reclinável, Joe, que me falou para chamá-lo de Foster, fuma um bong. "A variação de pressão entre profundidades tão extremas iria exigir várias horas de parada de descompressão antes da subida."

"Cara, tem um caranguejo gigante tentando comer o submarino deles", diz Matt. "Você tá pensando demais."

"Não, cara. Isso é um absurdo. Se eles querem ter uma premissa que seja levada a sério, precisam seguir algumas leis básicas da física. Quer dizer, é o mínimo. Cadê o esforço narrativo?"

Ao meu lado no sofá de dois lugares, Conor balança a cabeça, visivelmente segurando o riso. Ele é tão atraente que é difícil se concentrar em qualquer coisa que não seja a linha da sua mandíbula, a simetria perfeita do seu rosto de estrela de cinema. Toda vez que ele me olha, meu coração dá uma cambalhota feito um golfinho feliz, e tenho que me forçar a segurar a onda.

"Acho que você tá levando isso um pouco a sério demais", ele diz a Foster.

"Só tô pedindo que as pessoas façam seu trabalho com dignidade, tá legal? Como você faz um filme sobre uma estação subaquática e decide que as regras não se aplicam? Você faz um filme no espaço em que não tem vácuo e todo mundo pode respirar do lado de fora sem roupa de astronauta? Não, porque isso é idiota."

"Dá mais um trago aí", aconselha Gavin, do sofá, depois enfia uma garfada de comida na boca. "Você fica muito chato quando está careta."

"Bem, é isso mesmo que eu vou fazer." Foster dá um longo trago, solta uma trilha de fumaça, depois continua emburrado, enquanto come sua quinoa.

Ele é esquisito. Mas é gostoso. E obviamente muito inteligente — antes de o filme começar, fui informada de que Foster está cursando biofísica molecular. O que faz dele um nerd/ jogador de hóquei/ maconheiro, a mais estranha das combinações.

"Vocês não têm que fazer antidoping?", pergunto a Conor.

"Temos, mas se a gente usar pouco e só de vez em quando, não aparece no exame de urina", diz ele.

"Vai por mim", murmura Alec, que está agarrado ao descanso de braço do sofá, meio dormindo. Ele apagou ao lado de Gavin praticamente assim que o filme começou. "Você não quer saber como Foster é sem maconha."

"Não enche", Foster ruge pra ele.

"Será que vocês podiam tentar não se envergonhar na frente da visita?", repreende Conor. "Desculpa, eles não foram domesticados."

Abro um sorriso. "Gostei deles."

"Tá vendo, Con", retruca Matt. "Ela gostou da gente."

"Isso aí, vai se foder", diz Gavin, animado.

Queria que minha experiência na casa Kappa tivesse sido mais parecida com isso. Achei que iria ganhar um monte de irmãs e o que recebi foi a primeira temporada de *Scream Queens* reprisada em looping no canal de televisão da minha mente. Não que todas as meninas tenham se mostrado tão insuportáveis quanto Abigail, mas era tudo meio exagerado demais. O barulho, a comoção constante. Todos os detalhes da vida virarem uma atividade de grupo.

Sou filha única e, por um tempo, achei que ter irmãs preencheria algum vazio na minha vida que nem sabia que existia. Bem, aprendi depressa que algumas pessoas são feitas para dividir um banheiro, mas outras preferem cagar na floresta a passar mais uma manhã esperando dez meninas terminarem de escovar o cabelo.

Quando o filme termina, os caras começam a procurar pelo próximo filme de terror, mas Conor diz que cansou de ver televisão e me puxa do sofá.

"Vem", diz ele, e meu coração dá mais algumas cambalhotas. "Vamos subir."

# 7

## TAYLOR

Conor e eu subimos até o quarto dele ao som de assobios e grunhidos sugestivo dos caras. Estão só um ou dois estágios acima de frangos selvagens na escala evolutiva, mas com eles não existe tédio. Sei que acham que vamos transar, mas tenho um objetivo diferente em mente.

"Agora que estamos enfim a sós...", digo depois que Conor fecha a porta atrás de nós.

O quarto dele é o maior, grande o suficiente para uma cama king size de madeira escura, um sofá pequeno do outro lado do cômodo e uma televisão enorme. Além de um banheiro e uma janela grande que ocupa metade da parede com vista para um pequeno quintal, onde a neve do inverno já derreteu quase que por completo.

"É isso aí, gata, sou todo seu." Conor tira a gravata do colarinho da camisa e joga do outro lado do quarto.

Reviro os olhos. "Nada disso."

"Desmancha-prazeres."

Sento na cama dele junto da cabeceira e coloco um dos travesseiros entre nós, como ele fez da última vez que estivemos sozinhos num quarto. A roupa de cama xadrez azul me diz que sua mãe escolheu algo masculino para ele na Neiman Marcus. É muito macia e tem o cheiro dele — sândalo, com o toque salgado do oceano.

"Quero saber *a verdade*: o que foi aquela cena no banquete?"

"Já falei."

"É, só que eu acho que tem mais coisa nessa história. Então abre o jogo."

"Você não prefere beijar?" Ele sobe no colchão ao meu lado, e de repente a cama parece muito, muito pequena. É mesmo uma king size? Porque ele está *logo ali*, e um mísero travesseiro não vai me proteger do calor do seu corpo atlético e do cheiro da sua loção pós-barba.

Me obrigo a não deixar seu sorriso sexy me abalar. "Conor", digo, no tom que uso com meus alunos do primeiro ano quando um deles não quer dividir o giz de cera.

Seu sorriso sedutor desaparece. "Se eu dissesse que é melhor não saber, você confiaria em mim e deixaria pra lá?"

"Não." Eu o encaro com firmeza. "Me diz por que você fez aquilo no banquete dos ex-alunos."

Com um suspiro profundo, ele esfrega as mãos no rosto e afasta os cabelos dos olhos. "Não quero magoar você." A confissão sai num murmúrio.

"Já sou bem grandinha. Se você me respeita, me diz a verdade."

"Droga, T. Golpe baixo."

Ele me fita com olhos tão cheios de dor que me preparo para o pior. Que talvez Abigail estivesse por trás de tudo, que eles planejaram tudo juntos. O primeiro desafio, a declaração de amor no Woolsey Hall... foi tudo um grande esquema para me fazer me apaixonar por ele. Só que agora ele está se arrependendo? É um cenário humilhante, mas não seria a pior coisa que Abigail já fez.

"Tá bom. Mas lembra que foram eles que falaram essas coisas, e não eu."

Ele relata o que ouviu da conversa entre Abigail, Jules e os namorados delas sobre a minha "noitada" com Conor. Estremeço quando ele explica num tom infeliz que eles discutiram o meu potencial como atriz pornô, entre outras coisas.

Encantador.

Ele tem razão, seria melhor não saber dos detalhes mais abjetos.

Antes mesmo de ele terminar de falar, começo a me sentir enjoada. Meu estômago se revira diante da ideia de Conor ouvindo todas aquelas merdas ao meu respeito.

"Preciso perder uns dez quilos pra chegar ao meu peso ideal de estrela pornô", brinco, às minhas próprias custas.

Na maior parte das vezes, se você zomba de si mesmo primeiro, acaba tirando um pouco o ímpeto das pessoas que querem te humilhar por causa do seu peso. Mostrar que você sabe da sua condição suaviza a aversão delas a ter um amigo gordo, porque é importante para as pessoas que você conheça o seu lugar.

"Não faz isso." Conor senta para me fitar, estreitando os olhos. "Não tem nada de errado com a sua aparência."

"Não tem problema. Não precisa tentar me consolar. Eu sei como as pessoas me veem." Os golpes chegam a todo instante, mas, a esta altura, as terminações nervosas já estão quase mortas. Pelo menos, é o que digo a mim mesma. "Fui uma criança gorda. Fui uma adolescente gorda." Dou de ombros. "Passei a vida inteira lutando com a balança. É isso que eu sou, e já aceitei."

"Não, você não entendeu, Taylor." Ele parece frustrado. "Você não precisa se desculpar pelo seu corpo. Sei que já falei isso antes, mas acho que vou continuar dizendo até você acreditar em mim: você é gostosa pra caralho. Transaria com você agora, num piscar de olhos, de seis jeitos diferentes, se você deixasse."

"Cala essa boca agora." Eu dou risada.

Ele não ri comigo. Em vez disso, levanta da cama e fica de costas para mim.

Ai, droga. Será que ele ficou bravo porque o mandei calar a boca? Achei que fosse tudo brincadeira. Uma coisa entre nós, não? Espera. A gente já se conhece bem o suficiente pra ter essa liberdade? *Merda.*

"Con..."

Antes que eu possa consertar o que quer que eu tenha destruído, Conor começa a desabotoar a camisa e a desliza pelos ombros.

Fico sentada, atordoada, admirando suas costas nuas. A pele bronzeada sobre músculos fortes. Nossa, quero apertar minha boca contra as omoplatas dele e explorar suas costas com minha língua. A ideia me faz arrepiar. Tenho que morder o lábio para não fazer um barulho totalmente impróprio.

Ele joga a camisa do outro lado do quarto e depois tira a calça. A roupa cai no piso de madeira, e Conor fica só de meias pretas e com a cueca boxer envolvendo a bunda mais musculosa que já vi.

"O que você tá fazendo?" Minha voz soa mais ofegante do que eu pretendia.

"Tira a roupa." Ele se vira e caminha de volta até a cama com uma determinação feroz.

"O quê?" Me arrasto de joelhos até a ponta mais distante do colchão.

"Tira a roupa", ordena Conor.

"De jeito nenhum."

"Escuta aqui, Taylor. A gente vai resolver essa história de uma vez por todas."

"Resolver o quê, exatamente?"

"Eu vou te comer até cansar e provar que meu pau é totalmente louco por você."

Como é que é?

Apesar de completamente pasma, não consigo impedir que meu olhar desça para sua virilha. Não sei se o volume sob o tecido preto é uma ereção ou se ele está no seu tamanho normal. De qualquer forma, a declaração de Conor é tão absurda que provoca uma risada aguda e histérica do fundo da minha barriga.

E outra.

E mais outra.

Logo fico sem fôlego e me contraio, com a barriga doendo de tanto rir. Simplesmente não consigo parar. Toda vez que olho para a cara dele, sou tomada por um ataque de risos, e as lágrimas escorrem pelo meu rosto. Ele é demais.

"Taylor". Conor passa as duas mãos pelos cabelos. "Taylor, para de rir de mim."

"Não consigo!"

"Você está causando danos irreparáveis ao meu ego com isso."

Ofegando, respiro fundo. Por fim, as gargalhadas vão se transformando numa risadinha. "Obrigada", consigo grasnar. "Tava precisando disso."

"Quer saber de uma coisa?", rosna ele, com a cara amarrada. "Retiro o que eu disse. Você é tipo uma criptonita de pau."

"Ah. Vem cá." Subo na cama de novo e dou uma palmadinha no lençol ao meu lado.

Em vez de agir como qualquer pessoa normal, ele vem e descansa a cabeça e os ombros no meu colo.

Não posso deixar de pensar que agora estou com um homem sexy só de cueca todo aninhado em cima de mim. E é difícil me concentrar com ele assim tão, bem, *assim*. Não é a primeira vez que vejo Conor seminu, mas a visão não deixa de ser impressionante. Ele é o que os homens acham que veem quando se olham no espelho, levantando pesos e tirando selfies na academia. Todo idiota de regata pensa que é um Conor Edwards.

"Não acredito que você não tirou a roupa", resmunga ele, em tom de acusação.

"Desculpa. Foi muito gentil da sua parte, mas passo."

"Bem, você é a primeira."

Conor me fita com aqueles lindos olhos acinzentados e, por um breve momento, uma imagem passa pela minha mente. Eu me inclinando para baixo. Ele segurando meu rosto. Nossos lábios se encontrando...

*Não o beije, Taylor!*

Meu alarme interno dispara, dissipando minha fantasia boba de colegial de forma tão repentina quanto surgiu.

"Sou a primeira o quê?", pergunto, tentando me lembrar do que estamos falando. Conor Edwards está *no meu colo*, uma distração grande demais.

"A primeira garota a rejeitar meu pau."

"E não foi a primeira vez", eu lembro.

"Sim, obrigado, Taylor. Você não quer me pegar. Já entendi." Conor levanta uma sobrancelha. "Mas acho um desperdício."

Seus cabelos estão implorando por um carinho. Por dedos entrelaçando-se em seus cachos macios. Por um toque. Minha mão está coçando para satisfazer esse desejo. "O que é um desperdício?"

"Não para." Só quando ele fala é que percebo que meus dedos estão agindo por vontade própria. "Isso é tão bom."

Então continuo correndo os dedos por seu cabelo, arranhando suavemente as unhas em seu couro cabeludo. "Desperdício de quê?"

"Bom, a gente já fez todo um trabalho aqui. Já teve uma noite de sexo incrível. Todo mundo acha que você me seduziu e que me apaixonei por você. Parece uma pena desperdiçar isso..."

Olho para ele, desconfiada. "O que você tá querendo dizer?"

"Vamos levar isso adiante."

"Levar isso adiante." Penso na proposta, analisando-a por todos os ângulos. Trata-se de uma sugestão terrivelmente desonesta e imatura. Então, claro, fico intrigada. "Até quando?"

"Casamento, morte ou formatura", diz ele. "O que vier primeiro."

"Certo. Mas por quê? O que você ganha com isso?"

"Uma cura para o tédio." Ele sorri para mim. "Gosto de joguinhos, T. E esse parece que vai ser divertido."

"Ã-ham. Mas e se o meu homem perfeito aparecer e ficar assustado porque tenho um maldito Conor Edwards debaixo da saia?"

"Para começar, gostei, pode continuar me chamando assim. Segundo, se ele não aguentar um pouco de concorrência saudável, então não é o seu homem perfeito. Confie em mim, gata."

Toda vez que ele me chama de *gata*, um arrepio vara o meu peito. Eu me pergunto se ele percebe que meu coração disparou. Ou talvez ele saiba muito bem o efeito que causa em todas as mulheres, e sou só mais uma boneca de brinquedo na linha de montagem. Lote 251 de 1 bilhão. É só dar corda e olhar.

"Bem. E as *suas* admiradoras?", comento. "E se Natalie da Tri-Delt quiser uma segunda rodada e, de repente, você tiver uma namorada de mentira?"

Ele dá de ombros. "Não estou interessado numa segunda rodada com ela."

"Mentira. Já viu o cabelo dela? É tão sedoso."

Ele dá uma risada de desdém. "Cabelo sedoso é o de menos, tô falando sério. Ela postou uma foto minha, pelado na cama dela, enquanto eu tava dormindo. Isso não é legal. E o consentimento?"

"Mentira", digo de novo. "Olha só pra você." Gesticulo com ambas as mãos em direção ao seu corpo seminu digno de uma capa da *Playgirl*. "Você provavelmente adora se exibir para as câmeras."

"Não sem o meu consentimento", repete ele, e a severidade do seu olhar me diz que ele *realmente* não gostou do que Natalie fez.

Acho compreensível. Ainda tenho pesadelos com a semana das calouras da Kappa e todas as aquelas coisas vergonhosas que as veteranas filmaram a gente fazendo.

"Enfim", continua ele, "acho que talvez eu esteja precisando de uma pausa na maratona sexual. Tirar um tempo pra mim."

Dou um soco no ombro dele. "*Maratona sexual?* Ai, meu Deus. Você precisa mesmo ser tão nojento?"

Ele me oferece seu sorriso arrogante de novo. "Você não me acha nojento. Se achasse, não me deixava me aconchegar no seu colo."

Engulo em seco. "Isso aqui não é se aconchegar", digo, com um tom bem sério.

"Claro que é, T."

"Claro que não, *C*", zombo. "E me explica direito essa história, você tá me dizendo que vai entrar numa abstinência de sexo daqui pra frente? Porque não tô caindo nessa."

Conor parece horrorizado. "Abstinência? De jeito nenhum. Vou tentar te seduzir sempre que puder."

Uma risada me escapa. "Você é incorrigível."

"Por que você parou de brincar com o meu cabelo? Tava tão bom." Ele umedece o lábio inferior com a língua, um gesto lindo que faz minha pulsação acelerar. "E aí, o que você acha? Vamos continuar fingindo por mais um tempo?"

"Devo ter bebido demais hoje pra estar gostando da ideia", respondo.

"Isso já tem horas. Você não está bêbada. Além do mais, me diz que quando você olha pra cara da Abigail toda vez que ela vê a gente junto você não sente uma cosquinha lá no seu lugarzinho especial."

"Primeiro, nunca mais diga isso. Segundo..." Quero discordar. Dizer que me recuso a me rebaixar a essas mesquinharias. Mas... ele não está totalmente errado sobre a cosquinha. "Talvez eu tenha gostado um pouco", confesso.

"Rá! Sabia! Você gosta de joguinhos tanto quanto eu."

"Só um *pouco*", enfatizo.

"Mentira."

Ele se senta em um gesto abrupto, e sinto um vazio que não deveria sentir. Mas sinto mesmo assim, a falta do peso de seu corpo quente contra o meu e a suavidade de seus cabelos louros entre meus dedos.

"O que você está fazendo?", pergunto, enquanto ele pula da cama e pega a calça jogada no chão.

Conor volta com o telefone e senta ao meu lado. Ele desliza o polegar sobre a tela e... bem, não sei ao certo o que está fazendo. Como sou uma intrometida, me aproximo e o vejo abrindo o MyBriar, o app da universidade.

Então fico de olhos arregalados ao vê-lo mudar seu status para *em um relacionamento sério*.

"Ei", repreendo, "eu não falei que sim."

"Você praticamente falou."

"Eu tava no máximo em setenta por cento."

"Bem, então pode ir completando os últimos trinta, porque a gente tá quebrando a internet, gata."

Ai, meu Deus. A bolinha em cima do ícone de notificações começa a piscar. Dez, vinte, quarenta.

"Por favor", insiste ele. "Tô entediado. Vai ser no mínimo engraçado. Na melhor das hipóteses, você cede à tentação e vem pra cama comigo."

"Vai sonhando."

"Vou mesmo. Mas tudo bem, na segunda melhor das hipóteses, Abigail vai sair do seu pé um tempo. Já é alguma coisa, não?"

*Isso* seria legal. Ainda mais porque vai ter uma reunião da Kappa amanhã e sei que Abigail vai me encher de indiretas.

"Você sabe que quer..." Ele balança o telefone no ar, sedutoramente.

Meu olhar recai sobre o anel prateado e grosso em seu dedo médio. "Anel bonito. Onde você arrumou?"

"Los Angeles. E você tá mudando de assunto." Ele me passa o telefone. "É um desafio."

"Como você é insistente."

"Tem gente que acha que essa é uma das minhas melhores qualidades."

"Também é um pé no saco."

Conor abre seu sorriso confiante de quem sabe que "pé no saco" é como as meninas chamam quem está prestes a fazê-las entregar os pontos.

"Taylor Marsh, você vai me dar a incrível honra de mudar seu status de relacionamento e se tornar minha namorada de mentira?"

E entregar os pontos é o que acontece. Como se possuída por um ser sobrenatural, minha mão pega o telefone dele. Meu dedo sai do MyBriar dele e entra no meu. E, à medida que mudo meu status para combinar com o dele, me dou conta de duas coisas:

Primeiro, podia ter usado meu próprio telefone, mas teria arruinado o momento.

E, segundo, o que quer que isso signifique, certamente vai dar confusão.

# 8

### TAYLOR

Menos de vinte e quatro horas depois de Conor e eu termos "oficializado" nossa relação, o grupo inteiro de membros da Kappa se reúne na casa da irmandade, com nossa presidente conduzindo a reunião. O primeiro item da pauta é a próxima eleição para presidente e vice-presidente, na primavera. Como Charlotte vai se formar, é óbvio que Abigail deve herdar a posição. Alguém me enforca com um pano de prato.

"Para garantir que não haja nenhuma interferência indevida minha ou da vice-presidente", diz Charlotte, "Fiona, Willow e Madison vão chefiar o comitê eleitoral. Elas vão organizar o jantar do lançamento das campanhas e coordenar a apuração. Qualquer pessoa interessada em ajudar deve conversar com elas depois da reunião."

A verdade é que a eleição não passa de uma formalidade. A cada ano, as estudantes que estão se formando escolhem uma aluna do terceiro ano como vice, e ela assume como presidente no ano seguinte. Toda essa farsa, como se isso aqui não fosse um sistema dinástico, é um insulto. Dani, adversária de Abigail, a única voz da resistência, não tem a menor chance. Mas tem meu voto.

"Fi?", pergunta Charlotte.

A ruiva alta se levanta. "Sim, tudo bem. Bom, Abigail e Dani vão fazer os discursos finais de campanha no jantar. O formato vai ser..."

Meu telefone vibra contra minha coxa, desviando minha atenção de Fiona. Olho para baixo e escondo um sorriso ao ver a mensagem de Conor.

ELE: *Como está a minha gostosinha hoje?*

Digito uma resposta às escondidas, embora sinta os olhos de Sasha em mim. Ela está sentada ao meu lado, obviamente tentando ler o que estou escrevendo.

EU: *No meio de uma reunião da irmandade. Alguém me mata.*
ELE: *Matar você?! Mas aí quando é que a gente vai transar?*

Luto contra uma gargalhada e respondo com um emoji revirando os olhos.

Ele continua com a provocação, mandando uma foto do seu abdome, e tento não babar na mesa de jantar.

"Quer dividir alguma coisa com a gente, Tay-Tay?", pergunta Abigail, com uma voz cortante.

Ergo a cabeça depressa. "Desculpa", digo, colocando o telefone na mesa e lançando um olhar arrependido na direção de Fiona e Charlotte. "Alguém me mandou uma mensagem, e eu tava respondendo que estou no meio de uma reunião."

"Alguém?", exclama Sasha, rindo. "E o nome dessa pessoa começa com C e termina com Onor?"

Olho feio pra ela.

Mas o comentário já despertou o interesse da presidente. "Conor?", pergunta ela. "Conor Edwards?"

Respondo com um aceno de leve.

"Minha amiga Taylor pegou um deus do hóquei", minha melhor amiga se gaba em meu nome, e fico dividida entre dar um tapa nela por me colocar no centro das atenções e agradecê-la por me exaltar. Sasha Lennox é a melhor animadora de torcida que existe. Ela também sabe muito bem que a mudança de status de relacionamento no MyBriar foi uma mentira, então agora estou rezando para que ela não dê uma mancada e deixe isso escapar.

"Não brinca", diz Charlotte, parecendo impressionada. "Parabéns, Marsh."

"Eles transaram no meu quarto", ostenta Rachel, como se isso significasse que ela está a um passo de ser a namorada de Conor Edwards.

"Ah, grande coisa", comenta Abigail, os olhos verde-claro frios como gelo. "*Quem* não transou com esse cara? Quer dizer, sério. Levanta a mão quem aqui já dormiu com Conor Edwards."

Após vários segundos de hesitação, três mãos se erguem. Willow, meio tímida; Taryn, do outro lado da mesa; e Laura, corando de pé contra a parede.

Bom. O cara já rodou na mão de meio mundo, né?

Engulo a pontada de ciúme que me sobe na garganta e me lembro de que já sabia que ele era um pegador. Além do mais, ele é adulto. Tem permissão pra dormir com quem quiser, inclusive minhas colegas de irmandade.

Sentindo meu desconforto, Sasha se volta para Abigail, encarando a loura platinada com um olhar igualmente gelado. "O que você quer dizer com isso, Abs? Que Taylor vale menos porque o homem dela tem um passado? Como se isso significasse alguma coisa. Aliás", e Sasha a imita, "levanta a mão quem aqui já dormiu com um dos ex-namorados babacas de Abigail."

Para minha grande diversão, o dobro de mãos se ergue. É isso aí, seis Kappas, e nenhuma delas parece nem um pouco acanhada desta vez. Acho que estão gostando da sensação, porque Abigail é uma vaca.

Jules, braço direito de Abigail, fecha a cara. "Ninguém aqui ouviu falar do código das garotas?"

Sasha ri. "Me diz você, Julianne. Não foi você que acabou de roubar Duke Jarrett de alguma garota da Theta Beta Nu?"

Isso cala a boca dela.

Charlotte limpa a garganta. "Certo, voltando ao assunto. Fiona, você estava falando do discurso das candidatas?"

Assim que Fiona abre a boca para responder, meu telefone vibra de novo, provocando um grito empolgado de Rachel, que praticamente se joga em cima da mesa para ver a tela.

"Ele tá fazendo uma chamada de vídeo!"

Meu coração dá uma cambalhota de nervoso. "Desculpa", digo a Charlotte. "Deixa eu desligar o..."

"*Desligar?*", exclama Charlotte, sem acreditar. "Atende, Marsh, pelo amor de Deus."

Ai, meu Deus. Este é o meu pior pesadelo. Por que diabos o idiota do meu namorado de mentira tinha que fazer uma chamada de vídeo, quando acabei de dizer a ele que estou numa reunião da irmandade? Por que ele tinha que fazer isso com...

"Atende!", grita Lisa Donaldson.

Tenho certeza de que esta é a primeira vez que Lisa Donaldson fala comigo.

Com o coração aos pulos, atendo à chamada. Um segundo depois, o rosto lindo de Conor invade a tela.

"Oi, gata."

Sua voz grave preenche a sala de jantar da Kappa Chi, e percebo que várias de minhas colegas chegam a *estremecer*.

"Desculpa, sei que você falou que tava em reunião, mas só queria dizer que..." Ele para no meio da frase, os olhos cinzentos se estreitando em apreciação. "Humm, caramba, T, você tá muito gostosa."

Deve ser humanamente impossível corar mais do que eu neste momento. Prendo uma mecha de cabelo atrás da orelha e resmungo para a tela. "É sério? Foi pra *isso* que você interrompeu a reunião?"

"Não, não era isso."

Ele abre um sorriso de menino travesso, e todas as meninas capazes de enxergar a tela suspiram feito donzelas vitorianas.

"Então foi pra quê?"

Conor dá uma piscadela. "Só queria dizer que tô com saudade."

"Ai, meu Deus", suspira Rachel.

Caramba. Tem alguém pegando pesado. Antes que eu possa responder, outra pessoa toma o telefone da mão dele, e um novo rosto me cumprimenta.

"Taylor!", exclama Matt Anderson, todo animado. "Quando é que você volta aqui? Foster encontrou um filme novo pra gente ver."

"Tem buraco negro e lulas gigantes!", ouço a voz de Foster gritando ao fundo.

"Em breve, Matty", prometo, então rezo para ele não reclamar do apelido. Mas, se Conor pode fazer esse teatro todo, então também tenho direito a uma encenação. "Enfim, vou desligar agora. Tô ocupada."

Encerro a chamada, coloco o telefone na mesa e me deparo com uma sala inteirinha de olhos arregalados me encarando com inveja. Até Sasha parece impressionada, e ela sabe do combinado.

"*Mil* desculpas", digo, sem jeito. "Vou falar pra ele nunca mais atrapalhar uma reunião."

"Tudo bem", Charlotte me acalma. "Todo mundo aqui sabe que é difícil dizer não pra esses jogadores de hóquei. Vai por mim, a gente sabe."

A reunião segue sem maiores percalços, embora seja difícil ignorar o olhar mortal vindo da direção de Abigail e de Jules. Então Charlotte nos dispensa batendo palmas, evidenciando as unhas bem feitas nas mãos, e todas se levantam e começam a deixar a sala. Na tentativa de me afastar depressa, acabo esbarrando em alguém, só depois me dou conta de que é Rebecca Locke.

"Ah, desculpe", digo à garota baixinha. "Não tinha te visto."

"Tudo bem", responde ela, com uma voz tensa, e depois sai correndo sem dizer mais nada.

Com um suspiro, observo enquanto ela se afasta e me pergunto se algum dia as coisas vão ficar menos estranhas entre nós. Fui forçada a beijá-la na semana de trotes, e não preciso nem dizer como a experiência foi humilhante para nós duas. Desde então, só nos falamos umas poucas vezes e nunca ficamos sozinhas no mesmo ambiente.

"Quer almoçar?" Sasha passa o braço pelo meu, enquanto caminhamos até a porta da frente.

"Claro", respondo.

"Taylor, espera", alguém me chama antes que a gente saia da casa.

Olho por cima do ombro. Lisa Donaldson e Olivia Ling estão vindo na nossa direção. "E aí?", pergunto, só por educação.

"Você mora em Hastings, né?" Lisa passa a mão pelos cabelos brilhantes.

"Moro, por quê?", pergunto, tentando esconder meu assombro diante do fato de que duas meninas que nunca nem me falaram oi começam a me explicar que vão a Hastings uma ou duas vezes por semana para ir ao salão de beleza e que *adorariam* sair pra comer comigo se eu estiver livre na terça à noite.

"E você também, Sasha", chama Olivia, e o convite soa genuíno. "Em geral, Beth, Robin e os namorados delas também encontram a gente na lanchonete. É bom sair do campus e mudar de cenário de vez em quando, né?"

"Melhor ainda é morar fora do campus", digo, com um sorriso.

"Aposto que sim", murmura Lisa. Seu olhar se volta para Abigail, que está sussurrando furiosamente com Jules no canto mais distante da sala. Interessante. Talvez eu não seja a única considerando votar em Dani.

Depois de concordar em encontrar com elas na terça, Sasha e eu saímos da casa. Do lado de fora, inspiro o ar da primavera. E expiro lentamente.

"Maldito Conor Edwards", murmuro.

Sasha ri baixinho. "O cara é bom, tenho que admitir."

"Bom até demais. Ele até me *convenceu* de que tava com saudade de mim, e sei que não é verdade." Merda, ele deixou todas as meninas da casa salivando. Uma ligação, e, de repente, elas estão me convidando para jantar.

Conor me falou que adora um joguinho — bem, o dia de hoje é uma prova de que ele é bom nisso. O problema é que eu sou péssima. E sempre perco. E quanto mais tempo durar essa mentira boba, maior o perigo de tudo isso explodir na minha cara.

# 9

## CONOR

Percebo uma calmaria estranha no gelo no treino de terça de manhã. Quase ninguém diz uma palavra por duas horas; só o som da lâmina dos patins e do apito do treinador ecoando pela arena vazia.

A tabela do campeonato foi anunciada ontem. Neste final de semana, vamos jogar contra o Minnesota Duluth, em Buffalo, Nova York. Ninguém quer tocar no assunto, mas acho que o adversário assustou todo mundo. Estão todos meio tensos, nervos à flor da pele, concentrados no papel de cada um no sistema de jogo da equipe.

Hunter tem ficado acordado até tarde todo dia desde que nos classificamos. Ele quer muito ganhar esse campeonato. Acho que vê isso como um resultado do seu sucesso como capitão, como se fosse uma obrigação somente sua ganhar o título pra gente e que, se não ganhar, ele fracassou. Cara, eu jamais seria capaz de exercer essa função. Em geral, tenho como regra básica minimizar as expectativas e não me responsabilizar por ninguém além de mim.

Depois do treino, vamos para o chuveiro. Fico embaixo da ducha e deixo a água escaldante bater em meus ombros doloridos. Este campeonato vai acabar comigo.

Meu antigo time em Los Angeles era péssimo, o que significa que nunca tivemos que nos preocupar com uma pós-temporada. Ir tão longe neste nível altíssimo de competição está cobrando seu preço. Hematomas, costelas doloridas, músculos cansados. Sinceramente, não sei como os profissionais conseguem viver assim. Se eu conseguir ficar de pé nos patins na temporada que vem, vai ser um milagre. Vários dos caras acham que querem seguir carreira profissional. Menos da metade tem chance.

Nunca alimentei a ilusão de que tenho potencial para a NHL. Nem quero ter. Hóquei sempre foi só um hobby, algo para me afastar dos problemas. Cabeça vazia é a oficina do diabo, essas coisas. Em breve, essa parte da minha vida vai acabar.

O problema é que não tenho ideia do que vem a seguir.

"Ei, capitão, voto pela abertura da Inquisição sobre o Status de Relacionamento", grita Bucky por cima do barulho dos chuveiros.

"Apoio a moção", responde Jesse.

"Moção aceita." Hunter está na baia ao meu lado. Sinto seu olhar na lateral do meu rosto. "Está aberta a sessão de Inquisição sobre o Status de Relacionamento. Bucky, chame sua primeira testemunha."

"Eu chamo Joe Foster para depor."

"Presente!", murmura Foster, debaixo do chuveiro do outro lado do vestiário.

"Odeio vocês", digo, enquanto pego uma toalha e a enrolo na cintura.

"Sr. Foster, é verdade que Conor Edwards ficou de joelhos em público, de forma humilhante, para professar seu amor pela garota da festa da Kappa, depois de ter saído com a Natalie do Instagram?"

"Espera, o quê?", pergunta Foster, confuso. "Ah, no banquete. É. Porra, foi ridículo."

"E ele subsequentemente levou a garota da festa da Kappa para casa naquela noite?"

"Bucky, não sabia que você conseguia usar palavras de mais de quatro sílabas", provoca Gavin, saindo do chuveiro.

Caminho até o meu armário para me vestir, acompanhado pelos olhares de todos.

"É, os dois ficaram muito tempo no quarto dele. Sozinhos." Foster vai encontrar um monte de vibradores dentro do carro em breve.

"E, outro dia, fizeram uma chamada de vídeo", acrescenta Matt, com um sorriso idiota gigante no rosto. "*Ele* ligou para *ela*."

Uma rodada de arquejos fingidos corre pelo vestiário.

Acho que Matt também está merecendo uns vibradores.

"Vai à merda todo mundo", digo.

"Acho que me lembro", diz Hunter, "de você conspirando para interferir nos meus assuntos pessoais. Vingança é um prato que se come frio."

"Pelo menos não preciso que você beije a minha namorada pra conseguir transar com ela."

"Ui", diverte-se Bucky. "Essa doeu, capitão."

"Então a coisa é séria?", pergunta Hunter, indiferente à minha alfinetada por sua palhaçada de voto de castidade. "Você e..."

"Taylor. É, mais ou menos."

"Mais ou menos?"

Não, tecnicamente não é sério. E me sinto péssimo de mentir para os meninos.

Mas também, o que *não* é sério nessa história toda? Quer dizer, não vou dormir com outras nem sair com ninguém, porque seria um desrespeito a Taylor e a essas eventuais outras mulheres. Ela não falou nada, mas desconfio que pensa a mesma coisa. Portanto, podemos chamar isso de monogamia.

E tudo bem que não estamos transando, nem nos beijando ou nos tocando, mas isso não significa que eu seja contra essas coisas. Acho que, se puder fazer Taylor se ver do jeito que a vejo, fazê-la apreciar seu corpo como eu — e, *porra*, como gosto do corpo dela —, então talvez ela baixe a guarda um pouco e aceite a parte do sexo, dos beijos e dos carinhos. Ou seja, existe atração.

A verdade é que gosto de passar o tempo com Taylor e de conversar com ela. Ela é despretensiosa e até meio engraçada. E, o melhor de tudo, não espera nada de mim. Não tenho que ser uma versão minha que ela inventou na cabeça nem atender a expectativas irreais que vão acabar decepcionando nós dois. E ela não faz julgamentos — em nenhum momento fiquei com impressão de que me desprezasse ou tivesse vergonha das minhas escolhas ou da minha reputação. Não preciso da sua aprovação, só da sua aceitação, e tenho a sensação de que ela gosta de mim pelo que sou.

Na pior das hipóteses, vou ganhar uma amiga. Na melhor, vamos transar até cansar. Só temos a ganhar com o acordo.

"Por enquanto é isso aí", digo, puxando o capuz sobre a cabeça. "A gente tá se divertindo."

Por sorte, os caras desistem da provocação, principalmente porque têm a capacidade de concentração de uma drosófila. Hunter já está a caminho da porta, mandando mensagem para Demi, enquanto Matt e Foster estão discutindo o filme da lula gigante que vimos no outro dia.

Ao sair da arena de hóquei, meu telefone toca. Olho para a tela e vejo a palavra "MÃE".

"Vai na frente", digo a Matt. "Já tô indo." Meus amigos seguem em direção ao estacionamento, e diminuo o passo para atender à ligação. "Oi, mãe."

"Oi, mocinho", diz ela. Não importa a minha idade, é como se eu ainda tivesse cinco anos para ela. "Faz um século que não tenho notícias suas. Tudo bem aí no Ártico?"

Eu dou risada. "Hoje até que fez um solzinho, acredita?" Não digo que deve estar uns dez graus — e já estamos no final de março. A primavera está demorando a chegar à Nova Inglaterra.

"Que bom. Tava preocupada que você ia terminar seu primeiro inverno na Costa Leste com deficiência de vitamina D."

"Não. Por aqui, tudo bem. E você? E esses incêndios aí?" Faz algumas semanas que os incêndios florestais estão causando estragos na Costa Oeste. Estou preocupado que minha mãe esteja lá, respirando essa porcaria.

"Ah, sabe como é, né? Nas últimas semanas andei passando fita e plástico nas portas e nas janelas, pra não entrar fumaça. E comprei quatro purificadores novos de ar que dizem filtrar qualquer coisa maior que um átomo. Acho que eles estão me deixando com a pele superseca. Ou então é só a falta de umidade ultimamente. Enfim, estão falando que os incêndios aqui da região já diminuíram, então a fumaça já sumiu quase toda. O que é bom, porque comecei uma aula nova de ioga na praia no nascer do sol."

"Ioga, mãe?"

"Ai, Deus, eu sei!" Ela ri de si mesma. É um som tão contagiante, tinha esquecido quanta saudade sentia disso. "Mas Richie, namorado do Christian — lembra do Christian, que mora aqui na frente? —, ele acabou de começar essa aula. Ele veio me chamar, e não tive coragem de dizer não, então..."

"Então agora você faz ioga."

"Pois é. Quem diria?"

Eu não, sem dúvida. Ela costumava passar sessenta, setenta horas por semana de pé num salão de beleza, depois voltava pra casa pra correr atrás de mim no bairro inteiro. Se naqueles dias alguém a tivesse chamado para fazer ioga na praia ao nascer do sol, no mínimo teria levado um soco na cara. A transição de mãe solteira trabalhadora para dondoca dona de casa foi difícil para ela. Foi muito desgastante, tentar se encaixar a um certo ideal de si mesma e depois se ressentir de sua inadequação, ao menos até descobrir como parar de se importar.

Quem diz que dinheiro não traz felicidade não está usando direito o que tem. Mas, se minha mãe chegou a um ponto em que é capaz de se divertir acordando de madrugada por uma bobeira qualquer, fico feliz por ela.

"Falei pro Max que se começar a aparecer cobranças da Goop na conta do cartão de crédito, ele pode fazer uma intervenção."

"Como ele está?" Não que eu me importe, mas minha mãe fica feliz quando pareço me importar.

Em minha defesa, tenho certeza de que meu padrasto só pergunta para ela sobre mim pelo mesmo motivo — para ficar bem na foto. Max me tolera porque ama minha mãe, mas nunca se deu ao trabalho de tentar me conhecer. O cara manteve a distância desde o primeiro dia. Acho que ficou aliviado quando falei que queria pedir transferência para a Costa Leste. Ficou tão feliz de se livrar de mim que mexeu todos os pauzinhos possíveis para conseguir uma vaga na Briar.

E eu fiquei igualmente aliviado de vir. A culpa é um sentimento que te oprime até você fazer o possível para escapar.

"Está ótimo. Tá viajando a trabalho, mas volta na sexta de manhã. E aí a gente vai torcer por você, como toda sexta à noite. Alguma chance de o jogo passar na televisão?"

"Acho que não", respondo, a caminho do estacionamento. "Se a gente chegar na final deve passar. Tenho que desligar agora, mãe. Acabei de sair do treino e preciso ir pra casa."

"Tá bom, meu amor. Manda uma mensagem ou liga antes de viajar para Buffalo no final de semana."

"Pode deixar."

Nos despedimos, e eu desligo ao me aproximar do Jeep preto surrado que divido com Matt. Tecnicamente, o carro é meu, mas ele racha a gasolina e as trocas de óleo comigo, o que significa que não preciso usar tanto o dinheiro que Max deposita para mim todo mês. Odeio depender do meu padrasto, mas, por enquanto, não tenho escolha.

"Tudo certo?", pergunta Matt, quando sento no banco do carona.

"Tudo, desculpa. Tava falando com a minha mãe."

Ele parece decepcionado.

"O que foi?", estreito os olhos.

"Achei que você ia dizer que era a sua namorada nova, aí eu ia poder continuar enchendo seu saco. Mas com mãe não se brinca."

Eu dou risada. "Desde quando? Você enche o saco do Bucky falando de comer a mãe dele praticamente todo dia."

Mas, falando na minha "namorada nova", desde ontem à noite que não tenho notícia dela. Mandei um vídeo hilário pra ela, que respondeu com um "hahaha". *Só* um "hahaha". Para um vídeo de um chihuahua surfando! Fala sério.

Enquanto Matt dirige, mando uma mensagem rápida para Taylor.

EU: *Tá fazendo o quê, gostosa?*

Ela leva uns trinta minutos para responder. Estou na cozinha de casa fazendo uma vitamina, quando ela enfim responde.

TAYLOR: *Trabalhando. Tô no estágio, na escola de Hastings.*

Ah é. Taylor tinha comentado que estava trabalhando como assistente de professora primária, uma exigência do curso dela.

EU: *Quer jantar depois?*
ELA: *Não posso :(*
ELA: *Combinei de encontrar umas amigas na lanchonete. A gente pode se falar depois?*

Droga. Faz tempo que ninguém recusa um encontro comigo, e, ainda assim, foi só pra poder ir pra cama comigo mais rápido. A rejeição de Taylor dói fundo, e não sei o que fazer a respeito, mas sou muito bom em fingir que não ligo para as coisas. Fingir até virar verdade, não é o que dizem?

EU: *Claro.*

# 10

### TAYLOR

Quando o sinal toca, estou atolada em borboletas de papel e lagartas feitas de limpador de cachimbo. As crianças largam tesouras e bastões de cola e correm para a estante onde guardamos suas mochilas e casacos.

"Onde vocês pensam que vão assim tão depressa?", chamo. "Quero todo mundo guardando os materiais e pendurando seus projetos para secar."

"Tia Taylor?" Uma das meninas me dá um tapinha no braço. "Não tô achando meu sapato."

Ela está de pé, me olhando com tristeza, um dos pés numa bota roxa impermeável e outro numa meia de personagem de desenho animado.

"Quando foi a última vez que você usou seu sapato, Katy?"

Ela encolhe os ombros.

"Você e Tamara trocaram de sapato de novo?"

Ela encolhe os ombros de novo. Desta vez, fazendo beicinho e fitando os pés.

Engulo um suspiro. "Vai procurar Tamara e pergunta onde ela deixou o seu sapato."

Katy sai correndo. Fico observando-a, enquanto recolho restos de papel e coloco as mesas de volta no lugar. Com a ajuda de Tamara, que por sua vez não está usando sapato nenhum, elas encontram o calçado sumido no cantinho da leitura, junto com as fantasias que a sra. Gardner usa para fazer teatrinho com as crianças, enquanto elas leem em voz alta.

Crianças do primeiro ano do fundamental mentem com a mesma facilidade com que respiram. Ainda não são muito boas nisso. E é quase impossível manter todas as peças de roupas com que vêm a escola. Metade do meu trabalho é conseguir mandá-las para casa vestidas só com o que estavam usando quando chegaram. Pois é. É uma batalha eterna e ingrata contra a caixa de achados e perdidos.

"Se existisse piolho de pé", diz a sra. Gardner, enquanto vemos os últimos alunos saírem, "esta sala seria colocada em quarentena pela vigilância sanitária."

Eu abro um sorriso. "Pelo menos ainda tá frio o suficiente lá fora para eles virem de meias. Odeio ver o que acontece quando vai ficando mais quente."

Ela solta um suspiro derrotado. "É por isso que sempre tenho um spray antifungos na minha mesa."

Que pensamento encantador.

A escola fica a dez minutos a pé do meu prédio, um pequeno edifício de três andares. Não há arranha-céus em Hastings, só prédios baixos, lojas e ruas residenciais com casas modernas e casarões mais antigos. É uma cidadezinha bonita, dá pra fazer tudo a pé, o que para mim é uma vantagem, porque não tenho carro.

Entro em meu pequeno quarto e sala e pego uma barra de cereais do armário. Enquanto mastigo, mando uma mensagem para Sasha com a mão livre.

EU: *Não preciso me arrumar para o jantar nem nada assim, né?*

Nunca saí com Lisa e aquelas meninas, então não faço ideia do que esperar. Mas vamos só nos encontrar na lanchonete, então não pode ser nada chique, não é mesmo?

SASHA: *Se arrumar?? Eu não vou. Jeans + camiseta de alça + jaqueta de couro + botas = eu.*
EU: *Ok, ótimo. Também vou casual.*
ELA: *Você vai levar C? :P*
EU: *Por quê??*
ELA: *Lisa disse que pode levar namorado...*
EU: *Haha.*

Sasha sabe muito bem que Conor não é meu namorado de verdade, mas gosta de me provocar com isso. Ou talvez pense que, se ela se referir a ele como meu namorado o tempo todo, isso vai se transformar em realidade. Pobre e ingênua Sasha. Certeza que Conor logo vai ficar entediado, o que significa que a farsa não pode durar muito mais tempo. O que é uma pena, porque o nosso suposto caso de amor continua a irritar Abigail.

Ontem à noite, num jantar obrigatório da irmandade, o namorado de Abigail não parava de falar no "pau de atleta" que eu tava devorando, enquanto olhava descaradamente para os meus seios. Durante a sobremesa, ele comentou que eu parecia a Marilyn Monroe, só que com "*mais curvas*". Foi então que Sasha perguntou a ele como é viver a vida com um micropênis. Abigail, enquanto isso, ficava coçando a lateral do pescoço toda vez que o nome de Conor aparecia, até ficar com a pele vermelha e machucada. Existe urticária de inveja?

Eu não posso me deixar levar por toda essa mesquinharia, claro.

Não vou me rebaixar a isso.

EU: *Será que Lisa convidou Abigail?*
SASHA: *Ai, espero que não. Não tenho paciência para 2 jantares seguidos com aquela bruxa. Se ela estiver lá, a gente vai embora, combinado?*
EU: *Combinado.*

Por sorte, quando Sasha e eu entramos na lanchonete mais tarde naquela noite, Abigail e Kevin, seu namorado idiota, não estão em lugar nenhum. Mas Lisa levou o namorado, Cory, e Robin está com um cara que ela apresenta como "Shep". Olivia veio sozinha, e sento do lado dela, com Sasha do meu outro lado.

Mal dou uma mordida no sanduíche, e as garotas começam.

"Tá legal, abre o jogo, como ele é na hora do vamos ver?", pergunta Lisa, ignorando completamente o desconforto do namorado. Está na cara que ele preferiria estar em qualquer outro lugar do que no meio de uma discussão sobre a performance de Conor Edwards.

*Eu também, cara.*

"Qual o tamanho dele?", quer saber Olivia.

"Ele é circuncidado?"

"Tem pelos ou raspa tudo?"

"Dá pra mudar de assunto?", pergunta Sasha, balançando um nugget de frango no ar. "Não quero ficar ouvindo falar de paus na hora da comida."

"*Obrigado*", murmura Cory.

"Tá bom, mas ele beija bem?" Olivia está com o telefone aberto, salivando com o Instagram de Conor. A esta altura, os namorados se limitam a mastigar seus hambúrgueres em silêncio. "Ele tem cara de que beija bem. Sem muita boca."

"O que significa muita boca?", pergunto, com uma risada.

"Ah, sabe como é, quando eles tentam engolir a sua cara. Não quero sentir nenhuma parte do beijo no meu queixo." Olivia pousa os cotovelos na mesa, um garfo em punho. "Desembucha, Taylor. Quero os detalhes sujos."

"O beijo dele é..." Um mistério. Indeterminado. Nada da minha conta. "Competente."

"Competente, diz ela." Sasha balança a cabeça, sorrindo. "Só você pra chamar um beijo de 'competente'."

"Ah, sei lá, é um beijo." Dou de ombros, sem jeito.

O que tem pra falar do assunto? Nada, na verdade, sobretudo porque estou falando de uma coisa que é pura invenção. Não que a ideia não seja interessante. Conor é incrivelmente atraente, e tem lábios muito, muito bonitos. Cheios, de um jeito masculino. Parece o tipo de cara que trata um beijo como algo especial por si só, e não um meio para chegar a um fim.

Para ser sincera, não beijei tanta gente assim — só quatro pessoas, mais exatamente, e três delas foram experiências terríveis. Meu primeiro beijo foi no terceiro ano do ensino médio, e nós dois éramos péssimos. Língua demais. Ficamos algumas vezes depois disso, mas não melhoramos muito.

Depois veio o primeiro ano de faculdade, quando me fizeram beijar Rebecca na semana das calouras, e o segundo ano, quando beijei sem querer o namorado de Abigail.

Minha quarta experiência não foi horrível. Também não foi nada de fazer a terra tremer, mas pelo menos não incluiu baldes de saliva nem contato forçado. Namorei um cara chamado Andrew por quatro meses, e ele beijava bem. Mas nunca fizemos mais do que passar a mão por cima das roupas, e acho que foi por isso que terminamos. O argumento usado foi que eu não me "abria" com ele, e acho que isso também contribuiu, mas nós dois sabíamos que a questão era a falta de sexo. É que... não me sentia confortável de fazer isso com ele.

Às vezes, me pergunto se algum dia vou encontrar um cara que vai me fazer me sentir segura o suficiente para tirar todas as minhas roupas na frente dele.

"Ai, meu Deus." Olivia quase mergulha debaixo da mesa. Ao seu lado, Lisa engasga com o refrigerante e começa a tossir tanto que quase cospe o pulmão.

Eu me viro para ver a causa de tudo isso.

O maldito Conor Edwards.

Por que não estou surpresa? Acho que ele tem um sentido Aranha que o alerta sempre que tem alguma mulher falando do seu pau.

Todo o seu um metro e oitenta e sete caminha pela lanchonete na direção da nossa mesa. Ele está com o casaco preto e prata do time e uma calça jeans azul-escura que abraça suas pernas compridas. Os olhos cinzentos brilham divertidos, enquanto ele ajeita os longos cabelos louros com a mão. Quando seu olhar pousa em mim, a animação em seu sorriso largo faz meus pensamentos — e minha pulsação — enlouquecerem.

Ai, senhor. Deveria ser proibido um homem ser tão bonito.

"Gata, eu estava com saudade." Conor me levanta da cadeira e me envolve em seus braços.

Ele cheira tão bem. Não sei que tipo de produto usa, mas ele tem sempre um cheirinho de mar. E de coco. Adoro coco.

"O que você tá fazendo aqui?", sussurro.

"Vim jantar com a minha namorada", responde ele com um sorriso malicioso que sugere que ele está tramando coisas. "Ela tenta me deixar trancado no quarto dela o dia inteiro", diz Conor para a mesa, "mas achei que ia ser divertido conhecer as suas amigas."

Por um momento aterrorizante, acho que ele está se inclinando para me beijar, e lambo os lábios e inspiro fundo, meu corpo inteiro rígido.

Em vez disso, ele toca de leve os lábios na ponta do meu nariz. Não sei se fico decepcionada ou aliviada.

"Isso aconteceu tão depressa." Olivia abre espaço para Conor pegar uma cadeira e sentar entre nós duas. Não deixo de notar a fome com que ela acompanha cada movimento dele.

"Vocês dois se conheciam antes da festa?", pergunta Lisa. Seus olhos não parecem tão vorazes — provavelmente para não humilhar ainda mais o namorado —, mas ela está tão concentrada em Conor quanto Olivia.

"Não, a gente não se conhecia", respondo por ele. "Nos conhecemos naquela noite."

"Ela me deixou maluco." Conor passa o braço em volta dos meus ombros e fica desenhando pequenos padrões com a ponta dos dedos. "Tempo é uma coisa relativa."

Só pra mexer com ele, coloco a mão em sua coxa e digo ao grupo: "Ele já tá tentando me convencer a deixá-lo vir morar comigo."

Mas minha tentativa de provocá-lo sai pela culatra. Primeiro, porque sua coxa é dura feito pedra debaixo da minha palma. Segundo... bem, não consigo pensar numa segunda coisa agora, porque minha mão está na coxa de Conor Edwards.

E antes que possa tirá-la dali, Conor cobre meus dedos com uma palma grande, me mantendo firme no lugar. O calor de seu toque me faz lutar contra um calafrio.

"Claro que a minha garota acha que é cedo demais", diz ele, solenemente. "Mas eu discordo. Nunca é cedo pra mostrar como você tá comprometido, não acham?" Ele direciona a pergunta aos namorados, que começam a soltar frases clichês, para não acabarem de castigo.

"Se é pra ser, é pra ser", diz Cory.

"Quando você sabe, você sabe", concorda Shep.

Sasha bufa alto e dá um gole no refrigerante.

"Conor adora compromisso", explico. "Tá planejando o casamento desde que era garoto. Não é, lindo?"

"É." Ele dá um beliscão com força no meu polegar, mas sua expressão é toda inocência.

"Ele tem até um negócio daqueles, como é que você chama, Con? Uma lista do grande dia?"

"É só uma conta de Pinterest, gata." Então olha ao redor. "Como é que vou saber que tipo de enfeite de mesa vou querer se não souber que opções existem, tô errado?"

Olivia, Lisa e Robin quase arrancam as calcinhas e jogam na cara bonita de Conor. Sasha, no entanto, parece estar lutando para não rir.

"Vai se casar, Con?", pergunta uma voz nova. "E o meu convite, foi extraviado pelo correio?"

Olho para trás e vejo uma mulher deslumbrante de preto andando na direção da mesa. Ela esbarra de leve no ombro de Conor com o quadril, um sorriso irônico nos lábios vermelhos.

A garota é linda de morrer. Cabelo escuro, olhos escuros, aqueles lábios atraentes. E tem o tipo de corpo perfeito que só posso ter em sonhos — cintura fina, membros compridos, seios proporcionais.

Na mesma hora, fico constrangida com minha calça legging e o suéter largo. Costumo usar camisas grandes que deixam um ombro à mostra, porque elas escondem as curvas, mas ainda exibem um pouco de pele. Ombros nus são um tipo seguro de pele. O resto fica escondido.

"Desculpa, Bren, você não tá convidada", retruca Conor. "Você só me cria problema."

"Ã-ham, claro. *Eu* que sou a problemática." Seu olhar se fixa em nossas mãos dadas, antes de se voltar para o meu rosto. "E você é?"

"Taylor", responde Conor, tranquilo, e fico feliz que ele o faça por mim, pois minhas cordas vocais congelaram.

*E quem é você?*, quero perguntar. Imagino que seja uma ex dele — ou pelo menos um caso do passado —, e a inveja que reveste minha garganta torna difícil manter uma expressão neutra. Claro que é o tipo de mulher pela qual Conor se sentiria atraído. Ela é perfeita.

"Gata, esta é Brenna", apresenta Conor. "Ela é filha do meu treinador."

Pior ainda. Agora minha mente está criando cenários pornográficos sobre amor proibido. A filha do técnico e o jogador bonitão. Ela paga um boquete no vestiário e depois eles transam na mesa do papai.

"Espera, eu conheço você. Brenna Jensen. Você tá saindo com Jake Connelly!", Lisa de repente deixa escapar.

A deusa de cabelos escuros estreita os olhos. "E daí?"

"É só que... você tem muita sorte", suspira Lisa. "Jake Connelly é..."

"É o quê?", pergunta Cory, com um tom de voz que deixa bem claro que está oficialmente de saco cheio da maneira como sua namorada está agindo a noite inteira. "Termina a sua frase, Lisa. Ele é o quê?"

Acho que Lisa sabe que foi longe demais, porque volta atrás como se sua vida dependesse disso. "Ele é um dos melhores jogadores na NHL", termina ela.

"Um dos?", zomba Brenna. "Não, querida, ele é *o* melhor."

Conor ri baixinho. "Tá fazendo o que aqui, B?"

"Buscando o jantar para mim e para o meu pai. Ele não sabe cozinhar por nada nesse mundo, e não aguento mais comer comida queimada toda vez que venho de visita. Falando em comida..." Seu olhar se volta para o balcão, onde uma das garçonetes no caixa está sinalizando para Brenna. "Aproveite o resto da sua noite, Con. E tenta não fugir sem avisar seu treinador antes."

Ficamos todos observando-a partir, e desta vez são Cory e Shep que ficam com os olhos vidrados. Brenna é a personificação do sexo. Caminha com tanta confiança que mais uma vez estou nadando num mar de inveja, mesmo sabendo que ela tem namorado e, portanto, não é ameaça para o meu relacionamento de mentira.

"Ei", repreende Lisa, batendo no braço de Cory.

"Provando do próprio veneno, é?", murmura ele, com a atenção ainda fixa na bunda de Brenna Jensen.

Sasha sorri para a nossa colega de irmandade. "Dessa vez, ele te pegou, Lisa."

"Então, voltando ao Pinterest de casamento de Conor...", anuncia Olivia.

"Não...", diz Conor, "aquelas fotos são só para Taylor. Se bem que... a gente podia começar a acrescentar umas fotos de vestido pra você ir se inspirando, hein, gata?"

Engulo uma risada. "Claro, *gato*."

"Vocês estão...", Olivia olha para nós dois, "falando sério?"

Conor me olha. Imagino que vou me deparar com sua costumeira expressão travessa e zombeteira, e certamente essas coisas estão lá — mas desta vez há também algo mais. Uma intensidade passageira no sulco da testa e na linha reta de seus lábios.

"A gente chega lá", ele diz a Olivia. Mas sem desviar o olhar do meu.

# 11

## TAYLOR

O jantar na lanchonete acaba se transformando numa esticada no Malone's, o bar de esportes da cidade. Conor chama alguns dos caras do time para se juntar a nós. Mais meninas da Kappa aparecem também. Juntamos algumas mesas nos fundos do bar, perto dos dardos e das mesas de sinuca, para acomodar o grupo cada vez maior. Os colegas de time de Conor estão preocupados com os playoffs do campeonato e estão segurando a onda no álcool, já as meninas não têm nenhuma restrição.

Minhas colegas parecem encorajadas pelos hormônios e estão a meio caminho de um grande porre. Menos Rebecca, que pediu uma Coca Diet. Está sentada a algumas cadeiras de mim e não olhou na minha direção uma vez sequer. Fiquei até surpresa que tenha aparecido aqui hoje, mas acho que não sabia que eu estava aqui, quando Lisa a chamou. Desde a semana das calouras ela basicamente corre em disparada sempre que me vê chegando.

"Você não ficou brava, ficou?" Conor senta ao meu lado com as bebidas que acabou de pegar no balcão para a gente. Vejo uma apreensão em seu olhos. Como se tivesse percebido que aparecer de penetra no meu jantar e se convidar para o bar seja mais invasivo do que charmoso.

"Brava, não." Eu o encaro por cima da borda do meu copo. "Só curiosa."

"Ah?" Seu sorriso brincalhão reaparece. "Sobre o quê?"

"Sobre o que levou você a me perseguir e se sujeitar ao olhar faminto das minhas colegas de irmandade. Imagino que tenha mais o que fazer."

"A gente tem que manter as aparências, né?" Ele está tentando bancar o fofo, exibindo seu sorriso atrevido e todo o seu charme, mas não me deixo levar. Tem alguma coisa acontecendo com ele. Uma tensão em seu comportamento que não combina com sua personalidade.

"Tô falando sério", insisto. "Quero uma resposta de verdade."

Somos interrompidos por uma barulheira na mesa. Cortesia de minha colega de irmandade Beth Bradley, que apareceu há trinta minutos e já é a mais bêbada do grupo.

"A gente devia jogar consequência ou consequência", anuncia ela, batendo na mesa até chamar a atenção de todo mundo. Então levanta a sobrancelha para mim, mordendo o lábio maliciosamente.

Embora Lisa e Olivia não pareçam ser fãs de Abigail, sei que Beth é um pouco amiga dela, então fico desconfiada na mesma hora.

"A gente devia arrumar outro jogo", respondo, secamente.

"O que é consequência ou consequência?" Do outro lado da mesa, Foster acaba de cometer o pecado de se voluntariar. Coitado.

"Bem", Beth diz, "eu te desafio a fazer uma coisa, e você tem que fazer sob pena de morte."

Os outros caras riem.

"Parece intenso", observa Matt.

"Você nem imagina", digo a ele.

Não posso deixar de olhar na direção de Rebecca, com um pequeno nó se formando em minha garganta. Qualquer amizade em potencial que pudéssemos ter tido foi só mais uma vítima desse jogo idiota.

"Aqui." Sasha coloca um shot na minha frente. Ela acabou de voltar do bar e se enfiou entre mim e Matt. Os dois estão parecendo bastante íntimos a noite toda.

Olho o copo com cautela. Beber isso seria uma péssima ideia. Primeiro porque não me dou muito bem com álcool, e também porque, no que diz respeito a Conor, tenho que me segurar. Este caminho está cheio de armadilhas e emboscadas, buracos com lanças de bambu afiadas, esperando para me empalar.

"Bebe logo", insiste Sasha. "Vai aliviar a tensão."

Então viro o shot. Tem gosto de chiclete de canela e alcaçuz, e não de um jeito bom.

"Só queria ver você", murmura Conor no meu ouvido, continuando a conversa como se não tivesse sido interrompida.

A bebida quente em meu sangue e o calor de sua respiração no meu pescoço deixam minha cabeça um pouco confusa. Eu me aproximo, estendendo o braço sobre sua coxa para me firmar. "Por quê?", murmuro de volta.

Desta vez, a conversa de fato para. Sua atenção se volta para o seu colega de time, que aceita a provocação de Beth.

"Vai em frente", diz Foster. "Me mostra do que você é capaz."

"Cuidado", adverte Conor. "Já vi essas meninas em ação."

"Ah, não, não me desafie a dormir com uma loura bonita", comenta Foster, inexpressivo. "Seria a pior coisa do mundo."

"Tudo bem." Beth se endireita na cadeira, estreitando os olhos para ele. "Eu te desafio a conseguir que qualquer mulher do bar beba um shot da sua barriga."

Conor e os caras desatam a rir.

"Puta merda, cara. Deixa eu ligar pro Gavin pra ele ver isso." Matt pega o telefone, tirando o braço musculoso do ombro de Sasha.

"Certo, beleza." Foster se levanta, enquanto Lisa vai pedir o shot no bar. "Que tal, Beth? Tá com sede?"

"Nada disso. Não vou facilitar as coisas. Pode ir à caça, bonitão. Você tem cinco minutos ou vai ter de enfrentar as consequências."

Assim que Lisa volta com o shot, Foster sai em busca de uma candidata. Ele começa examinando a sala em busca de grupos de meninas que não pareçam ter namorados grandalhões com que se preocupar. Matt e Bucky pulam de suas cadeiras e o seguem para dar apoio moral e gravar a conquista.

"Tique-taque!", provoca Olivia, enquanto assistimos a seu progresso. "Melhor se apressar."

Em pouco tempo, Foster conseguiu colocar uma ruiva de joelhos. Assisto com olhos arregalados e impressionados a garota virar o copo e surgir com uma cereja entre os lábios. Mandou bem.

Alguns segundos depois, Foster volta para a mesa com um sorriso bobo e o peito estufado.

"Muito fácil", diz ele, depois vira a cerveja. "Minha vez agora, Beth."

Ela sorri para ele. "Me mostra do que você é capaz."

Foster e seus colegas conversam entre si antes de desafiar Beth a

96

beijar uma garota de sua escolha enquanto as duas trocam de sutiã. Sem a menor hesitação, Beth chama Olivia, que, como estou descobrindo esta noite, tem um lado selvagem e muito senso de humor. Não sei por que nunca saímos antes.

Sem perder tempo, as duas Kappas se levantam e se beijam enquanto cada uma enfia as mãos por dentro da camisa para tirar o sutiã e puxar pela manga, antes de vestir o da outra. Acontece tudo tão rápido que os homens ficam sem palavras e boquiabertos.

"O que foi que aconteceu ali?", pergunta Cory, abobalhado.

"Isso foi bruxaria", comenta Conor ao meu lado.

Cometo o erro de olhar para Rebecca de novo e, desta vez, ela devolve o olhar. O que se segue é o contato visual mais embaraçoso da história da humanidade. Desvio o rosto assim que ouço alguém dizer: "Taylor."

"Hã?" Eu me viro ao som do meu nome.

Olivia está tamborilando os dedos feito um vilão de desenho animado. "Sua vez. Eu te desafio..."

Ah, sim. É por *isso* que a gente não sai. Porque ninguém que me conhece e que considero um amigo me colocaria numa situação dessas.

Sasha deve ter lido o pânico no meu rosto. "Ah, qual é? Taylor já não fez o suficiente? Acho que ela já garantiu a aposentadoria."

"... a fazer uma lap dance para Conor", termina Olivia, animada.

Que merda de vida eu tenho.

Conor fica tenso ao meu lado. Seus olhos encontram os meus e, embora sua expressão não revele nada, sinto sua preocupação. Não nos conhecemos há muito tempo, mas ele é perspicaz o suficiente para saber que prefiro a pena de morte a aceitar esse desafio vergonhoso.

"De jeito nenhum", declara ele, ficando de pé num pulo. "Não quero um bando de bêbado pervertido olhando para a minha namorada."

Para a minha surpresa, ele tira o moletom, ficando só com uma regata branca que exibe seus braços fortes e o abdome esculpido. Olivia ofega audivelmente.

Ele inclina a cabeça de repente, um sorriso lento se espalhando por seu rosto. "Ótimo. Até a música tá do meu lado", diz. Então empurra minha cadeira para trás um pouco e fica entre mim e a mesa.

"O que você tá fazendo?", grito.

"Te enlouquecendo." Ele pisca para mim.

Quando reconheço a música que está tocando, o medo me invade. "Pour Some Sugar on Me", de Def Leppard. Ai, merda.

"Não", imploro a Conor, o medo tremendo na voz. "Por favor, não."

Em vez de atender os meus apelos, ele lambe os lábios, balança os quadris e dá início a uma performance bem atrevida.

Puta que pariu.

Meu namorado de mentira está fazendo uma lap dance de verdade para mim.

"Rebola, gostoso!", grita Beth, enquanto Olivia e as outras meninas se transformam na personificação do emoji de coração nos olhos.

Quando tento cobrir os *meus* olhos, ele puxa as minhas mãos e as desliza pelo abdome. Então as pressiona contra sua bunda, virando de costas para mim para rebolar na minha cara sob o som dos aplausos e assobios — o bar inteirou parou para assistir.

Por mais humilhante que seja ser o centro das atenções, Conor é estranhamente bom nisso. E, depois que o terror inicial passa, é muito engraçado ver como ele está seguindo uma linha mais engraçada do que sensual. Eu me pego rindo com todo mundo, enquanto Foster e Bucky começam a gritar o refrão da música.

É tudo muito engraçado e divertido até deixar de ser. Porque basta eu piscar, e o humor nos movimentos de Conor se transforma em algo mais impetuoso. Com os olhos cinzentos sob pálpebras pesadas fixos em mim, ele se aproxima um pouco e passa uma das mãos no meu cabelo. Dedos longos emaranhando-se em fios grossos.

O tempo para.

Ele não está mais dançando. Nem se movendo. Só que *está* se movendo. Está se aproximando de mim, e sei o que está prestes a fazer. Vai me beijar. Vai me beijar *aqui*, na frente do Malone's inteiro? De jeito nenhum. Ele disse que gosta de joguinhos, mas este está fora de controle.

Antes que ele possa pressionar os lábios nos meus, levanto da cadeira tão depressa que ele quase cai no chão. Vejo apenas de relance o assombro em seu olhar e corro para a saída dos fundos. A porta dá num beco junto ao estacionamento, e saio tropeçando, aliviada por encontrá-lo vazio.

Com o coração acelerado, me apoio contra a parede de tijolos dos fundos do Malone's e tiro o suéter para deixar o ar gelado envolver minha pele. Minha respiração sai numa nuvem branca, mas o suor continua a salpicar meu peito. A temperatura está um pouco acima de zero e, mesmo só com uma camisetinha, estou ardendo.

"Taylor!" A porta se abre. "Taylor, você tá aqui?"

Não digo uma palavra, me escondendo na sombra do bar. Só quero que ele vá embora.

"Porra, achei você." Conor aparece na minha frente, a preocupação estampada no rosto perfeito. "Qual o problema? O que aconteceu?"

"Por que fazer aquilo?", murmuro, olhando para o chão.

"O quê? Não tô entendendo." Ele estica a mão na minha direção, e eu me afasto. "O que eu fiz de errado? Me fala que eu dou um jeito de consertar."

"Não consigo mais fazer isso. Não quero mais ser um joguinho pra você."

"Você não é um joguinho", protesta ele.

"Mentira. Você me disse que tava entediado e que adora joguinhos. Foi por isso que mudou o status de relacionamento do MyBriar e apareceu na lanchonete hoje. Pra você, isso é algum tipo estranho de diversão." Balanço a cabeça. "Bem, eu não tô mais me divertindo."

"Taylor..."

"Desculpa. Eu sei que é minha culpa e que te arrastei pra isso na festa da Kappa, mas cansei. O jogo acabou." Tento passar por ele, que bloqueia meu caminho. "Conor. Sai da frente."

"Não."

"Por favor. Sai da minha frente. Não precisa mais fingir que gosta de mim."

"Não", repete ele. "Me escuta. Você não é um joguinho. Quer dizer, é verdade, achei que ia ser divertido sacanear as suas amigas de fraternidade e ficar falando de casamento e toda aquela palhaçada, mas não estou fingindo que gosto de você. Falei para você na noite em que a gente se conheceu como te acho gostosa."

Não digo nada, só evito os olhos dele.

"Não fui à lanchonete hoje só por causa de quem podia estar vendo. Fui porque estava em casa pensando em você e não aguentava mais um minuto."

Lentamente, levanto a cabeça. "Mentira", acuso, de novo.

"É a mais pura verdade. Gosto da sua companhia. Gosto de conversar com você."

"Então por que fazer uma coisa tão idiota e estragar tudo tentando me beijar?

"Porque queria saber como seria beijar você e estava com medo de nunca poder descobrir." Conor dá um risinho com o canto da boca. "Achei que, se tentasse em público, teria mais chances, porque talvez você me beijasse de volta só pra manter as aparências."

"É um motivo idiota."

"Eu sei." Ele dá um passo tímido na minha direção.

Desta vez, quando estende a mão para pegar a minha, eu deixo.

"Achei que estava ajudando lá dentro", diz ele, baixinho. "Achei que estava te protegendo de ter que fazer aquele desafio ridículo e que a gente estava se divertindo. Interpretei errado e peço desculpas." Sua voz engrossa. "Mas sei que não estou interpretando *isto* errado." Seu polegar esfrega o interior da minha palma, e eu engulo em seco. "Você gosta de mim."

Ai. Estava tudo tão simples apenas alguns dias atrás. Não estava? Uma brincadeirinha entre amigos. Agora cruzamos uma fronteira e não tem mais volta. Não podemos mais fingir que a tensão sexual é uma piada, que o flerte casual não significa nada, que alguém não vai se machucar.

Nesse caso, o "alguém" sou eu.

"Não sei o que fazer daqui pra frente", começo, sem jeito, "mas talvez seja melhor se a gente não se visse mais."

"Não."

"Não?"

"É, eu recuso a sugestão."

"Você não pode recusar. Se eu disser que não quero mais sair com você, então, azar o seu. É assim que as coisas são."

"Acho que você devia me deixar te beijar."

"Porque você provavelmente caiu de cabeça quando criança", retruco.

Com isso, Conor sorri. Ele solta um suspiro e aperta a minha mão, depois a coloca contra o peito. Debaixo da minha palma, o coração dele está batendo depressa.

"Acho que tem alguma coisa aqui." Há uma nota de desafio na sua voz. "E acho que você tem medo de descobrir o que é. Só não sei por quê. Talvez pense que merece, não sei. Mas é uma tragédia, porque você, entre todas as pessoas, merece ser feliz. Então lá vai: vou beijar você, a menos que você me diga para não fazer. O.k.?"

Vou me arrepender disso. Mesmo umedecendo os lábios e deitando a cabeça, sei que vou me arrepender. Mas a palavra "não" se recusa a sair da minha boca.

"O.k.", enfim sussurro.

Ele tira total proveito de minha aquiescência, inclinando-se para roçar os lábios contra os meus.

A princípio, é a carícia mais leve do mundo, mas logo o beijo se torna intenso, urgente. Quando envolvo os braços em seus ombros e enfio os dedos em seus cabelos, ele faz o som mais sensual contra a minha boca. Meio gemido, meio suspiro.

Sinto seu corpo inteiro tensionar contra o meu. Suas mãos vão para o meu quadril, os dedos cravando a pele nua e me apertando contra a parede até não haver mais nada entre nós.

Sua boca, tão gentil, mas faminta, o calor do seu corpo e a sensação de seus músculos me encurralando... é surreal, emocionante. Com o desejo correndo em minhas veias, retribuo o beijo desesperadamente. Esqueço de mim mesma. Esqueço onde estamos e todas as razões por que não devemos fazer isto.

"Você tem gosto de canela", murmura ele, e então sua língua explora a minha novamente, deslizando sobre ela e provocando um gemido do fundo da minha garganta.

Eu me agarro a ele, total e completamente viciada na sensação de sua boca contra a minha. Arrasto os dentes sobre seu lábio inferior e sinto mais do que ouço o gemido vibrando em seu peito. Suas mãos sobem por minhas costelas, entrando por baixo da minha camiseta até estarem logo abaixo dos meus seios. De repente, queria não ter tirado o suéter, queria estar com um camada extra de proteção entre minha carne e o toque sedutor de Conor.

"Você me deixa louco, Taylor."

Seus lábios encontram o meu pescoço, e então ele está chupando a pele ali, provocando uma onda de arrepios. Ele esfrega a parte de baixo do corpo em mim, fazendo um lento movimento sensual com o quadril que me faz gemer de novo.

Ele me beija novamente, provocando com a língua meus lábios fechados. Então se afasta e vejo o mesmo desejo carente e faminto que estou sentindo refletido em seus olhos.

"Vem pra casa comigo hoje", o maldito Conor Edwards sussurra.

E é aí que o feitiço se quebra.

Ofegante, tiro as mãos de seus ombros largos e deixo meus braços caírem junto do corpo.

Droga. *Droga*, qual o meu problema? Não tenho bola de cristal, mas não preciso de uma para saber como tudo isso vai terminar.

Vou pra casa dele.

Perco a virgindade com ele.

Ele vira o meu mundo de cabeça para baixo por uma noite incrível.

E então, na semana que vem, sou só mais uma menina burra levantando a mão junto com as outras conquistas quando perguntarem quem já ficou com ele.

"Taylor?" Ele continua me observando. Esperando.

Mordo o lábio. Me afastando do calor do seu corpo, nego lentamente com a cabeça e digo: "Me leva pra casa?".

# 12

## CONOR

Não consigo decifrar Taylor. Fora do bar, achei que tivesse rolado um momento de proximidade. Posso ser um idiota, às vezes, mas sei quando uma garota está me beijando de volta. Ela definitivamente sentiu alguma coisa. Mas, no instante em que a gente se afastou, ela se fechou de novo, bateu uma porta na minha cara, e agora a estou levando de volta para casa quase certo de que está brava comigo de novo.

Não consigo entender o que ela quer de mim. Eu a deixaria em paz, ficaria fora da sua vida, se acreditasse que é isso mesmo que ela quer, mas não acho que seja o caso.

"Cometi um erro te beijando?", pergunto, olhando de relance para o banco do carona.

Ela vestiu o suéter de novo, o que é uma pena. A camiseta sedosa que estava usando antes era sexy pra cacete. Meu pau ainda está louco por ela.

Taylor fica em silêncio por um longo tempo, olhando pela janela como se não pudesse ficar longe o suficiente de mim. Por fim, ela me lança uma olhada rápida e diz: "O beijo foi bom".

Bom?

Puta merda. É a resposta mais morna que já recebi para um beijo. E acho que responde à minha pergunta.

"Qual o problema então?", insisto.

"É só que..." Ela solta um suspiro. "Quer dizer, pensa só em todas aquelas pessoas no bar olhando pra gente."

Sinceramente, nem notei as pessoas. Quando estamos juntos, só tenho olhos para Taylor. Tem algo nela que me atrai, e não é só o fato de que meu corpo sintoniza com o dela. Sim, adoraria transar com ela até a exaustão, mas não foi por isso que fui à lanchonete sem ser convidado.

Taylor Marsh não tem ideia de como ela é legal, e isso é uma lástima.

"Desculpa se eu te envergonhei", digo, rispidamente. "Não foi a minha intenção."

"Não, eu sei. Mas, qual é, você deve saber o que as pessoas dizem de alguém que nem você saindo com alguém que nem eu."

"Não sei o que você tá querendo dizer."

"Porra, Conor, para de fingir que não é uma coisa óbvia. Eu entendo, você tá tentando me fazer me sentir melhor, e é gentil da sua parte, mas vamos ser realistas. As pessoas nos veem e pensam: o que *ele* tá fazendo com *ela*? Somos uma piada ambulante."

"Besteira. Não acredito nisso."

"Ai, meu Deus, você mesmo ouviu no banquete! Você *ouviu* a merda toda que Abigail e o exército de idiotas dela estavam falando da gente."

"E daí? Não dou a mínima para o que as outras pessoas pensam." Não vou viver a vida com base nas opiniões dos outros ou para agradar qualquer um além de mim. Se Taylor permitisse, também gostaria de tentar agradá-la.

"Bem, talvez você devesse. Porque posso garantir que eles não estão pensando coisas boas da gente."

Há um gelo em sua voz que nunca ouvi antes. Ódio, até. Não é direcionado a mim, mas estou começando a entender a profundidade da insegurança dela.

Minha próxima respiração sai irregular, frustrada. "Vou continuar repetindo até deixar isso bem claro: não tem nada de errado com você, Taylor. Não existe uma hierarquia arbitrária entre a gente. Eu quero *você*. Desde o momento em que vi você atravessar a sala naquela festa."

Seus olhos turquesa se arregalam um pouco.

"Estou falando sério", digo. "Tenho mil pensamentos imundos sobre você por dia. Naquela noite no meu quarto, quando você tava fazendo cafuné no meu cabelo, eu tava deitado ali com uma meia-bomba na cueca."

Paro diante do prédio de Taylor e coloco o carro em ponto morto. Viro de lado para encará-la, mas seus olhos permanecem fixos à frente.

A frustração aumenta de novo. "Já entendi. Você tem problemas com o seu corpo. Seja lá o que for que aconteceu, isso fez você odiar a sua aparência e você se esconde em leggings e suéteres folgados."

Ela enfim se volta para mim. "Você não tem ideia de como é ser eu", diz, categoricamente.

"Não tenho. Mas, acho que se você tentasse só um pouquinho se aceitar, ia descobrir que todo mundo tem suas próprias inseguranças também. E talvez acreditasse num cara quando ele diz que é loucamente atraído por você." Dou de ombros. "Vista o que quiser, Taylor. Mas seu corpo é incrível, e você devia poder exibi-lo, e não viver a vida num saco de papel."

Ela arranca o cinto de segurança abruptamente e segura a maçaneta da porta.

"Taylor..."

"Boa noite, Conor. Obrigada pela carona."

Então vai embora, batendo a porta.

O que foi que eu fiz?

Quero descer e correr atrás dela, mas reconheço o que está me impelindo a fazer isso. É aquela voz no fundo da minha cabeça de onde todas as minhas ideias mais erradas vêm. O imbecil autodestrutivo e autodepreciativo que pega todas as coisas boas e tranquilas e puras e simplesmente destrói tudo.

A verdade é que Taylor não me conhece de verdade. Ela não tem ideia do idiota que eu era em Los Angeles ou das merdas que fiz pra me enturmar. Não tem ideia de que na maior parte das vezes *ainda* não me encaixo — aqui, lá ou em qualquer lugar do mundo. Que há anos venho experimentando máscaras até quase esquecer como sou por baixo. Nunca satisfeito com o resultado.

Continuo tentando convencer Taylor a pegar leve consigo mesma, apreciar seu corpo e quem ela é, mas não consigo convencer nem a mim mesmo. Então que diabos estou fazendo ao me envolver com uma garota que nem ela — uma pessoa boa que não precisa das minhas besteiras —, quando não dei conta de descobrir nem quem eu sou?

Suspirando, engato a marcha do carro. Em vez de correr atrás de Taylor, volto para casa. E digo a mim mesmo que é o melhor a fazer.

# 13

## TAYLOR

É um alívio quando minha mãe vem de Cambridge, na quinta, para almoçar. Depois de dois dias evitando as chamadas de Conor e as perguntas de Sasha sobre o que aconteceu na outra noite, preciso de uma distração.

Resolvemos experimentar um restaurante vegano novo em Hastings. Em parte, porque minha mãe sempre reclama de ter que comer a comida gordurosa da lanchonete, mas principalmente porque comer carboidratos na frente dela sempre me deixa ansiosa. Pareço uma foto do "antes" da minha mãe num comercial de "antes e depois" de um spa médico europeu. Iris Marsh é alta, magra e absolutamente linda. Durante a puberdade, ela me deu esperança de que algum dia eu iria acordar e parecer um clone mais novo dela. Aos dezesseis anos, percebi que isso não iria acontecer. Acho que herdei só os genes do meu pai.

"Como vão as aulas?", pergunta ela, colocando o casaco sobre as costas da cadeira, enquanto sentamos com nossa comida. "Tá gostando do estágio?"

"Sim, tá ótimo. Tenho certeza de que quero trabalhar com ensino fundamental. As crianças são demais." Balanço a cabeça, impressionada. "E elas aprendem tão rápido. É incrível ver o desenvolvimento delas num período tão curto de tempo."

Sempre soube que queria ser professora. Minha mãe chegou a tentar me convencer a seguir o caminho acadêmico como ela, mas não havia a menor chance. A ideia de enfrentar todo dia uma sala cheia de universitários e ser dissecada sob o escrutínio deles — ia ter uma crise de urticária. Não, crianças pequenas são projetadas para ver seus professores como figuras de autoridade antes de tudo. Se você as trata de forma justa e com carinho e compaixão, elas te amam. Claro que sempre existem os malcriados e os violentos, mas, nessa idade, as crianças não julgam tanto.

"E você?", pergunto. "Como está o trabalho?"

Mamãe me oferece um sorriso irônico. "Estamos quase superando a pior fase do efeito *Chernobyl*. Infelizmente, isso também significa que a verba inesperada resultante quase que secou por completo. Mas foi bom enquanto durou."

Eu dou risada. A série da HBO foi a melhor e a pior coisa que aconteceu ao departamento de ciência e engenharia nuclear do MIT, onde minha mãe trabalha, desde Fukushima. A popularidade repentina revigorou as energias dos manifestantes antinucleares, que começaram a se reunir perto do campus ou na porta de conferências. Também significou um aumento dos subsídios de pesquisa, com todos os fãs achando que iam salvar o mundo. Só que, depois de um tempo, eles perceberam que tem muito mais dinheiro na área de robótica, automação e engenharia aeroespacial, e trocaram de curso antes que seus pais descobrissem que seus cheques estavam alimentando fantasias fomentadas pelo mesmo cara que escreveu *Todo mundo em pânico 4*. Mas a série é boa.

"A gente também acabou de arrumar alguém para a vaga do dr. Matsoukas. Contratamos uma jovem do Suriname que estudou com Alexis na Michigan State."

A dra. Alexis Branchaud, ou tia Alexis, como era conhecida quando ficava com a gente quando vinha dar palestras no MIT, é uma espécie de gêmea francesa malvada da minha mãe. Quando as duas se juntavam com uma garrafa de Bacardi 151 era um desastre. Por um tempo, me perguntei se talvez a tia Alexis não fosse a razão pela qual raramente via minha mãe ir a um encontro.

"Vai ser a primeira vez que o departamento vai ter maioria feminina."

"Legal. Destruindo átomos e o patriarcado. E a vida fora do trabalho?", pergunto.

Ela sorri. "Sabia que em geral as pessoas não querem ouvir falar da vida sexual das mães?"

"E a culpa é de quem?"

"Tem razão."

"Muito generoso da sua parte reconhecer isso."

"Pra ser sincera", diz ela, "estou atolada de trabalho. O departamento está fazendo uma revisão do currículo de mestrado do ano que vem, e o dr. Rapp e eu estamos cuidando dos orientandos do dr. Matsoukas. No mês passado, Elaine me arrumou um encontro com o parceiro de raquetebol do marido dela, mas tenho uma política de intolerância contra homens de meia-idade que ainda roem as unhas."

"Eu estou com um namorado de mentira."

Não sei por que digo isso. Provavelmente por causa do baixo nível de açúcar no sangue. Não tomei café da manhã hoje e só jantei uma tigela de uvas na noite passada, enquanto estudava para um teste de diagnóstico e estratégias corretivas de leitura.

"Certo." Minha mãe parece confusa, com razão. "Defina namorado de mentira."

"Bem, começou como um desafio, depois meio que virou uma piada. Agora a gente pode não ser mais amigo, porque acho que fiquei brava com ele por tentar gostar de mim de verdade e continuo não respondendo às mensagens dele."

"Ã-ham", é a resposta dela. Seus olhos azul-claros se estreitam daquele jeito que ela faz quando está avaliando um problema. Minha mãe sempre foi genial. De longe, a pessoa mais inteligente que conheço. Mas quando se trata de mim, nunca senti como se estivéssemos trabalhando a partir do mesmo material. "Já tentou gostar dele de volta?"

"De jeito nenhum."

Certo, talvez não seja bem verdade. Sei que, se me permitisse, sem dúvida desenvolveria sentimentos sinceros por Conor. Fico revendo nosso beijo de novo e de novo na minha cabeça desde o segundo em que ele me deixou em casa. Mal consegui me concentrar nos estudos ontem à noite, porque não consigo parar de pensar na firmeza de seus lábios, no calor de seu corpo, na sensação de seu membro duro contra minha barriga.

Não há como negar que ele me queria naquela noite. Me chamou para a casa dele porque queria transar comigo, sem dúvida.

Mas esse é que é o problema. Sei que, no momento em que eu ceder, Conor vai acordar desse sonho e perceber que devia estar com alguém muito mais bonita que eu. Já vi as garotas que os caras do time dele namoram — eu iria destoar como um polegar inchado e dolorido.

Não estou interessada em me candidatar a um pé na bunda depois que Conor se der conta disso.

"Bem, e por que você brigaram?", pergunta minha mãe, curiosa.

"Não importa. Nem sei porque falei disso." Arrasto os restos de arroz de couve-flor de um lado para o outro em minha tigela e tento me forçar a terminar. "A gente só se conhece há algumas semanas mesmo. Culpa do ponche da festa da Kappa. Eu devia saber que beber de um galão de tinta de vinte litros não ia dar em boa coisa."

"Verdade", diz ela, sorrindo. "Não foi para isso que eu criei você."

Mas, enquanto caminhamos de volta para o carro dela, algo me vem à cabeça, saído do fundo da minha mente.

"Mãe?"

"O quê?"

"Você acha que eu..." *Me visto que nem uma mendiga? Tenho gosto para moda de uma bibliotecária velha? Estou condenada a morrer solteirona?* "Você acha que a maneira como me visto sugere que tenho vergonha da minha aparência?"

Ela para junto do carro e me olha com simpatia. Mesmo com seu estilo mais minimalista, que em geral consiste de roupas pretas, brancas e em tons de cinza, ela sempre parece elegante e arrumada. Quando as roupas são todas projetadas exatamente para o seu tipo de corpo é fácil, acho.

Foi difícil crescer com uma mãe como ela. Não que ela não tenha se esforçado — ela sempre me apoiou e estimulou minha autoestima. Sempre fez questão de dizer que eu era bonita, que se orgulhava de mim, que *sonhava* ter cabelos tão grossos e brilhantes como os meus. Mas, apesar dos seus esforços, não pude deixar de me comparar com ela num ciclo vicioso e autodestrutivo.

"Acho que suas roupas não dizem nada sobre a sua inteligência, a sua bondade, a sua perspicácia e o seu bom-humor", diz minha mãe, com muito tato. "Acho que você tem que se vestir como se sentir mais con-

109

fortável. Dito isso... se você não se sente confortável com a maneira como se veste, talvez precise conversar com o seu coração mais do que com o seu armário."

Bem, posso computar um voto da minha mãe na coluna "roupas de mendiga".

No caminho até o meu apartamento, depois de me despedir da minha mãe, decido encarar o problema e mando uma mensagem para Conor.

EU: *Tá em casa?*

Aperto o botão para enviar, e uma bola de ansiedade se forma nas minhas entranhas. Depois de ser ignorado por dois dias, ele teria todo o direito de me dispensar. Fui mesmo muito grossa na outra noite, sei disso. Apesar de sua falta de traquejo social, Conor não quis me ofender, e eu não tinha motivo para sair enfurecida daquele jeito. A não ser o fato de que estava insegura, vulnerável e de saco cheio de mim mesma, então acabei descontando nele, em vez de explicar como estava me sentindo.

A tela acende.

CONOR: *Tô.*
EU: *Posso dar um pulo aí?*
CONOR: *Tá.*

Respostas monossilábicas não parecem muito promissoras, mas pelo menos ele não me ignorou.

Quando ele abre a porta dez minutos depois, vestindo apressado uma camiseta sobre o peito nu, sou atingida pelo mesmo desejo que senti durante o nosso beijo, como pequenos choques elétricos em minha coluna. Meus lábios se lembram dos dele. Minha pele vibra com a memória de suas mãos deslizando por minhas costelas. Minha nossa. Isso vai ser muito mais difícil do que eu esperava.

"Oi", digo, porque meu cérebro ainda meio que está no estacionamento do Malone's.

"Oi." Conor mantém a porta aberta para mim e acena com a cabeça para eu entrar. Seus amigos saíram ou estão escondidos, e ele me leva até o seu quarto no segundo andar.

Droga. Senti saudade até do cheiro do quarto dele. De seu xampu com cheiro de mar, e do perfume que ele usou na noite de terça.

"Taylor, eu queria..."

"Não." Eu o interrompo, estendendo a mão para manter uma distância entre a gente. Não consigo pensar direito quando ele está muito perto. "Eu primeiro."

"Tá bom." Dando de ombros, ele senta no pequeno sofá, enquanto reúno coragem.

"Fui muito grossa com você na outra noite", digo, triste. "E queria pedir desculpa. Você tem razão — fiquei com vergonha. Não gosto de atenção — nem boa, nem ruim. Então, ter uma sala cheia de gente me encarando é a pior coisa do mundo. Mas você só fez aquela dança boba porque achou que tava me salvando de um destino muito pior, e nem te agradeci por isso, nem te dei crédito por ter tentado. Não foi justo. E aí teve o..." De alguma forma, acho que não consigo dizer a palavra "beijo" em voz alta sem gemer: "... tudo aquilo atrás do bar, entrei em pânico. Não foi sua culpa."

"Tirando a hora em que comecei com os conselhos de moda", comenta ele, com um sorriso autodepreciativo.

"É, não, essa vai pra sua conta, seu sem noção."

"Vai por mim, já entendi o erro. Demi e Summer já me deram um esporro por causa disso. Namoradas de amigos", esclarece ele, quando percebe que não sei de quem está falando.

"Você contou da nossa briga pras namoradas dos seus amigos?" Por alguma razão, fico estranhamente comovida.

"Contei." Ele encolhe os ombros, de um jeito fofo. "Precisava que alguém me dissesse onde foi que eu errei. Aparentemente, criticar suas roupas foi um crime contra a sua feminilidade."

Dou risada.

Conor levanta as mãos em sinal de rendição. "E nem era o que eu queria dizer. Meu cérebro entrou em curto depois do...", ele me imita de leve, dá uma piscadinha e continua, "... *tudo aquilo atrás do bar*, e perdi todo o controle do meu senso de noção ou da parte que me impede de fazer merda." Então ele abre aquele sorriso atrevido que sempre faz meu coração pular acelerado. "Me perdoa?"

"Tá perdoado." Eu faço uma pausa. "Me perdoa por ter descontado tudo em você?"

"Tá perdoada." Ele se levanta timidamente e caminha na minha direção. Então fica de pé na minha frente, tão mais alto que eu, com sua estrutura atlética. "E aí, amigos de novo?"

"Amigos de novo."

Conor me puxa para um abraço, e é como se eu nunca tivesse deixado seus braços. Não sei se quero que isso acabe. Não sei como ele consegue me deixar tão confortável só com um abraço ou um sorriso.

"Quer uma carona até o campus? Tenho aula daqui a uma hora. A gente podia tomar um café?"

"Boa ideia." Sento na cama dele enquanto ele se veste e entra e sai do banheiro, arrumando suas coisas. "Tava pensando numa coisa."

"O quê?" Ele para junto da porta com a escova de dentes na boca.

"Quer fazer alguma coisa neste final de semana? Talvez ir ao shopping em Boston?"

Conor levanta o indicador e desaparece. Alguns segundos depois, volta secando a boca com uma toalha de rosto. "Não posso, gata. Vou jogar a semifinal em Buffalo."

"Ah, merda, claro. Eu sabia. Tudo bem. Fica pra..."

"Pega o meu carro." Conor joga a toalha no cesto de roupa suja.

"O quê?"

"É, vem ver o jogo", diz ele, com os olhos brilhando. "Você vai com o meu carro até Buffalo, e eu peço pro treinador para não voltar no ônibus do time. A gente pode ficar uma noite a mais e sair pra fazer compras, qualquer coisa."

"Tem certeza? Parece que é pedir muito."

Ele abre seu sorriso torto. Golpe baixo. "Se a gente ganhar, vou querer você lá pra comemorar. Se a gente perder, você pode me embebedar e me consolar."

"Ah, é? Não sei se estou preparada para uma massagem de ego nesse nível."

Ele dá risada. É bom poder rir com ele de novo. Só o que a gente precisa fazer é fingir que aquele beijo bobo nunca aconteceu, e tudo pode voltar a ser como era antes.

Quer dizer, se ambos ignorarmos as implicações de passarmos um fim de semana fora da cidade juntos.

"Então, combinado?", pergunta ele.

"Combinado", digo, animada.

"Legal." Ele pega sua mochila e descemos até o primeiro andar, então abre a porta e indica para eu sair na frente. "Não que eu não tenha gostado do convite, mas por que o shopping?"

Pisco para ele por cima do ombro. "Quero mudar meu guarda-roupa."

# 14

## CONOR

A semifinal contra Minnesota é uma pauleira desde o apito inicial. Depois de um bate-boca pela internet, o time pisa o gelo na sexta à noite de cabeça quente e pronto para jantar os adversários. Mas estamos mantendo nosso plano de jogo — pressão e contato físico. Minnesota é um time técnico, mas não vai conseguir segurar a pressão por sessenta minutos. Não vamos deixá-los tocar o disco sem sentir o nosso bafo no cangote. Para cada passe, vamos deixar claro que vai haver uma pancada.

O primeiro período termina zero a zero. E então, logo no começo do segundo, Hunter pega um rebote e manda para a rede, abrindo vantagem.

"Isso, garoto!", troveja o treinador do banco, batendo a prancheta contra a proteção de acrílico.

Ele faz uma substituição, e Hunter e eu pulamos pela mureta e esguichamos na boca a água das garrafas com o logo da Gatorade. Os outros caras da linha ficam no banco, com os olhos colados no gelo. A defesa da Briar está lutando para manter Minnesota fora do nosso campo de defesa, com o treinador rugindo para eles prestarem atenção.

"Cara, você precisa repetir exatamente aquele movimento", Bucky diz a Hunter. "Driblar aquele ruivo e disparar, ele não consegue te pegar."

Bucky tem razão. Hunter é o homem mais rápido no gelo esta noite. Ninguém é capaz de detê-lo.

Mais uma substituição, eu e o capitão entramos no lugar de Alec e Gavin. Pisamos no gelo com força, prontos para aumentar a vantagem com outro gol. Mas Minnesota deve estar vendo a vida passando diante dos olhos porque, quando Hunter recebe outro passe, o número dezenove deles o espreme contra o acrílico. Furioso, vejo meu capitão cair no gelo e, antes mesmo do apito, eu prenso o imbecil contra a proteção.

"Sai de cima de mim, bonitão", rosna ele.

"Então me obriga."

Trocamos alguns socos e cotoveladas. Em determinado momento, sinto alguém me esmurrando nas costelas, enquanto todos os reservas levantam para se juntar à briga. No final, o número dezenove e eu passamos um tempo no banco, cumprindo penalidade. Vale muito a pena.

Minnesota empata com uma tacada certeira de um dos atacantes bem no final do segundo período. Nos arrastamos até o vestiário sentindo o peso do placar nos ombros, um a um.

"Inaceitável!", o treinador Jensen repreende a defesa no instante em que a porta se fecha. "Deixamos eles dominarem os últimos três minutos. Onde estava a defesa, hein? Se masturbando às escondidas?"

Matt, artilheiro da defesa na temporada, abaixa a cabeça, envergonhado. "Foi mal. A culpa foi minha. Não consegui interceptar o passe."

"Pode deixar, treinador", diz Hunter, com olhos determinados. "Vamos acabar com eles no terceiro período."

Mas dá tudo errado no terceiro período.

Gavin desaba no gelo do nada, com um estiramento, e tem que sair do jogo. Depois Matt fica de fora, cumprindo penalidade. Conseguimos dar conta enquanto isso, mas à medida que o relógio vai passando, parece que Minnesota está nos destruindo. Eles parecem ter um fôlego a mais, enquanto metade de nós está exausta. Manter a pressão fica mais difícil, e a defesa começa a deixar buracos. O ataque não consegue achar nenhuma abertura para interceptar um passe nem mandar o disco para a rede.

O jogo se transforma numa batalha difícil e brutal. Nossos adversários agora estão mais rápidos e mais agressivos, e é aí que acontece. Minnesota troca quatro passes consecutivos e pega todos nós no contrapé. O ala esquerdo dá um tapa no disco, que passa pela luva de Boris, nosso goleiro, colocando Minnesota na frente por um ponto.

Mas um ponto é demais.

Não conseguimos recuperar. A campainha toca, encerrando o terceiro período. E a partida.

Somos eliminados.

*

O clima no vestiário é de luto. Ninguém diz uma palavra nem olha na cara de ninguém. Gavin, com gelo amarrado na coxa, joga uma lata de lixo para o outro lado do vestiário, e o estrondo retumbante faz todo mundo estremecer. Como aluno do último ano, esta era a sua última chance de vencer um campeonato, e ele não conseguiu nem terminar o jogo. Não importa o que digam, ele vai achar para o resto da vida que poderia ter feito a diferença. O mesmo vale para Matt, que vai se torturar com a culpa de que a penalidade que levou talvez tenha matado o ímpeto que nos faltou para empatar o jogo.

Quando o treinador Jensen entra, a sala fica em silêncio, a não ser pelo zumbido do ventilador, num canto.

"Essa doeu", diz ele, esfregando a mandíbula. Está suando quase tanto quanto o restante de nós.

Emoções negativas poluem o ar que respiramos. Raiva, frustração, decepção. E a exaustão de jogar num nível tão alto por tanto tempo penetra lentamente nossos ossos, fazendo os ombros penderem e os queixos caírem.

"Não era assim que a gente queria sair do campeonato", continua o treinador. "Para os alunos do último ano, queria levar vocês até a final — só que essa não foi a nossa noite. Para todos os outros, ano que vem a gente faz tudo de novo."

Ano que vem.

Hunter e eu trocamos um olhar determinado. Como alunos do terceiro ano, temos uma última chance de deixar um legado na Briar. Ouro e glória e tudo mais.

Desviando-se de seu habitual estilo curto e grosso, o treinador continua seu discurso, dizendo que está animado com a maneira como jogamos hoje, com o progresso que fizemos desde o início da temporada.

Decido acreditar que dias melhores virão, porque, neste momento, o clima no vestiário é péssimo. Um sonho morreu esta noite. Acho que só agora a maioria de nós percebeu como estávamos inteiramente convencidos de que o campeonato estava ganho. Nunca consideramos que não chegaríamos na final. Agora vamos para casa, fingir que não estamos nos roendo por dentro.

Porra, como eu odeio perder.

# 15

## TAYLOR

A noite de sexta foi difícil. Depois da derrota épica da Briar, os caras se acabaram no frigobar do hotel e dormiram até a hora do almoço do dia seguinte.

Não sei bem por que Conor queria que eu viesse até Buffalo, considerando que passei as horas depois do jogo bebendo com Demi Davis, namorada de Hunter Davenport, e as garotas que moram com ele, Brenna Jensen e Summer Di Laurentis. Foi uma típica noite das meninas. Nos divertimos no bar do hotel, e não vou negar que foi muito útil sentar com elas durante o jogo, pois me explicaram as regras quando eu não entendia o que estava acontecendo.

Mas, para ser sincera, ainda não sei o que é *offside* nem *icing*. Conor levou uma penalidade por bater num cara, o que entendi sozinha. Mas o resto do jargão que Brenna estava usando entrou por um ouvido e saiu pelo outro. Para mim, hóquei não passa de um monte de garotos brigando por um disco preto enquanto o árbitro tenta impedi-los de se matarem. Muito fofo.

O treinador Jensen deixou todos ficarem um pouco mais em Buffalo, se quisessem, uma espécie de prêmio de consolação, então vários colegas de Conor pagaram uma noite extra no hotel. Tenho um quarto só para mim até domingo, por sorte num andar diferente dos jogadores. Encontrei Demi na academia minúscula do hotel hoje pela manhã e, segundo ela, o quinto andar estava fervendo com a bebedeira depressiva da noite passada. Contou também que ela e Hunter não pregaram os olhos a noite toda.

Apesar de Conor ter dito no outro dia que ia precisar de consolo, mal trocamos dez palavras depois do jogo. Ele ficou se lamentando com os colegas, o que entendo. Mas ainda bem que as meninas estavam por perto para me fazer companhia.

Todo mundo parece estar mais bem-humorado hoje pela manhã. No restaurante do hotel, encontro Conor para tomar café, junto com alguns dos outros que também ficaram para trás.

"Onde estão Brenna e Summer?" Sento na cadeira ao lado de Conor e coloco na mesa o prato de comida que acabei de pegar no buffet. Torrada integral e um ovo cozido. Delícia. "E Demi?", acrescento, quando noto que Hunter está sentado sozinho.

"Brenna tá falando com o namorado no telefone", responde Bucky. "Tá no quarto do lado do meu, dá pra ouvir pela parede."

"Tarado", diz Conor, enquanto mastiga um pedaço de bacon.

"Ei, não é culpa minha se as paredes do hotel são de papel."

"Summer arrastou Demi pra resolver alguma coisa", diz Hunter. "Não sei o quê."

"Qual o problema?" Foster sorri para mim. "Não gosta de ser a única menina numa festa da salsicha?" E reforça a pergunta mordendo uma salsicha gordurosa do prato.

Caio na gargalhada. "Tem tanta coisa subliminar no que você acabou de fazer que nem sei por onde começar."

Do outro lado da mesa, Hunter levanta sua xícara de café e dá um gole rápido. "E aí, o que a gente vai fazer hoje?"

"Vou com a T no shopping", responde Conor, naquele seu tom preguiçoso.

"Legal. Posso ir junto?", pergunta Bucky. "Tô precisando de meia. Já perdi todas as que minha mãe comprou no Natal."

"Tô dentro", acrescenta Hunter. "Minha namorada me abandonou, e eu tô entediado."

Mastigo lentamente e engulo um pedaço de torrada. "Humm." Desconfortável, olho para Conor e então para seus colegas de time. "Não era para ser exatamente uma atividade de grupo."

Hunter levanta uma sobrancelha. "Ir ao shopping não é uma atividade de grupo?"

"Eles vão comprar brinquedos eróticos", conclui Foster. "Certeza."

"Não vamos comprar brinquedos eróticos!", exclamo, depois fico mais vermelha que uma beterraba, quando percebo que todas as cabeças da mesa ao lado se viram na minha direção. Olho feio para Foster. "Você é o pior."

"Ou será que sou o melhor?", contrapõe ele.

"Não, você é o pior", confirma Hunter, sorrindo.

"Se vocês querem mesmo saber, preciso de roupas novas", revelo com um suspiro. "Conor vai me ajudar a escolher umas coisas."

"E a gente não pode ajudar?", pergunta Bucky. Não sei dizer se seu olhar magoado é de verdade ou brincadeira. "Está dizendo que a gente não tem estilo?"

"Ah, eu tenho estilo", declara Hunter, cruzando os braços sobre o peito.

Foster adota a mesma postura de macho. "Eu tenho muito estilo, você nem imagina."

"Tem razão, não imagino mesmo", digo secamente, lançando um olhar exagerado para a camiseta de Foster, que parece ter um desenho de um lobo montando um dragão sobre um mar de fogo. Se é fogo de dragão ou não, não dá para dizer.

Foster termina de comer a salsicha. "Certo, time. Vamos às compras."


E é assim que acabo num shopping a uns três quilômetros do hotel, com quatro homens gigantes e imponentes diante do provador na Bloomingdale's, jogando um monte de roupas na minha direção como se fosse uma gincana de faculdade.

Mal saio de uma calça skinny desbotada de marca, e uma avalanche de camisetas e vestidos é arremessada por cima da porta.

"Acho que estamos alcançando a singularidade aqui, pessoal", grito, desanimada.

"Troca de roupa mais rápido", grita Conor pela porta.

"Foster acabou de encontrar uma parede cheia de lantejoulas", acrescenta Hunter, como uma ameaça.

"Acho que não preciso muito de..." Mais uma leva de vestidos cai no chão. "É isso aí. A gente precisa estabelecer algumas regras básicas."

Saio do provador com uma camisa xadrez de mangas compridas cintada sob os seios, mas que se abre na altura da cintura, e uma calça jeans skinny escura combinando. Não é um look ruim, esconde todas as partes que eu preferiria não exibir, sem ficar parecendo que saí da cama usando meu edredom.

Conor levanta uma sobrancelha para mim. Hunter e Bucky batem palminhas educadas. Os três estão de pé ali, de smoking completo, ainda que de tamanho errado.

Eu os encaro, atordoada demais para rir. "O que... por que... por que diabos vocês estão de smoking?"

"Por que não?" é a resposta de Bucky, e desta vez não consigo conter as gargalhadas. Nossa. Como esses palhaços tiveram tempo de se trocar enquanto me soterravam com roupas?

"Você vai levar essa", diz Conor, com um olhar repleto de segundas intenções. O jeito como ele me analisa da cabeça aos pés é mais do que indecente. E na frente dos amigos.

No entanto, sob seu escrutínio, não me sinto constrangida como quando estou diante de outras pessoas. Quando Conor está comigo, ele me deixa à vontade.

"É, gostei desta", admito. Então franzo a testa. "Dito isso, estou com roupas até os joelhos aqui, seus maníacos. Vamos nos restringir a duas peças para cada, tá legal?"

"Ah, qual é, a gente nem chegou nas roupas de noite", reclama Bucky.

"Nem nos lenços. De quantos lenços você acha que vai precisar?", pergunta Hunter.

"A gente não devia dar uma olhada em umas bijuterias também?" Foster abre caminho até a frente do grupo com os braços cheios de vestidos de festa.

"Qual é o seu tamanho de sutiã?"

Conor dá um tapa na nuca de Bucky. "Você não pode perguntar à minha namorada o tamanho do sutiã dela, idiota."

Meu coração dá um pulinho. É a primeira vez que ele usa a palavra desde a nossa briga. Não sabia se a gente ainda estava brincando disso, então ouvi-lo me chamar de namorada provocou reações estranhas na minha cabeça.

"Aqui." Recolho a pilha aos meus pés e enfio na mão dos rapazes. "As medidas de restrição estão em vigor."

Fecho a porta e ouço alguém murmurando "fascista", bem baixinho.

Depois de provocarmos todo o estrago que a Bloomingdale's é capaz de suportar, continuamos pelo shopping, com Conor carregando minhas duas sacolas de compras.

É interessante ver a diferença nos estilos que cada um deles escolheu. Conor parece me conhecer melhor, ou pelo menos nossos gostos se parecem mais, pois sugere as coisas mais casuais. Bem Califórnia. Hunter é mais ousado e gosta de preto. Bucky tem algum fetiche com roupas formais, das quais me afasto mais que depressa, e acho que Foster não entendeu muito bem a tarefa. O que descubro, no entanto, é que quase nenhum deles concorda a respeito de quais são suas peças preferidas. Nem um pouco o que eu esperava em termos de construir uma versão ideal de Barbie que combinasse comigo.

Em determinado momento, os colegas de Conor nos arrastam para a loja de brinquedos, onde desafiam dois alunos de colégio a uma luta de sabre de luz, antes de sermos expulsos por assustarem os clientes com máscaras do filme *It*. Depois de almoçar na praça de alimentação, os caras cansam das compras e saem em busca de novas encrencas, me deixando sozinha com Conor pela primeira vez no dia.

Nossa primeira parada é uma loja de surfe e skate. Nada mais justo que eu brinque de vesti-lo também, então o enfio com uma dúzia de bermudas de praia num provador.

"O que você vai fazer no verão?", pergunta ele, do outro lado da porta.

"Visitar minha mãe em Cambridge. Ela vai ter só uma conferência nesse verão, então a gente pensou em fazer uma viagem pra algum lugar, Europa, talvez. Você vai pra Califórnia?"

"Por um tempo, pelo menos." Ouço um suspiro pesado vindo de dentro do provador. "Nunca morei tão longe do mar quanto agora. Costumava ir à praia surfar quase todo dia. Tentei ir ao litoral algumas vezes desde que me mudei para a Briar, mas não é a mesma coisa."

Conor sai do provador usando a primeira bermuda que escolhi.

Preciso mobilizar todas as minhas forças para não me jogar em cima dele. Conor fica parado ali, sem camisa, encostado na porta do provador, absolutamente delicioso. A linha de músculos desaparecendo por baixo do cós da bermuda está me afetando. Não é justo.

"Nada mau", digo, com indiferença.

"Laranja não combina comigo."

"Verdade. Próxima."

Ele entra de novo e joga a bermuda descartada para mim, enquanto veste outra. "Você devia ir comigo."

"Aonde? Pra Califórnia?"

"É. Passar um fim de semana prolongado ou algo assim. A gente pode fazer uns passeios de turista, pegar uma praia. Só relaxar."

"Me ensina a surfar?", provoco.

Conor aparece com outra bermuda. Parei de me preocupar com as cores e os padrões do tecido e me limito a admirar descaradamente o seu corpo esguio e musculoso e a forma como seu abdome se contrai quando ele fala.

Seria inapropriado lambê-lo?

"Você ia adorar", me diz ele. "Cara, queria poder voltar no tempo e curtir a minha primeira onda de novo. É a melhor sensação do mundo, se preparar para a onda, sentir a prancha subindo. Quando você fica de pé e sintoniza com o poder do oceano... é uma simbiose. É a liberdade, gata. Um alinhamento perfeito de energia."

"Você está apaixonado."

Conor ri de si mesmo, com um sorriso de menino. "Meu primeiro amor." Mais uma vez, ele retorna para a cabine. "No último verão, passei um mês com um grupo de voluntários andando pela costa de San Diego até São Francisco."

Enrugo a testa. "Fazendo o quê?"

"Limpando as praias e catando lixo. Foi um dos melhores meses da minha vida. A gente tirava centenas de quilos de lixo do oceano e da areia todos os dias, depois surfava à noite e ficava conversando em volta de uma fogueira. Ficava aquela sensação de estar fazendo algo de útil."

"Você é apaixonado por isso", digo, admirando esse lado dele. É a primeira vez que ele fala de seus interesses fora do hóquei e do surfe. "Será que isso não é uma coisa que você quer fazer depois da faculdade?"

"Como assim?" Ele sai com outra bermuda.

"Bem, você podia fazer uma carreira disso. Devem existir dezenas de organizações ambientais sem fins lucrativos trabalhando com limpeza do oceano na Costa Oeste." Levanto uma sobrancelha. "Pode não ser tarde demais para mudar o curso de economia para administração no terceiro setor e ainda se formar no mesmo ano."

"Meu padrasto sem dúvida iria adorar a ideia."

"E daí?"

Uma expressão cansada toma conta de Conor. Não só de seu rosto, mas do corpo inteiro. Seus ombros se arqueiam, como se o assunto estivesse pesando sobre ele.

"Max é quem paga tudo", admite ele. "Minha educação, o hóquei, o aluguel... tudo. Sem ele, minha mãe e eu não teríamos um centavo. Então, quando Max sugeriu que eu me formasse em economia que nem ele, mamãe considerou o assunto resolvido e fim de papo."

"Tá, eu entendo que ele seja o cara do dinheiro, mas a vida é sua. Em algum momento você vai ter que defender o que quer. Ninguém mais vai fazer isso por você."

"Não sei, ficou parecendo ingratidão discutir com ele, sabe? Uma grosseria, pegar o dinheiro e mandar ele se foder."

"Bem, usar as palavras 'se foder' pode ser um pouco pesado, mas uma conversa franca sobre como você quer passar o resto da vida não é pedir muito."

"Mas o problema é que a gente não conversa. Eu sei que ele ama a minha mãe, e que é bom com ela, mas no meu caso, acho que o cara ainda me vê como um desajustado de Los Angeles que não vale o tempo dele."

"E por que ele pensaria isso?", pergunto, baixinho.

"Fiz muita coisa errada quando era garoto. Era um idiota e copiava tudo que meus amigos faziam, o que em geral envolvia ficar chapado, roubar lojas, invadir prédios abandonados, esse tipo de coisa." Conor me olha, com culpa. Vergonha, até. "Eu era um merdinha naquela época."

Está claro em sua expressão que ele tem medo que isso influencie minha opinião a seu respeito, mas nada disso muda quem ele é agora. "Bem, parece que você não é mais um merdinha. Então espero que seu padrasto não pense que você ainda é, e sinto muito se ele pensar."

Conor dá de ombros, e sinto que está escondendo alguma coisa. Seu relacionamento com o padrasto é obviamente uma fonte de inseguranças e frustrações.

"Sabe o que iria me animar?", pergunta ele, de repente.

Um brilho travesso ilumina seus olhos, provocando minha suspeita. "O quê?"

Ele passa por mim e pega um maiô preto minúsculo da prateleira de devolução perto do provador. "Experimenta isto."

"De jeito nenhum. Não vai caber em mim", aviso.

"Eu fico pelado se isso te fizer se sentir melhor."

"Como isso me faria me sentir melhor?"

Ele dá de ombros de novo, oferecendo desta vez um sorriso diabólico. "Sempre funciona com as outras garotas."

Revirando os olhos, pego o maiô da sua mão e entro na cabine ao lado. Nunca, jamais sonharia em fazer isso por qualquer outro cara, mas sei que transformar a coisa numa piada e fazer um desfile particular para Conor vai aliviar essa nuvem negra que ameaça se instalar em cima dele. Então, para salvar o dia, tiro a calça legging e o suéter e visto o maldito maiô.

O maiô tem o quadril baixo, um decote profundo na frente e alças cruzadas nas costas. Como imaginei, é pequeno demais. Minhas nádegas mal cabem dentro dele, e meus seios estão tentando escalar o decote feito uma horda de mongóis. Ainda assim, respiro fundo e saio do provador.

Conor está me esperando lá fora, ainda vestido só com uma bermuda de praia, os longos cabelos louros afastados do rosto.

Ele fica boquiaberto.

"Pronto. Pra não dizer que nunca fiz nada pra você", anuncio.

Conor se lança na minha direção tão depressa, que não consigo conter um grito, enquanto ele nos leva de volta para a cabine, trancando a porta.

"O que você..."

Antes que eu possa terminar, sua boca está na minha. Faminta, predatória. As palmas grandes envolvendo meus quadris, enquanto sou pressionada contra o espelho. Ele separa meus lábios com a língua e, quando meus dedos se enroscam em seus cabelos, toda a trepidação desaparece. Estou afogando nele. Pele contra pele, quase nada nos separando. Seu corpo é quente e firme contra o meu.

"Porra, Taylor", sussurra ele, ofegante. "Agora deu pra entender quanto você é gostosa?"

Ele está duro contra a minha barriga. Sinto cada centímetro seu, longo e rígido, e isso me faz ter ideias. Pensamentos perigosos. Quero enfiar a mão dentro da bermuda e agarrar sua ereção quente e pesada. Quero sentir sua língua na minha boca, enquanto o acaricio até que ele esteja gemendo meu nome e movendo os quadris e...

Uma batida alta nos assusta.

Nos separamos, e visto depressa minhas roupas por cima do maiô, antes de Conor abrir a porta para uma vendedora de cara feia.

Sem um pingo de vergonha, meu namorado de mentira coça o peito nu e diz: "Desculpa, moça. Minha namorada precisava de uma opinião."

Engulo o ataque de riso. "Desculpa", gaguejo para ela.

"Ã-ham", ela bufa, e fica ali plantada enquanto Conor desaparece para vestir suas roupas.

Com seu sorriso de sempre, ele entrega a bermuda a ela, enquanto arranco a etiqueta do maiô.

Evitando o olhar divertido de Conor, me volto para a vendedora. "Vou levar esse maiô, por favor", digo, recatada.

Estamos os dois praticamente histéricos diante da caixa registradora, enquanto pago pelo maiô indecente sob minhas roupas. Então saímos da loja como se tivéssemos roubado alguma coisa, rindo o caminho inteiro até o carro. Depois do calor e do desejo que senti naquele provador, este momento de leveza é muito necessário. Leveza — bom. Desejo — ruim.

Sim, o desejo que sinto por Conor Edwards é muito, muito ruim.

Porque ele é exatamente o tipo de homem que vai partir meu coração. Mesmo que não queira.

# 16

## CONOR

Hunter está no bar, erguendo um copinho de shot, proclamando o que com certeza é um discurso emocionante sobre a derrota difícil na semifinal na noite passada, desejando tudo de bom aos alunos do último ano e anunciando ao restante de nós que dias melhores virão. Infelizmente, não dá pra ouvir nada, por causa da música da balada. O baixo retumbante balança o gelo no copo descartado ao meu lado. O chão vibrando sob meus pés chega a fazer uma cosquinha nas minhas bolas.

Quando Hunter para de falar, viramos nossos shots e limpamos a boca com um gole de cerveja. Cara, vou sentir falta desses idiotas.

Foster bate no meu braço e diz alguma coisa, mas não ouço uma palavra, então gesticulo para a minha orelha e balanço a cabeça. Ele se aproxima e grita: "Cadê sua namorada?".

Boa pergunta. Quando Taylor e eu voltamos ao hotel hoje mais cedo, recebi uma mensagem de Summer com todas as letras em maiúsculas, perguntando por que ela não tinha sido convidada para ir às compras. Falei que ela havia perdido o café da manhã pra sair com Demi, e ela respondeu dizendo que "meu plano maligno para mantê-la longe dos shoppings termina hoje".

Já comentei que Summer é louca?

Logo em seguida, apareceu mais uma mensagem exigindo que eu deixasse Taylor nas mãos hábeis de Summer, para prepará-la para a nossa noite na balada. Acho que Taylor ficou se sentindo mal por ter excluído as meninas das compras, então concordou em sair com elas e me encontrar aqui depois.

Não vou mentir — fiquei preocupado de deixá-la com aquelas meninas. Taylor se adaptou muito bem aos caras. As colegas de casa de Hunter, por sua vez, são osso duro de roer. Foi com muitos receios e um aviso para me ligar se elas tentassem fazê-la cortar o cabelo que a deixei nas garras de Summer, Brenna e Demi.

Agora estamos aqui há uma hora, e estou começando a me perguntar se preciso organizar uma equipe de busca.

O lugar está lotado. Apareceram até alguns jogadores de Minnesota e de outro time de Nova York. Quando vejo o camisa dezenove no bar, ele se oferece para me pagar um shot, e aceito, porque nunca deixo meu orgulho me impedir de ganhar uma bebida de graça. Apesar de sermos obrigados a nos comunicar por sinais e acenos, acho que conseguimos fazer as pazes. Até a próxima temporada, pelo menos.

Por fim, nossos times se misturam na ponta do bar, e ficamos trocando provocações e gritando histórias de guerra por sobre o setlist do DJ. Por mais que a gente queira odiá-los, os caras de Minnesota parecem legais. Mas vou me sentir muito melhor no ano que vem, pagando bebidas de consolação para eles.

Quando olho por cima do ombro em direção à entrada pela quinquagésima vez em busca de Taylor, um rosto chama minha atenção. Só por um segundo, mas então desaparece. Droga, com as luzes piscando e os corpos pulsando, nem sei se cheguei a vê-lo. Apesar do nó no estômago e da descarga repentina de adrenalina, me convenço de que meus olhos estavam só pregando uma peça.

"Minha *nossa!*", exclama o número dezenove, cujo nome não consegui ouvir, quando ele tentou gritar por cima da música.

Foster segue seu olhar e solta um longo assobio agudo. "Caramba, Con. Tá vendo isso?"

Franzo a testa e me viro, mas não consigo descobrir o que eles estão olhando. Até duas cabeças louras chamarem minha atenção, sob um feixe de luz em movimento.

Summer e Taylor estão atravessando a multidão. Seguidas de perto por Brenna e Demi, mas, neste momento, só Taylor existe para mim.

Acho que deixo meu copo cair. Eu estava segurando um copo? Tudo o mais desaparece na escuridão, e só resta Taylor, caminhando na minha direção num vestido branco minúsculo reluzindo sob as luzes ultravioleta. Cabelo cacheado, maquiagem feita. A pintinha sexy em cima da boca que a deixa parecida com uma Marilyn Monroe moderna. É a minha namorada.

Devo parecer um idiota completo, caminhando na direção dela enquanto tento esconder o tesão, mas foda-se, ela tá deslumbrante.

"Dança comigo", digo em seu ouvido, passando o braço em volta da sua cintura.

Em resposta, ela morde o lábio e assente. Esse gesto mínimo já é suficiente para fazer o meu pau se contorcer, e não sei como a gente vai sair daqui sem eu arrancar o vestido dela.

"De nada", ouço Summer dizer, mas a ignoro, puxando Taylor obstinadamente em direção à multidão na pista de dança.

"Não sei dançar", me diz Taylor, enquanto a envolvo com os braços.

"Tudo bem", murmuro. Só quero tocá-la, abraçá-la. Sei que ela pode sentir minha ereção, enquanto seu corpo se derrete contra mim. Quero perguntar o que ela quer fazer a respeito, mas ainda não estou tão bêbado assim, então seguro a língua.

"Só não me deixa parecer uma idiota", pede ela, falando com mais facilidade junto do meu ouvido, agora que está de salto.

"Nunca."

Deixo um beijo no seu pescoço e sinto sua pele arrepiar em resposta. Então ela vira de costas para mim e pressiona a bunda contra o meu corpo enquanto dança, e eu mordo a bochecha com tanta força que sinto o gosto de sangue.

"Você tá me matando", murmuro, deslizando lentamente as mãos pelo corpo dela, saboreando cada curva sensual.

Taylor me olha por cima do ombro e dá uma piscadinha. "Você que começou."

De repente, alguém me dá um tapinha no ombro, e vejo um cara de cabelos escuros de relance, pelo canto do olho. Presumo que vai pedir para dançar com Taylor e me preparo para mandá-lo se foder quando aquele nó no meu estômago ressurge.

"Ei, Con", diz uma voz do passado. "Que bom te ver aqui."

Sinto uma pedra batendo fundo no meu estômago e uma onda de

náusea tomando conta de mim. Fecho os olhos e adoto uma máscara inexpressiva.

"Kai", respondo, friamente. "O que cê tá fazendo aqui?"

Ele repete o mesmo gesto que passei a noite inteira fazendo — indicando que não consegue me ouvir. "Vamos conversar ali", diz, apontando por cima do meu ombro.

"Desculpa", murmuro no ouvido de Taylor.

"Desculpa o quê?" Ela parece desconfortável, segurando minha mão com força, enquanto seguimos Kai até o bar menor nos fundos da balada. Ainda não acredito que ele esteja aqui. Maldito Kai Turner, ainda magrelo e fedendo a maconha. Não o vejo desde que me mudei para o outro lado do país para fugir do que fizemos.

O fato de ele ter me achado numa balada aleatória de Buffalo me diz que nada de bom vai vir deste reencontro.

Seguro a mão de Taylor como se minha vida dependesse disso. Em parte, por medo de que ela fuja. Em parte, porque não sei o que sou capaz de fazer com esse sujeito se ficarmos sozinhos.

"O que você tá fazendo aqui, Kai?", pergunto.

Ele sorri. Conheço muito bem esse olhar. Funcionava melhor quando a gente era adolescente. Agora parece o sorriso do cara que está tentando te vender os relógios banhados a ouro que ele tem numa mochila.

"Bom te ver também, irmão." Ele me dá um tapa no ombro. "Que coincidência, hein?"

Afasto a mão dele. "Porra nenhuma." Com Kai, não existe acaso nem coincidência. Desde a época do colégio que ele sempre tem um esquema. Naquele tempo, eu também tinha. "Como você me achou?"

Seus olhos maliciosos se voltam para Taylor, que se encolhe ao meu lado. Tudo em seu olhar me faz querer quebrar a cara dele.

"Tá bom, você me pegou. Tô morando na Big Apple agora. Tinha uns amigos meus que estavam jogando no torneio, e achei que podia encontrar você, então vim com eles. Tentei te ligar. Mas não sei o que aconteceu." Ele volta o olhar aguçado para mim. "Parece que seu número tá desativado."

"Mudei de telefone." Para me livrar de gente como ele.

Taylor agarra meu braço, me questionando com seus olhos grandes azul-turquesa.

Deus, como quero afastá-la dele. Iria embora se não achasse que ele iria nos seguir. E, sinceramente, não gosto de imaginar o que pode acontecer fora da balada. Sei que Hunter e os caras arregaçariam as mangas por mim num piscar de olhos, mas não tenho como chamar a atenção deles, o que significa que, por enquanto, estou sozinho.

"É a sua namorada?" Kai vê meu desconforto e se concentra em Taylor, só para me perturbar. Não sei se está querendo arrumar uma briga ou se quer me afastar dela, para não haver testemunhas. "Você mudou *mesmo* depois que veio pra Costa Leste."

"Que merda de conversa é essa?", pergunto, com os punhos cerrados. A esta altura, não dou a mínima de ser expulso desse lugar. Empurro Taylor um passo para atrás, para protegê-la com meu corpo.

"Nada não, cara. Eu também pegava. E aposto que ela tem uma ótima personalidade." Ele abre um sorriso cheio de dentes. "É só que você costumava ter um padrão mais elevado."

Taylor solta minha mão. Merda.

"Vai se foder, seu idiota. Sai daqui." Empurro o peito de Kai e tento alcançar Taylor de novo.

"Vou embora", diz ela, apressada.

"Por favor. Me espera, T. Vou com..."

"Ah, qual é, lindinha, tô só brincando com ele", Kai grita na direção de Taylor, mas ela já se foi.

Uma névoa vermelha encobre o meu olhar. "Escuta aqui", rosno. Pousando a mão no ombro de Kai, eu o deixo prensado entre o bar e a parede. "A gente não é amigo. A gente não é nada. Fica longe de mim."

"Então foi só arrumar uma grana e uma escola de bacana e você esqueceu dos amigos de verdade, é? Você é só pose, Con. Sei de onde você vem e o que você é."

"Não tô de brincadeira, Kai. Chega perto de mim de novo pra ver o que acontece."

"Que é isso, cara." Ele empurra minha mão e me dá uma encarada. Com apenas um metro e setenta e cinco, ele não chega nem nos meus ombros. "Você e eu temos um passado. Eu sei das coisas, lembra? Por exemplo, quem ajudou alguém a entrar na mansão do seu padrasto e quebrar tudo. Você não vai se livrar de mim assim tão fácil."

Quero bater nele. Por ter me encontrado. Por trazer seus problemas de volta para a minha vida. Por me lembrar que não passo de um delinquente fingindo pertencer a esse mundo de garotos ricos, de quem costumávamos rir.

Mas vou atrás de Taylor.

# 17

## TAYLOR

Me sinto uma imbecil.

Me refugiando da música alta e das luzes estroboscópicas num corredor na frente dos banheiros, me encolho num canto e tento respirar fundo. Tá muito quente aqui, e cheio demais. Este lugar está me deixando sem ar.

O que eu estava pensando quando deixei Summer me convencer a pegar esse vestido idiota emprestado?

E esse cabelo.

A maquiagem.

Os sapatos prateados.

Esta pessoa não existe. Ela não sou eu. Claro que pareceu valer a pena ver a cara de Conor quando ele me viu do outro lado da boate. Mas mesmo um bom disfarce é incapaz de esconder o que sou: uma piada. A pessoa para quem Conor está fazendo uma caridade.

Ele é gentil demais para enxergar isso.

"Porra, Taylor. Desculpa."

Por falar no diabo bem-intencionado... Minha cabeça se levanta, e vejo Conor passando pelos homens a caminho do banheiro e parando na minha frente.

Seus olhos parecem em pânico. Se é por minha causa ou daquele cara lá atrás, quem quer que seja ele, eu não sei. E estou cansada demais para me importar. Estou fora de combate. Nada disso é culpa dele, mas simplesmente não posso mais fingir.

"Quero ir embora", digo a ele, sem rodeios.

Ele abaixa a cabeça. "Tá bom. Vou pedir um carro de volta para o hotel."

Passamos o trajeto todo em silêncio. A cada minuto, sinto o abismo entre nós aumentando, sinto que estou me fechando.

Meu erro foi me deixar acreditar que não me importava — com ele e com o fato de que nosso acordo bobo sempre seria temporário. Não sei como a vingança contra Abigail se transformou em uma viagem de seis horas até Buffalo atrás dele, mas é culpa minha se deixei isso acontecer. Minha mãe não me criou num contos de fadas, e fui uma idiota de cair no meu próprio ardil mal planejado.

"Desculpa", repete Conor, quando chegamos ao meu quarto de hotel. Sua expressão reflete minha própria incapacidade de pensar no que dizer. Ele não precisa falar em voz alta — nós dois sabemos que a farsa explodiu bem na nossa cara, exatamente como era de se imaginar. "Posso entrar?"

Eu deveria dizer que não e me poupar do tormento de um "foi bom conhecer você" em versão prolongada. Mas sou uma fraca. Fico relutante de perder a amizade que acabamos de reconstruir e decepcionada por não ter tido a coragem de afrontar Abigail naquela primeira noite. Se tivesse batido de frente, teria evitado toda a dor e a humilhação deste instante.

"Pode", murmuro, destrancando a porta. "Claro."

Lá dentro, tiro os sapatos novos, pego uma garrafa de água de seis dólares do frigobar e começo a beber. Quando me viro, Conor está na cama queen size, com os travesseiros arrumados formando uma barreira ao seu lado.

Quase sorrio quando me lembro de como fiz a mesma coisa na noite em que nos conhecemos, arrumando os bichos de pelúcia de Rachel entre nós, na cama.

"Senta aqui comigo?" Seu tom é sério, sem o ar descontraído habitual.

Faço que sim com a cabeça. Só porque meus pés estão doendo e estou muito desconfortável parada aqui de pé na frente dele.

"Você tá chateada", começa ele. "E eu sei por quê."

Deito do outro lado do muro de travesseiros, e o vestido curto sobe, revelando muita coxa. Me sinto suada e cansada, e tenho certeza que meu cabelo a esta altura é um emaranhado de cachos. Como Conor consegue parecer tão fresco com essa camisa cinza de botão em cima da camiseta preta e da calça jeans escura?

"Aquele cara é um babaca, e você não tem que gastar um segundo da sua vida se preocupando com as merdas que saem da boca dele", diz Conor. "Vai por mim, podia ser qualquer pessoa do meu lado que Kai teria arrumado um jeito de falar mal dela. Ele mexeu com você porque sabia que iria me tirar do sério." Eu o ouço suspirar. "Não é justo com você. É uma puta crueldade, e sinto muito que tenha acontecido, mas, por favor, não deixa isso estragar o seu final de semana."

"Ele pegou num ponto fraco", me pego sussurrando.

"Eu sei, gata. E, se você conhecesse aquele cara como eu, teria dado um chute no saco dele com um desses saltos e seguido em frente com a sua vida sem pensar duas vezes."

"Merda." Solto uma risada triste. "Por que não pensei nisso?"

"Porque você tem tato."

Olho para ele de lado.

"Na maior parte das vezes", diz ele, com um sorriso. "A questão é: esquece o que aquele idiota falou. Você tá linda hoje."

"Você sempre fala isso."

"É sempre verdade."

Um rubor toma conta das minhas bochechas. Odeio a facilidade com que ele faz isso, as respostas físicas que arranca de mim.

Pego um dos travesseiros da barreira e o abraço junto ao peito. "Quem é ele, afinal? Algum amigo da Califórnia?"

Conor apoia a cabeça na cabeceira da cama e solta outro longo suspiro. Fico à espera, vendo a história se desenrolar em seu rosto, como se ele estivesse decidindo quanto me dizer.

"Kai era meu melhor amigo quando eu era criança", ele enfim revela. "No meu antigo bairro. A gente andava de skate junto, surfava, fumava maconha, tudo. Quando minha mãe se casou e a gente se mudou para Huntington Beach, ainda me encontrava com ele de vez em quando, pra surfar, mas é difícil quando você não está mais na mesma escola, sabe? Então a gente se distanciou. Na faculdade, parei de responder às mensagens dele, e foi isso."

Não conheço Conor muito bem, e com certeza não o suficiente para entender a natureza de seu relacionamento com Kai. Mas acho que passei tempo o bastante com ele ultimamente para saber quando está escondendo alguma coisa. Tem uma ferida aí, algo profundo. O que quer que seja, não consigo decifrar agora.

"E você não acha que ele veio atrás de você aqui só pra dizer oi, é isso?"

"Não mesmo." Há uma pontada de rispidez na voz dele. "Conheço Kai a minha vida inteira. Ele tá sempre envolvido em algum esquema."

"Então, o que você acha que ele tá tramando?"

Conor pensa um pouco, cerrando os dentes. Os músculos do seu pescoço se contraem. "Quer saber? Não é problema meu e não tô nem aí." Ele vira de lado para me encarar. Algo em seus olhos acinzentados vívidos, na maneira como seus lábios se abrem quando está olhando para os meus, faz minha cabeça girar toda vez. "Eu tava me divertindo muito antes daquela interrupção."

Sinto meu rosto corando de novo. Mordo o lábio um pouco forte demais, só para me lembrar da dor que está sempre à espreita quando me deixo entregar à mentira. E, no entanto, não consigo não dizer: "Eu também".

"Queria ver o que ia acontecer."

"O que você acha que ia acontecer?" Ai, Deus. Essa voz gutural é mesmo minha?

Seu olhar fica todo derretido. "Tenho mil ideias, se você estiver a fim."

Eu estou a fim?

Claro que estou a fim. Estou a fim demais, e essa é a parte complicada. Porque este é o momento em que tenho que tomar uma decisão — mergulhar de cara na destruição emocional total com Conor ou me afastar de vez.

Por que ele tinha que ter um cheiro tão bom?

"Tenho que te contar uma coisa", digo, apertando o travesseiro no peito e olhando os pés. "Eu sou..." Uma covarde. Inspiro fundo e tento de novo. "Nunca fui assim tão longe com ninguém. Tipo, nunca mesmo. Quer dizer, já fiz algumas coisas. Mas não muito."

"Ah", é a resposta dele.

E ela fica ali, aquela silabazinha irritante, feito uma nuvem de fumaça que vai aumentando à medida que enche a sala.

Então ele comenta: "Eu também já fui virgem um dia".

Eu o cutuco com o cotovelo.

"Faz tempo que não fico com uma virgem."

Outra cotovelada.

"Não vou contar pra ninguém que você gozou rápido demais."

Bato o travesseiro na cara dele. "Não tem graça, idiota", digo, rindo mesmo assim. "Estou incrivelmente vulnerável aqui."

"Gata." Ele joga os travesseiros no pé da cama e sobe em cima de mim, ajoelhando-se entre as minhas pernas. Não estamos nem nos tocando, mas a imagem dele em cima de mim, o calor emanando de seu corpo musculoso... nunca experimentei nada tão erótico na vida. "Sei que já fui pegador no passado. Mas não quero ser esse cara com você."

"Como posso ter certeza disso?", pergunto, honestamente.

"Porque nunca menti pra você. E não mentiria. A gente não se conhece há tanto tempo, mas você me enxerga melhor do que ninguém." Fico surpresa quando ouço sua voz grave vacilar. "Você me conhece de verdade, Taylor. Confie nisso."

Ele se abaixa e toca de leve os lábios nos meus. O beijo é suave, sem pressa, como se estivesse saboreando este momento perfeito, assim como eu. Quando se afasta, vislumbro a luxúria e a necessidade escancaradas em seus olhos, e as mesmas sensações se agitam nos meus.

"Vou devagar", promete ele. "Se você me deixar."

Meu corpo vence a disputa contra o meu juízo. Estendo o braço e o puxo para mais um beijo. Eu o sinto duro contra a minha coxa, e meu ventre se contrai em resposta.

Sei que ele está tão excitado quanto eu, mas ainda assim prolonga a expectativa por mais tempo do que posso suportar. Me beijando profundamente, me prendendo embaixo dele, plantando as mãos na cama de ambos os lados da minha cabeça. Envolvo uma das pernas em seu quadril, tentando atraí-lo para mais perto, incitá-lo a... nem sei a quê. Algo que alivie essa dor dentro de mim.

"Toca em mim", sussurro, contra sua boca.

"Onde você quer que eu te toque?", pergunta ele, arrastando os lábios em meu pescoço.

Não sei como ser, sei lá, *sexy*. Então uso meu corpo para dizer a ele do que preciso. Envolvo minha outra perna nele e elevo o quadril, me apertando contra sua ereção.

O movimento provoca um gemido nele, que enterra a cabeça na dobra do meu pescoço e se move contra as minhas coxas.

"Quando você diz que já 'fez algumas coisas', o que isso significa?" Seu hálito quente faz cócegas na minha clavícula, enquanto ele vai deixando beijos ao longo do meu decote.

"Muito pouco." Eu me remexo contra sua virilha, distraída pela onda de sensações que atravessam o meu corpo.

"Alguém já fez isso?", pergunta ele, e puxa o decote do meu vestido para expor um pouco mais dos meus seios. Ele os segura, fazendo um carinho suave com os polegares.

"Já. Mas *isso* não." Baixo uma alça do ombro para dar mais acesso a ele, expondo meus mamilos.

"Meu Deus, Taylor." Conor lambe os lábios. "Preciso provar você."

Meus quadris se levantam de novo. "Por favor."

Ele lambe um mamilo rígido e o puxa fundo dentro da boca. O espasmo resultante vai direto para o meio das minhas pernas. *Minha* nossa, isso é bom. Sua boca quente explora meus seios, beijando e chupando e mordiscando, até eu estar me contorcendo toda, necessitada. Precisando que ele me liberte dessa tensão.

Ele ri do meu desespero, sua mão viajando pela minha perna, entre minhas coxas. Então para. "E isso?", pergunta, com a voz rouca. "Posso?"

Solto um gemido em resposta, e ele roça a ponta dos dedos em mim, dançando sobre meu clitóris. Só uma outra pessoa me tocou ali, com exceção de mim mesma, mas Conor é o primeiro homem que deixo puxar o elástico da minha calcinha e tirá-la.

Estou praticamente nua agora, com a parte de cima e a de baixo expostas, só com o vestido enrolado em volta da cintura.

Conor me olha com desejo em estado bruto nos olhos. "Você é tão gostosa. Você não tem ideia."

Eu me mexo na cama, desconfortável, dando uma risada apressada. "Para de me olhar assim."

"Assim como?" Ele lambe o lábio inferior.

"*Assim*. Tô ficando com vergonha." Tento puxar meu vestido um pouco mais para baixo, mas ele segura minha mão, cobrindo meus dedos com sua palma.

"Taylor." Há uma intensidade em seus olhos que nunca vi antes. "O que você acha que eu vejo quando olho pra você?"

*Uma garota gorda num vestido apertado demais.*

"Não sei", minto. "Mas sei que você não tá vendo uma daquelas garotas magras com que provavelmente tá acostumado, com aqueles corpos perfeitos." Levo a mão desajeitada até a barriga meio exposta. "Tá vendo, nada de tanquinho."

"Quem precisa de tanquinho? Eu tenho por nós dois."

Dou risada, mas o som morre quando ele cobre a minha mão de novo, desta vez afastando-a, de modo que é a palma dele que toca a minha barriga.

"Você é exatamente o que eu quero numa mulher", diz ele, sério, me explorando com ambas as mãos. "Macia e quente... suas coxas... sua bunda... cara, esse *quadril*..."

Seus dedos envolvem meu quadril, que um médico incrivelmente grosso uma vez descreveu como "mais do que adequado para procriar".

"Suas curvas são de matar, T."

Antes que eu possa responder, ele pega minha mão e a leva direto para a sua virilha. Não há como não notar sua excitação.

"Tá sentindo como eu tô duro?" Ele geme baixinho. "Tudo por sua causa. Você é a minha maior fantasia."

Ou ele é o melhor ator do planeta... ou está falando sério. Seja como for, meu corpo está respondendo ao seu olhar quente e aos elogios roucos. O rosto queimando, os seios formigando, a boceta doendo. Se ele não começar a me tocar de novo, acho que vou entrar em combustão espontânea.

"Então... agora... posso continuar te explicando como você é sexy", diz Conor, divertido, "ou posso te proporcionar um orgasmo. Escolha sabiamente."

A antecipação me faz estremecer. "Orgasmo", digo, apressada. "Escolho o orgasmo."

Ele ri. "Boa escolha."

Então desliza um dedo dentro de mim, e mordo o lábio. Não vai muito fundo, só um ou dois nós do dedo. O suficiente para fazer todo o meu corpo apertá-lo em resposta.

Um sorriso pervertido curva seus lábios. Ele brinca comigo até eu não suportar mais e me esfregar contra os seus dedos, implorando silenciosamente por mais.

Com a respiração acelerada, ele desliza por meu corpo até se posicionar entre as minhas coxas. Conor passa as mãos por minhas panturrilhas, meus joelhos, seus lábios roçando minhas coxas. Ele me beija até a minha boceta, corre a língua por meu clitóris, e grito com a onda de prazer que ele gera dentro de mim. Agarro o lençol e pressiono a bunda contra a cama para parar de me contorcer.

"Está gostando?", pergunta ele, depois retoma o movimento perverso, sem esperar uma resposta.

É a melhor sensação do mundo, sua boca quente e molhada explorando meu corpo sensível e ardente. Sons ofegantes e murmúrios baixos enchem o quarto, e levo um tempo para perceber que estão saindo de mim. Estou perdida numa névoa, completamente envolta pelo prazer que ele está provocando. Eu me movo contra sua boca ansiosa, depois solto um gemido de decepção quando o calor desaparece.

"Puta merda, espera", murmura ele.

Sinto o colchão se mover, ouço o que parece ser um zíper sendo baixado. Minhas pálpebras se abrem em tempo de ver Conor enfiando a mão na cueca. Assim que me dou conta de que ele está se tocando, sua boca volta para o meu corpo, gerando mais um curto-circuito no meu cérebro.

Com a língua e os dedos, ele me leva ao limite de novo, enquanto a mão livre toca seu pau. Quero fazer isso por ele. Quero o pau dele na minha boca. Quero prová-lo. Quero fazê-lo perder o controle do jeito como está fazendo comigo.

Conor de repente geme contra a minha boceta, e seus quadris se movem mais depressa. Ele chupa meu clitóris, ofegando com dificuldade, e murmura: "Tô quase."

E é o que faltava para o fio de tensão dentro de mim se romper. Um orgasmo com uma intensidade que nunca experimentei estremece meus músculos. Até meus dedos do pé ficam dormentes, enquanto ofego com o calor pulsante que invade todas as minhas terminações nervosas.

Maldito Conor Edwards.

# 18

**CONOR**

Na quarta-feira seguinte à derrota em Buffalo, o time faz uma reunião na arena da Briar. A temporada acabou para a gente e, para alguns dos alunos do último ano, isso significa voltar a atenção para os times da NHL que os escolheram no draft e entrar em forma da melhor maneira que puderem para os treinos de verão. Para outros, o último fim de semana foi provavelmente a última vez que pisaram no gelo. Hoje, no entanto, estamos aqui pelo treinador Jensen.

Hunter fica de pé no centro do rinque, onde nos reunimos para uma pequena cerimônia. Percebendo que armamos alguma coisa, o treinador fica fora do nosso círculo, com um olhar desconfiado. É uma expressão que já vi em Brenna mais de uma vez. É assustador como ele se parece com sua filha cruel.

"Então", começa Hunter, "chamamos você aqui hoje porque queríamos dizer obrigado, treinador. Esse monte de degenerados e vândalos não teria chegado tão longe sem você e, apesar de não termos trazido o troféu pra casa, você fez de nós todos pessoas melhores. Não só jogadores de hóquei melhores, mas seres humanos melhores. E todos devemos muito a você."

"O dinheiro da fiança, por exemplo, né, capitão?", interrompe Bucky, provocando uma onda de gargalhadas.

"Obrigado, Buck." Hunter mostra o dedo médio para ele. "Então, um muito obrigado, de todos nós. Temos uma coisinha pra mostrar nossa gratidão."

Gavin e Matt quase arrastam o técnico para o centro do círculo, para que Hunter possa apresentar o Rolex personalizado que o time comprou para ele. Quer dizer, que nossos pais compraram. Minha mãe me mandou um cheque em branco com o nome do meu padrasto, e eu só falei pra Hunter escrever o valor. Prefiro não saber.

"Puxa, eu, humm..." O treinador admira o relógio, sem palavras. "Isso é muito gentil, gente. Eu, humm..." Ele funga, esfregando o rosto. Se não o conhecesse, diria que está prestes a chorar. "Este grupo é muito especial. Estou falando sério quando digo que nunca tive um grupo tão bom."

"Melhor do que na época do Garrett Graham e do John Logan?", pergunta Foster, citando dois dos mais famosos ex-alunos da Briar. Graham e Logan jogam hoje no Boston Bruins.

"Não precisa exagerar", responde o treinador, mas há um brilho nos olhos dele. "Vocês todos trabalharam duro um pelo outro, e isso é tudo que posso pedir. Então, obrigado. Isso é ótimo."

Foster traz uma caixa térmica cheia de cervejas do banco de reservas e passa as garrafas, enquanto todos temos uma última chance de apreciarmos o fato de estarmos no gelo juntos. Não tenho dúvidas de que no ano que vem vamos ser um time forte. Mas nunca mais seremos este time.

Oito meses atrás, apareci neste campus com uma pontada de arrependimento, me perguntando se tinha tomado uma decisão precipitada e imponderada por mudar minha vida quase cinco mil quilômetros para o outro lado do país para recomeçar. Tinha medo de nunca me adaptar aos prédios cobertos de hera e de história deste lugar, de sentir vontade de vomitar com as camisas da Ralph Lauren e toda essa ostentação de riqueza. E aí conheci esses idiotas.

Não podia ter pedido amigos melhores.

E Taylor. Faz menos de um mês que a conheço, mas a incluo na listinha de pessoas em que confio. Ela me faz querer ser uma pessoa melhor. Com ela, sinto que enfim posso fazer alguma coisa certa, como um relacionamento de verdade baseado em amizade, e não luxúria. Mesmo que alguns de meus amigos tenham dificuldade de acreditar nisso.

"Só pra constar", resmunga Foster, no Jeep, a caminho de casa, "Con não voltou pro nosso quarto, no sábado à noite. Então, a menos que tenha ido pra cama com você e com Demi, capitão, acho que sei onde ele estava."

"Cara, ciúme não combina com você", comento.

"Mas, falando sério agora." Hunter se inclina para a frente do banco de trás, onde está sentado com Matt. "O que está rolando entre vocês dois?"

Ah, se eu soubesse.

Quer dizer, gosto de Taylor. Muito. Mas também tenho certeza de que, se tocar no assunto da renegociação dos termos do nosso relacionamento, vou assustá-la. Acho que ela ainda não se convenceu de que estou tomando jeito e, para ser sincero, ninguém está mais surpreso com essa guinada recente em favor da monogamia do que eu. Por enquanto, porém, estou aproveitando para me divertir.

"Um cavalheiro não comenta", respondo.

Foster bufa. "Então qual é a sua desculpa?"

"Con, você vai ter que cobrar aluguel de Foster se ele resolver continuar marcando seu pau tão de perto assim", diz Hunter, com um sorriso.

Estou começando a simpatizar com Hunter pelo tanto que teve de aturar da gente por causa de Demi e do voto de celibato ridículo que fez no início do semestre. Que coisa mais irritante. Os caras parecem cachorros que não largam o osso e, agora que a temporada acabou e eles não têm mais o que fazer além de me encher o saco, acho que só vai piorar.

Então, quando Hunter me encurrala na lanchonete, onde paramos para almoçar, minha simpatia recém-adquirida por ele me torna um pouco mais receptivo.

"Esse lance é sério mesmo?", pergunta ele, enquanto esperamos no carro por Matt e Foster, que foram buscar nossos pedidos lá dentro.

"Não sei se é sério. Mas com certeza está no caminho de deixar de ser não sério." Eu encolho os ombros. "A gente nem transou ainda", confesso, porque sei que Hunter não vai dar com a língua nos dentes. "Buffalo foi a primeira vez que a gente fez alguma coisa."

"Mas é meio que a melhor parte, não é? Antes do sexo. Quando você só consegue pensar em quando vai acontecer. Toda aquela ansiedade, sabe? Os dois com os nervos à flor da pele."

Não saberia por experiência própria — é a primeira vez que sexo não é o primeiro passo para mim. Em geral, é o primeiro e o último. "Na verdade, pelo que me lembro, você ficou bem mal-humorado."

"É." Ele ri. "Também tem isso."

"Taylor é uma garota legal. A gente se dá muito bem." Hesito por um momento. "Sinceramente, estou tentando ver quanto tempo consigo levar isso até ela perceber que sou um zero à esquerda e que ela é inteligente demais pra mim."

Hunter chacoalha a cabeça. "Sabe, se você não se tratasse como um zero à esquerda, talvez as outras pessoas também não fizessem isso."

"Obrigado, pai."

"Vai à merda, idiota."

Escondo um sorriso. Hunter e eu temos um relacionamento diferente do que tenho com os outros caras. Talvez porque nós dois nos esforçamos ultimamente para ser pessoas melhores. Ele é o único com quem falo sobre coisas mais sérias, então, quando vem com esse papo de pai para cima de mim, acaba me afetando de alguma forma. Suas palavras permanecem comigo quando chego em casa e telefono para minha mãe, que tinha me ligado hoje de manhã.

"Por onde você andou, mocinho?", me repreende ela. "Não tenho notícias suas desde o jogo."

"É, desculpa por isso. Foi um fim de semana meio louco, e estava exausto quando a gente chegou. E aí passei dois dias botando as coisas das aulas em dia."

"Fiquei muito triste que vocês não foram para a final. Mas ano que vem vocês tentam de novo, né?"

"É. Estou tranquilo com isso." Caras que ficam destruídos por coisas assim um ano inteiro me dão nos nervos. Tipo, arruma outra distração. "Como estão as coisas aí? E o Max?"

Seu suspiro faz cócegas no meu ouvido. "Ele tá querendo comprar um veleiro. Foi a Monterey agora, dar uma olhada em um."

"Ele sabe velejar?"

"Claro que não, mas por que isso deveria impedi-lo, né?" Ela ri de novo. Acho que é meio fofo o jeito como ela acha as ideias mais irracionais dele encantadoras. "Falei pra ele, você mal janta em casa, quando vai arrumar tempo pra aprender a velejar? Mas, se ele vai ter uma crise de meia-idade, prefiro que seja com um barco do que com uma mulher mais nova."

"Incendiar o próprio barco não dá cadeia", digo a dela. "Li isso em algum lugar."

"Se chegar a isso", concorda ela, brincando. "Enfim, não quero tomar muito do seu tempo. Tô com saudade. Te amo. Juízo."

"Quem, eu?"

"É, foi o que eu pensei."

"Te amo, mãe. Até mais."

Fico feliz que ela esteja bem. É bom saber que Max a faz feliz e que ela tem dinheiro a ponto de reclamar de coisas como comprar um barco. No entanto, fico com um gosto ruim no fundo da minha garganta ao desligar o telefone.

Falar em Max me faz relembrar o encontro com Kai. Vê-lo novamente foi como uma chicotada, e desde então não estou me sentindo muito bem. Tem uma dorzinha aqui no pescoço que não vai embora.

Sair da Califórnia foi uma forma de fugir de Kai mais do que de qualquer outra coisa. Eu achava que devia algo a ele. Por muito tempo, o cara foi meu melhor amigo e, quando consegui sair do nosso antigo bairro e ele não, senti como se o tivesse traído de alguma forma. Mas então percebi que, para Kai, nunca foi uma questão de lealdade nem de amizade — para ele, as pessoas são só instrumentos. É um sujeito que só pensa no que podemos fazer por ele.

Olhando para trás, percebo que Kai Turner é uma podridão que infecta tudo o que toca. E espero nunca ter que vê-lo de novo.

Sentindo um mau humor se aproximando, mando uma mensagem para Taylor, em busca de uma distração.

EU: *Posso passar aí e te dar uma chupada?*

Estou brincando, mas também é um pouco sério.

TAYLOR: *Reunião da Kappa. Te vejo depois?*

Não sei se devo me sentir rejeitado por ela nem sequer demonstrar consideração pela minha oferta com um emoji de carinha pensando. Mas decido pegar leve, já que ela está no meio de uma reunião e não precisava nem ter me respondido agora.

EU: *Legal. Me manda uma mensagem.*

Jogo o telefone na cama e vou procurar uma bermuda de ginástica na cômoda. Acho que vou correr, já que não consigo nem convencer a minha namorada de mentira a me deixar fazer um pouco de oral nela. Nunca é cedo demais para fazer um pouco de exercício cardiovascular.

# 19

**TAYLOR**

Quase engulo a língua quando leio a mensagem de Conor. O cara tem o hábito irritante de me pegar desprevenida nas reuniões da Kappa.

"Qual a graça?" Sasha arranca o telefone da minha mão, depois de eu mandar uma resposta para Conor. Tento pegar de volta, mas minha melhor amiga é rápida demais. Ex-ginasta e tudo. Vaca.

"'Posso passar aí e te dar uma chupada?'", lê ela em voz alta, ficando de pé para fugir de mim. Corro atrás dela até ficarmos uma de cada lado da mesa de centro antiga da enorme sala de estar. Tudo nesta sala são artefatos de valor inestimável doados por uma ex-aluna por algum motivo idiota. "Emoji de berinjela, emoji de respingo, de pêssego..."

"Cala a boca." Subo na mesa para puxar o telefone de volta. "Ele não mandou emojis do tipo 'gozada na bunda'."

"Isso se chama entrelinhas, Taylor." Sasha pisca para mim com um sorriso convencido. "Tô tão orgulhosa de você."

"Eu deixaria Conor Edwards gozar na minha tartaruga de pelúcia, se ele quisesse", Rachel deixa escapar.

"A gente sabe, Rach." Olivia finge que vai vomitar. "Psicopata."

"Você falou que sim, né?" Beth está enfiando e tirando um canudinho do seu copo de vitamina. "Por favor, me diz que você falou que sim."

"Tá vendo?" Lisa assente, com aprovação sincera. "Homem de verdade faz oral."

"Mas ele é bom nisso?" Fiona enfia uma almofada no colo, como se tivesse que cobrir uma ereção. "Acho que ele tem cara de que é bom. Eu sei só de bater o olho nas pessoas."

Sasha e eu voltamos para os nossos lugares na mesa de jantar, virando as cadeiras em direção à sala, para proporcionar uma visão completa do amplo espaço. Sinto o olhar de alguém em mim, me viro e me deparo com Rebecca, sentada a algumas cadeiras de distância. Quando nossos olhos se encontram, ela franze a testa e desvia o olhar.

"Dá pra subir um pouco o nível da conversa?", bufa Abigail, com o rosto vermelho. "Não quero ouvir sobre o peguete da Taylor. Temos mais o que discutir."

"Como a coroação de Abigail", sussurra Sasha.

"Pra que fazer eleição, né?", sussurro de volta.

Sasha leva o indicador à têmpora e dá um tiro na própria cabeça.

Mas a presidente da irmandade não começa logo com a eleição, preferindo abrir a reunião com um evento mais premente. "Rayna, pode nos atualizar sobre o Evento de Gala da Primavera?" Charlotte passa a palavra para Rayna, outra aluna do último ano.

"Na segunda, a gente já vai poder buscar os ingressos. Este ano, estamos pedindo a todo mundo para vender vinte ingressos. Todos os detalhes sobre o hospital infantil que estamos patrocinando foram mandados por e-mail, junto com o código de vestimenta. Lembrem às pessoas que comprarem ingresso que é pra ir em traje de gala. E, quando digo gala, tô falando sério. Ponto final. Quem não estiver de gravata-borboleta ou num vestido de lantejoulas deslumbrante não vai entrar. Stephanie, tô falando com você."

Rayna lança um olhar para a colega, que mal esconde o sorriso culpado. No ano passado, o par de Steph foi vestido de Jesus Roqueiro Gótico Zumbi. Não pegou muito bem com os ex-alunos doadores.

"Não dá pra fazer em Boston desta vez?", reclama Jules. "O salão de festas tava com um cheiro esquisito e não tinha estacionamento. Aposto que meu pai podia..."

"Não", retruca Rayna. "Quanto mais a gente gastar com o local do evento, menos dinheiro vai para a caridade. A gente vai usar o salão de Hastings de novo, mas este ano vamos alugar o estacionamento da igreja em frente para os carros que não couberem lá e vamos contratar um serviço de manobristas."

"Todo mundo tem que se inscrever num comitê voluntário para o Evento de Gala da Primavera", diz Charlotte. "Planejamento para os convidados VIPS, decoração, o que for. Rayna está com as listas. Se o seu nome não estiver numa delas, eu escolho pra você."

Sasha me cutuca nas costelas. Ela está empenhada em tomar à força as rédeas do comitê de música desde a última reunião e me recrutou como sua aliada. Basicamente, temos que analisar as listas de Spotify dela e encontrar o equilíbrio certo entre músicas dançantes e inofensivas para os nossos ilustres convidados de uma certa idade. No ano passado, Sasha expulsou o DJ vinte minutos depois do início da festa e se encarregou do som usando o telefone dela.

Não preciso nem dizer que todo mundo acha mais fácil deixar Sasha fazer o que bem entende.

Terminada a reunião, Abigail me encurrala no caminho até o banheiro do primeiro andar. Parece que ela renovou o estoque de água oxigenada. Seu cabelo agora está num tom de branco que de alguma forma absorve toda a luz natural e só reflete raios ofuscantes.

"Você anda muito metida ultimamente", ela diz, parando entre mim e a porta e me impedindo de fazer xixi. Eu devia mijar nesses Louboutins chiques só para provar que isso não se faz.

"Posso garantir que não. Agora, com licença..."

"Você sabe que o garoto do hóquei vai acabar cansando e te dando um fora logo, logo. Ele nunca fica com ninguém por mais que algumas semanas."

"E o que você tem a ver com isso?"

"Somos irmãs, Tay-Tay", murmura ela, inclinando a cabeça de um jeito que a faz parecer uma marionete quebrada. É assustador. Ou talvez seja só o sangue correndo para um dos lados do seu cérebro para dar a ela a capacidade de formar palavras. "Não quero te ver de coração partido."

"Relaxa." Estendo a mão e a forço a desviar de mim, para poder passar. "Nosso relacionamento é baseado exclusivamente em muito sexo, então..."

Passo por ela, faço xixi, depois lavo as mãos e volto para o corredor. Onde Abigail ainda está de pé. Essa garota não tem coisa melhor para fazer que não seja ficar obcecada com a minha vida amorosa?

Ela me segue pelo corredor em direção ao hall de entrada. Quando abro a porta para sair, ninguém menos que seu namorado, Kevin, entra na casa. Encantador. O cara que cheira a desodorante e Cheetos.

Toda vez que Kevin me vê, há um breve instante em que me olha sem me reconhecer, então seus olhos baixam para o meu peito, e é como quando você identifica um rosto conhecido num aeroporto lotado. Seus olhos se iluminam ao se lembrar de mim. "Taylor, oi."

"Taylor", Sasha grita para mim da escada. "Sobe aqui agora."

"Pensa assim", comento, ao passar por Abigail e pelo olhar malicioso e nojento do namorado dela, "quando eu não estiver mais com o garoto do hóquei, você pode tentar a sorte."

Uma onda de emoção percorre meu sangue. Enfrentar Abigail, nem que seja só um pouco, é uma sensação boa. Poderosa, até. Taylor Marsh, acertando magricelas altas numa tacada só.

"A gente devia sugerir pra Charlotte contratar uns paramédicos pra ficar de prontidão aqui", diz Sasha, enquanto subimos a escada até o quarto dela. "Abigail qualquer dia vai cair dura de inveja."

"De inveja eu não sei." Me deixo cair no pufe do quarto de Sasha e jogo o cabelo por cima do ombro. "Acho que ficou mais puta porque a crueldade dela saiu pela culatra e acabou me fazendo feliz."

Sasha senta no outro pufe e me fita com um olhar direto. "Então é sério? Você e Conor estão juntos?"

"Temos alguma coisa", digo, por falta de palavra melhor. "O quê, eu não sei."

"Mas tá rolando."

Engulo em seco. "Acho que sim. Quer dizer, a gente se beijou e tal. Uns amassos em Buffalo."

"Você dirigiu sete horas pra ficar com ele", diz Sasha, rindo. "Espero que tenha rolado mais que uns amassos."

"Seis horas e meia. E, tá bom, foram mais que uns amassos."

"Você ainda é virgem?", ela exige saber.

"Ainda não estou familiarizada com o pau dele."

Isso a faz rir. "Certo. Então. Em que pé você está? É só uma coisa provisória ou está caminhando para um lance mais sólido?"

"Não sei. Quer dizer, gosto dele. A parte dos amassos é nota dez. Ele é gentil e respeitoso e me deixa à vontade."

"Mas", Sasha diz por mim.

"Ainda estou hesitante. Ele não foi nada além de maravilhoso comigo, só que não posso deixar de pensar que, se transar com ele, vou ser um número numa lista muito longa. Parece...", eu me interrompo, incapaz de encontrar as palavras.

"Isso é o patriarcado falando. Quem se importa com quantas mulheres ele dormiu? Ele traiu essas mulheres? Prometeu casar com elas pra levar pra cama e depois fugiu de madrugada? Tá postando selfie sexual no Instagram e exibindo troféu pros amigos?"

"Não que eu saiba."

"Então foda-se. Ou fode com ele." Ela mexe a língua, maliciosamente. "Se você quiser. Quando quiser. Se pintar um clima."

"Tá", digo, revirando os olhos. "Entendi."

"A sociedade diz pros meninos pegarem geral, e diz pras meninas se guardarem para uma futura versão mais jovem do nosso pai. É só fazer um exercício rápido de raciocínio e... pois é, uma bela de uma hipocrisia. O seu valor não está atrelado à sua vagina ou a quantas garotas chegaram lá antes de você."

"Sem trocadilhos."

"Claro."

# 20

**CONOR**

Desde a época do colégio que não enfio tanto o dedo numa menina.

Taylor está deitada de lado na minha cama, as bochechas coradas e os lábios entreabertos. Seu sutiã está jogado na minha escrivaninha, no canto. A camisa está levantada, expondo os seios perfeitos para mim, a calça jeans abaixada só o suficiente para eu enfiar a mão dentro da calcinha branca. Ainda nem vi essa garota completamente nua, mas ela é a coisa mais erótica em que já pus os olhos. O cabelo louro espalhado no meu travesseiro e o corpinho quente enrolado no meu, enquanto se contorce contra a minha mão. Seus olhos se apertam toda vez que deslizo o polegar por seu clitóris. Podia fazer isso o dia inteiro.

"Para." Taylor afasta a boca da minha, e eu congelo. Merda. Estava sendo muito bruto? Faz tempo que não saio com uma virgem.

"Tô machucando você?", pergunto, na mesma hora.

"Não, tá incrível."

"Então qual o problema?"

"Nenhum. Eu só... acho que quero chupar você."

"Você acha?" Mordo o lábio para conter o riso. Em geral, não é assim que essas conversas começam. Quer dizer, para ser sincero, em geral não tem muita conversa.

Ela assente, parecendo mais confiante à medida que vai pensando na ideia. Então lambe os lábios, e meu pau praticamente fura a minha calça jeans. "É. Quero."

"Você sabe que não precisa, né?" Levanto uma sobrancelha. "Não faço as coisas pra você em troca de nada."

"É, eu sei." Taylor sorri para mim, e há um brilho conspiratório em

seus olhos. Uma garota prestes a partir para uma aventura. É meio boni-
tinho, de um jeito estranho. O primeiro pau da minha garota.

"Tudo bem, então." Deito de costas e cruzo os braços atrás da cabeça.
"Faça de mim um homem, Taylor Marsh."

Rindo baixinho, ela desce ao longo do meu corpo, desabotoa minha
calça jeans e puxa para baixo junto com a cueca. Estou duro desde que
ela entrou no meu quarto, há uma hora, e meu pau salta para dizer oi.

Taylor morde o lábio inferior, enquanto me pega na mão e me acaricia cuidadosamente. Ela diz alguma coisa, mas não estou ouvindo, porque estou dedicando toda a minha concentração a não gozar agora. Já me
masturbei tantas vezes pensando nisso desde que a gente se conheceu
— sua boca no meu pau, seus olhos azuis como o mar do Caribe me
encarando enquanto ela me chupa.

"Tá machucando?", pergunta ela, com mais um movimento gentil.
Me provocando. "Porque você tá com cara de dor."

"Estou em agonia", murmuro. "Acho que não vou sobreviver a isso."

"Ótimo. Só não goza no meu cabelo", ordena ela, e minha gargalhada em resposta morre na minha garganta, quando ela lambe a extensão
do meu pau.

Quando ela envolve a cabecinha com os lábios carnudos, mexendo
a língua, vou à loucura. Enfio os dedos em seus cabelos, incentivando-a
a ir mais devagar. Ela obedece, a sucção quente de seus lábios me engolindo um milímetro de cada vez. Quando estou enterrado quase até o
fundo da garganta, estou suando.

Meu pai do céu.

Uso a mão livre para limpar o suor da testa. Quando Taylor utiliza
o mesmo ritmo torturante para tirar a boca do meu pau, minha respiração fica ofegante. A língua dela envolve a ponta num movimento lento
e sedutor, e quase perco o controle ali mesmo.

Por que achei que devagar ia ser melhor? Devagar, depressa, não
importa. Não vou aguentar muito tempo. Não sei onde ela aprendeu isso,
mas Taylor está me dando um dos melhores boquetes da vida.

"Caralho, gata, tô quase lá", murmuro por entre os dentes.

Com os lábios brilhando pela umidade, Taylor me solta com um
barulho molhado e senta, ainda acariciando meu pau. Gemendo, pego a

camiseta pendurada na cabeceira da cama e tiro o pau da sua mão bem no instante em que meu corpo começa a estremecer. Gozo na camisa, enquanto Taylor me beija com carinho no peito, no pescoço, até eu me esforçar para encontrar seus lábios. Nossas línguas se tocam, e dou nela um beijo sedento, enquanto os tremores secundários do orgasmo percorrem meu corpo.

"Foi bom?" Ela interrompe o beijo, sorrindo timidamente. O modo como essa garota muda de uma hora para a outra mexe com a minha cabeça. De virgem inocente a devoradora de pau e vice-versa.

Solto um suspiro feliz. "Muito mais que bom." Então me dou conta. "Mas eu não terminei com você. Ainda posso..."

"Não precisa." Taylor se aconchega ao meu lado, descansando a cabeça no meu peito. Seus dedos viajam preguiçosamente pela minha barriga. "Foi divertido."

"Da próxima vez você vai ter dois orgasmos", digo, beijando sua testa, enquanto jogo a camisa no cesto de roupa suja do outro lado do quarto.

Sair com Taylor tornou as preliminares divertidas de novo. Antes dela, ou a menina estava tão ansiosa para pular no meu pau que eu mal conseguia perguntar o nome dela, ou eu estava tão empolgado para tirar a roupa dela que a gente nem se beijava. Com Taylor, não quero perder nada. Quero conhecer cada centímetro do seu corpo, dar a ela todas as experiências. Sou o primeiro dela, e quero ter certeza de que estou fazendo direito.

Meu telefone vibra na mesa de cabeceira ao lado de Taylor. "Pega pra mim?", pergunto.

Ela me entrega o celular. Um número desconhecido aparece na tela, me fazendo franzir a testa.

"Alô?", respondo, fazendo um carinho no cabelo de Taylor.

"E aí, irmão?"

Todos os músculos em meu corpo ficam tensos. Kai. Aquele filho da puta. "Como você conseguiu esse número?", pergunto, friamente.

Taylor me olha com cara de interrogação.

"Não fica bravo, cara. Falei com um dos seus colegas na balada, lá em Buffalo." Bucky, aposto. O cara daria a senha do banco, se você pedisse. "Esses atletas são muito ruins de copo."

"Então pode apagar dos seus contatos. Já falei..."

153

"Calma, irmão. Venho em paz. Escuta, vou a Boston no final de semana. Vamos nos encontrar, conversar. Ia ser bom pra nós dois."

Ah, claro. Com Kai, só o que importa é se é bom para ele.

"Não tô interessado." Encerro a chamada e jogo o telefone no chão. Droga.

"Era aquele cara de novo?" Parecendo preocupada, Taylor desgruda de mim e se senta, ajeitando a blusa e fechando a calça jeans. "Kai?"

"Tá tudo bem. Esquece." Direciono as palavras a ela, mas na verdade estou falando comigo mesmo. Desde que Kai reapareceu naquela noite após o jogo, não tenho conseguido afastar a sensação de medo do estômago.

"Conor. Sei que você tá escondendo alguma coisa." Quando Taylor vira o olhar para mim — sincero, vulnerável — me sinto uma idiota. "E, se você não tá pronto pra me contar, ou acha que eu não posso guardar segredo, tudo bem. Mas não finge que não está acontecendo nada."

Merda.

"Desculpa." Passo a língua nos lábios repentinamente secos. Se Taylor vai finalmente descobrir que é boa demais pro idiota que eu sou, melhor que seja logo. "Não queria dizer nada, porque gosto da pessoa que você pensa que eu sou."

Um sulco se forma em sua testa. "O que isso significa?"

Significa que, se Taylor soubesse o que é bom para ela, bloquearia o meu número.

"Significa que, se você me conhecesse naquela época, teria juízo e se afastaria o máximo possível."

"Duvido muito", diz ela, e fico desolado. Esta menina tem tanta fé em mim, e está tão equivocada. "É só falar. Tenho certeza de que o que estou imaginando é pior."

Merda.

"Passei os últimos dois anos tentando fugir de Kai, porque costumava ser como ele", admito. "Vivia agarrado nele desde que a gente era criança. Deixando ele me convencer a fazer besteira, invadir prédios abandonados, pichar muros, roubar coisas em lojas." *Arrumar briga, quebrar janela de carros.* "No colégio, Kai começou a mexer com tráfico. Principalmente maconha. É o que as pessoas faziam, sabe? Não parecia errado na época. Em algum momento do segundo ano, o irmão mais velho dele foi preso por vender peças de carro roubadas e, com Tommy longe, Kai foi tomando o mesmo caminho. Saindo com os amigos do irmão, matando semanas de aula."

Não consigo ler a expressão de Taylor enquanto conto tudo isso a ela. E ainda não sou capaz de admitir o pior, porque tenho vergonha do que eu era. De saber que tudo aquilo ainda está em mim, sob a superfície. A mancha entranhada no carpete.

"Então minha mãe casou com Max, e mudamos do bairro. Eles me mandaram para uma escola particular." Encolho os ombros. "Isso me afastou de Kai. Se não fosse por isso, eu provavelmente já estaria preso. Teria me envolvido nas mesmas merdas que ele."

Taylor me olha por um longo tempo. Silenciosa, pensativa. Não percebo que estou prendendo a respiração até ela soltar a dela.

"É só isso?"

*Não.*

"É", digo em voz alta. "Quer dizer, resumindo."

Nossa, que idiota que eu sou. Um covarde.

"Todo mundo vem de algum lugar, Conor. Todos nós fizemos besteira, cometemos erros." Seu tom é suave, mas convicto. "Não me importo com quem você era antes. Só com quem você decidiu ser agora."

Solto um riso sarcástico. "Pra você é fácil dizer isso. Você é de Cambridge."

"O que isso tem a ver?"

"Você não sabe o que é ser um pé-rapado num dia e cair numa escola particular de mocassim e gravata no outro. Odiei todos aqueles babacas pretensiosos que andavam de BMW e usavam mochila da Louis Vuitton. Todo dia alguém me olhava feio, me enchia o saco nos corredores, e eu ficava pensando, cara, ia ser tão fácil arrombar o carro deles e dar uma volta, ou roubar todos aqueles brinquedos caros que eles deixavam dando sopa no armário da academia. Por isso que fui para uma faculdade estadual na Califórnia, porque tava cansado de não conseguir me adaptar." Balanço a cabeça, com ironia. "Aí acabei aqui, com toda a aristocracia da Costa Leste, e é a mesma merda. Eles sentem o cheiro da pobreza toda vez que eu apareço."

"Não é verdade", insiste ela, com um pouco mais de firmeza na voz. "Ninguém que se importa com você quer saber se nasceu rico ou não. Se alguém se importa com isso, é porque não é seu amigo, então foda-se. Você tem o direito de estar aqui tanto quanto qualquer um."

Queria poder acreditar nisso. Talvez por um tempo eu *tenha* acreditado. Mas o ressurgimento de Kai na minha vida me fez lembrar, quer eu goste ou não, de quem realmente sou.

# 21

## TAYLOR

Embora já seja meado de abril, a estação continua indefinida. Saio da aula, e ainda parece inverno lá fora; todo mundo embrulhado em casacos de lã e luvas, segurando copos de café e expirando grandes nuvens brancas. Mas, graças ao céu azul-claro e à luz dourada do sol que atravessa os galhos nus dos carvalhos para aquecer os gramados manchados de marrom do campus, também está começando a parecer um pouco primavera. O que significa que só falta um mês para o final do semestre.

Até agora, esse dia parecia distante. Mas com o Evento de Gala da Primavera chegando, a data da avaliação do meu estágio cada vez mais próxima e as provas finais para estudar, o final do ano letivo está vindo à toda. Acho que estou me sentindo sobrecarregada, porque a minha atenção está mais concentrada em outra coisa. Mais especificamente, em Conor Edwards.

Ainda não demos um rótulo para o nosso relacionamento. Mas, por mim, tudo bem. Tudo ótimo. Assim, com as coisas não muito bem definidas, há muito menos pressão para atender expectativas, ou destruí-las.

Por outro lado, estou começando a me perguntar o que Conor espera disso tudo. Ele me convidou para uma viagem à Califórnia nas férias, mas estava mesmo falando sério? E foi na base da amizade, da amizade colorida ou algo mais? Não que eu vá condená-lo se estiver considerando que, com o final do semestre, nosso acordo deixe de prever exclusividade. Só queria que existisse um jeito indolor e não muito desajeitado de perguntar se ele está imaginando que vamos continuar como estamos durante o verão.

Por outro lado, talvez eu não queira ouvir a resposta.

No caminho até a biblioteca, minha mãe liga. Faz um tempinho que não conversamos, por isso fico feliz de ter notícias dela. "Alô", respondo.

"Oi, querida. Pode falar?"

"Posso, acabei de sair da aula. Tudo bem?" Sento num dos bancos de ferro forjado ao longo do caminho de paralelepípedos.

"Vou dar uma passada aí na sexta à noite. Você tem alguma coisa marcada?"

"Por você, desmarcaria qualquer coisa. O restaurante tailandês acabou de reabrir, se..."

"Na verdade", diz ela, e não deixo de notar o tom de cautela em sua voz: "Já tenho planos para o jantar. Queria saber se você pode se juntar a nós".

"Ah, é?" Minha mãe está parecendo exageradamente tímida sobre algo tão simples como um jantar, o que me deixa desconfiada. "Defina *nós*."

"Tenho um encontro, para ser mais específica."

"Um encontro. Com alguém em Hastings?" O que aconteceu com estar ocupada demais para namorar?

"Queria que você o conhecesse."

Que eu o conhecesse?

Ela tá falando sério? *Isto* é sério? Minha mãe sempre deu prioridade à carreira e à vida acadêmica em detrimento da vida amorosa. Homens raramente despertam o seu interesse por tempo suficiente para estabelecerem um papel importante na sua vida.

"Como *você* o conheceu?", exijo saber.

Uma pausa. "Você parece incomodada."

"Estou confusa", digo a ela. "Quando você teve tempo de conhecer alguém em Hastings? E por que só agora estou sabendo dele?" Faz anos que minha mãe não me apresenta a um homem; ela não se dá ao trabalho até sentir que o relacionamento é sério. Na última vez que veio me visitar, não estava saindo com ninguém — o que significa que isto é uma coisa muito nova e muito rápida.

"Depois que a gente almoçou junto no mês passado, fui visitar um amigo na Briar e ele nos apresentou."

"Então esse cara é o quê, seu namorado agora?"

Ela dá uma risada estranha. "Parece um termo tão juvenil para alguém da minha idade, mas sim, acho que é."

Meu Deus. Tiro os olhos dela por cinco minutos, e ela vai e arruma um caso um cara da cidade. Ou pior, um professor da universidade. E se ele for um dos *meus* professores? Eca. Parece estranhamente incestuoso.

"Qual o nome dele?"

"Chad."

Suponho que seria ridículo achar que ela o chamaria de professor Fulano. Doutor Sei-lá-o-quê. Mas, minha nossa, jamais imaginei Iris Marsh se engraçando logo com um *Chad*. De alguma forma, duvido que ele seja páreo para uma mulher do intelecto da minha mãe.

"Ainda estou sentindo uma certa hostilidade", diz ela, com o tom cauteloso.

É, acho que estou sendo um pouco hostil à ideia de minha mãe vindo escondida a Hastings sem me avisar nem procurar uma vez sequer para me encontrar.

Uma pontada de dor aperta meu peito. Quando foi que acabei relegada a segundo plano? Por toda a minha vida, fomos só nós duas contra o mundo. Agora tem um Chad.

"É só surpresa", minto.

"Quero que vocês dois se deem bem." Há uma longa pausa, e posso ouvir sua decepção por esta conversa não estar melhorando.

Ela quer que eu fique feliz, animada com a notícia. Provavelmente ensaiou a conversa o dia inteiro, a semana inteira, preocupada se era o momento certo de juntar essas duas partes da sua vida.

Suas próximas palavras confirmam minhas suspeitas. "Significa muito para mim, Taylor."

Engulo o ressentimento entupindo minha garganta. "Tá, um jantar parece uma ótima ideia." É o que a minha mãe quer ouvir, e acho que devo isso a ela. "Desde que eu possa levar alguém."

# 22

## CONOR

Uma coisa estou aprendendo a respeito de Taylor — ela não lida bem com mudanças repentinas. Com esse negócio do namorado novo da mãe, parece que, das profundezas, surgiu uma pessoa de personalidade do tipo absolutamente em pânico. Ela está rígida ao meu lado, toda contraída no banco do carona, as unhas tamborilando no descanso de braço. Posso senti-la pisando fundo o acelerador imaginário no chão do carro.

"A gente não vai atrasar", asseguro a ela enquanto me afasto da lanchonete, na Main Street. Paramos no Della's para pegar uma torta de noz-pecã para a sobremesa. "O cara mora em Hastings, né?"

A tela do celular ilumina seu rosto e reflete na janela. Está olhando o caminho no seu mapa. "É, vira à esquerda no sinal. A gente tá indo para a Hampshire Lane, depois vira à direita no... não, falei pra virar à esquerda!", grita ela, quando passo direto pelo cruzamento.

Olho na sua direção. "Por aqui é mais rápido." Sei por experiência própria que o sinal para a conversão à esquerda no cruzamento que acabamos de passar dura quatro centésimos de segundo, e aí você fica esperando seis minutos até ele abrir de novo.

"São sete e nove", rosna Taylor. "O jantar tá marcado para as sete e quinze. E a gente tinha que ter virado ali!"

"Você falou Hampshire. Dá pra chegar lá mais rápido, evitando os sinais e cortando caminho pelas ruas residenciais."

Sua expressão duvidosa me diz que ela não acredita em mim. "Moro aqui há mais tempo que você", ela me lembra.

"E você não tem carro, gata", digo, oferecendo um sorriso que ela apreciaria se não estivesse tão nervosa. "Conheço essas ruas. O treinador mora por aqui. Hunter e eu passamos uma noite inteira dirigindo pra cima e pra baixo por aqui, quando Foster deu uma escapulida de um jantar do time pra fumar um baseado. Ele ficou três horas perdido. Estava dentro de uma piscina vazia de uma velhinha."

"Sete e dez", retruca ela.

Taylor não quer conversa. E entendo por que está uma pilha de nervos. Já estive nessa situação.

Por muito tempo fomos só eu e a minha mãe — e de repente aquele pateta do Max apareceu lá em casa de calça cáqui e camisa da Brooks Brothers, me chamando de "jovem" ou alguma merda assim, e quase enlouqueci. Tive que convencer Kai a não roubar as rodas do Land Rover de Max, embora tenha certeza de que foi ele quem furou o pneu na primeira vez que Max passou a noite lá em casa.

"Se você decidir que não gostou do cara, é só fazer um sinal pra mim", digo a ela.

"E aí o quê?"

"Sei lá. Troco o açúcar dele pelo sal ou algo assim. Também posso trocar toda a cerveja por mijo, mas você ia ter que dirigir na volta pra casa."

"Combinado. Mas só se ele for um babaca completo, do tipo que tem um retrato dele pendurado na sala de jantar."

"Ou cabeças de animais em perigo de extinção na parede."

"Ou se não reciclar o lixo", continua ela, rindo. "Ah, você podia mandar uma mensagem pros caras do time aparecerem na janela usando máscaras de Halloween."

"Meu Deus, como você é sinistra."

Mas ela está rindo, e parte da tensão enfim deixa seu corpo. Este jantar é muito importante para ela. Para sua mãe também, e a relação das duas. Tenho a sensação de que Taylor teme a chegada deste dia há muito tempo — o momento em que alguém se torna a pessoa mais importante na vida da mãe, e ela tem que começar a se acostumar com a ideia de que a mãe é uma pessoa com uma vida que não a inclui. Ou talvez eu só esteja projetando minhas emoções.

"Qual é o nome da rua?"

"Manchester Road."

Viro à direita na Manchester. A rua é ladeada por árvores desfolhadas com galhos compridos pendendo sobre os gramados marrons e roçando o chão onde a última neve da estação finalmente derreteu. As casas antigas não são tão grandes quanto as de outras ruas da região, mas são bonitas. Conheço esta rua.

"Número quarenta e dois", diz Taylor.

Puta merda.

"O que foi?" Ela me olha, alarmada com a minha cara.

"É a casa do treinador."

Ela pisca algumas vezes. "Como assim?"

"Como assim que é o endereço do treinador Jensen. Manchester Road, número quarenta e dois."

"Mas esse é o endereço de Chad."

Deixo escapar uma risada estrangulada. "Gata, vamos brincar de uma coisa..."

"Do que você tá falando?"

"O nome da brincadeira é 'Adivinha o primeiro nome do treinador Jensen'."

Há uma pausa. Então Taylor fica branca. "Ai, meu Deus. É CHAD?"

"É Chad", respondo por entre as gargalhadas. Não consigo parar de rir. Eu sei, eu sei, isso não se faz, mas, qual é — quais as chances de uma coincidência dessas acontecer?

Taylor me lança um olhar, como se tudo isso fosse minha culpa, e só posso imaginar o que está se passando na sua cabeça. Eu sei que o treinador Jensen é um cara legal, mas Taylor não o conhece. Neste momento deve estar se perguntando se quer alguém como eu, como Hunter ou Foster ou qualquer um dos outros jogadores de hóquei mandando mensagem para a mãe dela.

Para ser sincero, não posso culpá-la. Jogadores de hóquei são sem dúvida um caso sério. Somos uns loucos.

O relógio no painel do carro muda de 7h13 para 7h14. Olho na direção da casa do treinador. A cortina se abre na sala de estar.

"T?", chamo.

Ela crava os dedos nas têmporas, depois solta o ar com força. "Vamos acabar logo com isso", diz.

Antes mesmo de chegarmos à varanda, a porta da frente se abre, revelando Brenna. "Ai, só me faltava essa!" Ela balança a cabeça com um olhar divertido de pena. "Que idiota."

"Ela tá falando comigo", digo para Taylor.

"É claro", responde minha namorada.

As meninas se abraçam e elogiam as roupas uma da outra. Já esqueci o que Taylor está vestindo, porque estou ocupado demais pensando que, se a mãe dela se casar com o treinador, será que isso faz da gente irmão e irmã, até que me dou conta de que meu técnico e eu não somos parentes. Meu cérebro não está funcionando direito.

"Ainda dá tempo de fugir, Con", aconselha Brenna. "Vai. Corre, seu viking sexy."

Taylor se vira para me examinar.

"O quê?", pergunto.

"Você parece mesmo um viking sexy." Então ela agarra a minha mão e a aperta com força. "E você não vai a lugar nenhum, Thor. Você me prometeu, lembra?"

"Concordei em vir antes de saber que a sua mãe tá pegando o meu Chad."

"Ela tá transando com o meu *pai*", corrige Brenna, com uma risadinha.

"A gente pode, por favor, não discutir a vida sexual dos nossos pais?", implora Taylor.

"Boa ideia." Brenna abre mais a porta e pega nossos casacos, pendurando-os no corredor de entrada. "É sério que você não sabia?", ela me pergunta.

"Você sabia? Porque um aviso teria sido legal." Ouço vozes nos fundos da casa e imagino que estejam todos na cozinha.

"Sabia que ia conhecer a filha da namorada nova do papai, mas não tinha ideia que era Taylor — nem que ela ia trazer você. É a melhor noite da minha vida." Brenna vai correndo até a cozinha na nossa frente, falando feito uma tagarela. "Oi, pai! Tem um daqueles palhaços do seu time aqui."

Quando aparecemos na cozinha, o treinador já está fazendo cara feia para mim, ao lado de uma loura esbelta beliscando queijos de um prato na bancada.

Engulo em seco. "Humm, oi, treinador."

"O que você tá fazendo aqui, Edwards?", rosna o técnico. "Se Davenport tiver sido preso de novo, diz pra ele que vai passar a noite na cadeia. Não vou pagar a fiança dele de..." Ele para ao ver Taylor.

A loura levanta uma sobrancelha para a filha.

"Oi, mãe. Este é Conor. Conor, esta é a minha mãe. Dra. Iris Marsh."

"Prazer em conhecê-la, dra. mãe... quer dizer, dra. Marsh. Merda."

"Olha a boca!", Brenna me repreende, e tenho de reunir todas as minhas forças para não mostrar o dedo médio para ela.

Depois das apresentações embaraçosas, as mulheres vão para a sala de jantar, enquanto ajudo o treinador na cozinha. Não sei se algum dia vou superar o fato de que chamei Iris de dra. mãe na cara dela. Desde o tempo do colégio que não passo por esse negócio de conhecer os pais. E mesmo daquela vez o encontro consistiu apenas em fugir do pai de Daphne Cane depois de usar as caçambas de lixo da casa dele como rampa de skate.

"Que tal uma cerveja?", digo, abrindo a geladeira.

Ele arranca a garrafa da minha mão e fecha a porta. "Nada de gracinha hoje, Edwards." Cara, ele e Brenna são muito iguais. É assustador.

"Já tenho vinte e um", digo. "Você sabe disso."

"Não tô nem aí." O treinador passa a mão na cabeça em um gesto brusco. Está de terno e gravata, com uma pitada de perfume e loção pós-barba emanando dele. É o seu uniforme padrão toda vez que tem um evento oficial no campus. Não sei como o imaginava num encontro, mas não era assim.

"A única coisa que vai descer pela sua garganta hoje é água, suco ou meu punho", avisa ele.

"Parece delicioso."

Um olhar mortal me atinge bem nos olhos. "Edwards. Não sei o que fiz pra merecer um de vocês imbecis aqui neste jantar — devo ter atropelado um unicórnio ou tacado fogo num orfanato em alguma vida passada —, mas se der uma de idiota hoje vou te punir no gelo até a formatura."

Lá se vai qualquer esperança de o treinador ser meu aliado nesta noite.

164

Fico de boca fechada. Decido nem comentar o estranho fetiche de matar unicórnios, porque sou capaz de qualquer coisa para evitar uma punição do treinador. Nunca vomitei tanto na vida quanto no dia em que o time chegou atrasado e de ressaca num treino, depois de dirigir até Rhode Island só para pregar uma peça no Providence College — arrastamos o carrinho com os equipamentos deles até o telhado da arena. O treinador Jensen colocou a gente pra fazer treino de suicídio no gelo até a meia-noite. O pobre do Bucky tropeçou e caiu na caixa de vômito. Na próxima vez em que eu aparecer no treino e tiver uma lata de lixo enorme no meio do gelo, fujo do país.

O treinador, por sua vez, parece nervoso enquanto se move pela cozinha atrás de tigelas e pegadores de salada. Ele arrumou algumas bandejas com folhas como guarnição que parecem saídas de um livro de receitas dos anos 1980 que você encontraria num sebo. Mas não posso negar que o cheiro na cozinha está bom. Um aroma defumado de churrasco. Será que está preparando uma costela?

"Posso ajudar com alguma coisa?", pergunto, porque ele parece um pouco atrapalhado.

"Pega alguma colher pra servir. Segunda gaveta, ali."

Enquanto caminho até as gavetas, tento puxar papo. "E aí, essa coisa entre você e a dra. Marsh... é séria?"

"Não é da sua conta", é a resposta.

Desisto de conversar na mesma hora.

O relógio do forno apita.

"Tira do forno, por favor?", diz ele, e joga um pano de prato para mim.

Abro o forno e uma rajada de ar quente me atinge o rosto. Nem tenho tempo de me perguntar se perdi as sobrancelhas, e o alarme de incêndio começa a tocar.

# 23

## CONOR

"Puta merda!", troveja o treinador, avançando na direção do forno.

Não sei bem o que me impede de simplesmente fechar a porta do forno. Acho que a densa nuvem de fumaça saindo lá de dentro e distorcendo meu campo de visão.

"Ai, meu Deus! Pai! É POR ISSO QUE EU NÃO DEIXO VOCÊ COZINHAR!"

Brenna irrompe na cozinha tapando os ouvidos e gritando por cima do alarme retumbante, no exato instante em que o treinador pega uma luva e tira a assadeira do forno, queimando a outra mão.

Ele sacode a mão, deitando a travessa de lado e derramando o caldo quente no fundo do forno elétrico, o que faz a resistência pegar fogo.

A boca negra feroz começa a cuspir labaredas.

Enquanto Brenna enfia a mão do pai debaixo da torneira fria, tento dar uma de herói, batendo as chamas com o pano de prato e tentando me aproximar o suficiente para fechar a maldita porta. Mas o calor é quase sufocante, e o fogo está aumentando.

"*Sai daí*, meu bem", ordena alguém e, de repente, Taylor aparece na minha frente e joga um monte de purê de batatas na fonte da chama.

O forno tosse uma nuvem de fumaça, e saímos todos correndo para fora de casa, sob o som da sirene dos bombeiros e da luz vermelha piscando por entre as árvores.

"O que vocês acham de comida tailandesa?"

"Agora não, Brenna", rosna o técnico. Segurando a mão machucada, ele vê os bombeiros correrem para dentro de sua casa para examinar a situação.

As luzes vermelhas iluminam o rosto preocupado de Iris Marsh. Ela afasta a mão do treinador do peito dele para inspecionar o dano.

"Ai, Chad. Melhor pedir aos paramédicos para darem uma olhada nisso."

Antes que ele possa protestar, ela acena com a mão, e uma mulher com uma bolsa grande vem correndo cuidar de suas queimaduras.

Ao meu lado, Taylor entrelaça os dedos aos meus e envolve meu braço para se aquecer. Tremendo de frio e vergonha, formamos um grupinho patético na frente do número quarenta e dois da Manchester Road. Os vizinhos olham pela janela e aparecem na porta de casa, se perguntando o que aconteceu.

"Desculpa, treinador", digo a ele, estremecendo ao ver sua palma vermelha. "Devia ter tentado fechar a porta do forno."

Ele nem pisca, enquanto a paramédica cutuca sua queimadura. "Não é sua culpa, Edwards. Sou um idiota."

"Sabe de uma coisa", diz Iris, "comida tailandesa parece uma ótima ideia."


Algumas horas depois, somos os últimos fregueses no restaurante tailandês que reabriu há poucos meses, depois de — coincidentemente — um incêndio.

O treinador tirou o paletó, Taylor me deixou largar a gravata no carro, e Brenna ainda está com o batom vermelho-vivo de sempre.

"Obrigado por ter pensado depressa", o treinador diz a Taylor, pegando mais um rolinho primavera com a mão boa. A outra está enfaixada igual a uma luva de boxe.

"Não sei por que escolhi o purê de batata", diz ela, meio tímida. "Entrei na cozinha pensando em procurar um extintor de incêndio debaixo da pia. É onde sempre fica, nos apartamentos. Mas aí vi o purê e pensei, vamos ver no que dá."

"Eu poderia ter matado todo mundo", diz ele, rindo de si mesmo. "Ainda bem que você tava lá."

Por sorte, o dano à cozinha de Jensen não foi tão grave. No máximo, algumas marcas de queimadura. Vai dar trabalho limpar a bagunça dos bombeiros, que entraram para se certificar de que o incêndio não iria recomeçar, mas falei para o técnico que vou chamar os caras do time para ajudar, depois que o pessoal do seguro fizer a avaliação.

"Taylor tem experiência com tudo o que é tipo de desastre pirotécnico", Iris informa o grupo.

"Mãe, por favor."

"Ah é?" Lanço um olhar para Taylor, que está afundada em sua cadeira. "E foi ela que provocou esses incêndios?"

"Teve um período de, sei lá", Iris pensa um pouco, "talvez uns dois ou três anos, entre o ensino fundamental e o ensino médio, em que eu ficava em casa, no escritório, corrigindo provas, ou na sala, lendo, e Taylor ficava dentro do quarto, com a porta fechada. Um silêncio terrível tomava a casa e logo em seguida o detector de fumaça disparava, e eu subia correndo com um extintor de incêndio para encontrar um buraco novo no carpete e uma poça de Barbie derretida."

"Ela tá exagerando." Taylor sorri a contragosto. "Mãe, você é tão dramática. Vamos mudar de assunto, por favor."

"De jeito nenhum", protesto. "Quero saber mais dessa anarquista incendiária de Cambridge."

Taylor bate no meu braço, mas Iris aceita meu convite para continuar e conta da vez em que sua pequena terrorista loura foi mandada para casa mais cedo de uma festa do pijama por tacar fogo na camisola de outra menina.

"Mal ficou chamuscada", insiste Taylor.

"Com a menina ainda usando a roupa", termina Iris.

O treinador começa com um "isso me lembra da vez" em que Brenna e, de alguma forma, ela consegue desviar o assunto para mim e para o time. Só que não estou mais prestando atenção. Estou ocupado demais acariciando a coxa de Taylor, porque pensar nela como uma ameaça à tranquilidade das ruas arborizadas de Ivy Lane me deixa um pouco duro.

"Queria saber..." Brenna faz todo um teatro para dar um gole em sua água, porque acho que tem cinco minutos inteiros desde que ela não é o centro das atenções e, quando fica entediada, ela se autodestrói. "Quais são as suas intenções com a nossa filha querida, rapaz." Seus olhos escuros assumem um brilho maligno, enquanto ela me examina.

"Excelente pergunta", concorda a mãe de Taylor. Iris e Brenna quase terminaram a segunda garrafa de vinho e, a esta altura, formaram uma aliança maligna que não me deixa muito à vontade.

"Ah, a gente acabou de se conhecer", digo, piscando para Taylor.

"É, ele era meu motorista do Uber."

"Ela veio com uma história de: escuta, isso vai parecer uma loucura, mas meu incrivelmente rico e excêntrico tio-avô morreu e para conseguir minha parte na herança tenho que ir a um jantar em família com um namorado."

"Primeiro, ele disse que não", continua Taylor, "porque é um homem de honra e integridade."

O treinador bufa.

"Mas aí ela começou a chorar e ficou esquisito."

"Então ele acabou aceitando, mas só se eu desse cinco estrelas pra ele no Uber."

"E vocês, crianças?", digo ao técnico. "Estão tomando todas as precauções?"

"Não abusa, Edwards."

"Ah, mas ele tem razão, pai." Brenna do mal está do meu lado agora. Prefiro assim. "Sei que já faz um tempo desde a nossa conversa, então..."

"Não começa", resmunga ele para Brenna, embora Taylor ria e Iris não pareça nem um pouco incomodada.

Taylor não me contou muito sobre a mãe além de sua profissão e de que elas são muito próximas. Então, não estava esperando uma mulher que ainda parece andar pelas ruas de Boston de jaqueta de couro e camisa *Sid and Nancy*, com um cigarro pendurado na boca. Uma punk com ph.D. Ela é muito atraente, tem a mesma cor de olhos e cabelos que Taylor. Seus traços, porém, são mais finos — maçãs do rosto altas, queixo delicado. Além disso é alta e magra como uma modelo de passarela. Dá pra entender de onde vêm algumas das inseguranças de Taylor.

"Teve uma vez..." Brenna começa de novo, e eu paro de ouvir, voltando o olhar para Taylor.

Ela não tem motivo para ficar insegura. É linda. Não sei, às vezes olho para ela e me dou conta de novo. Como ela me deixa com tesão, o quanto eu a quero.

Minha mão continua no colo dela e, de repente, me dou conta de que não tivemos tempo de nos divertir antes de eu buscá-la para o jantar, porque tínhamos trabalhos de casa para terminar, e ela estava atrasada para se arrumar.

Subo a mão um pouco. Taylor não me olha, nem vacila. Ela aperta as coxas. Primeiro, me pergunto se fui longe demais, mas então... ela abre as pernas. Convidando minha mão a subir um pouco mais.

Brenna está contando alguma história exagerada sobre o estágio dela na ESPN e alguma briga entre dois comentaristas de futebol americano, o que mantém os pais entretidos, enquanto meu dedos passeiam sob a bainha da saia de Taylor. Sou cuidadoso, metódico. Tomando cuidado para não demonstrar nada.

Enquanto Brenna faz gestos expansivos com as mãos e entretém a mesa com sua história, as pontas de meus dedos roçam o tecido da calcinha de Taylor. Renda e seda. Nossa, isso é tão excitante. Ela estremece, só um pouco, sob meu toque.

Engolindo a saliva que de repente enche minha boca, deslizo a palma por sua calcinha e, minha nossa, dá para sentir como ela está molhada através do tecido. Quero enfiar o dedo nela e...

Afasto a mão depressa, pois o garçom apareceu de repente com a conta.

Com todo mundo fazendo a dança para ver quem vai pagar, dou uma espiada em Taylor e vejo seus olhos brilhando de malícia. Não sei como ela faz isso, mas essa garota sempre encontra maneiras de me surpreender. Me deixar apalpá-la debaixo da mesa não é algo que achei que estivesse em seu repertório, mas amo esse lado dela.

"Obrigada", diz ela, a caminho do carro, depois de termos nos despedido dos outros.

"Pelo quê?" Minha voz soa um pouco rouca.

"Por estar aqui pra mim." Agarrando meu braço enquanto caminhamos até o carro, ela fica na ponta dos pés para me beijar. "Agora vamos voltar para minha casa e terminar o que você começou no restaurante."

# 24

## TAYLOR

Na manhã de domingo, enquanto Conor está com os colegas do time ajudando o treinador Jensen a arrumar a cozinha, lavo roupa e limpo minha própria bagunça em casa. Quanto mais avançado o semestre, mais o meu habitat começa a se parecer com o caos dentro da minha cabeça.

Quando o telefone toca, largo o lençol de elástico que estou sofrendo para dobrar, sorrindo para mim mesma. Nem preciso olhar para a tela para saber quem é. Sabia que a ligação ia acontecer e sabia que seria pela manhã. Porque minha mãe é a pessoa mais previsível do planeta e basicamente o que aconteceu foi o seguinte: depois de voltar para Cambridge no sábado à tarde, ela ficou acordada até tarde lendo e corrigindo provas com uma taça de vinho, depois acordou hoje de manhã para lavar a roupa e passar aspirador na casa, o tempo todo ensaiando na cabeça como essa conversa se daria.

"Oi, mãe", digo, atendendo ao telefone e me jogando no sofá.

Ela vai direto ao ponto com uma abertura suave: "Bem, que jantar, hein?"

Dou uma risadinha por educação e digo que, bem, se tem uma coisa que não foi é chato.

Ela então concorda e diz que os rolinhos primavera também estavam bons. Vamos ter que voltar lá um dia.

Ficamos presas uns dois minutos nessa partida de pingue-pongue sobre banalidades como pad thai e vinho de ameixa, até que minha mãe reúne coragem para enfim perguntar: "O que você achou do Chad?".

Como isso foi acontecer com a gente?

"Ele é legal", respondo. Porque é a verdade, e é uma resposta tranquilizadora. "Parece um sujeito bacana. E Conor fala bem dele, então acho que isso conta para alguma coisa. Como está a mão dele?"

"Não foi muito sério. Vai sarar em algumas semanas."

Odeio isso. Nenhuma de nós dizendo o que realmente quer — que não sei como gostar do namorado novo da minha mãe, e que ela, por sua vez, vai ficar de coração partido se Chad e eu não dermos um jeito de sermos amigos. Ou, se isso não acontecer, pelo menos algo bem parecido, porque a alternativa seria um terrível sentimento de incompletude toda vez que nós três estivermos no mesmo ambiente.

Nunca precisei de um pai. Minha mãe foi mais do que suficiente, e ela diria a mesma coisa — que eu já bastava. No entanto, sinto que existe uma voz patriarcal programada e enterrada fundo dentro dela, talvez o resquício da sociedade que a criou, dizendo que é um fracasso como mãe e mulher se não tiver um homem em sua vida ou não puder dar à única filha uma referência de masculinidade.

"Você gosta dele?", pergunto, sem jeito. "Porque na verdade isso é que importa. Não vi nenhuma falha gritante nele, mas eu não o deixaria chegar perto de um forno de novo tão cedo."

"Gosto", confessa ela. "Acho que ele estava nervoso ontem. Chad é um cara reservado. Ele gosta de coisas simples e sem muita confusão. Acho que juntar as duas filhas pela primeira vez, todos nós ali, foi pressão demais para todo mundo. Ele estava preocupado que você pudesse odiá-lo."

"Não o odeio. E tenho certeza que ele e eu vamos encontrar um jeito de conviver se, sabe como é, isso virar uma coisa."

Embora eu suponha que já *seja* uma coisa. Não era esse todo o lance do jantar? O motivo pelo qual quase morremos todos queimados por causa de uma carne assada ou fosse lá o que fosse aquela maçaroca preta?

Minha mãe se envolveu com um Chad. Um Chad do hóquei, para completar. O que é essa coisa que a gente tem com hóquei?

Será que meu pai jogava hóquei? Não é um esporte muito popular na Rússia também?

Tá incubado no meu DNA esse tempo todo, feito um vírus inativo?

Vou ser uma dessas garotas clichê que cresce e se casa com o próprio pai?

Acabei de insinuar que vou me casar com Conor?

Merda.

"Como isso vai funcionar no longo prazo?", pergunto. "Quer dizer, se for uma coisa de longo prazo. Você vai ficar indo e vindo de Cambridge ou..."

"Ainda não discutimos isso", interrompe ela. "Neste ponto, não é..."

É a minha vez de interrompê-la. "Porque você sabe que não pode sair do MIT, né? Por causa de um homem. Não quero ser uma esnobe, nem uma megera, nem nada assim, e não estou tentando ser maldosa. Mas você *não* vai deixar o MIT por causa dele, tá legal?"

"Taylor."

"Mãe."

Uma onda de pânico me invade, e percebo que talvez essa nova revelação esteja me atingindo mais do que estava disposta a admitir. Não é como se o MIT e a Briar ficassem tão longe assim um do outro. Mas, por um momento, imaginei minha mãe vendendo a nossa casa, minha casa de infância, e... outro choque de pavor me atinge. Sim, definitivamente não processei isso direito ainda.

"Taylor. Quero que você saiba de uma coisa", diz ela, com firmeza. "Você sempre vai vir em primeiro lugar."

"Tá."

"Sempre. Você é minha filha. Minha única filha. Fomos um time a sua vida toda, e isso não vai mudar. Ainda estou aqui para você acima de qualquer coisa. E de qualquer pessoa. Se você disser..."

"Não vou pedir pra você parar de sair com ele", deixo escapar, porque sei onde ela está indo com isso.

"Não, eu sei..."

"Quero que você seja feliz."

"Eu sei. Só estou dizendo que, se fosse o caso, sempre escolheria minha filha acima de qualquer coisa e qualquer pessoa. Nem precisaria perguntar. Você sabe disso, não é?"

Mas houve vezes em que ela não me escolheu, e nós duas sabemos disso.

Houve vezes em que ela estava competindo por uma posição no instituto ou uma promoção, escrevendo livros e viajando para palestras em outras instituições. Em que ela passava o dia no campus, e a noite trancada no escritório ou pulando de um avião para outro. Esquecendo em que fuso horário estava e me acordando no meio da noite para me ligar.

Houve vezes em que me perguntei se já não tinha perdido minha mãe e se é assim que tem que ser: seus pais te ensinam a andar e a falar e a esquentar o próprio miojo, e então voltam para as suas vidas, enquanto você tem que se virar para dar um jeito na sua própria vida. Achei que não devia precisar mais dela, e comecei a cuidar de mim mesma.

Mas aí isso mudou. Para melhor. Ela percebeu que fazia meses que não jantávamos juntas; eu percebi que tinha parado de perguntar quando ela voltava ou de pedir permissão para pegar o carro emprestado. Ela me viu chegando em casa com minha própria sacola de compras, enquanto comia uma pizza no sofá, e notamos que nenhuma das duas havia sequer cogitado perguntar para a outra quais eram os planos para o jantar. Foi quando percebemos que tínhamos virado colegas de quarto que a coisa começou a melhorar. Começamos a nos esforçar. Ela voltou a ser minha mãe de novo, e eu, sua filha.

Mas dizer que *sempre* vim em primeiro lugar e *sempre* virei?

"É, eu sei", minto.

"Eu sei que sim", ela mente de volta. E a ouço fungar, enquanto eu mesma esfrego os olhos marejados.

"Gostei de Conor", acrescenta ela, o que me faz sorrir.

"Também gosto dele."

"Vai convidá-lo para o Evento de Gala da Primavera?"

"Ainda não chamei, mas acho que vou."

"Isso é sério, ou... três pontinhos."

É o que todo mundo quer saber, inclusive Conor e eu. A pergunta que nenhum de nós quer encarar, só espiar de canto de olho. O alvo em movimento flutuando no campo periférico de nossa visão. O que significa ser sério, e como vai ser? A gente sabe ou seria capaz de identificar?

Não tenho uma boa resposta, e acho que Conor também não.

"Ainda é tudo novidade", é só o que consigo pensar em dizer.

"Tudo bem tentar coisas novas, não se esqueça disso. Você tem direito de errar."

"Gosto de como as coisas estão agora. De qualquer forma, acho que não seria bom colocar muita expectativa um no outro antes das provas finais, e depois tem as férias de verão, então... três pontinhos."

"Parece que você está procurando uma saída estratégica." Ela faz uma pausa. "O que não é uma coisa ruim, se for o que você estiver precisando."

"Só estou sendo realista." E a realidade tem o hábito de explodir na sua cara quando você menos espera. Então, sim, Conor e eu podemos até ter uma coisa boa agora, mas não esqueci como esse relacionamento acidental começou. Um desafio que virou uma vingança e depois se transformou em uma situação bem complicada.

Tenho a impressão de que, algum dia, daqui a muitos anos, Conor e eu vamos nos encontrar num banquete de ex-alunos e, estreitando os olhos um para o outro do outro lado da sala lotada, vamos nos lembrar do semestre em que nos pegamos. Vamos rir disso e comentar a história engraçada com a esposa supermodelo escultural dele e com quem quer que eu acabe, se é que vou ter alguém.

"Gostei dele", repete ela.

Quase digo que ele me convidou para uma viagem à Califórnia no verão, mas fico quieta. Acho que ela faria um estardalhaço.

Tudo bem que fui eu quem abriu essa possibilidade quando o chamei para conhecer a minha *mãe*.

Nem me ocorreu que ao levar Conor para jantar na outra noite estávamos cruzando essa barreira tão importante dos relacionamentos. Só não conseguia suportar a ideia de passar a noite toda sem nenhum apoio.

Uma coisa tenho de admitir a respeito dele — Conor nem sequer pestanejou. Ele simplesmente deu de ombros e disse: "Claro, se você não ligar de escolher a minha roupa". Sua principal preocupação era se tinha que fazer a barba, e eu falei que, se eu precisaria raspar a perna, então ele teria que fazer a barba. Depois de uma semana com uma barba por fazer arranhando o meu queixo, bati o pé e fui firme. Analisando agora, vejo que isso foi mais um marco do nosso relacionamento.

Mamãe e eu conversamos por mais um tempo, enquanto caminho pelo meu apartamento. Falamos sobre o Evento de Gala da Primavera e das provas e se quero manter o apartamento em Hastings durante o verão ou colocar minhas coisas num depósito... uma decisão que percebo que estou adiando até que outros planos de verão se tornem mais concretos.

Mais tarde, quando Conor me manda uma mensagem dizendo que pegou comida na lanchonete e está vindo até aqui, fico pensando num jeito adolescente e elaborado de convidá-lo para o Evento de Gala da Primavera. Como escrever no meu peito com batom vermelho ou com calcinhas no chão. Então percebo que transformar o convite num gesto grandioso transforma esse encontro numa coisa importante, e talvez isso cause a impressão errada. Sendo assim, tento soar casual quando toco no assunto, tomando minha sopa de tomate preferida com queijo grelhado.

"Ei, tem uma festa a rigor da Kappa chegando. Eu tava pensando em convidar o meu outro namorado de mentira..."

Conor levanta uma sobrancelha, com um ar divertido.

"Ele estuda em outra faculdade, você não conhece. Mas aí eu pensei que, bem, como você já conheceu a minha mãe, e a gente já escapou de um incêndio junto, talvez você quisesse ir comigo."

"Vai ser uma daquelas festas em que você me arrasta pelo salão fazendo ciúme em todo mundo e me tratando como um brinquedo sexual ambulante?"

"É."

"Então topo."

Quase deixo escapar um sorriso bobo. Conor torna tudo tão simples, não é de admirar que eu me sinta tão à vontade em sua companhia. Ele facilita isso para mim.

Fico observando enquanto ele enfia o último pedaço do cheeseburger na boca, mastigando todo animado, e meu bom humor vacila um pouco.

Por mais à vontade que eu me sinta, sempre tem aquele sussurro de dúvida, de medo. É como um ruído de fundo, um zumbido na minha cabeça quando estou caindo no sono, um aviso persistente de que talvez a gente não se conheça direito. E que, a qualquer momento, a fantasia elaborada que inventamos pode desmoronar completamente.

# 25

**TAYLOR**

Conor tem a aptidão artística de um hamster.

Descubro esse fato preocupante quando ele aparece na minha casa, na quarta, depois da sua aula de economia, e me encontra já de pijama, mergulhada em papel-cartão. Esta semana, as crianças vão fazer uma floresta tropical de papel na aula da sra. Gardner e, hoje à noite, tenho que cortar umas duzentas flores de papel, passarinhos e outros seres vivos para elas. Quando Conor se ofereceu para ajudar, achei que ele tinha ao menos feito o ensino fundamental e aprendido a fazer contornos de desenhos e a manejar uma tesoura. Ledo engano.

"Isso aqui é pra ser o quê?", pergunto, segurando o riso. Tem um desenho animado passando ao fundo, na televisão, enquanto estamos sentados no tapete da sala. Uma das coisas que mais amo de trabalhar com ensino fundamental é que não dá para se levar muito a sério.

"Um sapo." Ele admira, orgulhoso, sua abominação genética, uma criatura tão grotesca que, se estivesse viva, gritaria agoniada antes de se jogar no meio de uma rua movimentada.

"Parece um cocô com verrugas."

"Cala a boca, Marsh." Com um olhar de afronta sincera, ele tapa o que seriam as orelhas do sapo. "Você vai deixar ele complexado."

"Ele precisa de uma morte indolor, Edwards." Deixo escapar uma risadinha e quase me sinto mal pela devoção de Conor à criatura deformada.

"Você também passa o seu tempo envenenando todos os coelhinhos que forem menos que bonitinhos?"

"Aqui." Entrego a ele umas folhas coloridas em que já desenhei várias flores. "Só recorta isso."

Ele faz beicinho. "Você vai ser uma professora má."

"Tenta cortar na linha, por favor."

Resmungando um "tanto faz", Conor se entrega à infeliz tarefa de recortar flores.

É impossível não lançar olhares furtivos na sua direção, admirando o olhar fofinho de concentração em seu rosto.

Como isso pode ser de verdade? Tem um metro e oitenta e sete centímetros de homem e músculos esparramado no chão da minha casa. Conor sopra toda hora o cabelo do rosto enquanto trabalha.

Às vezes, esqueço como ele é bonito. Acho que me acostumei com sua presença, já acho normal o contorno suave de seus lábios e a curvatura masculina de seus ombros. O jeito como a sua pele roça a minha, quando nem queremos nos tocar, faz meus nervos estremecerem. A sensação de tê-lo em cima de mim.

Quando o imagino dentro de mim.

Depois de alguns minutos, vou dar uma olhada no trabalho dele e vejo que passou o tempo cortando pênis em protesto e alinhando-os ordenadamente pela sala de estar. Quando ele vê que reparei, cruza os braços e sorri, orgulhoso.

"Dá pra explicar esse monte de pênis?"

"São flores", diz, em tom de desafio, e posso ver direitinho uma versão mais jovem de Conor revirando os olhos para os professores no colégio e mostrando o dedo médio pelas costas deles.

"Elas têm testículos!", exclamo.

"E daí? Flores têm testículos. Se chamam anteras. Pesquisa só pra você ver." Ele sorri, cheio de afronta e malícia. Não é justo ele ser tão encantador quando é um pé no saco. Se tivéssemos nos conhecido na escola, posso até imaginar o tamanho do problema em que ele teria me metido. No mínimo estaríamos fugindo da polícia agora.

"E se um dos seus paus caísse por engano na pilha de flores e amanhã eu tivesse que explicar para a professora por que ela tem vinte alunos de seis anos colando pênis pela sala toda?" Com um suspiro irritado, cato os papéis e jogo no lixo.

"Achei que você tinha dito *floresta tropical* como eufemismo", responde Conor, incapaz de convencer quem quer que seja, mas bastante satisfeito consigo mesmo. "Sabe como é, a dança do acasalamento."

"Eles estão no primeiro ano."

"Quando eu tava no primeiro ano, me escondia com Kai no armário embaixo da pia da cozinha da casa dele para espiar os amigos do irmão dele enquanto viam um DVD de *Girls Gone Wild*."

"Isso explica muita coisa." Vou até a geladeira pegar um refrigerante, e Conor vem atrás de mim e me segura pela cintura para apertar o corpo contra o meu. Ele está duro, e saber disso faz um arrepio percorrer minha pele.

"Na verdade", murmura ele contra o meu pescoço, "tava só torcendo pra gente fazer uma pausa para eu poder tirar sua roupa."

Suas mãos viajam pelas minhas costelas, enquanto seus lábios me beijam atrás da orelha e o ombro exposto pela camiseta larga. Quando suas mãos firmes apertam meus seios, não consigo evitar e arqueio as costas na direção dele.

Gemendo, ele me vira e me encosta contra a geladeira. Seus lábios abafam meu murmúrio de surpresa, e sua língua penetra a minha boca.

Tem algo de diferente nele hoje. Está sedento. Vou pegar sua camiseta, mas Conor segura minhas mãos e as levanta acima da minha cabeça. Segurando meus pulsos com uma das mãos, ele usa a outra para desfazer o nó do meu short de pijama e o deixa cair por minhas pernas. Ainda me beijando, seus dedos deslizam entre as minhas coxas, dentro da minha calcinha. A geladeira de aço é fria contra as minhas costas, e ele me acaricia de leve, me provocando.

Prendo a respiração, me afastando de seus lábios, enquanto ele enfia primeiro um dedo e depois mais um dentro de mim. Meus joelhos se dobram sozinhos diante da sensação maravilhosa de plenitude que é ter o polegar de Conor esfregando meu clitóris.

"Amo fazer você gozar", diz ele, com a voz rouca. "Deixa eu fazer de novo?"

Minha pele fica toda arrepiada com a onda de excitação que me invade. Meu corpo amolece um pouco, se rendendo a Conor. Minhas pálpebras se fecham. "Sim", imploro.

Ele se afasta abruptamente.

Abro os olhos e o encaro, atordoada. "O que foi?"

"Deixa eu olhar pra você."

Não sei bem o que ele pretende, até que o vejo pegar o pau por cima da calça jeans. O contorno longo e grosso se projetando sob o tecido faz meu coração disparar. Ele aperta, me esperando responder.

Nunca cruzamos essa barreira, pelo menos não com as luzes acesas. Mas não quero me negar. Não quero mais sentir vergonha na frente dele. Conor faz com que eu me sinta segura, bonita, desejada. E agora, aqui neste momento, não quero ser um obstáculo entre nós.

Lentamente, tiro a camiseta pela cabeça e a jogo no ladrilho frio do chão. Então deslizo a calcinha pelas pernas e chuto para o lado.

Seu olhar quente vagueia livremente por meu corpo nu como se ele fosse meu dono. "Você é linda, Taylor."

Mais uma vez, ele levanta minhas duas mãos acima da cabeça, expondo meus seios aos seus olhos cheios de luxúria. Ele deita a cabeça loura de lado e envolve um mamilo com os lábios, lambendo e chupando até eu estar me contorcendo contra ele, carente de atenção em outro lugar.

"Con. Vamos para a cama. Ou pelo menos o sofá."

"Não, qual é..."

Deus, esse jeito de falar de surfista californiano acaba comigo todas as vezes. Ele beija minha barriga, me fazendo estremecer, então se ajoelha na minha frente, passando uma perna por cima do ombro para me abrir para sua boca.

Solto um gemido quando sua língua me toca. Ele a move por sobre o meu clitóris e chupa com força. Conor me devora com precisão experiente, e tudo o que posso fazer é me segurar aos seus ombros, enquanto meus quadris se movem contra a boca dele.

Minhas coxas se contraem quando sinto o orgasmo surgindo em minha barriga. "Continua assim", imploro. "Se você parar, eu te mato."

Suas risadas roucas vibram contra o meu ventre. Mas ele não para. Sabendo que estou perto, ataca meu clitóris com a língua e enfia um dedo comprido dentro de mim, movendo-o lentamente, enquanto me leva ao clímax. Eu me desmancho toda, ofegante, com o prazer explodindo dentro de mim e se espalhando por meu corpo.

Antes de conseguir me recuperar por completo, Conor levanta e enterra o rosto na dobra do meu pescoço, beijando e chupando minha carne, enquanto continuo tremendo com os efeitos colaterais do orgasmo.

"Sou tão viciado em você, Taylor." Sua voz está rouca. Ele levanta a cabeça, e vejo seus olhos brilhando de vontade.

Então ele de repente me pega nos braços, me fazendo soltar um gritinho de susto.

"Me põe no chão", exclamo, enquanto minhas mãos envolvem instintivamente seu pescoço, para não cair de bunda. "Sou muito pesada pra você."

Sua risada faz cócegas no alto da minha cabeça. "Gata, levanto duas vezes o seu peso num dia suave de academia."

Relaxo um pouco, enquanto ele me carrega até o quarto. Não me sinto leve como uma pena em seus braços, mas ele não parece estar com a menor dificuldade, o que é encorajador. Nota para mim mesma: sempre namore alguém capaz de levantar o dobro do seu peso.

Ele me deita no centro do colchão, colocando minha cabeça com cuidado sobre os travesseiros. Então fica de pé junto da cama e leva as mãos à gola da camisa.

"Permissão para tirar a roupa?" Ele sorri de um jeito encantador.

"Permissão concedida." E agora é a *minha* voz que soa rouca.

Com as pálpebras pesadas, fico observando enquanto ele tira a camiseta, a calça jeans e a cueca. Nunca me canso de admirá-lo. O peitoral plano, as sombras que acentuam seus braços musculosos. Seu físico de atleta grande e lindo me deixa sem fôlego. Ele é perfeito.

Meus olhos descem até o pau longo e grosso, e um raio de calor me atinge bem entre as minhas pernas.

É a primeira vez para ele também. Completamente pelado na minha frente. E aprecio o fato de que ele o está fazendo não porque considere uma coisa difícil, mas porque quer que eu fique à vontade.

Conor sobe na cama e me cobre com seu corpo. Seus lábios encontram o meu, e começamos a nos beijar com nossas línguas gananciosas e desesperadas, até que estamos os dois ofegando. Nunca beijei ninguém enquanto estivéssemos os dois nus. O pau de Conor pesa entre as minhas pernas, tocando de leve a minha abertura. Seria tão fácil dizer sim, afastar as pernas um pouco mais, segurá-lo e guiá-lo para dentro.

Sua língua brinca com a minha de novo e, por um momento, é tudo que quero.

Quero dizer sim.

Mas.

"Acho que ainda não estou... você sabe... lá", sussurro contra a sua boca.

Ele levanta a cabeça. A excitação obscurece seus olhos.

"Quer dizer, quero estar."

"Tudo bem." Conor rola de lado ao meu lado. Seu pau está completamente ereto, e a gota perolada na ponta me deixa com água na boca.

Engolindo em seco, sento na cama. "Tem uma parte grande de mim que só quer terminar logo com isso, mas..."

"Não precisa se apressar por minha causa", diz ele, tranquilo. "Não tô com pressa."

"Não?" Fito seu rosto em busca de um sinal qualquer de irritação.

"Não", promete ele, sentando também. "Quando você estiver pronta, espero que seja comigo. Enquanto isso, tô feliz aqui com a maneira como as coisas estão. De verdade."

Eu o beijo. Porque, apesar de dizer o tempo todo que não, Conor é um cara legal. É gentil e engraçado e acho que de alguma forma até se tornou meu melhor amigo. E o que é melhor, numa amizade colorida.

Soltando seus lábios, seguro seu pênis. Ele continua duro, latejante. Seu corpo inteiro fica tenso, quando envolvo os dedos nele e deslizo o punho para cima e para baixo.

"Gata", sussurra ele, e não sei o que ele quer dizer com isso — *gata, para? Gata, continua?*

Se era a primeira opção, logo se transforma na segunda, quando me ajoelho no chão, na frente dele. Ele firma as mãos na cama e deixa a cabeça cair para a frente, assim que minha língua desliza ao longo do seu pau.

As pernas de Conor tremem enquanto o chupo. Ele respira devagar e profundamente, como se estivesse se concentrando ao máximo.

"Não para", murmura ele, enquanto o enfio fundo na garganta. Seus quadris começam a se mover para a frente devagarinho. "Por favor, não para nunca."

É difícil sorrir com os lábios apertados em torno dele, mas estou sorrindo em espírito. Adoro fazer isso com ele, deixá-lo à beira de um desespero feliz. Sei que o levei quase lá, porque ele geme quando suas mãos alcançam meus seios, e seus quadris levantam um pouco da cama.

Não sei o que me leva a fazer isso, mas em vez de deixá-lo gozar na própria barriga, eu o seguro com a mão e o acaricio até ele terminar nos meus seios. Isso me provoca uma excitação que eu não esperava, uma pontada forte de malícia. Quando ele para de tremer, olho para seu rosto lindo e vejo a luxúria crua me encarando de volta.

"Cacete", diz ele, sem fôlego e afastando os cabelos suados dos olhos.

Dou uma risadinha sem jeito. "Deixa eu me limpar."

Quando me levanto para ir ao banheiro, o telefone dele vibra no chão. Conor atende, enquanto estou esperando o chuveiro esquentar. Não consigo ouvir exatamente o que diz, mas ele parece chateado.

"Não posso", acho que ele diz. "Esquece... A resposta ainda é não."

É Kai de novo, só pode ser. Seja o que for que o antigo amigo de Conor está querendo, ele é persistente.

E Conor se recusa a dar mais detalhes. Depois que saio do chuveiro, há uma nuvem tempestuosa sobre o seu humor, até que por fim ele rejeita meu convite para passar a noite e volta mais cedo para casa.

Maldito Kai. Queria que ele sumisse. É óbvio que tem alguma coisa entre os dois, algum segredo terrível que está corroendo Conor por dentro. E, por mais que queira que ele me conte o que é, não vou pressioná-lo.

Só queria que ele encontrasse um jeito de lidar com isso antes que esse problema o consuma por completo.

# 26

## CONOR

A água está congelante. Mesmo com a roupa de neoprene, se não me movimento, sinto agulhadas terríveis nos meus dedos dos pés. Remo em círculos só para me aquecer, mas isso não me incomoda. Nada me afeta quando estou na minha prancha e as ondas passam embaixo de mim. Nada penetra o rugido das ondas quebrando na areia, o trinado das gaivotas lá no alto e o gosto de sal na língua. É como estar dentro de um globo de neve. Uma esfera perfeita de tranquilidade alheia a tudo e a todos. Serena.

Então sinto o mar me puxando, a correnteza me arrastando. Sei que minha onda está chegando e me posiciono. Deitado de bruços. As unhas cravadas na parafina. Pronto. É só sentir.

Remo para ficar à frente só o suficiente, até que ela chega, a vibração subindo pelas minhas pernas.

Encontrar o equilíbrio.

Conhecer a onda.

Aqui elas não duram muito. Só uns segundos até quebrar, descer e deslizar suavemente na areia.

Fico mais ou menos uma hora na água antes de o sol surgir por completo no céu da manhã. Enquanto tiro a roupa de neoprene no carro, vejo Hunter chegando em seu Land Rover, com Bucky, Foster, Matt e Gavin. Menos de um minuto depois, um segundo carro aparece no estacionamento, trazendo Jesse, Brodowski, Alec e Trenton. Às nove da manhã, o time inteiro chegou à praia para uma limpeza com a Fundação SurfRider.

"Quanta gente", diz Melanie, coordenadora voluntária, quando apresento os caras. Eles se apressam para cumprimentá-la como se nunca tivessem visto uma mulher na vida. "Vocês são daqui?"

"Um pouco mais pra cima, de Hastings", digo. "Somos da Briar."

"Bem, é ótimo receber vocês. Obrigada pela ajuda."

Todos nós pegamos um balde, luvas e uma vara de catar lixo na barraca que eles montaram na praia. Foster admira um grupo de meninas de uma irmandade da universidade e levanta a mão. "Humm, bem, sou novo nisso, e não nado bem. Posso ter uma dupla? Prefiro louras."

"Cala a boca, imbecil." Hunter dá uma cotovelada nas costelas do colega. "Relaxa", ele assegura a Melanie. "Tô de olho nele."

Ela sorri. "Obrigada. Agora, ao trabalho, meninos."

"Sim, senhora", diz Matt. Ele abre um sorriso e, apesar de ser pelo menos cinco anos mais velha que ele, Melanie prova que nenhuma mulher, seja qual for a idade, é imune às covinhas de Anderson.

Me envolvi com a fundação ainda em Huntington Beach e quando vi que eles tinham uma filial aqui, me inscrevi sem pensar duas vezes. Mas nem todo mundo está tão empolgado com a ideia. Basta uma hora de limpeza, e Bucky já está reclamando.

"Não me lembro de ter ido a um tribunal", resmunga ele, se arrastando pela areia com um balde na mão. "Acho que não é algo que eu esqueceria."

"Para de reclamar", Hunter o repreende.

"E, por falar nisso, também não me lembro de ter sido preso."

"Cala a boca", diz Foster.

"Então alguém me diz por que estou fazendo trabalho forçado no meu dia de folga." Bucky se abaixa e começa a lutar com algum objeto enterrado na areia. Enquanto isso, todos nós sentimos um cheiro podre no ar. Parece um bicho morto que foi marinado no esgoto.

"Ai, droga, o que é isso?" Matt estremece e cobre o rosto com a camisa.

"Não mexe nisso, Buck", diz Hunter. "Deve ser o cachorro de alguém."

"E se for um cadáver?" Jesse pega o telefone, pronto para capturar a revelação sangrenta.

"Tá grudado na merda da minha vara de catar lixo", diz Bucky, irritado.

Ele continua cavando a areia e puxando, lutando com a coisa nojenta e fedorenta que não se solta até que enfim voa para trás, espirrando areia nas nossas cabeças. Bucky cai de bunda no chão, e uma fralda suja e embolada numa rede de vôlei velha aterrissa em cima dele. No buraco que cavou, vemos o que parecem ser várias carcaças de frango assado descartadas.

"Puta merda, cara, você tá coberto de cocô de neném!", grita Foster, enquanto todos nós nos afastamos do show de horror.

"Ai, merda, vou vomitar."

"Que nojo."

"Tá tudo em cima de você!"

"Tira isso de mim! Tira!" Bucky se contorce na areia, enquanto Hunter tenta pegar a fralda com seu coletor de lixo e, por algum motivo, Foster continua chutando mais areia em cima dele.

Matt está gargalhando da cena. "Vai se lavar, seu idiota", ele diz a Bucky.

Tenho certeza de que Matt estava se referindo aos chuveiros no estacionamento.

Em vez disso, Bucky tira a roupa, fica só de cueca e corre para o mar congelante.

Ai, não. Está uns doze graus aqui fora, com um vento cortante. Mas acho que tudo é relativo, porque Bucky mergulha de cabeça e começa a se esfregar furiosamente.

Ficamos todos observando. Estou mesmo admirado. Congelei a bunda no mar hoje mais cedo, e estava de roupa de neoprene. Estremeço só de pensar naquela água gelada batendo nas minhas bolas descobertas.

Quando Bucky enfim sai da água, está meio roxo e tremendo feito um cachorro de um comercial da Sociedade de Proteção aos Animais. Tiro minha camiseta às pressas e entrego a ele. Gavin está esperando com uma toalha. Quanto à bermuda, ele não tem muita sorte.

"Vai se esquentar no meu carro." Entrego a chave a Bucky.

Ele toma a chave da minha mão. "Odeio o meio ambiente."

Assim que se afasta o suficiente para não nos ouvir, os caras caem de joelhos de tanto rir.

"Vai ficar traumatizado pelo resto da vida, depois disso", diz Foster, ainda gargalhando.

"O cara nunca mais vai voltar à praia", concorda Gavin.

"E dá pra entender por quê." Hunter sorri antes de começar a jogar a porcaria toda no lixo.

Tirando Bucky, os caras até que estão encarando bem a ideia de abdicar de uma manhã de sábado. Pra ser sincero, significa muito pra mim que eles se interessem por algo que eu considero importante. Desde que cheguei à Costa Leste, não tive muito tempo para me reconectar com as minhas paixões. Com o hóquei e as aulas, não sobrava tempo para surfar nem vir à praia. Foi Taylor quem me fez pensar em procurar maneiras de trabalhar como voluntário de novo. Ela se ofereceu para vir hoje, mas achei que ia ser uma boa forma de juntar o time todo outra vez. Desde que a temporada acabou, quase não conseguimos reunir todo mundo no mesmo lugar. Ou na mesma praia, por assim dizer.

Não vou mentir — uma parte de mim estava com saudade. Quer dizer, é verdade que moro com metade desses idiotas, mas não é a mesma coisa que suar com eles no gelo. Treinar junto. Passar horas num ônibus. Noventa minutos de pura determinação. Acho que não tinha percebido a importância do hóquei para mim até jogar com eles. Esse time me fez adorar o jogo. Esses caras se tornaram meus irmãos.

Meu telefone vibra no meu bolso. Imagino que é Taylor, querendo saber que horas vou voltar, mas um número desconhecido aparece na tela. A esta altura, já sei o que isso significa.

Kai.

Não devia atender. Nada de bom pode resultar de dar essa satisfação a ele. Mas fico com uma pulga atrás da orelha de deixar a chamada cair na caixa postal. Porque, em se tratando de Kai Turner, prefiro não ser pego de surpresa. A pior coisa que posso fazer é deixá-lo me pegar desprevenido de novo.

"O quê?", exclamo, rugindo.

"Calma, mano. Calma."

"Tô ocupado."

"Tô vendo."

Meu sangue gela nas veias. Tentando não chamar atenção, olho ao redor, examinando a praia, o estacionamento. À distância, vejo um cara magro vagando perto dos banheiros. Parece um garotinho usando as roupas do irmão mais velho, e não preciso nem ver sua cara para saber quem é.

"Como você me encontrou aqui?" Me afasto alguns passos de Hunter e dos outros.

"Cara, tenho olhos em tudo o que é canto. Aprendeu isso agora?"

"Então você me seguiu." Merda. Ele está ficando mais desesperado.

Me encontrar em Buffalo foi uma coisa. Agora ele veio até Massachusetts? De Hastings até esta praia perto de Boston. Vai saber há quanto tempo está me observando ou qual é o jogo dele desta vez. Não sei se posso chamar Kai de perigoso. Nunca o vi sendo violento, tirando uma ou outra briga de rua. Mas era só coisa de garoto. Um olho roxo e o ego machucado.

Só que já não o conheço mais.

"Não ia ter que te seguir se você falasse comigo feito um homem", diz ele.

Sufoco um palavrão. "Não tenho nada pra falar com você."

"É, mas eu tenho. Então você pode subir aqui pra falar comigo feito gente grande, ou eu desço aí e te envergonho na frente dos seus amigos mauricinhos."

Foda-se ele.

Era a mesma coisa quando me mudei para Huntington Beach. Fazendo com que me sentisse culpado por ter deixado o bairro, como se eu tivesse alguma escolha no assunto. Me provocando por tê-lo trocado por babacas ricos, como se eu tivesse algum amigo na época. Me atazanando porque minha mãe me deu roupas novas. Demorei muito para perceber o que ele estava fazendo, a manipulação psicológica sutil. Tempo demais.

"Tudo bem, idiota."

Digo a Hunter que vou mijar e subo até o estacionamento próximo aos banheiros. Entro no banheiro masculino por um minuto, antes de seguir para os bancos perto do meu carro. Não dá para saber se ele trouxe alguém, e prefiro não me deixar levar para muito longe das pessoas. Se ele teve tanto trabalho para falar comigo, significa que quer muito alguma coisa. Não posso confiar num Kai desesperado.

"Você tá dificultando as coisas", diz ele, sentando ao meu lado.

"A culpa é sua. Quero ficar em paz."

"Cara, não te entendo, Con. Você era meu parceiro. Antigamente..."

"Puta merda. Pode parar." Eu me viro para observá-lo, esse fantasma da minha infância que, a cada ano que passa, deixa de ser uma memória para se tornar um pesadelo. "Esse antigamente já era, Kai. Não somos mais crianças. Não sou nada pra você agora."

Eu me forço a não desviar o olhar, mas vejo nele tudo que odeio em mim. E então me odeio um pouco mais por pensar isso. Porque pelo menos Kai sabe quem é. Sim, o cara é um delinquente, mas não está andando por aí iludido com a vida, tentando se encaixar num molde que foi feito exclusivamente para manter caras como ele, como *a gente*, de fora.

"Não sei o que você quer comigo, mas pode esquecer", digo, com uma voz cansada. "Tô fora, cara. Cansei desse seu drama. Me deixa em paz pra seguir em frente com a minha vida."

"Não posso fazer isso, mano. Ainda não." Ele inclina a cabeça. "Mas, se você me ajudar, eu vou embora. Você nunca mais vai precisar me ver. Pode me esquecer."

Droga. Puta merda.

"Você tá com algum problema", digo, categoricamente. Claro que está. Dá para ouvir na voz dele. Não é o *cara, tô enrolado, pode me ajudar* de sempre. Ele está com medo.

"Fiz uma cagada, tá legal? Eu tinha que fazer uma coisa pra um pessoal..."

"Uma coisa."

Kai revira os olhos, balançando a cabeça, exasperado. "Só estava levando um pequeno produto."

"Traficando, Kai." Imbecil. "Você quer dizer traficando. Qual é o seu problema?"

"Não é assim, mano. Eu devia um favor pra uns caras, e eles disseram que se eu pegasse um pacote num lugar e levasse pra outro, estava tudo resolvido. Coisa fácil."

"Mas?" A vida inteira de Kai é uma série de saídas fáceis, seguidas por uma sequência de "mas" que acabam mudando tudo. *Mas eu não sabia que tinha alguém em casa. Mas alguém me dedurou. Mas fiquei bêbado e perdi o dinheiro.*

"Fiz exatamente o que eles mandaram", protesta ele. "Peguei o pacote do moleque deles, levei até o lugar, deixei com um cara..."

"E agora eles estão dizendo que o cara não recebeu."

Kai chega a murchar, tão óbvia é a resposta. Porque qualquer um teria previsto isso — mas Kai nunca prevê essas coisas. "É por aí", murmura ele. "Não sei quem armou essa pra mim. Tem alguém tentando me foder, e não estou entendendo o motivo pra isso."

"O que você quer que eu faça? Se tá procurando um lugar pra se esconder, melhor continuar procurando. Não quero esse tipo de problema na minha vida. Divido a casa com outros caras."

"Não... não é nada desse tipo." Ele faz uma pausa, e o jeito como seus ombros desmoronam diz tudo. "Só tenho que pagar os caras, entendeu, ou eles vão arrumar outro jeito de compensar o prejuízo. Sei que a gente já falou disso, Con. Já entendi. Mas essas pessoas acham que roubei a parada deles."

Ele esfrega o rosto. Então, com olhos vermelhos e cheios de urgência, olha para mim, me implorando. Somos duas crianças de novo, fazendo um pacto num quarto escuro. Cortando a palma das mãos com um canivete.

"Conor, eles vão me matar ou coisa pior. Tenho certeza."

Filho da mãe. Sempre encontrando maneiras de se reduzir ao preço de um tijolo de cocaína ou a um envelope de comprimidos. Deixando um bando de aspirantes a Scarface controlar sua vida. Apontando uma arma para a própria cabeça e me dizendo que, se me preocupasse mesmo com ele, eu lhe daria mais balas.

Mesmo sem querer saber a resposta, faço a pergunta. "Quanto?"

"Dez mil."

"Porra, Kai." Não aguento mais ficar aqui parado. Levanto do banco e começo a andar de um lado para o outro, com o sangue fervendo de ansiedade. Daria uma surra nele, se isso fosse servir para alguma coisa.

"Olha só, eu sei."

"Filho da puta." Chuto uma lata de lixo, a raiva e o desespero borbulhando no meu intestino.

Nem sei por que estou tão nervoso. É Kai. Ele é ácido. Um ácido potente e corrosivo que destrói tudo o que toca. Depois que você se deixa tocar, ele penetra no osso. Abre um buraco em você.

"Não", digo por fim.

"Mano." Ele agarra meu braço, e o afasto com um movimento e um olhar de alerta para não repetir o gesto. "Você precisa me ajudar. Tô falando sério. Eles *vão* vir atrás de mim."

"Então foge, cara. Pega um ônibus pra Idaho ou pra Dakota do Norte e some. Não dou mais a mínima."

"Tá falando sério? Você vai deixar o melhor amigo na mão..."

"Não somos melhores amigos. Acho que nunca fomos." Balanço a cabeça algumas vezes. "Você que se meteu nessa, então vai arrumar uma saída, não quero ter nada a ver com isso."

"Desculpa, cara." Sua postura muda. Seu olhar se endurece. E agora me lembro por que tinha medo dele. "Não posso deixar você se safar tão fácil assim."

"Você não vai querer arrumar briga comigo", aviso, encarando-o.

Teve uma época em que eu era só um garoto magrelo de skate que o seguia pelo bairro. Essa época ficou para trás. Hoje em dia, posso levantar esse marginal e quebrar ao meio com o joelho. Melhor ele pensar bem antes de ter alguma ideia idiota.

"Desta vez, vou te deixar ir embora. Na próxima, as coisas podem ser diferentes."

"Que é isso, irmão." Ele mostra os dentes num sorriso triste. "Acho que você esqueceu que eu mando em você. Dez mil. Hoje."

"Você tá maluco. Não tenho esse dinheiro. Mesmo se tivesse, não te dava."

"Você arruma", diz ele, ainda determinado. "Pede pro seu padrasto."

"Vai se foder."

Kai dá um risinho. "Melhor mudar de ideia, Con. Se não conseguir o dinheiro, papai Max vai descobrir quem liberou o código do alarme da mansão e deixou invadirem a casa e destruírem tudo." Ele arqueia uma sobrancelha. "Ou então eu posso falar que foi *você* que roubou o dinheiro que estava faltando no escritório, que tal?"

"Você é um filho da puta, Kai, sabia disso?"

"Já falei, irmão. A gente pode facilitar as coisas... fala pro Max que você precisa do dinheiro pra alguma besteira. Inventa alguma coisa. Você me dá o dinheiro, e fica tudo bem. Deixo vocês em paz, e todo mundo fica feliz."

O que você não sabe quando é criança, e quando seus melhores amigos são o mundo todo, e todo dia é o primeiro e o último dia da sua vida, e tudo parece urgente e perigoso, e todos os pensamentos e as emoções são a erupção de uma força que colide com o planeta, é que o pior erro que você já cometeu vai sobreviver a tudo isso. Um breve e ofuscante momento de raiva se amplifica numa vida inteira de culpa e arrependimento.

O que mais odeio em Kai é que sou igual a ele. A única diferença é que ele é capaz de admitir.

Arrastando a mão trêmula pelo cabelo, mantenho o olhar fixo no horizonte e forço as palavras para fora da minha garganta seca e ardente.

"Vou te arrumar o dinheiro."

# 27

## TAYLOR

Virei uma daquelas garotas.

Conferindo o celular obsessivamente a cada cinco segundos e pulando com qualquer indício de vibração.

Reiniciando o aparelho, porque talvez esteja com algum defeito, e é por isso que não recebi uma resposta para minhas últimas três mensagens.

Mandando mensagens para mim mesma, para ter certeza de que não está com defeito, e então fazendo Sasha me mandar uma mensagem, porque não sei como telefones funcionam.

Me odiando com mais força à medida que vou caindo nessa espiral de desespero e autoaversão. Pendurada num galho acima de um poço de inseguranças.

Pois é, uma *dessas* garotas. Cada minuto que passa é mais um minuto para eu inventar um novo cenário em que ele está me traindo, desistindo de mim, rindo de mim. Eu me odeio. Ou melhor, odeio o que me tornei, por acreditar que um garoto poderia me fazer feliz.

"Me dá seu telefone." Sasha, que está sentada ao meu lado no chão do quarto dela com nossos livros espalhados entre nós, estende a mão e gesticula para mim. Com olhos frios e escuros, ela está com cara de que *tem duas horas que cansei desse papo*.

"Não."

"Agora, Taylor." Sim, ela já está de saco cheio disso, bem perto de *chega de palhaçada*.

"Vou guardar, tá legal?" Enfio o telefone depressa no bolso de trás e pego o caderno.

"Você já guardou seis vezes. Mas, estranhamente, ele não fica guardado." Ela levanta uma sobrancelha. "Se você pegar o celular mais uma vez, vou confiscar, tá me ouvindo?"

"Tô." E, pelos dez minutos seguintes, faço um esforço genuíno para fingir que estou estudando.

Vim para a casa Kappa esta tarde, quando minhas opções para me distrair acabaram. Conor não me escreveu quando voltou para Hastings da praia ontem. Tínhamos meio que combinado de encontrar uns amigos no Malone's, no sábado à noite, mas a tarde se transformou em noite, que se transformou em manhã, e ainda não tinha notícias dele.

Tentei escrever para ele de novo hoje. Duas vezes. Ele respondeu só com um "Desculpa, tô enrolado com uma coisa", e parou de falar comigo quando perguntei o que tinha acontecido.

Talvez, em outras circunstâncias, eu não ficasse tão preocupada, mas ele também saiu de mau humor da minha casa na quarta à noite. Na hora, achei que estivesse chateado por causa do telefonema de Kai. Mas então outra coisa me veio à cabeça: aquela noite foi o mais perto que chegamos de transar, e eu o rejeitei. Todas as vezes em que ficamos depois de Buffalo, tenho sempre deixado a gente ir um pouco mais longe, mas ele nunca tinha tentado iniciar uma relação sexual completa.

Até quarta à noite.

Na hora, ele me tranquilizou. Disse todas as coisas certas para me deixar à vontade. Mas, em retrospecto, fico me perguntando se foi só para eu fazê-lo gozar. Porque, uma vez que ele conseguiu isso, foi embora.

Solto um suspiro trêmulo.

"O quê?" Sasha empurra o caderno de lado e me questiona com olhos preocupados. "Você não para de remoer uma coisa nessa sua cabeça, garota. Fala logo o que é."

"Talvez seja..." Meus dentes cravam meu lábio inferior. "Talvez seja só o que todo mundo estava prevendo mesmo?"

Ela hesita em responder.

"Na noite que a gente se conheceu, ele me disse que não namorava. Que não ficava com ninguém mais que algumas semanas." Ignoro o aperto em meu coração. "Já praticamente ultrapassamos esse prazo."

O olhar dela se suaviza. "É isso que você está mesmo pensando?"

"Acho que ele cansou de boquete e, a esta altura, me trocaria por oito segundos de papai e mamãe com um lençol no meio."

Sasha faz uma careta. "Obrigada pela imagem mental."

Engulo em seco o amargor na garganta. "Não seria o primeiro cara a largar uma menina por falta de sexo."

"Nunca ouvi falar de um cara que tenha largado alguém por excesso de boquete", ressalta ela.

O que nos traz de volta à questão da monogamia. "Talvez não sejam os boquetes, mas quem está fazendo..."

"Taylor. Acho que você vai ficar maluca tentando imaginar o que tá acontecendo na cabeça dele", diz ela.

"Bem, eu não precisaria imaginar se ele respondesse minhas mensagens."

"Escuta." Sasha tenta mascarar o tom de frustração com outro mais reconfortante, mas soa apenas impaciente. Está até tentando, mas oferecer consolo não é a praia dela. "Não conheço Conor, então não posso falar por ele, mas vou dizer uma coisa: se você achasse mesmo que ele era um cara assim, não estaria nem desperdiçando seu tempo. Então isso me diz que talvez tenha alguma coisa acontecendo."

"O que, por exemplo?"

"Não sei, talvez ele esteja menstruado. A questão é que, qualquer que seja o problema, não é você. Essa não é a primeira coisa com que você devia se preocupar."

"Não?"

"Não, amor. Acho que ele é louco por você desde o momento em que começaram a namorar de mentirinha. Então, ou ele está resolvendo alguma merda, ou é um babaca. E, se for a segunda opção, sorte sua se livrar dele. Então para de se estressar. Vocês vão se falar de novo, aí você vai poder se decidir. Até lá, deixa tudo como está. Você precisa começar a pensar em si mesma, Taylor. Ninguém mais pode fazer isso por você."

Ela não deixa de ter razão. Presumir que fiz algo de errado, que não sou boa o suficiente, é sempre a primeira coisa que penso. É isso que acontece quando você é intimidada e humilhada quando criança.

Por outro lado, não sei como ser tão desencanada quanto Sasha. Não sei como impedir as coisas de me afetarem. Como desligar a parte do meu cérebro que me deixa assim.

Ela não tem ideia do quanto passei a gostar dele, por mais que tenha tentado não deixar isso acontecer. Não sabe das diversas maneiras como ele se entranhou nas camadas da minha vida. Não dá pra destingir um tecido, droga. Términos de namoro são destrutivos, e é impossível simplesmente arrancar alguém da sua existência. Sempre fica uma mancha para trás, uma mancha que nunca te deixa.

De verdade, eu esperava evitar que Conor se tornasse uma dessas manchas.

"Dito isso", anuncia ela, levantando-se para pegar a chave do carro na mesa de cabeceira. "Se ele te sacanear e você quiser botar fogo no carro dele ou sabotar os patins pra ele torcer o tornozelo, pode contar comigo, amiga."

Um sorriso se desenha nos meus lábios. Adoro essa menina. Sasha é quem eu quero ter ao meu lado, com uma pá na mão, debaixo da chuva, enquanto enterramos o corpo.

"Anda, sua bestalhona." Ela mostra a língua para mim. "A gente pode passar na frente da casa dele, no caminho do bar."

Para uma noite de domingo, o Malone's está lotado. Está tendo um campeonato de dardos e, há alguns minutos, a casa Sigma Phi chegou em peso, depois de obviamente já ter feito um aquecimento em alguma outra festa. Sasha já teve que afastar três bêbados de olhos embaçados, rebatendo cantadas patéticas feito uma Mulher Maravilha que se defende de tiros com suas pulseiras douradas.

"Me explica de novo por que a gente tá aqui", grito, por sobre o grupo de caras cantando "vira, vira, vira!", numa mesa perto de nós.

Sasha empurra outro Malibu com abacaxi para mim e brinda comigo. "Você tá precisando de uma overdose de pênis."

"Acho que não é esse o meu problema." Desanimada, chupo pelo canudinho quase o drinque inteiro, num longo gole, depois recosto no balcão e fico observando as pessoas.

"Então, você tá errada." Ela vira a sua vodca com Red Bull. "Estudos científicos comprovam que, quando um homem bagunça a sua cabeça, apenas quantidades significativas de pau e álcool podem curar o dano."

"Vou precisar ver uma revisão técnica desses dados."

Sasha me mostra o dedo médio.

"Cheguei bem na hora." Um cara alto com uma camiseta do time de basquete da Briar aparece na nossa frente. Está exibindo um sorriso de comercial de pasta de dente e covinhas de modelo.

Acho que Sasha não se sente totalmente repelida por ele, porque morde a isca. "Na hora de quê?"

"Vocês duas estão precisando de outra bebida." Ele acena para nossos copos quase vazios e chama o barman. "Mais uma bebida para cada uma delas, e uma cuba libre pra mim, por favor. Obrigado."

Vejo que Sasha estreita os olhos pensativamente para o *por favor* e o *obrigado*. Acho que uma das coisas mais importantes a respeito de Sasha Lennox é que, quando era criança, sua melhor amiga era a bisavó por parte de pai, que, ao longo da vida, foi carteira do Exército na Segunda Guerra Mundial, professora de presidiários e freira católica. Ou seja, meninos educados têm meio caminho andado com Sasha, só por causa das boas maneiras.

"Sou Eric", ele nos diz, mostrando os dentes bem cuidados para Sasha.

"Sasha", diz ela, tímida. "Esta é Taylor. Ela ia adorar conhecer qualquer amigo alto, moreno e bonito que você tiver por aí."

Lanço um olhar cheio de significado para ela, que me ignora. Sasha está muito ocupada se afogando nas profundezas das... boas maneiras de Eric. Ele manda um sinal verde para os amigos que estão sentados numa mesa do outro lado do bar, e os dois se aproximam, trazendo suas cervejas. Eles se chamam Joel e Danny, e nós cinco começamos a conversar, animados. Sasha e eu precisamos olhar para cima para encontrar os rostos dos arranha-céus que a Briar tem convocado para jogar basquete ultimamente.

Quando Danny se aproxima um pouco mais de mim, Sasha enfia as unhas no meu braço, como que para me dizer que não vai me deixar fugir. Eu a puxo para um canto, para ter um pouco mais de privacidade.

"Tenho namorado", lembro a ela. Sasha ergue uma sobrancelha, sarcástica. "Acho."

"Você não precisa ir pra cama com eles", responde ela. "Só sorrir, ser simpática e beber. Um pouco de flerte inofensivo não mata ninguém."

"Se eu visse Conor flertando com outra garota..."

"Mas você não está vendo Conor de jeito nenhum, porque ele não responde as suas mensagens. Então finja que você tá viva por algumas horas e se divirta", diz ela, me dando um shot, depois que Danny insiste em pedir tequila para todo mundo.

"Ao basquete", Sasha levanta o copo.

"À Kappa Chi", responde Eric.

"Ao hóquei", murmuro baixinho.

Depois que viramos as bebidas, Sasha pega o telefone e tira uma selfie do grupo.

"Pronto", cantarola ela.

"O quê?"

Ela corta a imagem e acrescenta um filtro, antes de postar com várias hashtags.

#noitedasgarotas #kappachi #briaru #atletasgatos #grandalhões

"Quero ver Conor ignorar isso", ela diz, com um sorriso.

O problema é que não quero vingança. Não quero fazer ciúme nem lembrá-lo do que está perdendo. Só quero entender o que mudou.

Mais tarde, quando chego em casa, ao deitar na cama tentando me convencer a não escrever para Conor de novo, percebo que não vi uma mensagem dele, de hoje mais cedo.

ELE: *Desculpa. Falo com você amanhã. Boa noite.*

De alguma forma, isso é pior do que nenhuma resposta.

# 28

**CONOR**

Um psicólogo classificaria meu comportamento da última semana como destrutivo. Ou pelo menos foi disso que a namorada de Hunter me acusou, e Demi está a meio caminho de ser uma psicóloga, então a palavra dela vale. Parece que ela encontrou Taylor no campus hoje mais cedo, o que a fez me mandar uma mensagem mais ou menos assim: "Que merda você fez com ela???".

O que significa que também consegui destruir o que tinha com Taylor. Nada além do que eu esperava que fosse acontecer. Exatamente o que eu mereço. Não dá pra continuar borrifando perfume na pilha de merda e fingir que não está fedendo.

Quis ligar para ela. Fui até o prédio dela depois da praia, no fim de semana passado, mas não consegui subir. Não ia conseguir mentir de novo na cara dela e dizer que está tudo bem. Prefiro que ela ache que sou só mais um imbecil do que saiba o que realmente sou.

Nós nos vimos algumas vezes desde então, tomamos café entre uma aula e outra no campus, mas evitei a casa dela e não a convidei para a minha. Um café já é constrangimento suficiente, uma hora inteira em que não consigo pensar em nada para dizer, e ela fica com medo de eu fugir. E toda mensagem que ela me manda perguntando o que aconteceu é uma facada um pouco mais fundo.

Se eu fosse uma pessoa melhor, diria a verdade. Explicaria tudo e a deixaria me olhar com aqueles olhos turquesa lindos, cheios de indignação e nojo. Deixaria me chamar de patético e fracassado, e a veria finalmente entender o que fui otário demais para explicar: que ela merece coisa melhor.

TAYLOR: *Quer vir aqui em casa hoje de noite?*

Mas sou um covarde. Continuo dizendo a mim mesmo que, assim que me livrar de Kai, as coisas vão poder voltar ao normal entre a gente. Vou inventar uma desculpa, e ela vai me perdoar com alguma relutância, e então vou poder passar um mês conquistando-a de volta.

Só que, toda vez que vejo o ponto de interrogação no final das mensagens dela, fica mais difícil imaginar a possibilidade de encará-la de novo.

Meu celular pisca com outra mensagem. Desta vez, é de Kai.

KAI: *Seu tempo tá passando...*

Viro o telefone para não precisar ver a tela. É segunda de manhã, e eu não deveria estar na cama. Minha aula de filosofia começa em menos de uma hora. Como estou filosofando bastante na minha cabeça, talvez seja melhor nem ir. Introspecção demais não pode fazer bem à alma.

Olho para o teto do quarto e respiro fundo. Então me levanto da cama e me obrigo a me vestir.

Meu telefone vibra de novo, e finjo não ver. Ou é Taylor, ou é Kai. Ou talvez minha mãe.

Neste momento, a única pessoa além de Taylor que me dói mais decepcionar é minha mãe. Não posso ligar para ela pedindo esse dinheiro todo. Achei que teria coragem de falar direto com Max, inventar uma história sobre um colega de time que se meteu em confusão e não querer preocupar minha mãe com isso. Ou podia dizer que bati no carro de alguém. Mas aí imaginei a cara que ele ia fazer.

Pedir dinheiro seria só mais uma confirmação do que ele sempre achou de mim: que sou um lixo, sempre vou ser, e que dinheiro nenhum, distância nenhuma nem educação nenhuma mudaria isso.

Então não tenho escolha. Depois da aula, apareço na casa de Hunter e digo a ele que a gente precisa conversar.

No sofá ao seu lado, Demi me lança um olhar mortal. Interrompi algum documentário sobre crimes na TV, mas sei que não é por isso que ela está me encarando.

"Não conta pra Taylor que estou aqui", peço a ela, com a voz rouca. "Por favor."

Ela inspira fundo e revira os olhos. "Não vou te dizer o que fazer..."

"Ótimo", respondo, então dou as costas para ela e caminho até a cozinha, onde pego uma cerveja na geladeira.

"Mas você também não devia enganá-la", Demi termina no instante em que reapareço na sala de estar.

Engulo o nó na garganta. "Não estou enganando ninguém."

"Ela sabe disso?"

Imagino que seja uma pergunta retórica e, se não for, não importa. Não vim aqui para conversar com Demi sobre Taylor.

Dou um longo gole na cerveja e aceno para um Hunter muito desconfortável. "A gente pode conversar no seu quarto?"

"Tá bom."

"Eu *gosto* de Taylor!", grita Demi, enquanto sigo Hunter até a porta dele. "Vê se toma jeito e resolve as coisas com ela, Conor Edwards."

"Desculpa", diz Hunter, meio sem graça, enquanto sua namorada continua me repreendendo, embora eu já tenha saído da sala.

Hunter se recosta na escrivaninha do quarto, enquanto eu me apoio contra a porta e fico mexendo no rótulo da minha garrafa. Ele me conhece bem o suficiente para entender que aconteceu alguma coisa. Hunter é meu melhor amigo no time. Quer dizer, acho que poderia dizer que é meu melhor amigo em geral. Há uma semana, Taylor estava nesse mesmo patamar.

"O que está acontecendo?", pergunta ele, me observando em busca de alguma pista. "É sobre você e Taylor?"

"Não exatamente."

"O que aconteceu com vocês? Demi fica me perguntando se vocês terminaram, e não sei o que dizer a ela além de cuidar da própria vida, mas você conhece a garota. É capaz de arrancar minhas bolas antes de me deixar dizer a ela o que fazer."

"Não, não terminamos." Embora esteja ficando difícil ver a diferença. "Não tem nada a ver com Taylor. É, humm...", eu paro, de repente, me sentindo um idiota.

Isso é mais difícil do que eu pensava. Hunter é a minha única saída.

A família dele é cheia da grana — do tipo que faz a mansão de Max parecer a edícula do caseiro —, e ele tem acesso a dinheiro.

No caminho inteiro até aqui, achei que era capaz de dar uma de descolado, casual. *Ei, cara, me empresta uma grana. Nada de mais.* Mas isso dói. Acho que nunca me senti tão humilhado na vida, tão completamente desmoralizado. Mas não tenho escolha. É isso, ou deixar Kai contar para Max o que eu fiz.

E não posso fazer isso com a minha mãe.

"Con. Você tá me assustando. O que está acontecendo?"

Me afasto da porta, pois preciso manter os pés em movimento, como se eles estivessem fazendo meu cérebro funcionar. "Olha, vou ser sincero com você. Preciso de dez mil dólares e não posso explicar por quê. Prometo que não me meti em nenhum empréstimo maluco nem tô mexendo com drogas nem nada assim. É só um problema que tenho que resolver, e não posso pedir pra minha família. Não pediria pra você se tivesse outra escolha." Então sento na beirada da cama dele e arrasto as mãos pelo cabelo. "Prometo que vou te pagar de volta. Para ser sincero, provavelmente vai demorar, mas vou devolver cada centavo, nem que leve a vida inteira."

"Certo." Hunter olha para o chão. Ele está meio que assentindo, como se houvesse um atraso entre as palavras que saem da minha boca e o ouvido dele. "E você não matou ninguém."

Ele está encarando isso melhor do que eu esperava.

"Juro que não."

"E você não vai fugir do país", diz ele. "Vai?"

Não vou mentir — a ideia passou pela minha cabeça. Mas não. "Não vou a lugar nenhum."

Ele encolhe os ombros. "Certo."

Antes que eu possa piscar, Hunter revira uma gaveta da escrivaninha em busca de um talão de cheque. Fico ali sentado, atordoado, enquanto ele preenche uma folha. "Aqui."

E, como se não fosse nada demais, ele me entrega. Dez mil. Quatro zeros.

Sou tão idiota.

"Não posso nem te explicar o quanto você me salvou." A sensação de alívio é instantânea, e a de remorso, ainda mais rápida. Eu me odeio por isso. Mas não o suficiente para não dobrar o cheque e guardar na minha carteira. "Desculpa mesmo. Você..."

"Con, tá tudo bem. Somos colegas de time. Pode contar comigo sempre."

A emoção aperta a minha garganta. Cara, não mereço isso. Só acabei aqui totalmente por acaso. Na Briar, neste time. Enfiei na cabeça que tinha que sair de Los Angeles e, com dois telefonemas, Max arrumou uma vaga para mim na sua antiga universidade.

Não fiz nada para ganhar uma vaga num time de primeira divisão nem a amizade de caras como Hunter Davenport. Alguém estava devendo um favor a alguém, e entrei no time como aluno de terceiro ano. Sou um jogador de hóquei razoável, muito bom às vezes. Em raríssimas ocasiões, muito bom. Mas quantos outros caras eram muito bons, só que não tinham contatos? Tenho certeza de que havia alguém que merecia mais, alguém que não vem pedir aos amigos para pagar o cara que o está chanteageando porque ele roubou a própria família.

Essa é a dificuldade de fugir de si mesmo — você nunca escapa de verdade do problema.

Deixo a casa de Hunter e saio dirigindo. Não tenho um lugar em mente e acabo na praia, sentado na areia, observando as ondas. Fecho os olhos para o pôr do sol às minhas costas e ouço o som que me salvou uma vez. O som que sempre me centra, me conecta com a coisa que chamamos de alma, consciência. Mas o oceano não está me ajudando esta noite.

Dirijo de volta até Hastings e espero por uma voz dentro de mim que me ofereça uma escolha melhor, a escolha certa, mas estou sozinho na minha cabeça.

De alguma forma, me vejo diante do prédio de Taylor. Paro o carro e fico sentado por quase uma hora, vendo as mensagens aparecerem na tela do meu celular.

TAYLOR: *Jantando.*
TAYLOR: *Indo pra cama cedo.*
TAYLOR: *Te vejo amanhã no almoço?*

Abro o porta-luvas e remexo lá dentro até encontrar a latinha que Foster deixou ali na outra noite. Pego o baseado já apertado e o isqueiro do carro. Acendo e exalo uma nuvem de fumaça pela janela aberta. Conhecendo a minha sorte, vai aparecer um policial neste exato momento, mas não estou nem aí. Meus nervos precisam de algum alívio.

KAI: *Já arrumou a grana?*
KAI: *Passa pra cá*

Dou outra tragada profunda, sopro mais uma nuvem de fumaça. Meus pensamentos começam a se afastar de mim, quase desenvolvendo seus próprios pensamentos. Mergulhei tão fundo na minha cabeça que não sei como sair. Vira e mexe, aparecem histórias de gente que quase morreu contando que viu a vida toda passar diante dos olhos, e aqui estou eu, vivendo e respirando, mas o mesmo fenômeno surreal está acontecendo comigo.

*Ou talvez você esteja só muito chapado, cara.* É, talvez seja isso.

Chega outra mensagem.

KAI: *Não me testa, mano*

É quase engraçado, né? Você vê um garoto do outro lado da rua. Senta perto dele na escola. Irrita os vizinhos fazendo manobras de skate no meio da rua. Quebra o nariz e rala o cotovelo. Aí vocês aprendem a segurar um baseado, a tragar. Desafiam um ao outro a falar com aquela garota bonita de piercing no lábio. Colocam piercing um no outro na escadaria atrás do auditório da escola. Escondem garrafa de cerveja dentro da calça na lojinha do posto. Pulam cercas de arame farpado e se esgueiram por janelas cobertas com tábuas. Exploram as catacumbas de uma cidade decadente, shoppings escuros e abandonados, com chafarizes secos, mas telhados que estão sempre pingando. Andam de skate nas carcaças vazias de lojas abandonadas. Aprendem a grafitar. Aprendem a grafitar melhor. Apanham nos fundos da loja de bebidas. Roubam carro pra se divertir. Fogem da polícia e pulam cercas.

Dou outra tragada no baseado, e mais uma, e minha infância inteira passa na minha mente. Poucas coisas nos influenciam mais que nossos amigos. A família, claro. A família fode a gente em dobro. Mas os amigos, a gente coleciona como tijolos e pregos e paredes. Eles são as peças do projeto, mas o projeto está em constante alteração. Estamos todos decidindo quem devemos ser, escolhendo, mudando, nos tornando quem somos. Amigos são as qualidades que queremos absorver. O que queremos ser.

Expiro uma nuvem de fumaça. O problema é que esquecemos que nossos amigos têm seus próprios projetos. Que somos apenas peças no projeto *deles*. Estamos sempre nos desencontrando. Eles têm as próprias famílias. Suas próprias formas de foder suas mentes em dobro. Irmãos que os apresentaram ao primeiro baseado, ao primeiro gole de cerveja.

Olhando para trás, é óbvio que Kai e eu terminaríamos assim. Porque uma parte de mim precisava dele, queria ser como ele. Mas aí veio a hora da verdade — aquele instinto de sobrevivência que faz alguns de nós ficarmos com medo de altura e outros pularem do avião. Para mim, foi o limite, como uma reação de lutar ou fugir. Uma percepção instintiva de que Kai me levaria à morte, se eu deixasse.

Então fugi e mudei de vida — por um tempo. Mas talvez as pessoas não sejam capazes de mudar depois que a fundação já foi construída. Talvez Kai e eu estivéssemos sempre destinados a ser a destruição um do outro. Neste momento, estou com medo de altura, e ele parou de usar paraquedas. Está na porta do avião, e estou com uma das mãos na camisa dele e, assim que eu soltar, ele vai cair. Só que ele está me puxando junto, e nós dois despencamos.

Jogo o baseado pela janela e pego o telefone.

EU: *Sexta à noite. Eu te encontro.*
KAI: *Até sexta*

Não sei o que acontece depois disso ou como saio dali. Se as coisas com Hunter vão mudar. O que vai acontecer quando eu voltar para a Califórnia e dormir naquela casa e tiver que olhar minha mãe nos olhos.

Até aí, já dei meu jeito da última vez, então talvez eu devesse parar de fingir para mim mesmo que não sei mentir e admitir que a culpa vai durar para sempre. Talvez eu devesse parar de me enganar pensando que, se me sinto mal, significa que não sou tão defeituoso assim. Merda, talvez eu devesse parar de me sentir mal e cair na indiferença. Aceitar que não sou, nem nunca fui, uma pessoa boa.

Quando chego em casa, subo até o meu quarto e escrevo para Taylor cancelando o almoço de amanhã.

E do dia seguinte.

Porque evitar é mais fácil.

# 29

### TAYLOR

Tinha esquecido a chatice anual que é o Evento de Gala da Primavera. Na sexta de manhã, acordo atrasada e tenho que sair às pressas de casa. Daí pra frente, é como se o dia passasse em velocidade acelerada.

Derrubo café em mim enquanto corro para a aula. Não trouxe o caderno certo. Prova surpresa. Me arrasto para a outra aula. A máquina de salgadinhos engole a minha nota. Passo **fome**. **Corro** até a casa **Kappa** para encontrar Sasha. Corremos para o salão; está **tudo** uma hora atrasado por lá. Almoçamos na sala de espera. A cabeleireira faz **nossos** cabelos. Voltamos para a casa Kappa. Ela faz minha maquiagem, **enquanto** faço as unhas dela. Ela faz a própria maquiagem, enquanto passo nossos vestidos. E por fim... desmaio no chão até Abigail começar a marchar pela casa gritando que a equipe de instalação precisa de ajuda no local da festa.

Agora Sasha e eu estamos no salão de festas, ligando o laptop dela ao sistema de som. Os grampos caem das nossas cabeças, enquanto nos rastejamos pelo chão de moletom antes de voltar correndo para a casa Kappa, para tomar um banho de lenço umedecido e colocar os vestidos.

"Não tem nenhuma caloura pra fazer isso pra gente?", resmunga Sasha, enquanto carregamos mais uma caixa de som gigante, porque o carrinho está com um dos pneus furados.

"Acho que as calouras estão dobrando guardanapos na cozinha."

"É sério?", pergunta ela. Colocamos a caixa de som no lugar e paramos um instante para recuperar o fôlego. "Merda, vou sentar a bunda e fazer um pouco de origami. Chama aquela garota do time de lacrosse pra carregar uns dois desses nas costas."

"Você não falou para a Charlotte que não queria ninguém botando as patas no seu equipamento?"

"É, falei, mas não tava falando das coisas pesadas."

Abro um sorriso. "Anda. Só falta um. Aí eu trago os cabos, enquanto você confere o som."

Sasha inspira fundo e seca o suor do cabelo com o suéter. "Você é uma pessoa boa, Marsh."

Enquanto estamos carregando o equipamento de som, um rosto conhecido aparece na nossa frente. É Eric, o jogador de basquete do Malone's, carregando seis caixas grandes de donuts. Colocamos a caixa de som no lugar e o encontramos na cabine de DJ de Sasha com olhos famintos.

"Estão servidas?", pergunta ele, animado.

"Ai, meu Deus, você é o melhor." Sasha enfia um donut na boca e pega mais dois. "Obrigada", murmura ela, com a boca cheia.

Como um enxame de gafanhotos, as outras meninas atacam os donuts. Está todo mundo sobrevivendo à base de suco verde e cenoura há uma semana ou mais, para caber nos vestidos apertados.

"Tenho que correr para a cidade para pegar meu smoking", Eric diz a Sasha, enquanto ela lambe os dedos. "Só achei que vocês podiam estar precisando de uma dose de açúcar no sangue."

"Obrigada. Muito gentil da sua parte."

"É mesmo", concordo.

As caixas esvaziam assim que são abertas. Não sobra nem um pinguinho de geleia, depois que as meninas voltam para suas tarefas.

Olho ao redor do salão imenso, aprovando o que vejo. Sim. O lugar está começando a ficar mais ou menos apresentável. Mesas arrumadas. Cartazes e decorações penduradas. Acho que vamos dar conta.

"Encontro você aqui às oito?", Sasha pergunta a Eric.

"Sim, senhora. Até mais." Ele lhe dá um beijo na bochecha e me dá um tchau, antes de ir embora.

Minha cabeça gira na direção dela. "Humm. Não sabia que você vinha acompanhada", eu a acuso.

Ela dá de ombros. "Ia vir sozinha de novo, mas assim tenho alguém pra me trazer uma bebida enquanto fico de DJ."

Enfiamos as caixas vazias de donut numa lata de lixo e saímos em busca do tal cooler que deveria ter uma garrafa d'água para cada uma de nós. Primeiro, tentamos a cozinha, onde oito calouras estão sentadas no escuro em meio a pilhas de guardanapos de pano branco, cansadas e curvadas. O lugar parece uma fábrica clandestina, e nos afastamos em silêncio. Tenho medo de calouras.

"E o Conor?", pergunta ela, enquanto caminhamos por mais um corredor.

*E o Conor...* Parece que, desde que o conheci, essa pergunta me consumiu pouco a pouco todo dia. Estamos num constante estado de incerteza.

"Não sei", respondo, com honestidade. "Ele cancelou nossos planos nos últimos dois dias."

Uma carranca estraga seus lábios perfeitos. "Você conseguiu falar com ele?"

"Um pouco. Principalmente por mensagem, e ele não fala muito. Só que tá enrolado, lidando com alguma coisa etc. etc. E, claro, sempre pede desculpa."

"Ele não iria... simplesmente dar bolo hoje, né?" Sasha me observa de perto, como se estivesse monitorando algum sinal de que eu possa cair numa crise de raiva ou entrar num colapso nervoso completo.

"De jeito nenhum", digo, com firmeza. "Ele nunca faria isso."

"Ei, Taylor." Olivia chega pela porta dos fundos. "Você deixou isso lá fora. Estava vibrando."

Pego meu telefone, e um alívio me invade quando vejo que tem uma chamada perdida de Conor. Finalmente. Preciso saber se ele vai me buscar ou me encontrar aqui.

"Falando no diabo", diz Sasha.

Estou prestes a ligar de volta, quando chega uma mensagem.

CONOR: *Não vou poder ir à festa hoje*

Olho para a tela. Então digito uma resposta com os polegares trêmulos.

EU: *Não tem graça.*

ELE: *Desculpa*

"Qual o problema?"

Tento ligar para ele.

Cai direto na caixa postal.

"Ele não fez isso", diz Sasha, a voz sombria **enquanto** lê a minha expressão.

Eu a ignoro. Ligo para ele de novo.

Direto na caixa postal.

EU: *Fala comigo*

EU: *O que tá acontecendo?*

EU: *Vai se foder, Conor*

Giro o braço para arremessar o telefone do outro lado do salão, mas Sasha pega meu pulso antes que eu consiga completar o movimento. Ela toma o telefone da minha mão e me crava um olhar severo.

"Não vamos tomar decisões precipitadas", aconselha, antes de me puxar até o banheiro, do outro lado do corredor. "Fala comigo. O que ele disse?"

"Ele não vem. Não explicou por quê. Só pediu desculpa de novo", digo, fervendo de raiva, segurando a beirada da pia para não dar um soco no espelho. "Enfim, quem ele pensa que é? Ele não acabou de decidir isso, não é possível. Tá me dando bolo a semana inteira. O que significa que *sabia* que não ia vir. Ele podia ter me falado! Em vez disso, esperou até o último segundo para enfiar a faca."

Em vez de esmurrar o espelho, solto um grito e dou um soco na porta da cabine. Não é tão satisfatório, pois a porta simplesmente se abre. E dói, mas pelo menos não cortei os dedos.

"Tá, She-Ra, fica calma." Sasha me encurrala num canto com as mãos para cima, como se estivesse domando um rinoceronte irritado. "Você acha mesmo que ele tá fazendo isso pra te magoar?"

Me afasto dela. Não consigo ficar parada. "E existe outra explicação? No mínimo é tudo um plano elaborado que ele tinha contra mim. Talvez eu fosse o desafio desde o início. Alguma aposta com os colegas do time. Agora o jogo acabou, e eles estão todos rindo de mim. Pobre garota gorda e patética."

"Ei." Sasha para na minha frente para deter minha passada furiosa. "Cala a boca. Você não é patética, e não tem nada de errado com a sua personalidade ou com o seu corpo. Você é bonita, engraçada, gentil e inteligente. Se Conor Edwards tem problema na cabeça, não é culpa sua. Quem tá perdendo é ele."

Não consigo ouvi-la. Não de verdade. Tem uma bola branca de raiva no meu intestino e, a cada segundo que passo sem uma resposta, ela vai ficando maior.

"Preciso pegar seu carro emprestado", digo de repente, estendendo a mão.

"Acho que você não está em condições de dirigir agora..."

"Me dá a chave. *Por favor.*"

Sasha suspira e me entrega a chave.

"Obrigada." Saio pela porta do banheiro como se minha bunda estivesse pegando fogo, com Sasha logo atrás.

"Taylor, espera", ela me chama, preocupada.

Em vez de esperar, me apresso pelo corredor em direção à entrada do salão. Ando tão depressa que, quando faço a curva, esbarro numa colega de irmandade. Tem meia dúzia de Kappas à toa na entrada, com mais uns caras da Sigma carregando cadeiras.

A morena com que acabei de trombar tropeça para a frente. Com seu cabelo comprido cobrindo os olhos, levo um segundo para perceber que é Rebecca.

"Merda, desculpa", digo a ela. "Não te vi aí."

Recuperando o equilíbrio, ela baixa o rosto assim que ouve o som da minha voz. Já estou irritada por causa de Conor, e a carranca de Rebecca desencadeia outro acesso de ira.

"Pelo amor de Deus", exclamo para ela. "A gente se beijou no primeiro ano, e você apalpou meu peito, Rebecca. Esquece isso."

"Miau", gargalha Jules, que está de pé a poucos metros de distância e conseguiu me ouvir.

"Cala a boca, Jules", digo para ela, passando por ela e pelo namorado idiota de Abigail, deixando-os de olhos arregalados atrás de mim.

Sasha me alcança quando estou abrindo uma das portas duplas da entrada.

"*Taylor*", ordena ela. "Para."

Eu me forço a parar. "Que foi?", pergunto.

Com o rosto preocupado, ela toca meu braço e me dá um abraço de leve. "Homem nenhum vale o seu amor-próprio, tá legal? Não esquece disso. E põe o cinto de segurança."

# 30

**TAYLOR**

O Jeep de Conor está estacionado na calçada quando chego à casa dele. Foster atende a porta, e dá um sorrisão bobo quando me vê. Ele me deixa entrar sem fazer nenhuma pergunta, dizendo que Conor está no quarto dele. Por um momento, penso em interrogar Foster. Aposto que, entre os amigos de Conor, o mais propenso a liberar alguma informação em troca de ver um decote seria ele. Agora, no entanto, só quero colocar Conor contra a parede.

Entro no quarto dele e o encontro sozinho. Acho que parte de mim esperava que houvesse uma mulher nua e magra na sua cama, mas, em vez disso, é só ele, vestido como se estivesse prestes a sair.

Ele nem parece surpreso em me ver. Decepcionado, talvez. "Não posso falar agora, T", diz, com um suspiro.

"Bem, vai ter que falar."

Ele tenta abrir a porta do quarto atrás de mim, mas fico na frente. "Taylor, por favor. Não tenho tempo pra isso. Preciso sair." Sua voz é fria, indiferente. Ele não me olha. Acho que queria que ele ficasse irritado, com raiva. Isso é pior.

"Você me deve uma explicação. Dar bolo num jantar é uma coisa, mas o Evento de Gala da Primavera era importante pra mim." Meus olhos estão ardendo. Engulo em seco. "E você ainda tá me dando bolo horas antes da festa? Que coisa mais fria, mesmo comparado ao que você tem feito ultimamente."

"Já pedi desculpas."

"Tô cansada de desculpas. Parece que a gente terminou, só que você esqueceu de me contar. Que droga, Con, se acabou", gesticulo, apontando para mim e para ele, "é só falar. Acho que pelo menos isso eu mereço."

Ele se afasta de mim, passando as mãos pelos cabelos e murmurando algo baixinho.

"O que foi? Fala logo", ordeno. "Eu tô bem aqui."

"Não tem nada a ver com você, tá legal?"

"Então o que é? Só fala o que é." Fico exasperada. Não entendo o que ele ganha com esse mistério todo, além de me deixar louca. "O que tem de tão importante pra você me abandonar hoje?"

"Só tenho que fazer uma coisa." Sua voz transparece a frustração. As feições marcadas no rosto e os ombros mais tensos que já vi. "Queria não ter, mas é a vida."

"Isso não é resposta!", digo, também frustrada.

"É a que eu tenho pra te oferecer." Ele passa por mim e pega o casaco pendurado na cadeira. "Tenho que sair. Você precisa ir embora."

Quando ele puxa o casaco, a peça fica presa no apoio de braço da cadeira, e um envelope branco e grosso, do tamanho de um tijolo, cai de um dos bolsos, espalhando no chão vários bolinhos de notas de vinte dólares amarradas com elástico.

Ficamos os dois observando o dinheiro em silêncio, até que Conor pega os bolinhos de notas e começa a enfiar de volta no envelope.

"O que você tá fazendo com todo esse dinheiro?", pergunto, cautelosa.

"Não importa", murmura ele, enfiando o envelope no bolso do casaco. "Tenho que ir."

"Nada disso." Fecho a porta e me jogo contra ela. "Ninguém anda por aí com esse dinheiro todo a menos que esteja envolvido em alguma coisa esquisita. Não vou deixar você sair por esta porta até me dizer o que tá acontecendo. Se você está com algum problema, me deixa te ajudar."

"Você não vai entender", diz ele. "Por favor, sai da minha frente."

"Não posso. Não até você me falar a verdade."

"Merda", grita ele, puxando os cabelos. "Me deixa sair. Não quero te envolver nisso, T. Por que você tá dificultando tanto?"

Sua máscara finalmente cai. Lá se vai o olhar indiferente e distante que ele ostentou a semana inteira, enquanto fazia o possível para esconder sua angústia interior. Agora, tudo o que vejo é dor e desespero. Essa coisa o está corroendo por dentro, e ele parece exausto.

"Você não entendeu?", digo. "Me preocupo com você. Por que mais seria?"

Conor parece murchar. Ele se joga na beirada da cama e deixa a cabeça cair nas mãos. Fica quieto por tanto tempo, que acho que desistiu.

Mas enfim ele fala.

"Em maio do ano passado, lá na Califórnia, Kai me procurou um dia — tinha semanas que eu não o via — e disse que tava precisando de dinheiro. Tipo, muito dinheiro. Tinha se enrolado com um traficante de drogas e precisava pagar uma grana ou o cara ia acabar com ele. Falei que eu não tinha tanto dinheiro. Ele então falou, sabe como é, pede pro Max." Conor levanta os olhos, como se estivesse checando para ver se me lembro do que ele falou sobre seu relacionamento com o padrasto.

Eu assinto, com um gesto lento.

"Certo, então eu falei que não, não posso fazer isso. Kai ficou chateado, tipo, vai se foder, achei que a gente era amigo, toda aquela merda, mas não insistiu muito. Só falou que ia encontrar outro jeito e foi embora. Na época, achei que ele tava exagerando o tipo de problema em que tinha se metido, que talvez só quisesse um telefone novo ou alguma merda assim e pensou que eu podia entrar num cofre de ouro gigante e pegar o que quisesse."

Conor respira fundo e esfrega o rosto. Como se estivesse juntando energia.

"Então, acho que umas duas semanas depois, Max e eu brigamos por alguma bobeira. Eu ainda não tinha decidido o que ia estudar, e ele tava pegando no meu pé, dizendo que eu tinha que pensar no que ia fazer da vida. É claro que fiquei na defensiva, porque o que Max queria mesmo dizer era que sou um fracassado que nunca vai chegar a lugar nenhum se não virar alguém igualzinho a ele. A briga virou um bate-boca feio, e fiquei puto e fui embora. Acabei na casa de Kai, contei pra ele o que tinha acontecido e ele disse, ei, sabe de uma coisa, a gente pode se vingar dele. É só falar."

Me aproximo da cama com passos tímidos e sento, mantendo vários metros de distância entre a gente. "E o que você falou?"

"Eu falei foda-se. Só se for agora."

Ele sacode a cabeça, deixando escapar um suspiro profundo. Posso sentir a ansiedade emanando de seu corpo, a dificuldade de admitir tudo isso. O mergulho profundo dentro de si que ele precisa fazer para encontrar coragem.

"Dei o código do alarme da casa para Kai e disse que Max sempre guarda três mil em dinheiro na gaveta da escrivaninha, para emergências. Falei que não queria saber quando ia acontecer. Max levaria meses pra notar que o dinheiro tinha sumido e, além do mais, essa grana não é nada pra ele. O cara gasta isso numa semana com jantares e vinhos. Ninguém ia sair machucado."

"Mas...?"

Conor me olha. Finalmente. Pela primeira vez em uma semana, ele realmente me olha.

"Aí, num final de semana, a gente foi para Tahoe. Queria ficar em casa, mas minha mãe fez uma chantagem emocional sobre passar um tempo juntos. A casa ficou vazia alguns dias, e Kai aproveitou. Ele no mínimo tava bêbado ou drogado — o cara não sabe pegar leve. Entrou na surdina, mas depois destruiu a casa. Pegou um dos tacos de golfe do Max na garagem e acabou com o escritório dele e a sala de estar. Uns dias depois a gente chegou e tava na cara que a casa tinha sido roubada. O pior foi que Max achou que a culpa era dele. Ficou achando que tinha esquecido de ligar o alarme. Mas tudo bem, disse ele, não é grande coisa. O seguro cobre o prejuízo."

Franzo a testa para ele. "Eles não se perguntaram por que não roubaram mais nada?"

Conor solta uma risada irônica. "Não. Os policiais concluíram que no mínimo foi algum bando de adolescentes que só queria destruir o lugar. Disseram que já tinham visto aquilo um milhão de vezes, um crime de oportunidade, e que talvez os garotos tenham se assustado com alguma coisa."

"E você se safou."

"É, mas é esse que é o problema, né? A culpa me atingiu no instante em que pisamos em casa e eu vi o que Kai fez. O que eu fiz. De alguma forma, na minha cabeça, me convenci de que ia ser bom ver a cara do Max.

Mas doeu pra caralho. Que tipo de idiota destrói a própria casa? Minha mãe passou semanas morrendo de medo que quem tinha feito aquilo voltasse. Não conseguia dormir." Sua voz falha. "Fui *eu* que fiz aquilo com ela."

Meu coração dói por ele. "E Kai?"

"Ele me encontrou na praia umas semanas depois e ficou perguntando como tinha sido. Eu falei que não podia mais andar com ele, que a coisa tinha ido longe demais e que era uma péssima ideia pra começo de conversa. E foi isso, a gente se afastou. Na cabeça dele, o cara achava que estava sendo um bom amigo, como se estivesse me defendendo ou algo assim. Esse é provavelmente o melhor exemplo que alguém poderia dar de como o cérebro dele funciona."

"E ele não aceitou bem esse afastamento?"

"Não. Acho que, mais do que qualquer coisa, ficou preocupado que eu fosse dedurá-lo. Mas eu falei que fazer isso seria o fim para nós dois. E seguimos cada um o seu caminho."

"Até Buffalo."

"Até Buffalo", concorda ele, triste. "E depois no sábado, na praia. Ele me seguiu até lá, me contou a mesma história de sempre. Que tá devendo dinheiro pra um pessoal barra pesada e que vai morrer se não pagar a dívida. Só que desta vez ele precisa de dez mil."

"Merda", digo, baixinho.

Conor ri tristemente em resposta. "Pois é."

"Você não pode dar esse dinheiro pra ele."

Ele inclina a cabeça para mim.

"Não, tô falando sério, Conor. Você não pode dar esse dinheiro pra ele. Desta vez é dez, da próxima é quinze, vinte, cinquenta. Ele tá te chantageando, né? É isso que tá acontecendo? O fim para vocês dois? E esse envelope... aposto que você não conseguiu esse dinheiro com a sua família."

"Não tenho escolha, Taylor." Seus olhos assumem uma expressão raivosa.

"Tem, sim. Você pode contar a verdade pro Max e pra sua mãe. Se explicar tudo pros dois, Kai não tem mais influência sobre você. Ele vai te deixar em paz e você vai poder finalmente continuar com a vida sem se preocupar com quando ele vai aparecer de novo pra te perturbar."

"Você não sabe do que cê tá falando. Você não tem..."

"Eu sei que, por causa dessa vergonha que você sente, você me deu bolo, sacaneou a sua família e fez sabe-se lá o quê pra arrumar esse dinheiro. Quando isso vai parar? Quando vai ser o suficiente?" Balanço negativamente a cabeça para ele. "Só tem uma coisa que você pode fazer pra sair dessa, ou vai virar um escravo desse segredo pra sempre."

"É, quer saber..." Conor se levanta. "Isso realmente não é da sua conta. Já te contei a verdade e agora tenho que ir."

Pulo e tento segurá-lo, mas ele me afasta com pouco esforço a caminho da porta. Agarro sua mão quando ele dá as costas para mim. "Por favor. Vou te ajudar. Não faz isso."

Ele puxa a mão e se desvencilha de mim. Quando fala, a frieza e a indiferença voltaram. "Não preciso da sua ajuda, Taylor. Não quero a sua ajuda. E definitivamente não preciso de uma garota me dizendo o que fazer. Você tinha razão. Melhor a gente terminar."

Ele não olha para trás. Segue pelo corredor e passa pela porta. Sem um pingo de hesitação.

Só me deixa aqui, com as lembranças envenenadas deste quarto, a maquiagem borrada e o cabelo desgrenhado.

Maldito Conor Edwards.

# 31

## CONOR

Tinha uma garota na época que eu era criança. Daisy. Era mais ou menos da minha idade, morava a algumas casas da minha, no bairro antigo, e costumava passar horas sentada na calçada de casa, desenhando com pedrinhas ou pedaços de cimento quebrado, porque não tinha giz. Quando o sol transformava o concreto da calçada numa chapa quente ou a chuva enrugava sua pele, ela jogava coisas na gente, toda vez que Kai e eu, ainda pré-adolescentes, passávamos de skate na frente da casa. Pedras, tampas de garrafas, qualquer lixo que estivesse por ali. O pai dela era um cara violento, e achávamos que ela era igual.

Um dia, vi tudo da minha casa. Vi quando ela desceu do ônibus da escola e bateu na porta da frente. A picape do pai dela estava parada na entrada da garagem, e a televisão lá dentro estava tão alta que o bairro todo podia ouvir o resultado dos jogos do dia. Ela continuou batendo, aquela garota magra com sua mochila. Depois tentou a janela, que estava sem grades desde o dia que alguém tinha arrombado a casa e ninguém nunca consertou. E, por fim, desistiu, se resignou e pegou outra pedra que veio rolando de algum canto daquele bairro decadente até ela.

Então vi Kai chegando de skate pela calçada. Ele parou para falar com ela, para provocá-la. Vi quando ele passou de skate por cima dos desenhos, depois derramou refrigerante em cima e jogou a tampa da garrafa no cabelo dela. E entendi por que ela jogava coisas na gente. Estava tentando acertar Kai.

Na ocasião seguinte em que a vi sozinha na frente de casa, levei minha própria pedra e me juntei a ela. Acabamos saindo dali e exploramos o mundo. Vimos a estrada de uma árvore alta, contamos aviões dos telhados das casas. E, um dia, Daisy me disse que ia embora. Quando o ônibus da escola deixasse a gente em casa, ela iria embora para algum outro lugar. Qualquer lugar. *Você também pode ir embora*, insistiu ela.

Daisy tinha uma foto de revista de Yosemite e enfiou na cabeça que ia morar lá, num acampamento ou algo assim. *Porque eles têm tudo o que você precisa e acampar não custa nada, né?* Falamos disso por semanas, fazendo planos. Não que eu realmente quisesse ir embora, mas Daisy precisava muito que eu fosse junto. A solidão era o que ela mais temia.

Um dia ela entrou no ônibus cheia de hematomas nos braços. Tinha chorado e, de repente, não era mais uma brincadeira. Não era mais uma grande aventura que a gente estava imaginando para passar o tempo entre a escola e a hora de dormir. Quando o ônibus parou na escola, ela olhou para mim, com expectativa, a mochila pendendo mais pesada que o normal em seus ombros. Ela disse: *Vamos embora hoje na hora do almoço?* Eu não sabia o que responder, como não dizer a coisa errada. Então fiz algo muito pior.

Virei as costas.

Acho que foi ali que aprendi que não servia para ninguém. Tá, eu não tinha nem onze anos, então é claro que não ia fugir para o norte com nada além de uma mochila e um skate. Mas deixei Daisy acreditar em mim. Permiti que depositasse sua confiança em mim. Talvez não entendesse na época o que estava de fato acontecendo na casa dela, mas, num nível conceitual, tinha alguma noção e não fiz nada para ajudá-la. Simplesmente me tornei mais um numa longa lista de decepções.

Nunca vou me esquecer dos olhos dela. Refletido neles, vi o coração dela se partindo. Ainda posso vê-los. Agora mesmo.

Minhas mãos tremem. Segurando o volante, mal vejo a estrada. É igual visão de túnel, tudo estreito e distante. Estou dirigindo mais de memória do que pela visão. Um aperto que vem se formando em meu peito há dias agora parece aumentar e fechar minha garganta. De repente, dói respirar.

Quando o telefone vibra no painel do carro, quase entro na faixa contrária, assustado pelo som que parece mais alto na minha cabeça.

Aperto o botão do viva-voz. "Alô", respondo, forçando minha voz a funcionar. Não consigo me ouvir. A estática em minha mente faz parecer que estou debaixo d'água.

"Só pra saber se você ainda tá vindo", diz Kai. Ouço um barulho ao fundo. Vozes e música abafada. Ele já está no bar universitário abafado de Boston em que combinamos de nos encontrar.

"A caminho."

"Tique-taque."

Encerro a ligação e jogo o telefone no banco do carona. A dor em meu peito se torna insuportável, apertando tanto que parece que quebrei uma costela. Giro o volante e entro no acostamento, pisando no freio. Minha garganta está se fechando, e arranco freneticamente as camadas de roupa até estar só de camiseta, suando. Abro as janelas em busca de ar fresco.

Que merda estou fazendo?

Com a cabeça nas mãos, não consigo parar de ver o rosto dela. A decepção em seus olhos. Não Daisy, a garotinha do meu passado. Mas Taylor, a mulher do meu presente.

Ela esperava muito mais de mim. Não o que fiz no passado, mas o que estou escolhendo fazer agora. E teria aliviado a minha barra por ter agido feito um idiota esta semana se eu tivesse sido forte o bastante para tomar a decisão certa quando ela me deu a chance.

*Droga, Edwards. Seja homem.*

Prometi a mim mesmo que ia ser melhor por ela e tentar me ver através dos olhos dela. Me ver como mais do que só um delinquente da sarjeta, ou um fracassado sem rumo na vida, ou um pegador que não quer nada sério. Ela descobriu meu valor, mesmo quando eu não era capaz disso. E por que diabos deixar Kai tirar isso de mim? Porque ele não está só roubando a minha vida, está roubando a de Taylor. Eu deveria estar num baile idiota com a minha namorada, e não tendo um ataque de pânico na beira da estrada.

Balançando a cabeça com nojo, pego o suéter que acabei de arrancar e visto de novo. Então engato a marcha e começo a dirigir.

Pela primeira vez na vida, encontro coragem para respeitar a mim mesmo.

Minha primeira parada é a casa de Hunter. Demi abre a porta, me cumprimentando com um olhar curioso, ainda que um pouco hostil. Não sei o quanto ela sabe do que aconteceu desde a última vez que falei com Taylor, ou o que Hunter pode ter contado depois que me deu o cheque.

Ela me deixa entrar, e eu a beijo na bochecha.

Demi meio que recua em resposta. "O que foi isso, seu esquisitão?"

"Você tinha razão", digo, com uma piscadela.

"Ora, é claro." Ela faz uma pausa. "Mas sobre o quê?"

"E aí, cara." Hunter se aproxima de nós com cautela. "Tudo bem?"

"Vai ficar." Pego o envelope com o dinheiro e entrego a ele.

Demi estreita os olhos para o pacote. "O que é isso?", pergunta.

Hunter aceita o dinheiro, confuso. "Mas por quê?"

"Desembucha, monge", resmunga Demi, puxando a manga da camisa de Hunter. "O que tá acontecendo?"

Encolho os ombros e respondo para Hunter. "Não precisa mais."

Ele parece compreensivelmente aliviado, embora eu não inveje o interrogatório que a namorada dele está prestes a submetê-lo.

"Pega leve com ele", digo a Demi. "É um cara legal."

"Quer ficar e pedir uma pizza?", oferece Hunter. "A gente tá de bobeira hoje."

"Não posso. Estou atrasado para uma festa."

Ao deixar a casa de Hunter, ligo para Kai. O aperto em meu peito já diminuiu, e minhas mãos estão firmes quando o telefone toca."

"Chegou?", pergunta ele.

"Não tô com o seu dinheiro."

"Não brinca comigo, mano. É só eu fazer uma ligação e..."

"Vou contar pro Max que foi culpa minha." A determinação na minha voz me surpreende. E, a cada palavra, fico mais seguro de minha decisão. "Vou deixar seu nome de fora. Por enquanto. Mas, se você me ligar de novo, se eu sentir que tá tramando alguma contra mim, vou te entregar sem nem pestanejar. É melhor nem tentar a sorte, Kai. Esta é a sua última chance."

E desligo na cara dele. Então, com os nervos fortalecidos, faço outra ligação.

# 32

### TAYLOR

Não estou com *a menor* vontade de estar aqui.

E, com isso, quero dizer que estou pensando em pegar uma faca na mesa mais próxima e fazer um refém no meu caminho até uma janela quebrada, para fugir daqui.

Sasha e eu escolhemos um canto estratégico, perto de uma coluna de caixas de som, para impedir que outras pessoas tentem falar com a gente. Ela também arrumou uma champanhe cara, que escorre pelos nossos vestidos quando bebemos direto da garrafa, vendo Charlotte correr pela pista de dança para repreender colegas de irmandade por rebolar se esfregando nos namorados na frente de ex-alunos já de certa idade. Tivemos que sair da cabine do DJ, porque os ex-alunos ficavam pedindo para Sasha tocar Neil Diamond e Abba, e ela ameaçou arrancar com um garfo o olho do próximo que entrasse, então a obriguei a fazer uma pausa.

"Você devia dançar com Eric", digo a ela quando o vejo na pista. Ele parece estar se divertindo bastante, apesar de ter sido abandonado às traças pela menina que o convidou.

"E perder a chance de julgar todo mundo do meu canto? Você não me conhece nem um pouco?"

"Tô falando sério. Só porque decidi ficar aqui com pena de mim mesma não significa que você tem que sofrer comigo."

"É exatamente isso que significa", diz ela. "Ou você pode virar o resto desta garrafa e pirar na pista de dança com um garoto rico e bem-vestido."

"Não tô no clima."

"Ah, qual é." Sasha dá outro gole na champanhe e limpa a boca com o braço, sujando-o de batom. "A gente se arrumou toda e raspou a perna. O mínimo que podia fazer é ter alguma coisa do que se arrepender amanhã."

Rá. Já estou me arrependendo. Por exemplo, que diabos estava pensando quando escolhi este vestido ridículo? O tecido preto apertado faz meus seios parecem dois presuntos esmagados, e todas as curvas e dobras estão pulando para fora feito pasta de dente saindo de um tubo. Me sinto horrível e não me lembro por que fiquei tão animada quando me olhei no espelho e imaginei a cara de Conor quando ele me visse.

Ah, espera, lembro, sim — porque deixei Conor me fazer acreditar que sou linda. Que ele não via uma garota gorda ou só um par de seios, mas eu. Por inteiro. Ele me fez acreditar que eu era desejável. Que eu valia a pena.

E agora me resta a decepção de pensar o que poderíamos ter sido.

Fico irritada ao notar lágrimas escorrendo por meu rosto e digo a Sasha que vou desbeber um pouco da champanhe. O banheiro está lotado de meninas da Kappa retocando a maquiagem. Em uma das cabines, uma menina vomita alto, enquanto duas outras seguram seu cabelo. Em outra, Lisa Anderson se trancou com o telefone e, bêbada, está mandando mensagens para o agora ex-namorado, Cory, sob os protestos das amigas batendo na porta.

Depois de usar o banheiro, lavo as mãos na pia, enquanto Abigail e Jules entram, aos risos. Seus olhares maliciosos me avaliam, notando meu rímel borrado, e meu estômago dá um nó.

"Taylor", Abigail me chama, alto o suficiente para garantir que todas prestem atenção. "Não vi Conor hoje. Ele não te deu bolo, né?"

"Me deixa em paz, Abigail."

Ela está perfeita, claro. Um vestido de lantejoulas prateado cintilante e os cabelos platinados perfeitamente ondulados, sem um fio fora do lugar. Nem uma gota de suor no rosto, nem maquiagem escorrendo pelo pescoço. Mal parece humana.

"Ai, não." Ela fica atrás de mim, nos observando pelo espelho com um biquinho zombeteiro. "O que aconteceu? Ah, vai, somos suas irmãs, Tay-Tay. Pode contar pra gente."

"Ele te deu um bolo, não foi?", diz Jules, com uma condescendência na voz como se estivesse falando com um bichinho. "Ah, não! E seus ratos passaram o dia fazendo um lindo vestido para o baile."

"Não levei bolo coisa nenhuma", retruco, secamente. "A gente terminou."

Abigail ri, então me oferece um sorriso sarcástico. "Ora, é claro que ele te largou. Quer dizer, depois de um mês, deixa de ser engraçado e fica só triste. Você devia ter me ouvido, Tay-Tay. Podia ter evitado a humilhação."

"Ai, meu Deus, Abigail, vai se foder." Meu último fio de paciência arrebenta. O banheiro cai num silêncio mortal, e percebo que estão todas olhando para nós. "Já deu pra entender, tá legal? Você é uma vaca que acha que ser maldosa é ter personalidade. Vai cuidar da sua vida e larga do meu pé."

Saio do banheiro com a pele arrepiada. Sou tomada por uma espécie de euforia delirante quando volto ao salão de festa. Fico tonta com as luzes pulsando ao som da música, os corpos zumbindo na pista de dança. Nossa, foi tão incrível a sensação de gritar com ela que quero voltar para uma segunda rodada. Se soubesse que descontar em Abigail ia ser tão bom, estaria fazendo isso seis vezes por dia.

Depois de quase meia garrafa de champanhe, meu paladar está esquisito, e talvez minha cabeça também, então vou até o bar e peço uma água com gás e limão.

"Taylor", diz uma voz atrás de mim. "Ei. Quase não te reconheci."

Um cara aparece ao meu lado. Inclinando a cabeça para atrás para olhar para ele, levo alguns centímetros até perceber que é Danny, um dos arranha-céus que conheci no Malone's na outra noite. Ele fica bem de smoking.

"Então me faz um favor", digo, pegando minha bebida com o barman, que acho que foi da minha turma de matemática no semestre passado. "Não fala pra ninguém. Tô disfarçada."

"Ah, é?" Danny pede uma cerveja no bar e se aproxima um pouco mais. "De quê?"

"Não sei ainda."

Ele ri por falta de algo melhor para dizer. Para ser sincera, também não sei o que falar. Ultimamente, ando tendo problemas para distinguir o que sou de verdade e o papel que estou tentando representar para agradar às pessoas. Me sinto como se estivesse tentando satisfazer uma expectativa que, a cada dia que passa, fica um pouco mais difícil de definir. Nunca alcançando a imagem que estabeleci para mim mesma e sempre com mais dificuldade de me lembrar de onde tirei a ideia.

As pessoas sempre dizem que entramos na faculdade para descobrir quem somos e, ainda assim, a cada dia que passa, me reconheço menos.

"Você tá bonita, é o que quis dizer", diz ele, tímido.

"Você veio com quem?", pergunto.

"Ah, não, ninguém", responde Danny. "Meus pais foram convidados pelos amigos deles, os pais da Rachel Cohen, então me chamaram também." Ele dá um gole desajeitado na cerveja, e quase vejo o momento em que ele se convence a tentar a sorte. "Sabe, queria ter falado uma coisa na outra noite. Quer dizer, devia ter falado, mas fiquei com a impressão de que você tá saindo com alguém..."

Ah. "Hã, não, é só... uma coisa casual."

"Então, tudo bem se eu te chamar pra sair um dia?"

Sasha e eu nos fitamos de lados opostos do salão, e os olhos dela brilham de aprovação. Ela acena com a cabeça de um jeito que diz *vai fundo*. Então agarra Eric, e os dois vêm na nossa direção.

Não sei como responder à pergunta sem parecer que estou me comprometendo com alguma coisa, então paro e dou um longo gole na minha bebida, enquanto Sasha se aproxima.

"Vocês se encontraram", diz ela, animada. E dá um risinho para mim, como se eu estivesse sendo punida de alguma forma. "E nenhum de vocês veio acompanhado, então tudo deu certo."

"Na verdade", começo, "estava pensando em ir..."

"Você ainda me deve uma dança", Eric lembra Sasha, quando ela passa um braço ao redor de mim para me impedir de fugir.

"Taylor adora dançar."

Vou matar essa menina quando ela estiver dormindo.

"Dança comigo?" Danny. O doce e tímido Danny. Ele estende o braço para mim como se faz nos filmes, e sei que tem boas intenções. E, como só me resta aceitar de boa vontade ou obrigar Sasha a fazer uma cena, aceito o convite.

Nós quatro seguimos para a pista de dança. Por sorte, está tocando uma música animada, então Danny não se sente obrigado a me abraçar. Começamos dançando os quatro numa rodinha, até que fica óbvio que Eric e Sasha estavam a noite inteira procurando uma desculpa para se pegar, então só me resta acompanhar os passos desajeitados de um arranha-céu que não sabe julgar bem o tamanho do próprio pé. Justiça seja feita, não estou ajudando muito.

"Dança com ele", Sasha se inclina para sussurrar para mim, afastando-se de Eric só pela metade.

"Estou dançando", retruco.

Ela me empurra na direção dele, o que o obriga a me segurar. O sorriso de Danny me diz que ele achou que esse é o meu jeito tímido de dizer, *por favor, me abraça*, o que ele faz prontamente. Fico tensa, mas ele não parece notar. Sasha encontra meus olhos de novo com uma expressão insistente que diz *TENTA, PORRA!*

Mas não posso. Minha cabeça não para de pensar em Conor e Kai. Ele entregou o dinheiro? Está bem? Não que eu ache que Conor não saiba se defender, mas e se algo der errado? Dez mil é muito dinheiro para levar assim na mão. Ele pode ter sido parado pela polícia, ou pior. Existem centenas de coisas que podem ter acontecido, e não tenho nem como descobrir se ele está bem. Ele simplesmente ignorou a minha ligação, e estou de volta ao ponto de partida — me preocupando, temendo por ele.

Então me dou conta de que poderia ter feito mais. Deveria ter pedido aos caras da casa ou a Hunter para detê-lo. Ou pelo menos dar um apoio. Droga, por que não fiz isso?

Se alguma coisa acontecer com Conor, nunca vou me perdoar.

Acabo de decidir que preciso fazer uma ligação, quando ouço um rosnado baixo de aviso, e Danny e eu somos separados bruscamente.

# 33

## TAYLOR

"Que merda é essa, cara?", Danny dispara para enfrentar o intruso, enquanto fico ali, piscando várias vezes, confusa.

Pois é, que merda é essa? O que Conor está fazendo *aqui*?

"Sua dança acabou", responde Conor, todo de smoking, num tom frio e eficiente.

"Como é que é?" Danny fecha a cara. Dá outro passo. Apesar de ser alguns centímetros mais alto, é muito mais magro que o musculoso Conor.

"Você ouviu." A tensão flui dele, e seus olhos queimam nos meus com uma fúria mal contida. "Muito obrigado, mas pode ir agora."

"Ei." Eric dá um passo para junto do amigo. "Não sei quem você é, mas você não pode estar..."

"Sou o namorado dela", retruca Conor, mas seu olhar intenso permanece fixo em mim.

"Taylor?", pergunta Danny. "Ele é seu namorado?"

Olho para Danny, depois para Conor, e fico momentaneamente assustada. Conor parado ali, sob as luzes piscantes, num smoking preto, o cabelo penteado para trás... é como se o estivesse vendo de novo pela primeira vez.

Fico impressionada com o magnetismo sexual em estado bruto desse homem. Passei uma semana tão ocupada sentindo raiva que tinha esquecido como ele é bonito. O suficiente para virar a cabeça de quase todas as mulheres da festa. Até algumas ex-alunas estão espreitando por cima dos ombros, enquanto seus maridos de meia-idade se sentem inadequados, depois de passarem a noite babando por meninas de vinte anos.

"O que você tá fazendo aqui?", pergunto, afinal, ignorando a pergunta de Danny.

Sasha pega a minha mão e a aperta. Não sei se é para me dar apoio moral ou se está pensando em fugir comigo. Mas eu aperto de volta, embora não consiga desviar os olhos dos de Conor.

"Você me convidou", diz ele, com um tom intenso.

"E você terminou comigo." A raiva surge sem aviso prévio, e me agarro com mais força à mão da minha melhor amiga. "Considere o convite cancelado. Isso também significa que você não pode interferir com quem eu danço."

"Ah, posso, sim", rosna ele. Ele pega minha outra mão e me puxa para si. Feito uma idiota, deixo a mão de Sasha escapar.

"O que você tá fazendo?", pergunto, sentindo a amargura na língua.

Ele me puxa contra si e me abraça, e é como se meu corpo se lembrasse, ainda que minha cabeça esteja tentando esquecer. "Dançando com você."

"Não quero dançar."

E, no entanto, me derreto nele. Não porque ele quer que eu faça isso, mas porque, apesar da raiva e da mágoa, meus nervos respondem ao seu toque. Com ele, é simplesmente natural.

Olho por cima do ombro, procurando o olhar de Danny, e sei que ele vê o pedido de desculpas em meus olhos, pois assente, com tristeza. O doce e tímido Danny. A vida seria muito mais fácil se meu coração batesse por ele, mas não é o caso. Porque a vida não é justa.

"A gente precisa conversar", diz Conor.

"Não tenho nada pra dizer pra você."

"Ótimo, vai facilitar as coisas", responde ele, nos guiando no ritmo da música. Ele se move, e eu me movo junto. Não seguindo exatamente a batida, mas acompanhando suas vontades. É uma interação elétrica, fervorosa, apaixonada, como se nossos corpos estivessem lutando para se reencontrar. "Desculpa, Taylor. Por tudo. Por ter te ignorado e dado bolo hoje. Não quis dizer nada daquilo."

"Você foi embora", digo a ele, com toda a raiva reprimida que se acumulou dentro de mim na última semana. "Você me abandonou."

Ele assente, com tristeza. "Eu tava com vergonha. Não sabia como falar com você sobre o que tava acontecendo."

"Você terminou comigo."

A acusação paira no ar. Mesmo com nossos corpos se tocando e nossos olhos se encarando, ainda há uma distância entre nós. Uma cerca elétrica de arrependimentos e traições.

"Você me encurralou. Não sabia mais o que fazer."

"Você é um idiota", digo, fervilhando com a dor que ele me fez passar esta semana. Isso não desapareceu só porque ele chegou aqui todo bonito de smoking.

"Você está linda."

"Cala a boca."

"Tô falando sério." Ele dá um beijo no pescoço, e minha mente se volta para a última vez em que estivemos juntos.

Deitados na minha cama. A boca dele. Sua pele nua contra a minha.

"Para com isso." Eu o afasto, porque não consigo pensar com ele me tocando. Não consigo respirar. "Você me jogou de lado, e com a maior facilidade. E não só me deu bolo e terminou tudo. Escolheu fazer isso em vez de simplesmente conversar comigo. Preferiu me perder a dizer a verdade." Meus olhos começam a arder. "Você me fez me sentir um lixo, Conor."

"Eu sei, gata. Merda", ele xinga, bagunçando o cabelo com as mãos.

De repente, percebo que as pessoas pararam para assistir ao drama se desenrolando na pista, e luto contra o desejo de correr para debaixo de uma mesa.

"Não dei o dinheiro pra ele, Taylor."

"O quê?"

"Tava a meio caminho de Boston e não conseguia tirar seu rosto da cabeça. Então dei meia-volta. Não podia continuar com aquilo sabendo o que estava fazendo com a gente." Sua voz falha. "Porque a pior coisa disso tudo, a pior coisa que eu podia ter feito, era perder o seu respeito. Nada mais importa se você me odeia."

"Se isso fosse verdade..."

"Droga, T, tô tentando dizer que eu te amo."

E, antes que eu possa piscar, ele me beija, todo o seu arrependimento e convicção se dissolvendo na sensação quente e envolvente de nossos lábios se encontrando. Nos braços dele, me sinto firme de novo, de pé mais uma vez, depois de tanto tempo me sentido desestabilizada. Porque, quando não estamos juntos, o mundo parece em desalinho. Conor me equilibra, apruma o chão de novo.

Quando nossos lábios se separam, ele segura meu rosto com uma das mãos, deslizando o polegar na minha bochecha. "Estou falando sério... sou louco por você. Devia ter dito isso antes. Poderia culpar as concussões, mas fui um idiota. Desculpa."

"Ainda tô brava com você", digo, com sinceridade, embora com menos ferocidade.

"Eu sei." Ele sorri. Um pouco triste. Ainda doce. "Estou pronto para rastejar o quanto for preciso."

Percebo um movimento de canto de olho e me viro, me deparando com Charlotte vindo bem na nossa direção, com cara de poucos amigos.

"Bem, você fez uma cena e tá todo mundo olhando pra gente", digo. "Então pode começar a me recompensar tirando a gente daqui."

Conor examina a pista de dança, observando com seus olhos prateados a plateia de meninas da Kappa e seus namorados, além dos ex-alunos aristocratas que nos fitam de volta, escandalizados. Então oferece seu sorriso travesso de sempre para a multidão.

"O show acabou, pessoal", anuncia. "Boa noite."

Ele entrelaça os dedos nos meus e fugimos juntos.

Sempre odiei festas mesmo.

# 34

## CONOR

Taylor me convida para a casa dela, e nos revezamos em não saber o que fazer ou como nos comportar, se ficamos de pé ou se sentamos. Taylor tenta o sofá primeiro, mas ela tem muito a dizer, e não consegue organizar os pensamentos na ordem certa até começar a circular pela sala. Então eu tento o sofá em seguida, só que meus músculos ainda estão queimando com a adrenalina, e o ácido láctico está se acumulando. Então fico de pé num canto, tentando descobrir se ela pode me amar de volta ou se a perdi para sempre.

"Passei esse tempo todo tentando entender por que você estava se comportando daquele jeito", diz ela, "e, como você não falava nada, imaginei todas as piores situações."

Baixo a cabeça. "Entendo."

"Talvez eu fosse uma aposta. Ou talvez você finalmente me viu nua e pensou, *tô fora*. Ou alguma parte doente sua só gostava de saber que podia me machucar."

"Eu nunca..."

"E você precisa entender que, apesar de estar tudo explicado agora, já vivi tudo isso na minha cabeça", diz Taylor, baixinho. "Nada disso aconteceu, mas também aconteceu, entende? No meu coração, você terminou comigo porque eu não quis transar, porque seus amigos te meteram nessa, porque você conheceu outra pessoa. Eu me coloquei pra baixo porque você foi covarde demais para se comunicar comigo."

"Eu sei", digo, com as mãos nos bolsos, olhando para o chão.

Percebo agora que o estrago está feito, que apesar dos grandes gestos e das desculpas sinceras, às vezes você machuca demais as pessoas, as afasta demais. Existe um limite para o que você pode exigir de alguém.

E estou apavorado que Taylor tenha chegado ao seu limite comigo.

"Você vai ter que me oferecer mais que isso, Con. Acredito que esteja arrependido, mas tenho que saber se não vou ser atropelada de novo."

Limpo a garganta para me livrar do caroço que se formou lá dentro. "Não queria que você me conhecesse desse jeito. Vim para a Briar para melhorar e, por um tempo, achei que tinha escapado do meu passado." Engulo em seco. "Me convenci tão bem de que tinha deixado aquilo para trás que fiquei descuidado demais. Cara, cheguei até a acreditar que era uma pessoa diferente. Em algum lugar do caminho, acho que esqueci por que mantinha as pessoas à distância. E aí você apareceu. Você me pegou de surpresa, Taylor. O timing foi péssimo, mas não vou me arrepender de ter tentado."

"O que aconteceu?", pergunta ela.

"Hã?"

"Hoje", esclarece ela. "Você pegou o dinheiro e terminou comigo na sua casa. E aí?" Taylor cruza os braços, me olhando.

É difícil distinguir completamente a sua expressão, porque está escuro aqui. Ela acendeu a luz do corredor quando entramos, mas não a da sala de estar. É quase como se estivéssemos com medo de encarar um ao outro e precisássemos nos esconder nas sombras.

A luz da rua entrando pela persiana cria faixas laranja no vestido preto apertado. Me concentro nessas faixas enquanto descrevo para ela o que aconteceu. Como virei uma pilha de nervos trêmula na beira da estrada, como dei a notícia a Kai e levei o dinheiro de volta para Hunter.

"E, depois que saí da casa do Hunter, liguei para a minha mãe", confesso. "Mandei ela colocar Max no telefone também. O que causou a maior confusão, porque eles estão três horas atrás da gente, então minha mãe achou que eu tava no hospital ou algo assim."

Taylor se recosta contra a parede oposta à minha. "E como foi?"

"Contei tudo pra eles. Disse que estava arrependido da besteira que tinha feito e que devia ter contado fazia tempo, mas que estava com medo e com vergonha. Deixamos por isso mesmo por enquanto. Minha mãe ficou obviamente chocada e decepcionada. Max não falou muito." Mordo o interior da bochecha. "Mas vai ter alguma consequência, com certeza. Por enquanto, acho que eles estão só processando a informação."

Não menciono a possibilidade de Max parar de pagar meus estudos ou que minha mãe talvez decida me mandar de volta para a Califórnia. Cara, se o reitor da Briar soubesse que arquitetei uma invasão da minha própria casa, provavelmente seria expulso. Toda essa dor e sofrimento, e ainda tem dezenas de maneiras de eu perder Taylor, minha família, meu time, tudo a que me dediquei. Não que eu não mereça. Eu não seria a primeira pessoa a sofrer por causa de uma irresponsabilidade assim tão prejudicial. Chegou a hora de pagar as consequências.

"Tenho sérias reservas sobre o fato de você ter mentido por tanto tempo a respeito de uma coisa tão importante", diz Taylor, e ainda há um espaço entre nós.

"Entendo."

"E ainda dói que você estivesse disposto a me fazer sofrer tanto para encobrir o seu erro."

"Tem razão."

"Mas acredito em dar meio ponto para um aluno quando ele acerta parte da questão." Ela se aproxima de mim, devagar, hesitante.

Taylor é uma visão e tanto nesse vestido justo, a maquiagem sensual, o cabelo louro todo arrumado. É de partir o coração ver o esforço dela para essa festa, e saber que eu estraguei tudo.

"Você fez uma dezena de escolhas erradas para chegar aqui. Mas acabou escolhendo a coisa certa. Isso tem que contar pra alguma coisa."

"Então, o que isso faz de mim?", pergunto, cada vez mais ansioso pela resposta.

"Diria que tirou nota cinco."

"Então..." Um sorriso esperançoso curva meus lábios, mas eu o refreio mais que depressa. "Significa que passei de ano?"

Taylor levanta o polegar e o indicador bem próximos um do outro, me mostrando que foi por pouco.

"Pra mim, já tá bom."

Ela finalmente vem até mim e desliza as mãos pela lapela de cetim do meu paletó. "Você tava com um pouco de ciúme na festa."

"Vou quebrar a mão daquele cara se ele tiver encostado em você", digo a ela, sem a menor hesitação.

"A gente tinha terminado", ela me lembra. E toda vez que as palavras saem dos seus lábios, me dói um pouco mais fundo.

"Sou um idiota", admito. "Mas ele é um suicida se achou que podia dar em cima de você."

Ela abre um sorriso, o que dissolve a tensão que há dias me pesa nos ombros. Se ainda posso fazê-la rir, talvez a gente tenha alguma esperança.

Pensativa, ela inclina a cabeça de leve. "Foi um pouco excitante, inclusive."

"Foi, é?" Isso não está soando bem como uma rejeição.

"Ah, com certeza. Não sou uma daquelas pessoas supermaduras que acha que ciúme é uma falha de caráter. Odeio essa baboseira."

Abro um sorriso. "Vou lembrar disso."

"É, sabe... o namorado da Abigail fica sempre babando nos meus peitos, então se depois você quiser destruir o gramado da fraternidade dele, adoro uma vingança mesquinha."

"Porra, eu te amo." Essa garota me faz rir como ninguém, mesmo quando as coisas estão tensas. E especialmente quando estão estranhas. Ela encontra alegria na situação mais adversa.

"Sobre isso", começa ela, brincando com os botões da minha camisa. Uma hesitação enruga sua testa por um momento.

"Tô falando sério. Do fundo do meu coração. Com uma coisa dessas não se brinca."

"Você me ama."

Não sei dizer se é uma pergunta ou afirmação, mas trato como se fosse uma pergunta. "Eu te amo, T. Nem sei quando descobri. Acho que foi quando parei o carro, ou quando estava voltando. Ou quando meus dedos tremeram tanto que mal consegui dar o nó nessa gravata idiota. Só conseguia pensar em te encontrar, e cada minuto em que você estava longe, pensando que eu não dava a mínima, estava me matando. Eu simplesmente sabia."

Ela me olha por entre os cílios grossos e cobertos de maquiagem. "Me mostra."

"Eu vou mostrar. Se você me der uma chance de..."

"Não." Seus dedos se abrem em meu peito, ela tira meu paletó e o deixa cair no chão. "Me mostra."

Não preciso de mais incentivo do que os dentes dela mordendo o lábio inferior.

Levantando-a em meus braços, trago sua boca até a minha e a beijo. Podemos ter falhado como casal, mas essa parte ainda parece certa. Quando nos beijamos, consigo entender as coisas. Com ela nos braços, posso ver o caminho adiante e o que a gente pode se tornar.

Taylor envolve as pernas na minha cintura, enquanto caminho até o quarto dela e sento no pé da sua cama. Ela se instala no meu colo, seus dedos delicados emaranhados no meu cabelo. Suas unhas arranham a minha nuca suavemente e incendeiam todos os meus nervos.

Estou duro feito pedra enquanto ela se esfrega no meu pau. Tudo o que quero fazer é arrancar esse vestido, mas sei que tenho que ir devagar ou vou assustá-la. Em vez disso, deslizo as mãos por suas coxas, tirando o tecido da minha frente. Ela se mexe, me incentivando, até que encontro a pele nua da sua bunda e sinto a renda delicada da sua calcinha. Ah, ela tinha planos pra hoje.

"Estava com saudade de você", digo a ela. Faz muito tempo que não a olho de verdade. Acho que uma parte de mim estava usando Kai e o medo de me confessar para Taylor como uma muleta para não reconhecer a profundidade dos meus sentimentos por ela. Porque, se eles não fossem reais, eu não tinha nada a perder. Se Taylor me deixasse, eu não precisaria descobrir como ser bom o suficiente para ela.

"Estava com saudade da gente." Taylor tira minha camisa de dentro da calça. Ela começa a desabotoar a camisa e a abrir minha gravata. Eu a deixo tirar minhas roupas até estar passando os dedos por meu peito nu. "Nossa, como você é bonito."

Meus músculos se contraem com o toque dela. "Você é linda", digo a ela, sinceramente.

Taylor sempre fica vermelha e revira os olhos quando digo isso. Já entendi — ela não consegue se enxergar assim mais do que eu mesmo estava disposto a acreditar que ainda podia ser uma pessoa decente. Ela só precisa de alguém que a ajude a acreditar.

"Não vou parar de tentar te convencer disso", aviso.

"Não quero que você pare." Ela me beija, depois desce do meu colo e fica de costas para mim. "Me ajuda."

Com a pulsação acelerada, abro lentamente o zíper e fico olhando enquanto ela sai do vestido. Sei que ela fica nervosa de ficar tão exposta, então não lhe dou tempo de sentir vergonha. Envolvendo-a nos braços, puxo-a de volta para a cama e a deito contra os travesseiros, me acomodando entre suas pernas. Ela engancha uma perna macia no meu quadril, enquanto tiro o sutiã para beijar seu colo, apertando os seios. Meus lábios descem dos mamilos para a barriga, enquanto meus dedos deslizam sua calcinha rendada por suas pernas, e abro sua boceta com a língua.

Sei que ela está perto do orgasmo quando a sinto puxando o edredom, cravando as unhas no tecido. Seu corpo treme, as costas se arqueiam. Enfio dois dedos em seu corpo incrivelmente apertado e me ajoelho para vê-la se desfazer por mim.

É a coisa mais sexy que já vi. Com um gemido abafado, porque está mordendo o lábio, ela treme e se contrai em torno da minha mão.

"Assim, gata", digo, amando o rubor em suas bochechas, da mesma tonalidade rosada dos seus seios, e os gemidos ofegantes que saem da sua boca.

Com meus dedos ainda dentro dela, Taylor me puxa para baixo, me beijando profundamente, enquanto suas mãos procuram meu zíper.

"Quero você", diz ela, com a respiração acelerada. Ela abre o botão, depois o zíper e então baixa minha calça pelo quadril.

Sorrindo diante da sua impaciência, tiro a calça e a cueca e jogo longe. Quando estou completamente nu, uma Taylor apressada puxa meu quadril na direção do seu e sussurra as palavras mais doces que já ouvi.

"Estou pronta."

Procuro seus olhos, meu pau duro contra sua boceta. "Tem certeza?" Minha voz soa um pouco rouca. "Você sabe que não precisa fazer isso hoje, né? Eu tava falando sério. Não tô com a menor pressa."

Ela estende o braço até a mesa de cabeceira e pega uma camisinha. "Tenho certeza."

Nossas bocas se encontram de novo e, por algum motivo, a sensação é de novidade, como se estivéssemos conhecendo um ao outro pela primeira vez. Me apoiando no antebraço, uso a mão livre para colocar a camisinha.

"Só vai devagar", pede ela, quando estou mais uma vez posicionado entre suas pernas.

"Prometo." Beijo a pintinha linda no canto de sua boca, depois comprimo os lábios contra os dela. "Só relaxa."

Ela está tão tensa, o corpo todo contraído.

"Relaxa. Deixa comigo."

Respirando fundo, ela se solta. Seu corpo relaxa. Entro nela o mais lentamente possível. Cerro os dentes, deixando-a se ajeitar antes de me mexer de novo. Só um pouco. O suficiente para fazer nós dois inspirarmos fundo.

"Você tá bem?", sussurro.

Taylor assente, seus olhos turquesa brilhando com confiança, desejo, excitação. Ela inspira fundo de novo, então me aperta pelo quadril.

Ela é perfeita. Quente e apertada, comprimindo meu pau toda vez que saio e, delicada e dolorosamente, entro de novo. Mas não é só isso. Suas unhas arranham minhas costas de leve, e é como se a minha alma estremecesse. Ela lambe meu pescoço, e tudo se apaga da minha mente, restando só a sua voz, o seu gosto. Esqueço onde estou, quem sou eu. Tudo que existe é este momento e o espaço entre nós. Sua pele macia e sua respiração contra a minha pele.

Rápido demais, no entanto, meu clímax vem chegando. Quero fazer isso durar por ela, mas está bom demais e, toda vez que ela arqueia as costas, é impossível não espremer cada gota de prazer que posso tirar do corpo dela.

"Gata", murmuro.

"Hã?" O prazer em seu rosto me leva perigosamente para a beira do precipício.

"Prometo que vou gastar cada segundo desse relacionamento te comendo gostoso e te dando centenas e milhares de orgasmos, mas agora...", gemo contra seu pescoço, o quadril se flexionando para a frente, rápido e errático. "Agora... preciso..."

Gozo com tanta força que vejo estrelas, estremecendo contra a perfeição que é o corpo dela. Quando a onda de prazer diminui, saio dela e jogo o preservativo na cestinha de lixo embaixo da mesa de cabeceira.

Deitado de costas, trago Taylor para descansar no meu peito, emaranhando os dedos em seus cabelos macios. Depois de alguns minutos, ela inclina a cabeça e planta um beijo no canto da minha mandíbula.

"Também te amo."

# 35

**TAYLOR**

No caminho do meu estágio na escola primária, Sasha me manda uma mensagem. Algo como "Ei, sua vaca, quando puder, tira esse taco de hóquei da boca e me escreve". Que é o seu jeito gentil de dizer que está com saudade.

Assumo total responsabilidade por passarmos cada vez menos tempo juntas. Depois que acertei as coisas com Conor, passei todos os dias com ele. Estamos em maio, faltam duas semanas para as provas finais, e tenho um pouco de vergonha de admitir que aquilo que costumava ser época de estudar com Sasha na casa Kappa virou não conseguir estudar com Conor na minha casa até a gente desistir e tirar a roupa.

Acontece que sexo é bom. Eu gosto bastante. Principalmente com Conor.

Mas acontece que sexo é *também* uma distração terrível. Por mais que eu tente, minhas habilidades de interpretação de texto caem por terra quando ele está tentando arrancar as minhas roupas.

Mesmo assim, consegui vir à casa Kappa para a eleição. Zero surpresa — Abigail ganhou. Mas, se você perguntar a ela, acabou de ser eleita líder suprema para a eternidade. Acho que logo, logo vai pendurar pela casa quadros seus montada em golfinhos e atirando raios-laser pelos olhos. O meu voto e o de Sasha foram dois dos únicos quatro votos de protesto contra ela. Sou pessimista e, ainda assim, achei que havia mais resistência contra Abigail na casa do que isso. Acho que só nos resta nos acostumarmos com a ideia de nos curvar à nossa nova líder suprema.

A ideia de passar um ano sob as garras de Abigail faz meu estômago revirar. Pode até ter sido uma votação secreta, mas ela sabe muito bem que votei contra. E não tenho dúvida que vai me fazer pagar caro por essa dissidência. Como, ainda não sei ao certo, mas, conhecendo Abigail, não vai ser bonito.

Se não fosse por todo o tempo e o esforço que já dediquei à Kappa Chi, consideraria deixar a irmandade. Mas pelo menos tenho Sasha como aliada. Além do mais, ser uma Kappa significa ter uma rede de apoio e conexões profissionais para a vida toda. Não entrei no grupo só para destruir o meu capital futuro tão perto do fim.

Só mais um ano. Se Abigail realmente tirar as coisas dos eixos, Sasha e eu podemos organizar a insurreição.

Agora, na turma da sra. Gardner, estou ajudando as crianças com as colagens que estão fazendo sobre os livros que leram na semana. É o momento mais silencioso da sala no dia. Estão todos de cabeça baixa, olhos concentrados, cortando fotos de revistas antigas e colando suas criações nas folhas de cartolina.

Graças a Deus existe cola em bastão. Só tive que lavar cola do cabelo de uma menina hoje. A sra. Gardner proibiu cola líquida depois que uma catástrofe terrível levou a três cortes de cabelo de emergência. Nunca vou entender como as crianças sempre conseguem achar um jeito novo de se grudar umas às outras.

"Tia Taylor?" De seu lugar, Ellen levanta a mão.

"Está ficando bonito", digo a ela, quando me aproximo de sua carteira.

"Não consigo achar um rato. Já olhei isso aqui tudo."

Aos seus pés há uma pilha de revistas mutiladas e páginas soltas. Passei um mês com a sra. Gardner vasculhando Hastings inteira em busca de revistas velhas. Consultórios médicos, bibliotecas, sebos. Por sorte, sempre tem alguém tentando se livrar de trinta anos de *National Geographics* e *Highlights*. O problema é que, quando você tem mais de vinte crianças, todas lendo sobre um rato, a oferta de roedores tende a cair.

"E se a gente desenhasse um rato num papel colorido?", sugiro.

"Não sei desenhar direito." Ela faz beicinho, jogando mais uma pilha de páginas soltas no chão.

Conheço esse sentimento. Na minha infância, eu era uma perfeccionista com tendência à autocrítica.. Planejava uma coisa grandiosa na cabeça e depois ficava louca quando não conseguia materializar meu projeto. Na verdade, já fui banida de várias escolas de pintura em cerâmica, em Cambridge.

Não é uma coisa de que me orgulho.

"Todo mundo é capaz de desenhar bem", minto. "A melhor coisa da arte é que todo mundo é diferente. Não tem regras." Pego umas folhas novas de papel colorido e desenho umas formas simples como exemplo. "Tá vendo, você pode fazer uma cabeça triangular e um corpo oval com alguns pezinhos e orelhas, depois é só cortar e colar e fazer um ratinho. Isso se chama arte abstrata — eles penduram coisas assim nos museus."

"Posso fazer um rato roxo?", pergunta Ellen, uma menininha de elástico roxo no cabelo, macacão roxo e sapato roxo. Que surpresa.

"Pode fazer da cor que quiser."

Satisfeita, ela começa a trabalhar com seus lápis de cera. Sigo para outra mesa, quando ouço uma batida à porta da sala de aula.

Levanto os olhos e vejo Conor me espiando pela janela. Ele ficou de me buscar hoje, mas chegou um pouco adiantado.

Caminho na sua direção, e ele enfia a cabeça pela porta. "Desculpa", diz, olhando ao redor. "Só tava curioso de ver como você é em aula."

Ele está com um estado de espírito mais leve esta semana. Está sorrindo de novo, sempre animado e de bom humor. É um lado bom de Conor, mesmo sabendo que isso não deve durar muito. Ninguém é feliz assim o tempo todo. E tudo bem. Também gosto do Conor mal-humorado. Só não consigo conter a satisfação de saber que parte dessa atitude positiva é por minha causa. E do sexo. Acho que principalmente do sexo.

"E eu sou diferente?", pergunto.

Conor me examina demoradamente de cima para baixo. "Gostei da sua roupa de professora."

Não vou mentir, exagerei um pouco no início do semestre, com um visual bem Zooey Deschanel. Muitas saias retrô e cores primárias. Acho que, na minha cabeça, era esse o papel que eu queria desempenhar, porque é importante demonstrar confiança quando você entra numa sala com vinte e uma criaturinhas. Ou elas te comem viva.

"Ah é?", digo, dando uma voltinha e fazendo uma pequena reverência.

"Ã-ham." Ele lambe os lábios e enfia as mãos nos bolsos, e estou descobrindo que esse é o seu jeito de esconder a meia-bomba quando tem pensamentos obscenos. "Você vai continuar com essa roupa quando a gente chegar em casa."

Essa é outra coisa que entrou no nosso vocabulário. *Casa.* Seja a dele ou a minha, se estamos a caminho de alguma delas ou passamos a noite juntos, chamamos de casa. Está cada vez mais difícil fazer uma distinção entre as duas.

"Tia Taylor", uma das meninas me chama. "Esse é o seu namoraaaaaaaaado?"

A turma responde com um *uuuuuh* e muitas risadas. Ainda bem que a sra. Gardner não está na sala, ou teria expulsado Conor na mesma hora. A avaliação final está bem perto agora, não posso deixá-la pensar que não estou concentrada apenas nas crianças.

"Certo", digo a ele, "fora daqui, antes que a sra. Caruthers, da turma ao lado, chame o segurança."

"Te vejo lá fora." Ele me dá um beijo na bochecha e pisca para as crianças, que estão nos assistindo.

"Vai." Quase bato a porta na cara dele, sufocando um sorriso.

"Tá namorando, tá namorando", cantam as crianças, cada vez mais empolgadas com a provocação.

Caramba, se continuarem com isso, a sra. Caruthers vai reclamar do barulho. Levo o indicador aos lábios e levanto a outra mão. Um por um, os alunos imitam minha pose, até que todos estão em silêncio de novo. Podem me chamar de domadora de crianças.

"A sra. Gardner já está chegando, e daqui a pouco o sinal vai tocar", lembro a turma. "É melhor vocês terminarem as colagens, ou ninguém vai ganhar carinha feliz no quadro hoje."

Com isso, eles baixam a cabeça e voltam a cortar e a colar furiosamente. Estão a poucos dias de ganhar uma festa com pizza, se mantiverem o bom comportamento. E só faltam alguns dias para eu passar na avaliação do estágio, se conseguir manter as crianças assim dóceis. Somos todos escravos do sistema.

Não sei o que aconteceu hoje, mas nem no carro, a caminho da casa dele, Conor consegue se conter. Ele dirige com uma das mãos e enfia a outra debaixo da minha saia, então sobe pela minha coxa e começa a esfregar minha boceta, enquanto cerro os dentes e tento não dar bandeira para o cara na moto parado no sinal ao nosso lado.

"Presta atenção na rua", digo a ele, enquanto abro mais as pernas e deslizo um pouco mais para baixo no assento.

"Tô prestando." Ele pressiona os dedos contra o meu clitóris, esfregando por cima da calcinha.

"Certeza que isso conta como distração ao volante." Quero os dedos dele dentro de mim. Quero tanto que meu peito dói com a tensão em meus músculos. Meus olhos se fecham, e fico imaginando sua mão em mim, enquanto seus dentes puxam meus mamilos.

"Fico sempre distraído quando você tá sentada aí."

Quando chegamos, é uma corrida louca até o quarto. Seus amigos ainda não chegaram, então, com sorte, vamos ter algum tempo para brincar antes que eles apareçam.

Conor mal fecha a porta atrás de nós e começa a me empurrar contra a parede e a abrir o meu casaco. Ele deixa alguns botões fechados, só aumentando o meu decote.

Tá bom. Talvez eu tenha vestido isso hoje só porque sei que ele gosta.

Conor lambe e beija minha clavícula, depois puxa de leve um bojo do sutiã para expor meu peito, enquanto aperta e massageia o outro. Ele lambe e chupa o mamilo. Minhas coxas se contorcem com a necessidade de senti-lo dentro de mim. Envolvo uma perna em torno de seus quadris e me esfrego em sua ereção grossa.

"Você é tão gostosa", murmura ele, puxando meu sutiã para chupar meu outro mamilo.

Ele se esfrega em mim, com urgência e fome. Então percebo que está abrindo a calça jeans. Abre só o suficiente para tirar o pau, que segura com uma das mãos, enquanto esfrega a cabecinha na minha boceta.

"Tem uma camisinha no meu bolso", murmura.

Eu a encontro, abro a embalagem e coloco nele. Levando a boca para junto da minha, ele me beija profundamente, enquanto puxa minha calcinha para o lado. Ele entra em mim, e deixo escapar um gemido feliz e aliviado.

Conor me come contra a parede. Devagar a princípio, dando um tempo para nós dois nos acostumarmos com a posição. Então, mais forte, mais fundo. Minhas mãos se enroscam nos seus cabelos, as unhas cravando na nuca para me segurar. Ele envolve minha perna com um dos braços e a ergue, para me abrir mais para ele. Cada investida provoca uma explosão de prazer que se espalha por meu corpo. Perco o controle da minha voz, dominada pela intensidade.

De repente, ele para. Então me vira de frente para a cama e me debruça sobre o colchão. Estou ofegante, sem fôlego, enquanto ele levanta a minha saia para expor a minha bunda, deslizando as mãos na pele nua e apertando minhas nádegas.

"Tudo bem assim?", pergunta, baixinho, passando a cabecinha na minha bunda.

"Tudo", digo, desesperada para senti-lo dentro de mim de novo.

Ele baixa minha calcinha e entra fundo, segurando meu quadril. Solto um gemido com a sensação de plenitude e me movo contra ele. Querendo, precisando que ele me leve até o fim.

Penso então que minha bunda está *bem ali*, completamente exposta na luz do fim de tarde que entra pelas cortinas abertas. E, no entanto, isso não parece mais importar. O que aprendi durante todos os meus encontros sem roupa com Conor é que o homem não liga para a minha barriga macia e as covinhas da minha bunda.

Não só não *liga* — ele simplesmente não vê. Na outra noite, quando eu estava reclamando de celulite na parte de trás da minha coxa, ele parou atrás de mim e ficou uns cinco minutos procurando e espremendo os olhos, insistindo que não estava vendo nada. Então me chupou, e eu esqueci do que estava reclamando.

Acho que sexo bom aumenta a nossa confiança. Ou talvez eu esteja amadurecendo um pouco.

A cada movimento, nossas vozes ficam mais altas. Agarro os lençóis com as mãos, as pernas tremendo, me movendo para trás para ajudar nas investidas.

"Cacete, você é tão gostosa." Conor passa a mão pela frente e esfrega o meu clitóris, me levando ao orgasmo.

Mesmo mordendo o lábio, não consigo abafar o som quando o clímax enfim chega, encaixada em seu pau.

"Ei!" Ouço três batidas fortes contra a porta do quarto. "Tem gente aqui tentando estudar. Ou vocês seguram a onda aí ou convidam a gente pra festa!"

"Vai se foder, Foster", Conor grita de volta.

Sufoco uma risada, o que faz Conor gemer por entre os dentes, enquanto meu corpo se contrai e estreme junto ao seu. Ele me coloca de pé e aperta meus seios, me abraçando por trás, enquanto faz movimentos curtos e rápidos para chegar ao próprio clímax. Logo, ele está estremecendo, me apertando com força, enquanto goza dentro de mim.

"Por que só fica cada vez melhor?", murmura, deixando o queixo cair em meu ombro.

Depois que tira a camisinha, deitamos na cama para recuperar o fôlego.

"Acho que a gente devia começar a fazer isso mais no seu apartamento", ele resmunga, então. "Acho que eles estão voltando pra casa mais cedo só pra pegar a gente no flagra."

"É, você vai ter que expulsar todo mundo de casa para eu poder sair daqui. Humm. Ou talvez a gente devesse arrumar uma escada de corda para eu sair pela janela."

Gosto de desenhar pequenas formas na barriga de Conor quando estou deitada em seu peito. Seus músculos se contraem sob o meu toque quando faço cosquinha de leve. Ele odeia, mas tolera porque sabe que me diverte. Então pego um ponto mais sensível, e ele aperta minha bunda como um aviso para eu não começar algo que não posso terminar.

"Que nada... não esquenta", diz ele, em resposta ao meu plano de fuga. "Não vai ser uma caminhada da vergonha, e sim um desfile num tapete vermelho. Depois de hoje, pode esperar pelos aplausos."

Eu dou risada. "Não sei se isso é melhor."

"Ou eu posso ameaçá-los." Conor beija o topo da minha cabeça. "O que você preferir."

Cerca de uma hora depois, Foster bate na porta de novo para perguntar se a gente quer comer na lanchonete com eles. Estou morrendo de fome, então tomamos uma ducha na suíte de Conor e nos vestimos.

"E aí", digo, prendendo o cabelo num coque, "já falou de novo com a sua mãe e Max?"

Conor suspira enquanto se senta na beirada da cama, vestindo uma camiseta limpa. "Não. Quer dizer, falei com a minha mãe. E ela já me mandou umas duas mensagens me pedindo para ligar para o Max. Dei uma desculpa de que tinha aula ou estava estudando ou sei lá o quê. Disse que depois eu ligava."

"Então você está evitando ele." Sei que isso não é fácil para Conor. Confessar foi um grande passo na direção certa, mas essa história ainda não acabou. Agora, porém, sua ansiedade em falar com o padrasto está levando a melhor sobre o seu bom senso.

"Eu sempre acho que, se esperar mais um dia, vou descobrir um jeito de conversar com ele, sabe? Vou saber o que dizer. Tô só..." Ele esfrega o rosto, penteando os cabelos úmidos furiosamente com os dedos.

"Nervoso", termino a frase para ele. "Imagino. Eu também ficaria com medo. Mas um dia vai acontecer. Meu conselho é respirar fundo e ir em frente."

"Tô com vergonha", admite ele, abaixando-se para vestir as meias. "Sempre soube que Max não tinha uma opinião das melhores sobre mim, e agora provei que ele tinha razão. Eu sabia o que estava fazendo. Digo, na época. Só fiquei com uma puta raiva e estraguei tudo."

"É exatamente isso que você tem que dizer pra ele." Fico de pé entre suas pernas e envolvo seus ombros largos com os braços. "Diga a verdade. Você cometeu um erro idiota e se arrependeu, as coisas saíram do controle, e você sente muito."

Conor me puxa para mais perto, me abraçando em seu peito. "Você tá certa."

"Eles falaram alguma coisa sobre o que vai acontecer com Kai?"

"Não toquei no nome dele. Falei pro Kai que não ia contar se ele me deixasse em paz. Do jeito como está, Max não quer prestar queixa, já que o seguro pagou o prejuízo. Não ia valer o aborrecimento. Então não deixa de ser uma pequena vitória, acho."

"Você vai fazer a coisa certa." Eu o beijo na bochecha. Porque tenho fé nele. E sei melhor que qualquer um a diferença que faz quando alguém acredita em você. "Mudando de assunto, quinta é meu aniversário. Tava pensando em juntar um pessoal no Malone's. Nada de mais. Só sair, tomar uns drinques."

"O que você quiser, gata."

"Ei! Vambora!" Foster bate à porta de novo. "Ou vou entrar aí e as coisas vão ficar esquisitas."

# 36

### CONOR

Quando deixo o campus depois das aulas de quinta, tenho duas chamadas de Max não atendidas. Sei que não posso evitá-lo por muito mais tempo, mas, cara, continuo tentando com todas as forças. Quando abri o jogo com ele e minha mãe, estava no meio de um estupor cego de culpa e pânico. Agora que minha cabeça está mais clara, me dou conta de que não há sequer uma parte de mim que queira ter essa conversa. Principalmente hoje.

Fiz Taylor passar por um inferno por causa dessa besteira com Kai. A única coisa que me preocupa agora é proporcionar a ela um aniversário perfeito. Sei que ela nunca teve um namorado sério antes, então estou considerando que todos os clichês de sempre ainda são novidade para Taylor. Isso significa flores.

Uma quantidade absurda de flores.

Um massacre ecológico de flores.

Na floricultura, em Hastings, tento transmitir esse pedido, o que, por alguma razão, é mais difícil do que eu esperava.

"Qual é a ocasião?", pergunta a mulher de meia-idade. Tem uma aura meio hippie de Vermont, e o lugar cheira a head shop. Uma head shop florida.

"Aniversário da minha namorada." Caminho pela loja, avaliando os arranjos e os buquês já prontos nas geladeiras. "Quero muitas flores. Uma coisa bem grande. Ou talvez vários arranjos."

"Qual a flor preferida dela?"

"Não faço ideia." Acho que rosas pegariam bem, mas aí penso que talvez fosse melhor algo mais exótico. Mais inesperado.

Algo que diga: *Me desculpa por ter te largado porque estava com medo que você não me respeitasse mais quando descobrisse que eu era um mentiroso e um criminoso, mas acontece que também te amo, então, me aceita de volta? E o sexo é fantástico e quero continuar fazendo isso com você?*

"E a cor preferida?"

Merda, não sei. Ela usa muito preto, cinza e azul. Menos quando está dando aula. Aí é o contrário. Acho que depois de dois meses de namoro, eu deveria saber disso. O que eu fiz esse tempo todo? Sexo oral, basicamente.

Demonstrando notar meu desconforto, a mulher diz: "Bem, ela é de Touro, então rosa e verde em geral é uma boa pedida. Ela vai gostar de algo terroso, mas sofisticado e refinado". A florista hippie caminha pela loja por entre as amostras, tocando todas elas, aproximando o ouvido das folhas como se estivesse tentando ouvir alguma coisa. "Bocas-de-leão", declara. "Dedaleiras e rosas cor de rosa. Com suculentas. É, vai ficar perfeito."

Não tenho a menor ideia de que flores são essas. Mas entendo a palavra *rosas*. "Parece bom. É pra ser uma coisa grande", lembro.

A hippie some na sala dos fundos, e o sino da porta da frente toca. Olho por cima do ombro e vejo ninguém menos que o treinador Jensen entrando na loja.

"Oi, treinador."

Parece nervoso, como na noite do jantar em família. É estranho vê-lo assim, já que, no vestiário ou no gelo, o cara é uma muralha de confiança. Acho que as mulheres fazem isso com a gente.

Ele solta um suspiro pesado. "Edwards."

Sim, as relações não melhoraram desde o infame incêndio. Entendi. Fora da temporada, o técnico prefere não ter que lidar com a sua turba de arruaceiros. Encontrá-lo na cidade é quase como ver seu professor no shopping no meio das férias de verão. Uma vez que o semestre termina, eles não querem nos ver.

"Comprando alguma coisa para Iris?", pergunto. "Taylor me disse que ela e a mãe fazem aniversário no mesmo dia." O que reforça ainda mais minha teoria de que Taylor é na verdade o produto de um experimento russo de engenharia humana para criar algum tipo de agente infiltrado. Ela não confirmou nem negou.

"Não", zomba ele, "só gosto de vir aqui algumas vezes por semana para pegar pétalas para o meu banho de espuma."

Gosto de imaginar que o sarcasmo é o jeito de o treinador demonstrar que se importa. Caso contrário, esse cara não me suporta. "Vão fazer alguma coisa?"

Ele me dá as costas e passa a explorar os arranjos nas caixas. "Jantar em Boston."

"Bem, se comportem, e não fiquem fora até tarde. Sabe como é, cheguem em casa vivos."

"Nada de gracinha, Edwards. Ainda tenho uma lata de lixo com seu nome nela."

Meu cu se fecha no instante em que ele diz isso. "Sim, senhor."

Ficamos alguns minutos num silêncio constrangedor, os dois fingindo navegar pela pequena loja enquanto esperamos a florista voltar. Não consigo imaginar como deve ser para o namorado de Brenna, Jake. Sorte a dele que os dois estão num relacionamento à distância, enquanto ele joga profissionalmente em Edmonton, porque o treinador me parece o tipo de homem que fica sentado na mesa da cozinha polindo o revólver toda vez que um cara vem buscar a filha para sair. E Brenna então sai pela porta depois de dar um beijo na bochecha do pai, com o bolso cheio de balas.

Iris foi tranquila, considerando as histórias de horror que já ouvi sobre conhecer os pais de namoradas. Quer dizer, o que é um pequeno incêndio em família, né?

"Quais são seus planos com Taylor?", ruge ele, tão abruptamente que me pergunto se imaginei isso.

"Jantar primeiro. Só nós dois. Depois, encontrar amigos no Malone's."

"Ã-ham", diz ele, depois limpa a garganta. "Bem, nada de aparecer na mesa ao nosso lado, entendeu?"

"Sem problema, treinador."

Enfim a florista volta com uma braçada de flores num vaso gigante. Perfeito. O troço é quase do meu tamanho. Vou ter que colocar o cinto de segurança nele.

O treinador vê o arranjo, me dá uma encarada e revira os olhos. É uma coisa tão enorme e complicada que acabo precisando da ajuda dele para passar pela porta e levar até o carro, estacionado no meio-fio. Mal acabo de arrumar as flores no banco da frente, quando vejo, do outro lado da rua, um rosto que não pertence a este lugar. E ele me vê.

Merda.

Ele espera alguns carros passarem antes de correr na nossa direção. Com o coração na boca, chego a pensar em pular no banco do motorista e fugir.

Tarde demais.

"Conor", diz ele. "Finalmente te achei."

Puta que pariu.

Um olhar para o treinador. "Oi, muito prazer." Ele oferece a mão para o técnico, enquanto ambos me olham, à espera de uma resposta.

"Treinador Jensen", digo, sentindo como se estivesse prestes a engasgar na própria língua, "este é Max Saban, meu padrasto."

"Que bom te conhecer, treinador." O problema de Max é que ele é exageradamente cordial o tempo todo. Não confio nisso. Ninguém sorri tanto assim. É estranho pra caralho. Qualquer pessoa que está de bom humor com essa frequência toda deve estar escondendo alguma coisa. "Conor falou muito de você para a mãe. Ele adora o programa de hóquei."

"Chad", diz o técnico, apresentando-se. "Prazer em conhecer." Ele me lança um olhar interrogativo, que só posso interpretar como uma confirmação de que ele percebeu a estranheza da situação toda e está se perguntando por que diabos está sendo arrastado para mais do meu drama pessoal. "Conor foi uma ótima aquisição para o time. Estamos muito felizes de tê-lo na equipe no ano que vem."

Rá. Se ele soubesse. Não consigo encontrar os olhos de Max para ler sua reação.

"Bem, tenho que ir", diz o treinador, me deixando sozinho aqui neste bloco de gelo à deriva. "Prazer em conhecer, Max. Tenha um bom dia." Ele entra de novo na floricultura, e não tenho mais onde nem ninguém atrás de quem me esconder.

"Quando foi que você chegou?", pergunto a Max. Mantenho o tom casual, porque ele está aqui agora, e não posso mais evitá-lo. A última coisa que quero é que ele veja meu constrangimento.

Então, reprimo a ansiedade. Fiquei bom nisso quando criança, seguindo Kai pelos prédios abandonados e becos escuros. Entrando em roubadas que me assustavam, o tempo todo sabendo que não podia demonstrar fraqueza ou levaria porrada. É a máscara que uso toda vez que piso no gelo, enfrentando um adversário pronto para a batalha. Não é nada pessoal, mas a ideia é criar confusão. A dor faz parte do jogo. Se não estivéssemos preparados para perder alguns dentes, ficaríamos em casa tricotando.

"Hoje de manhã", responde Max. "Peguei um voo noturno."

Merda, ele tá puto. Daquele jeito dos ricos. Quanto mais tranquilo eles parecem, mais sua vida está em perigo.

"Passei na sua casa, mas você já tinha saído."

"Tenho aula cedo nas quintas."

"Bem", diz ele, acenando para a lanchonete mais adiante. "Ia tomar um café antes de voltar pra sua casa. Já que a gente está aqui, não quer vir comigo?"

Não posso dizer não, posso? "Pode ser, claro."

Pegamos uma mesa perto da janela, e a garçonete aparece depressa para encher nossas canecas. Nem gosto de café, mas bebo o meu depressa, rápido demais, escaldando a língua porque não sei o que fazer com as mãos, e isso me impede de ficar sacodindo o joelho.

"Acho que é melhor eu começar", diz ele.

A segunda pior coisa sobre Max é como ele sempre parece que acabou de sair do set de filmagem de um seriado de comédia do início dos anos 2000. Ele é um daqueles pais eternamente alegres, com um corte de cabelo de homem sério, camisa xadrez e colete de uma marca esportiva cara, apesar de não ter o costume de fazer trilha.

Talvez isso seja parte do problema — não posso levá-lo a sério quando ele parece um personagem de um programa a que nunca assisti quando criança, porque não tínhamos tv a cabo. Os pais fictícios que estragaram os homens ausentes das nossas vidas. Pessoas como eu foram criadas com as mentiras que os roteiristas de televisão contavam para satisfazer as fantasias de suas próprias infâncias infelizes.

"Claro que vim aqui porque não conseguimos falar por telefone", continua Max. "Também achei que talvez fosse melhor conversar pessoalmente."

Isso nunca é bom. Agora estou pensando que devia ter tido essa conversa com a minha mãe primeiro. É bem possível que, considerando a minha falta de cooperação, ela não tenha tido escolha a não ser me deixar por conta de Max. Deixar de me ajudar financeiramente, me tirar da faculdade, da casa. Me deixar à deriva, numa balsa feita por mim mesmo.

"Sei que nunca conversamos muito ao longo de todos esses anos, Conor. Acho que em parte a culpa é minha." Não é exatamente como imaginei que isso fosse se desenrolar. "Quero começar dizendo que, apesar de não aprovar de jeito nenhum as suas atitudes, consigo entender por que você fez essas escolhas."

O quê?

"Sei que nessa idade podemos nos deixar levar pelas emoções e, às vezes, quando a pressão externa é muito forte, tomamos decisões e fazemos coisas que em outras circunstâncias jamais aconteceriam. Você cometeu um erro, um erro grave. Você mentiu. Para mim, sim, mas, o que é mais importante, para a sua mãe. Desde o seu primeiro telefonema, quanto isso pesa em sua consciência. E o que acho mais promissor é que, embora tenha demorado um pouco mais do que gostaríamos, você admitiu o seu erro. Agora vem a parte mais difícil", diz ele, com um sorriso hesitante. "Assumir a responsabilidade."

"Sou obrigado a dizer que você está encarando isso melhor do que eu esperava", digo a ele. "Não culparia você se tivesse uma reação mais furiosa."

"Admito que minha reação inicial foi surpresa. Talvez um pouco de raiva tenha surgido depois. Aí lembrei do que eu fazia quando tinha dezenove anos." A garçonete volta para encher nossas canecas, e ele dá um longo gole de café, enquanto resta a mim tentar adivinhar em que tipo de problema Max poderia se meter na Briar, na época dele. "A questão é que queria dizer que todo mundo tem direito de fazer umas merdas de vez em quando."

Ouvi-lo falar palavrão me faz abrir um sorriso. É meio como se dar conta pela primeira vez que o pai de *Full House* também fazia uns shows de stand-ups bem obscenos.

"Fico feliz que você tenha contado a verdade, Conor, e, no que me diz respeito, podemos todos seguir em frente."

"É só isso?" É sério?

"Bem, sua mãe não teria como colocar um homem de vinte e um anos de idade que mora do outro lado do país de castigo", diz ele, com um sorriso.

Parece uma armadilha. "Achei que vocês iam me tirar da faculdade ou pelo menos parar de pagar os meus estudos."

"Isso seria contraproducente, não acha? Que tipo de lição construtiva você teria interrompendo a sua educação universitária?"

"Achei que fosse rolar algum tipo de restrição. Financeira." O que seria mais do que justo, considerando o que fiz com ele. O fato é que toda a minha subsistência está contida na conta bancária de Max. Ele sustenta todos nós. Não seria exagerado pensar que ele pudesse reconsiderar esse arranjo.

"Conor, talvez até fosse uma coisa aconselhável dizer para você arrumar um emprego, trabalhar oitenta horas por semana, e ainda assim não ganhar o suficiente para pagar o aluguel e terminar a faculdade — se você fosse outra pessoa. Mas ninguém precisa dizer a você como a vida lá fora é difícil ou como é duro ganhar dinheiro. Muito menos eu." Ele pousa sua caneca. "Você e a sua mãe já passaram por muitos apertos nesta vida. Não seria uma boa ideia impor ainda mais dificuldades, e a verdade é que qualquer prejuízo financeiro que o seu erro tenha causado é uma quantia insignificante, comparada ao valor que atribuo a essa família."

"Não sei o que dizer." Max nunca falou assim comigo antes, seja sobre família ou sobre a maneira como mamãe e eu vivíamos antes de ele aparecer. Nem sei se já trocamos tantas palavras em todo o tempo que nos conhecemos quanto hoje. "Não sabia que você se sentia assim."

"Família é a coisa mais importante na minha vida." Ele volta os olhos para a caneca de café, e sua postura muda, como se suas feições se tornassem mais solenes. "Meu pai morreu quando eu estava na Briar, sabe. Foi difícil para mim, e mais ainda para a minha mãe. Depois disso, ficamos só nós dois, e todos os lugares que papai costumava preencher ficaram vazios. Quando alguém morre, tudo se torna uma lembrança da ausência da pessoa. Feriados e ocasiões especiais, sabe? Aí minha mãe morreu quando eu estava na pós-graduação, e tenho duas vezes mais memórias vazias."

Sinto um aperto no peito. Arrependimento, talvez. Uma sensação de afinidade. Nunca me ocorreu que eu poderia ser parecido com Max em alguma coisa. Quer dizer, tem uma diferença enorme entre um pai que escolhe abandonar o filho e um bom pai que morre cedo demais, mas nós dois sabemos como é ver a sua mãe batalhando e não poder ajudar.

"O que estou tentando dizer é que, quando conheci sua mãe, tive o maior respeito por tudo o que ela fez, criando você sozinha. E me solidarizei com as dificuldades que vocês devem ter enfrentado. Quando Naomi e eu nos casamos, prometi que meu primeiro trabalho seria sempre cuidar de vocês dois. Garantir da melhor maneira que pudesse que essa família fosse feliz." Sua voz se suaviza um pouco. "Sei que nem sempre cumpri essa promessa no que diz respeito a você e eu."

"Justiça seja feita", digo, "nunca te dei muita chance." Desde o começo, vi Max como um babaca de terno. Alguém com quem nunca me identificaria, então por que me dar ao trabalho de tentar? "Achei que você estava ali por causa da minha mãe, mas que eu infelizmente fazia parte do pacote. Porque você era de um mundo tão diferente do nosso, só me via como um fracassado que não valia o esforço."

"Não, Conor, de jeito nenhum." Ele afasta a caneca de café para o lado e apoia os cotovelos na mesa.

Ele tem um certo magnetismo, não posso negar. Dá para imaginar que, quando está diante de alguém numa sala de reuniões, é capaz de convencer qualquer um que o que está vendendo vai torná-lo rico.

"Escuta, eu entrei nessa sem a menor ideia de como fazer isso direito. Não tinha certeza se devia tentar ser um pai ou um amigo, e acabei não sendo nenhuma das duas coisas. Fiquei com tanto medo de me meter demais na sua relação com a sua mãe que acho que acabei não me esforçando o suficiente para construir um relacionamento com você."

"Eu não facilitei pra você", admito. "Achei que se você não me suportava, então eu podia ser tão bom quanto você em te odiar. Acho que talvez..." Engulo em seco, desviando os olhos. "Não queria ser rejeitado por outro pai. Então te rejeitei primeiro."

"Por que você pensaria isso?" Ele se recosta no assento, parecendo genuinamente surpreso.

"Quer dizer, olha só pra gente. Não temos nada a ver um com o outro." Bem, talvez isso seja um pouco menos verdade agora que sei que temos algumas coisas em comum, mas, ainda assim, não consigo imaginar que Max teria muito mais utilidade para mim se eu fosse um estranho que ele acabou de encontrar na rua. "Sei que você tem essa ideia de que eu devia ser mais parecido com você, me interessar por negócios e finanças, trabalhar na sua empresa e seguir os seus passos, mas, sinceramente, isso me mata de tédio. Pensar nisso drena a alegria de todo o meu ser. Então fiquei com a sensação de que nunca vou ser bom o suficiente. Evitei as suas ligações esta semana porque estava com vergonha e não precisava de uma confirmação de que tudo que eu temia ao meu respeito fosse verdade."

Com as mãos no colo, afundo um pouco no banco em que estou sentado, com vontade de me espremer entre as almofadas e me juntar ao pó. Pelo menos agora está tudo às claras. O que quer que aconteça, não vai ser tão humilhante quanto este momento. Não pode ser.

Max fica quieto por um bom tempo. Não consigo ler a reação dele, e a cada segundo que passa interpreto seu silêncio como concordância. E dá para entender o motivo. Não é culpa dele que seu conceito de sucesso seja diferente do meu. Somos apenas pessoas diferentes, e é inútil tentar medir um pela régua do outro. Acho que seria melhor parar de tentar.

"Conor", diz ele, afinal. "Eu devia ter dito isso há muito tempo... para mim, você *nunca* falhou em nada. Nunca te vi como nada menos que um garoto divertido, cativante e inteligente que está se tornando um homem notável. Você tem razão, existe um lado paternal em mim que gosta da ideia de ser um mentor para você, um modelo. De levá-lo para a empresa e te ensinar a assumir as coisas quando eu não estiver mais aqui. Se não é isso que você quer, vou respeitar. Acho que devia ter entendido o recado mais cedo, né? Mas, seja lá o que você decidir fazer com a sua vida e a sua carreira, sua mãe e eu vamos apoiar. Como uma equipe. Como uma família. Porque a gente sabe que você vai tomar as decisões certas. Se eu puder ajudar, vou ficar muito feliz. Ou então", diz ele, com uma risada autodepreciativa, "vou tentar não atrapalhar. Mas, aconteça o que acontecer, quero que você saiba que tenho muito orgulho de você."

Eu dou risada, bem baixinho. "Qual é, não precisa exagerar."

"Tenho orgulho de você", repete ele, enfiando a mão no bolso para pegar o telefone.

Com uma leve suspeita, observo enquanto ele entra num site e abre uma foto sua sentado em sua mesa de trabalho. Uma daquelas fotos corporativas de assessoria de imprensa. Depois ele põe o telefone na mesa e dá um zoom. Atrás dele, no meio de todos os prêmios e placas, tem um porta-retratos com uma foto minha com minha mãe.

Chego a perder o fôlego um pouco, e espero que ele não tenha percebido. É uma foto da lua de mel deles, poucos dias depois do casamento. Fomos todos para o Havaí e, na nossa última noite lá, Max tirou uma foto nossa vendo o pôr do sol. Nunca tinha saído da Califórnia antes disso. Nunca tinha andado de avião. Passei o tempo todo de mau humor, porque eles ficaram fazendo coisas de casal, e eu não tinha ninguém com quem me divertir, mas aquela noite na praia com minha mãe é a minha melhor lembrança da viagem.

"Sempre tive orgulho de você", diz Max, com a voz embargada, e meus olhos começam a arder. "Sempre vou ter orgulho de você, Conor. Eu te amo."

"Então, puta merda", digo, tossindo para limpar o nó na garganta. "Acho que o idiota sou eu."

Ele ri, enquanto nós dois esfregamos os olhos discretamente e fazemos outros barulhos guturais masculinos que não têm nada a ver com chorar.

"Não sei o que dizer agora", admito. "É uma merda que a gente tenha passado todo esse tempo sendo esquisito um com o outro." Não estou prestes a virar o melhor amigo do cara ou a começar a chamá-lo de pai, mas os últimos anos teriam sido muito mais fáceis se essa conversa tivesse acontecido mais cedo.

"Por mais piegas que pareça, queria tentar de novo", diz ele. "Tentar ser amigo, sabe?"

Acho que existe coisa pior na vida. "É, acho que posso tentar."

Estou prestes a sugerir que a gente peça uma comida, mas depois me lembro de que estou com um arranjo de flores do tamanho de uma criança murchando no meu banco da frente, e ainda tenho outras coisas para resolver antes de buscar Taylor para jantar.

"Quanto tempo você fica na cidade?", pergunto.

"Volto amanhã de manhã. Por que, o que você sugere?"

"Bem, hoje é aniversário da minha namorada, e vamos encontrar uns amigos. Mas, se você não se importar de ficar mais um pouco, nós três podíamos jantar amanhã à noite? Já tinha comentado com a minha mãe de convidar Taylor para a Califórnia no verão."

Max me oferece um sorriso enorme, que então tenta sufocar, enquanto assente. "Tudo bem. Posso remarcar a passagem. Só me falar onde e quando. Vai ser bom conhecê-la."

É impossível deixar de pensar que Taylor ficaria orgulhosa de mim agora.

# 37

## TAYLOR

Conor está tramando alguma coisa. Estou sentindo. Não que ele tenha falado alguma coisa, é só a vibe que está transmitindo. Ele me mandou uma mensagem hoje de manhã para me desejar feliz aniversário e me disse para me arrumar para a noite. O que é estranho, já que em geral ele só quer me ver nua. Então ele deu a entender que não ia poder me ver depois da aula, porque tinha algumas "coisas especiais para resolver".

O que quer que tenha planejado para o nosso encontro hoje, tenho a sensação de que está exagerando. E não posso dizer que vou ficar brava com ele. A verdade é que nunca tive namorado no meu aniversário antes, então estou ansiosa para receber o pacote completo que a televisão me prometeu. Mais do que isso, estou empolgada com a perspectiva de construir lembranças inesquecíveis com ele.

Claro que para me arrumar vou precisar de uma ajuda da minha consultora de beleza. Na saída da aula, mando uma mensagem para Sasha.

EU: *A noite promete. Faz minha maquiagem?*

Ela é boa de maquiagem. Uma das suas muitas aspirações profissionais nos últimos dois anos foi trabalhar como maquiadora. Ao menos para se manter enquanto leva adiante suas aspirações musicais, e se todo o projeto de ser supervilã não der certo.

Quando chego à minha rua, ela me responde.

ELA: *Pra que perder tempo com isso? Vai estragar tudo chupando o Conor.*
ELA: *Tô só de gozação com a sua cara. Acabei de chegar em casa, pode vir.*

EU: *haha, gozação. É esse o espírito.*

ELA: *Para de pensar besteira, sua devassa.*

EU: *Você que começou.*

Acrescento um monte de emojis sem sentido, mas totalmente obscenos, depois pego meu vestido em casa e vou de Uber até a rua das fraternidades.

Preciso dividir melhor meu tempo. Estar totalmente absorvida na minha bolha é divertido, mas não quero negligenciar os amigos. Sasha, principalmente. Ela me apoiou mais do que qualquer um nos últimos anos, nos momentos difíceis. Eu provavelmente teria sofrido um colapso nervoso e tacado fogo no cabelo mais de uma vez se não fosse por ela. Mas, nos últimos tempos, sinto como se não tivesse ideia do que está acontecendo na vida dela, o que é um sinal de que estou recebendo mais do que dando. Uma falha grave da minha parte. Preciso mudar isso, e logo.

O tempo está finalmente esquentando, o que significa que os gramados da rua das fraternidades, em geral vazios durante a semana, estão mais animados. As varandas estão cheias de gente estudando. Algumas meninas adiantam o bronzeado para as férias de verão em espreguiçadeiras espalhadas pela grama. Alguns caras jogam *beer pong* na frente da casa da Sigma. Não presto muita atenção ao burburinho deles quando saio do Uber e piso na calçada.

Eles me recebem com variações pouco criativas de "mostra esses peitos", o típico lixo que as meninas ouvem dos habitantes daquela casa. Então algo chama a minha atenção.

"Ei, superstar! Tira uma foto com a gente?"

"Me dá seu autógrafo?"

"Onde me inscrevo para ver a live?"

Isso parece... bem específico. Que estranho.

Mantenho os olhos fixo à frente e o passo apressado por todo o caminho até a casa Kappa. A melhor defesa é não dar a satisfação de uma resposta. Tentando entender o que foi aquilo, concluo que foi só uma piada idiota. O namorado de Abigail gosta de me chamar de "Marilyn Monroe gorda", então imagino que o *superstar, me dá seu autógrafo* tenha a ver com isso.

Bem, ele e os seus amigos da Sigma que se fodam. Sei que *tem* homem que gosta de curvas, especialmente um chamado Conor Edwards.

Ainda estou com um sorriso no rosto quando entro na casa. Mal posso esperar para vê-lo hoje. Não sei exatamente quando isso aconteceu, mas estou caidinha pelo cara. Só de pensar nele fico querendo rir como uma pré-adolescente na primeira paixonite.

No andar de cima, Sasha arrumou toda uma estação de beleza para mim em sua escrivaninha. Jogo minha bolsa na sua cama e penduro o vestido na porta do armário. "Você é a melhor", digo.

"Claro. Vai lavar o rosto", ordena ela, enquanto repassa a paleta de sombras.

"Ei, só pra confirmar", grito, da pia do banheiro que ela compartilha com o quarto ao lado. "Não tem nenhuma festa surpresa programada, né?"

"Não que eu saiba."

Enxaguo o rosto e seco com uma toalha. Assim que volto, Sasha me coloca sentada à mesa dela e começa a passar hidratante em mim.

"Só tô perguntando porque acho que Conor tá se sentindo na obrigação de fazer alguma coisa grande. Então, quando falei pra gente fazer uma comemoração pequena no Malone's, não ficaria surpresa se ele transformasse isso num superevento."

"Acho que não." Ela me entrega um ventilador elétrico pequeninho para secar o rosto.

Em seguida, vem o primer, que Sasha sempre me diz para adicionar à minha rotina de maquiagem, e eu sempre respondo que usaria se passasse maquiagem em momentos em que *ela* não está por perto, e é por isso que não preciso de produtos de maquiagem, porque tenho Sasha. É um sistema perfeito. Quando ficarmos velhas, ela vai ser minha vizinha, e vou aparecer de cadeira de rodas para me arrumar para a noitada no bingo.

"E você?", pergunto, enquanto ela começa a passar a base. "Como foram as coisas com Eric na festa, depois que fui embora?"

"Nada mal."

Fico à espera de mais informações. Quando fica claro que ela não tem intenção de dizer mais nada, sei que aí tem coisa.

"Vocês transaram no freezer do salão de festas?"

"Que coisa mais anti-higiênica", diz ela.

"Você deixou ele te chupar debaixo da mesa com as doações para o leilão?"

"Eram doações para crianças, sua depravada."

Sasha é osso duro de roer. Acha que se intrometer no drama particular dos outros é um esporte olímpico, mas é absolutamente reservada quando se trata da própria vida. É uma das qualidades que mais respeito nela. Sasha sabe estabelecer limites e se defender, e eu gostaria de ser melhor nesse tipo de coisa. No entanto, no que depender da minha vontade, esses limites não se aplicam a mim.

"Vocês estão apaixonados e já se casaram escondido em Reno", chuto.

"Na verdade, tem um par de sapatos de salto alto todo manchado de sangue na minha bolsa ali. Se você puder jogar de uma ponte quando passar na cidade, ia ficar muito agradecida."

"Ah, qual é. Não tô perguntando dos detalhes íntimos. Só quero saber as novidades." Faço uma cara de magoada. "Tô me sentindo excluída e preciso de uma atualização do que tá acontecendo na sua vida."

Ela revira os olhos, sorrindo e me mandando fechar os meus, para passar sombra.

"Foi tudo bem na festa. Saímos algumas vezes depois."

"Certo..." Isso é bom. Ele parece ser um cara legal. Atraente, simpático. Sasha é muito exigente e se cansa das pessoas como quem pega um resfriado. Não lembro a última vez que ela saiu com alguém mais do que duas vezes.

"Gosto dele", continua ela.

"Sei..."

"Mas acho que gosto mais da irmã dele."

"Droga." Detesto dizer que não é a primeira vez que isso acontece. E isso nunca acaba bem.

"Pois é." O dilema em sua voz é evidente, uma espécie de resignação à injustiça que é a sua vida. "Preciso começar a fazer meus possíveis parceiros montarem uma apresentação de slides. Quem tiver irmão ou irmã atraente, já fica desqualificado logo de cara. Eu só posso pegar fruta que cai de árvore feia."

"Ela gosta de garotas?"

"Não sei", diz Sasha. "Diria que tem sessenta por cento de chance que sim. Mas os dois moram juntos, então..."

"Droga."

"Pois é."

"Então, o que você vai..."

Antes que eu possa terminar, a porta do quarto de Sasha se abre e bate contra a parede. Nós duas pulamos, assustadas.

"Ei, que porra é essa?", grita Sasha.

"O que você fez?" Rebecca está parada na porta, com o rosto vermelho e inchado, lágrimas escorrendo. Está tremendo, os dentes cerrados, visivelmente enfurecida. "O que foi que você fez?"

"Cara, não tenho ideia de qual é o seu problema, mas..."

"Você, não. *Ela*." Apontando na minha direção, Rebecca irrompe pelo quarto segurando um iPad. "Tá sabendo disso? Por que você fez isso comigo?"

Ela está histérica. Assustadora, até. A primeira coisa que me vem à cabeça é que tem alguma coisa a ver com Conor.

"O que eu fiz pra você?", grita ela. "Qual o seu problema?"

Eu me levanto. Sasha vem atrás de mim com uma escova de cabelo como se tivesse que nos defender. "Rebecca", digo, num tom controlado. "Não sei do que você está falando. Se você explicar..."

"*Olha* só para isso!"

Temos plateia agora. Algumas meninas da casa se reuniram no corredor ou estão espiando da porta de seus quartos.

Rebecca se lança para a frente, segurando o iPad na minha cara. Vejo um site pornô com um vídeo pausado.

Mesmo antes de ela apertar play, meu estômago se revira. Só com a imagem estática na tela, já sei o que ela vai me mostrar.

A cozinha da casa Kappa. Está escuro do lado de fora, já é de noite. A única luz vem das lampadinhas penduradas no teto e das lanternas que as meninas piscam à nossa volta, para desorientar nossos olhos cansados. A sala está coberta de lonas de plástico para proteger as paredes e o piso, como uma cena de um filme B de terror sobre irmandades. As veteranas da Kappa Chi formam um círculo em torno de nós seis, e estamos só de calcinha e camiseta branca.

É a semana das calouras. Primeiro ano. Abigail está ao meu lado. Estamos as duas tímidas e aterrorizadas, nos perguntando por que achávamos que isso seria boa ideia. E exaustas, porque àquela altura já estávamos sem dormir fazia umas trinta horas. Tempo que gastamos lavando roupa para as veteranas, levando-as para as aulas e de volta para casa, limpando a casa e sendo submetidas a seis horas seguidas de "provas de caráter", porque elas não podem mais chamar isso de trote. E tudo culminava nesta cena.

Uma das veteranas manda as calouras tomarem shots de bebida do corpo uma da outra, então pega a mangueira do jardim que trouxeram pela porta do quintal e nos molha com ela. Nos encolhemos, tremendo e cuspindo água. Encharcadas até a alma. Então outra veterana aponta para mim.

"Consequência ou consequência?"

Tremendo, limpo a água do rosto, afasto o cabelo dos olhos e digo: "Consequência."

Ela sorri. "Eu te desafio a ficar com..." Primeiro sua atenção se volta para Abigail. Mas, sabendo que éramos provavelmente as mais próximas da turma de calouras, decide tentar algo que pudesse causar mais humilhação. Seus olhos deslizam para a minha direita. "Rebecca."

Com um aceno curto e prontas para encarar a experiência terrivelmente não sensual de trocar beijos enquanto nos sentíamos como duas gatas afogadas, Rebecca e eu nos viramos uma de frente para a outra e nos beijamos.

"Não, pode fazer direito. Com vontade, calouras. Fode a boca dela."

Então obedecemos. Porque, mais do que qualquer coisa, a semana das calouras acaba com o seu senso de autopreservação e a sua vontade própria. A esta altura, nossas respostas são quase que automáticas. Elas te mandam pular, você aprende a voar.

E está lá na internet, pra qualquer tarado a fim de se masturbar: eu e Rebecca nos beijando, as roupas encharcadas e praticamente transparentes. Peito e vagina completamente expostos.

E o vídeo continua por muito mais tempo do que eu me lembro. Tanto tempo que acho que está em loop, até que finalmente termina, e eu olho para Rebecca, que ainda está chorando. Não de raiva, mas de humilhação. Em poucas horas, o vídeo já tem milhares de visualizações. E já está se espalhando.

Para a Kappa.

Para as outras fraternidades.

O campus inteiro.

E a única pessoa que poderia ter subido o vídeo para o site está nesta casa.

# 38

### TAYLOR

Vou vomitar.

O pensamento chega ao meu cérebro bem depois do espasmo em meu estômago e do vômito subir para a minha garganta. Corro para o banheiro de Sasha e mal alcanço a privada antes de engasgar com o líquido quente na boca. Ouço a porta do banheiro se fechar enquanto estou lavando a boca e suponho que Sasha veio ver como estou. Em vez disso, me deparo com Rebecca sentada na beirada da banheira.

Ela se recompôs. Ainda está com o rosto vermelho, os olhos inchados. As lágrimas secaram. O que resta é um ar de resignação.

"Então não foi você", ela diz, sem expressão.

Limpo o rosto, manchando a maquiagem que Sasha acabou de fazer. "Não."

"Desculpa ter te acusado assim."

Fecho a tampa do vaso e sento, ainda tentando controlar os batimentos cardíacos. Vomitar amenizou o pânico, só que, quanto mais tempo passo de pé, mais rápido os pensamentos voltam à tona.

"Eu entendo", digo.

Se tivesse visto o vídeo primeiro, não sei se reagiria de forma melhor. Talvez não corresse pela casa gritando, mas certamente teria minhas suspeitas. O fato é que Rebecca e eu nunca fomos amigas. Ela era a pessoa mais tímida da nossa turma de calouras, e depois daquela semana mal nos falamos de novo. Não que eu não tenha tentado — é só que, sempre que eu entrava numa sala, ela parecia arrumar um jeito de ir para o lado oposto.

Agora, alguma coisa mudou. Além do óbvio, claro. Ela fica ali sentada, me olhando, parecendo derrotada, como se todo esse tempo estivesse tentando fugir de mim e suas pernas finalmente tivessem desistido de correr.

"Meus pais vão me matar", sussurra Rebecca, baixando a cabeça. Ela suspira. Uma expiração longa e pesada, como se, em vez de temer as consequências, estivesse quase resignada a aceitá-las.

"Eles não colocariam a culpa em você pela divulgação do vídeo, né? Eles precisam entender que a culpa não é sua."

"Você não entende." Ela crava as unhas na capa do iPad, deixando marcas de meia-lua no couro falso. "Meus pais são ultraconservadores, Taylor. Praticamente não falam com ninguém fora da igreja deles. Meu pai nem queria que eu entrasse para uma irmandade, mas convenci a minha mãe de que a Kappa era meio que a mesma coisa que participar de um grupo de estudos da Bíblia. Ela disse que esperava que isso fosse me ensinar a ser uma jovem decente."

Franzo os lábios. "O que significa isso?"

É difícil imaginar minha própria mãe bancando a tradicional, tentando me dizer o que fazer. Acho que a última vez que ela me mandou arrumar o quarto foi quando perdi o furão de estimação do colégio na pilha de roupa suja acumulada havia um mês.

"Tive minha primeira namorada no oitavo ano", diz Rebecca, erguendo os olhos para me encarar. "Só ficamos juntas umas duas semanas, quando uma garota pegou a gente se beijando na sala de música e contou pra mãe dela, que frequentava a igreja com os meus pais. Meu pai perturbou os pais da minha namorada até eles finalmente tirarem a menina da banda do colégio e de todas as aulas que fazíamos juntas. Proibiram a gente de se ver." Ela balança a cabeça com amargura. "Todo verão depois disso, meu pai me manda para o acampamento cristão. E começou a me apresentar para garotos da igreja. Em geral, algum garoto gay, tão inconformado e deprimido quanto eu, por estar sendo forçado a beijar uma garota em fotos dolorosamente encenadas. Quando terminei o ensino médio, convenci os dois que tinha mudado. Que eles podiam confiar em mim de novo. Achei que morar numa casa de irmandade iria pelo menos impedir que meus pais aparecessem sempre que tivessem vontade de bisbilhotar o meu quarto ou esconder câmeras nas paredes."

"Que merda, Rebecca. Eu não fazia ideia. Sinto muito."

Ela encolhe os ombros. Um sorriso triste aparece brevemente, então se esvai. "Desculpa que a gente nunca tenha ficado amigas."

"Que é isso, eu entendo." Mordo o lábio. "Não posso fingir que sei como você se sente, mas eu entendo."

Muitos de nós acabamos prisioneiros nas nossas próprias vidas. Ouvimos que somos errados, falhos. Como se sermos nós mesmos fosse de alguma forma uma afronta à sociedade. Alguns de nós somos golpeados constantemente com a vara da conformidade até aprendermos a amar a dor ou a desistir de vez. Ainda não descobri como vou sair dessa armadilha. No entanto, não há nada pior do que quando é a sua própria família te dando a surra. O que na prática faz de Rebecca a pessoa mais forte que conheço — e uma grande aliada.

"Então, o que a gente vai fazer?", pergunta ela, calmamente.

Mordo o lábio com força. "Só uma pessoa na Kappa poderia ter compartilhado esse vídeo."

"Concordo."

"Tenho uma boa ideia de quem seja."

Não me lembro quem estava segurando o telefone. Uma das veteranas, acho. Tirando os rituais, todas as atividades da semana de calouros eram gravadas para a "posteridade".

A verdadeira questão é quem teve acesso ao vídeo. Nunca vi nenhum, nem da minha, nem de qualquer outra semana das calouras, a não ser os mais tranquilos, que sempre passam no primeiro jantar depois da aprovação das candidatas. Seria de imaginar que a pessoa que tem o controle sobre esse acervo é a presidente.

E a vice-presidente dela.

No primeiro andar da casa, Rebecca e eu confrontamos Charlotte na sala de estar. Ela está sozinha, aconchegada numa poltrona de encosto alto com o laptop no colo e fone de ouvido. Considerando a comoção de poucos minutos antes, achei que iria encontrá-la preparando uma defensiva, por assim dizer.

"Temos que conversar", digo a ela.

Charlotte tira o fone de ouvido de uma das orelhas e levanta uma sobrancelha com irritação, sem desviar os olhos da tela. "O quê?"

"Temos que conversar", repito.

"Ah, é?"

"É", insiste Rebecca.

Charlotte mantém os olhos no laptop. Nos últimos tempos, parece completamente desmotivada. Está se formando, e Abigail foi escolhida como sua sucessora, então não lhe resta muito a fazer, além de entregar as chaves e posar para uma foto para pendurar na parede junto com as outras ex-presidentes. Todas nós notamos a mudança. Clássica crise de veterana.

"Charlotte", exclamo.

Revirando os olhos, ela tira os fones e fecha o computador. "Tá bom. O que foi?"

"Isto." Rebecca enfia o iPad na cara de Charlotte e aperta play de novo.

A princípio, Charlotte parece entediada, confusa, olhando para nós em busca de uma explicação. Então vejo o momento em que ela percebe. Ela rola a página para ler os comentários. Depois sobe para olhar o nome do site. Seus olhos assustados disparam para os nossos.

"Quem postou isso?", pergunta, a voz exaltada. Charlotte Cagney é uma força da natureza, motivo pelo qual foi eleita presidente. Todo mundo votou nela por medo do que aconteceria com quem se opusesse. Ninguém ousou concorrer contra ela.

"Foi o que a gente veio te perguntar", digo, enfaticamente. "Você tá dizendo que não sabe?"

"É a primeira vez que vejo isso." Ela deixa seu laptop de lado e levanta. "Acabei de voltar do ensaio de formatura e estava tentando estudar para as provas finais. Como você descobriu isso?"

Rebecca franze os lábios. "Acabei de chegar em casa e encontrei Nancy e Robin assistindo na cozinha."

"A Sigma também já viu", acrescento. "Então pode apostar que o campus inteiro já tá sabendo."

Vejo a mudança repentina nos olhos de Charlotte. De fogo brando a inferno escaldante. Ela empurra o iPad na direção de Rebecca e sai enfurecida da sala, ainda falando como se não tivesse nos deixado para trás.

"Levem todo mundo para a sala azul", diz. Então, gritando: "Galera, reunião!". Charlotte corre até o segundo andar e começa a bater nas portas. "Todo mundo lá embaixo agora!" Então desce e entra em todos os cômodos. Beth e Olivia estão com um grupo na sala da tv, de costas para a porta, e Charlotte joga uma banana na cabeça delas. "Quarto azul. Agora."

Nem sei onde ela pegou a banana.

Uma vez que reunimos todo mundo na sala azul, Rebecca fica ligeiramente atrás de mim. Esperamos alguns minutos, todas olhando de uma para a outra, nos preparando para o impacto, enquanto as últimas retardatárias que estavam fora de casa se apressam para se juntar à reunião. Abigail faz a chamada para confirmar que estamos todas presentes, e então Charlotte começa.

Meus olhos encontram os de Abigail do outro lado da sala. Tento identificar algum sinal, mas ela permanece impassível.

"Certo, fiquei sabendo que tem um vídeo circulando por aí." O olhar de Charlotte se volta para Nancy e Robin, que ao menos têm a decência de parecerem arrependidas. "E parece que nenhuma de vocês achou apropriado informar a presidente da casa sobre essa grave quebra de confiança e privacidade."

Sasha abre caminho em meio às pessoas para ficar comigo e com Rebecca. Ela entrelaça os dedos aos meus, e eu aperto sua mão, grata por sua presença.

"Robin, qual é a primeira lei da doutrina da Kappa?", pergunta Charlotte.

Roendo a unha do polegar, uma Robin nervosa olha para os próprios pés. "Protegerei minha irmã como se fosse eu mesma."

Em seguida, Charlotte volta sua ira ardente para a irmã que está virando um camarão. "Nancy, qual é a segunda lei da doutrina da Kappa?"

Nancy tenta falar, mas não sai nada. Por fim, com a voz falhando, ela diz: "Agirei com honra e integridade".

"Certo", diz Charlotte, andando pela sala como se tivesse um revólver carregado, "foi o que eu pensei. Mas aparentemente algumas de vocês se esqueceram disso. Então, quero saber quem foi a filha da puta que fez isso. Quem foi a merdinha egoísta que roubou um vídeo privado do arquivo da Kappa e postou num site pornô?"

Um silêncio de espantou recai sobre a sala.

Fica claro então quem ainda não sabia. Olhares perplexos começam a vasculhar a sala, facções se acusam em silêncio. Vejo mais rostos confusos do que esperava. Imaginei que todas as meninas da casa já tinham visto o vídeo e estavam rindo pelas nossas costas. Mas, além de Nancy e Robin, vejo só mais umas poucas garotas que suspeito já saberem do vídeo.

Naturalmente, observo Abigail por mais tempo. Um sulco profundo corta a sua testa, mas não tenho certeza do que isso significa. Está chocada? Confusa?

Seus olhos verdes continuam estudando os rostos das nossas irmãs. Procurando a culpada... ou procurando aliadas?

"Não, ã-ham", diz Charlotte, agitando o dedo. "Agora não adianta esconder o jogo. Você já é bem grandinha e achou que isso era uma boa ideia... agora não pode mais voltar atrás. Alguém vai confessar, ou vamos ficar aqui a noite inteira. O dia inteiro. Até o final dos tempos, até uma de vocês pirralhas dizer a verdade."

Abigail só fica lá, de braços cruzados. Sem dizer uma única palavra.

Não aguento mais.

"Abigail", chamo, e é como se todo o ar tivesse desaparecido da sala. "Tem algo a dizer?"

Ela se encolhe. "O que você tá insinuando?"

"Bem, tava só aqui olhando o meu relógio e, olha só, tá na hora da vaca vingativa, então talvez você tivesse alguma coisa a acrescentar."

Sasha arregala os olhos e se vira para mim em câmera lenta, me olhando como se tivesse brotado uma segunda cabeça do meu pescoço. E talvez tenha. E ela está de saco cheio.

"Você tá me acusando?" A voz de Abigail salta duas oitavas, e ela fecha a cara em negação. "Não tenho nada a ver com isso!"

"Ah, não? Porque você é a única pessoa nesta sala que fez da sua missão de vida arruinar a minha, então..."

"Só duas pessoas têm a senha do servidor onde o arquivo está armazenado", diz Charlotte, o olhar fixo em Abigail. "Você é a segunda."

"Não fui eu." Ela leva as mãos ao alto, numa súplica. "Eu juro. Tudo bem, admito que temos uma desavença, mas nunca me vingaria divulgando vídeo pornô de outra mulher."

"Nem uma mulher que você odeia?", devolvo.

Abigail deixa cair as mãos. Pela primeira vez em anos, ela me olha com sinceridade. "Nem a minha pior inimiga. Não sou assim."

O silêncio recai sobre a sala. Meu olhar permanece fixo na loura platinada que atazanou a minha vida por tanto tempo.

Foda-se, mas acredito nela.

"Então quem foi?", desafio. "Quem iria querer me humilhar?"

Porque sei que isso é comigo. Rebecca pode não ter se aproximado de mim desde o primeiro ano, mas não consigo pensar em ninguém que desgoste minimamente dela para querer humilhá-la assim. O alvo só pode ter sido eu.

"Tenho a senha do servidor no meu telefone", diz Abigail, parecendo visivelmente ansiosa. "Se alguém tiver invadido o meu celular..."

Não sei se é intencional ou não, mas seu olhar se volta para Jules, que está tentando se transformar em vaso de planta, no fundo da sala.

Quando Jules percebe que foi notada, adota uma expressão de pânico que é rapidamente substituída por uma de traição.

"Você invadiu meu telefone?", pergunta Abigail à melhor amiga, um quê de horror em sua voz.

A princípio, parece que ela vai negar, mas então a fachada cai. Jules bufa e revira os olhos. "Foi só uma brincadeira, tá legal? As duas estavam vestidas. Qual é o problema?"

Abigail fica boquiaberta. "Por quê?", pergunta ela. "Por que fazer uma coisa dessas?"

Jules dá de ombros, tentando minimizar a coisa com a linguagem corporal. "Na outra noite, lembra? Kev falou alguma coisa do tipo, *quantas visualizações será que os peitos da Taylor iriam conseguir no Porn-Hub*. Aí depois eu passei na casa Sigma pra ver o Duke, e Kevin estava lá. Ele e eu ficamos conversando, e eu comentei, *bem, posso muito bem arrumar um vídeo dos peitos dela*. E então, quando você deixou o telefone dando sopa, tentei algumas senhas até que ele destravou." Jules balança a cabeça em desafio. Como se não fosse nada de mais. Só uma brincadeira idiota. "Por que tá todo mundo tão nervoso por causa disso?"

"Meu Deus, Jules, você tem merda na cabeça?"

"Vai se foder, Sasha. Foi Taylor que começou, beijando o ex da Abigail! Ela é que é a traidora. E já teria deixado inclusive a Kappa se não tivesse você sempre comprando as brigas dela."

"Você é uma filha da puta, Jules, sabia disso?"

Meus olhos se arregalam, porque o insulto veio de Rebecca.

"Ah, Rebecca, não enche. Se alguém quisesse se masturbar pra um garoto de dez anos de idade, viraria padre."

"Calem a boca, todas vocês!", grita Charlotte. Ela fecha os olhos, massageando as têmporas feito uma mãe pouco antes de desmaiar e sufocar o recém-nascido no berço.

"Convoco uma votação de emergência."

Franzo a testa para a declaração de Abigail. Olho na sua direção e a vejo cutucando Olivia, ao seu lado, que concorda com a votação, mesmo sem demonstrar entender o porquê.

Charlotte assente de leve. "Certo, faça sua votação."

"Quem concorda em revogar a filiação de Jules da fraternidade Kappa Chi e expulsá-la da casa, levanta a mão."

Espera.

*O quê?*

Por alguma razão, presumi que Abigail protegeria Jules, e que Charlotte protegeria Abigail. Fui a piada da casa por tanto tempo que abandonei todas as minhas velhas esperanças e sonhos de irmandade, de ter amigas íntimas para me ajudar e cuidar de mim.

Mas a declaração de Abigail traz alguma redenção inesperada à casa Kappa, à medida que todas se unem na votação. Rebecca é a primeira a levantar a mão. Logo seguida por Lisa, Sasha, Olivia e Beth. Mais mãos se levantam, cada uma incentivada pela maioria cada vez maior. Até que por fim minha mão se levanta.

"Bom, todo mundo concorda", diz Charlotte, assentindo com a cabeça. "Julianne Munn, por decisão unânime, a irmandade Kappa Chi da Universidade Briar perdeu a fé no seu compromisso com os nossos princípios comuns de irmandade, e você está excomungada e banida do local." Nossa presidente faz uma pausa e fica olhando para Jules, que não responde. "Bem, saia daqui."

"Tão de sacanagem com a minha cara? Isso não é justo", argumenta

Jules, olhando para Abigail em busca de apoio. Ela olha ao redor da sala, e fica chocada e abatida quando ninguém vem em seu socorro. "É sério? Legal. Vão se foder, todas vocês. Tenham uma ótima vida."

Jules sobe enfurecida a escada até o quarto dela, enquanto as demais ficam sentadas, estupefatas com o que acabou de acontecer. Conheço o sentimento.

"Taylor", ouço uma voz tímida. É Nancy, que me olha sem jeito do outro lado da sala. "Desculpa que a gente estava vendo aquela porcaria. A gente tava tentando descobrir como dizer alguma coisa, quando Rebecca nos pegou."

"Shep tinha me mandado o link cinco segundos antes de você chegar em casa", acrescenta Robin, olhando para Rebecca. "A gente não tava rindo, eu juro."

Rebecca e eu respondemos com um aceno de cabeça. Não sei se acredito nelas, mas pelo menos se desculparam.

Depois que Charlotte dispensa todo mundo, Abigail chama minha atenção, abrindo caminho pela sala.

"Taylor, espera. Quero conversar", implora ela.

Meu interesse no que ela tem a dizer é zero. Ela escolheu este momento para criar caráter e fazer a coisa certa. Bom para ela. Mas não vou lhe dar um tapinha nas costas por isso. Não somos amigas.

Em vez disso, subo correndo a escada com Sasha. Rebecca desaparece em seu quarto. Queria saber como confortá-la, mas, no instante em que Sasha e eu ficamos sozinhas e me vejo no espelho, lembro que é meu aniversário e que Conor está a caminho.

Ele vai estar aqui a qualquer minuto, e estou em frangalhos.

"Não vou conseguir fazer isso", murmuro, tropeçando até o banheiro de Sasha para tirar a maquiagem.

"Então vamos sair daqui", diz ela, parada na porta. "Fala pro Conor encontrar a gente na sua casa com alguma coisa de beber, e todo mundo enche a cara junto."

"Não, estou falando que não posso vê-lo."

A ideia de encará-lo depois disso me deixa enjoada de novo. Como se o mais leve toque pudesse me mandar de volta para o banheiro.

"Quer que eu ligue pra ele e diga que você tá doente ou coisa do tipo?" Nossos olhos se encontram no espelho. Observando meu rosto, Sasha fica séria. "Você vai contar pra ele?"

Contar o quê? Que fiquei famosa num dos sites pornô mais populares do mundo?

Que quando ele falar de mim para a mãe e o padrasto, eles vão poder ver meus peitos na internet?

Que todos os alunos da minha mãe que fizerem uma avaliação on-line de um trabalho seu agora vão incluir um link para a filha dela?

A bile sobe até a minha garganta, e o pânico mais uma vez ataca minhas entranhas.

Ai, meu Deus do céu. Isso vai afetar a minha vida inteira. O que vai acontecer quando os diretores de escola e os pais de alunos virem a professora Marsh e o seu air-bag famoso e eu for banida de todas as escolas do país, porque o corpo de uma mulher é mais perigoso que uma granada?

"Taylor..."

Afasto a mão de Sasha e corro mais uma vez para o banheiro, onde ajoelho de novo e tenho ânsias, mas não consigo vomitar.

Não escolhi isso. Ser exposta. Ser objeto de humilhação. A ideia de fazer Conor ter que lidar com isso também me faz querer chorar de novo.

Seus colegas de time vão ver o vídeo. Bater uma debaixo das cobertas e depois dar uma risadinha toda vez que me virem. Pendurar capturas de tela no vestiário. Ele não merece uma namorada que é vergonha — não, uma *piada*. E depois o quê? Passar a vida me defendendo? Sendo sempre paciente e compreensivo durante os milhares de surtos que imagino agora no meu futuro?

Não posso viver assim, achando o tempo todo que todo mundo que encontro está me vendo nua e sabendo que estou envergonhando meu namorado, ainda que ele finja o contrário. Não posso. Não posso nunca mais vê-lo.

*Não posso.*

"Me leva pra casa", digo, ficando de pé com as pernas bambas. "Vou mandar uma mensagem pra ele no caminho."

Sasha assente. "Você que manda."

Depois de juntar minhas coisas, descemos a escada. Mas o universo me odeia, então não fico surpresa de descobrir que Conor chegou mais cedo.

Ele está caminhando na calçada escura quando abrimos a porta. Vestido num terno preto lindo e escondido por um arranjo de flores gigante. Nunca me canso de vê-lo todo arrumado. Conor é a personificação do sexo. Uma fantasia ambulante.

E estou saindo de cena.

Ele abre um sorriso enorme ao me ver, então percebe meu estado e faz uma cara envergonhada. "Merda. Você não tá pronta. Desculpa, devia ter dado mais algumas voltas no quarteirão." Ele é uma graça quando está animado. E aqui estou eu, pronta para alvejá-lo com uma espingarda. "Estava ficando um pouco ansioso. Mas posso esperar."

"Desculpa", digo, "vou ter que cancelar."

As palavras saem na voz de outra pessoa. Distantes e estranhas. Me sinto como se estivesse desligando, aqui, de pé sob as luzes da casa. Minha mente está se afastando do meu corpo, se desvinculando de tudo.

"Por quê? O que aconteceu?"

Ele coloca o enorme arranjo de flores no chão e tenta me pegar, mas saio de seu alcance. Se eu o deixar me tocar, não vou conseguir fazer isso. Não sou forte o bastante para suportar o toque de Conor Edwards.

"Taylor, qual o problema?" A mágoa em seus olhos é imediata e destruidora.

Não consigo formar palavras. Lembro como fiquei frustrada quando ele não estava se comunicando comigo, mas aqui estou eu, fazendo a mesma coisa. Só que o problema dele foi resolvido simplesmente contando a verdade para a sua família, afastando-o da influência de Kai.

O meu problema não vai embora. A verdade não vai ajudar nem um pouco, porque a internet é para *sempre*.

Como posso pedir a ele para se comprometer com essa merda no longo prazo? Ele sempre foi muito paciente e sempre me apoiou, mas isso é demais para qualquer um. É demais para *mim*.

Vejo a expressão de susto no rosto dele e sei o que vem a seguir. A dor, a traição. Não quero fazer isso com ele. Conor merece mais e provavelmente sempre mereceu. As coisas entre nós foram confusas desde o início e talvez faça sentido o final ser bagunçado também. Ele não vai entender, mas vai superar. As pessoas sempre superam.

"Desculpa, Conor. Acabou."

# 39

## CONOR

Não tem a menor graça. Porque ela só pode estar brincando comigo, né? Alguma piada doentia. *Em vez de presente, vou te dar um susto desgraçado.*

"Taylor, para."

"Tô falando sério", diz ela, olhando para os pés.

Vim para a casa Kappa e a encontrei agindo de forma suspeita, como se estivesse fugindo. A bolsa pendurada no ombro. Ela parece cansada, exausta, e se não a conhecesse bem acharia que está de ressaca. No entanto, há uma frieza nela. A expressão dura e impassível, como se a minha Taylor não estivesse mais lá.

"Escuta, me desculpa, mas você tem que aceitar. Acabou." Ela encolhe os ombros. "Tenho que ir."

Até parece que vou deixar. "Fala comigo", ordeno.

Sasha está com ela, e as duas começam a andar em direção a um carro vermelho parado do lado da casa. Deixo as flores para trás e as sigo, porque ela não vai fazer isso comigo hoje.

"Você tá mesmo terminando comigo? No seu *aniversário*? Que porra é essa, Taylor?"

"Sei que é uma merda", diz ela, andando depressa e se recusando a olhar na minha cara, "mas é assim que tem de ser. Só... desculpa."

"Não acredito em você." Paro na frente dela. Preciso que ela me olhe nos olhos e me diga a verdade. Percebo Sasha tentando se afastar, mas Taylor olha em pânico para a amiga, e ela para a alguns passos de distância, mas sem se mover.

"Não importa o que você acredita", murmura Taylor.

"Eu te amo." E ontem eu teria dito que ela também me amava. "Aconteceu alguma coisa. Só me diz o que é. Se alguém disse alguma coisa que fez você pensar..."

"Foi uma aventura, Conor. E acabou. Você se recupera." Seu olhar cai para a calçada. "Nós dois demos um passo maior que a perna."

"O que você quer dizer com isso?" Que mulher enervante. Parece que estou ficando louco. Está tudo de cabeça para baixo. Não faz sentido que ontem ela estivesse na minha cama e hoje esteja praticamente fugindo de mim. "Eu estava nessa de coração. Ainda *estou*. E sei que você também estava. Por que você tá mentindo?"

"Não estou mentindo." Sua indignação está longe de ser convincente e, quanto mais merda ela fala, menos me lembro do motivo por que ainda estou parado aqui feito um imbecil, tendo meu coração destroçado. "Seja lá do que você chama isso..."

"Um relacionamento", rosno. "É uma porra de um relacionamento."

"Bem, não é mais." Taylor suspira, e neste momento eu acreditaria que essa garota não dá a mínima para mim, se não fosse pelo fato de eu a conhecer melhor do que ela gostaria de admitir. "O semestre tá acabando mesmo. Você vai voltar para a Califórnia, e eu vou para a minha casa, em Cambridge. Esse negócio de namoro à distância nunca funciona."

"Queria que você viesse me visitar. Já falei com Max e com a minha mãe." Balanço a cabeça, frustrado. "Eles ficaram animados de te conhecer, T. Minha mãe estava até redecorando um dos quartos para você."

"É, bem..." Ela se mexe, os olhos pulando da calçada para a rua. Para qualquer outra coisa que não eu. "Não sei de onde você tirou a ideia de que eu queria passar o verão com os seus pais. Nunca disse isso."

Taylor não é uma pessoa cruel. Ela não trata as pessoas assim. Nem eu. Nem quando estava partindo o coração dela, porque estava com muito medo de encará-la. Ela não é tão sem coração assim.

E mesmo assim...

"Por que você tá fazendo isso?" Essa cena, essa fachada que ela criou, não tem nada a ver com a pessoa que conheci nos últimos meses. "Se isto é por causa do Kai, me desculpa. Achei que a gente tivesse..."

"Talvez vocês devessem tirar a noite para pensar um pouco e conversar mais amanhã", interrompe Sasha, a atenção voltada para Taylor.

Não conheço Sasha muito bem, mas até ela está exalando um ar superficial.

Taylor dá a volta em mim, então bloqueio seu caminho. Ela me olha, mas não com raiva, e sim com algo que se parece mais com derrota.

"Abre o jogo comigo, Taylor." Isso é cansativo, e não sei de que outra forma abordá-la, romper essa barreira que ela está erguendo entre nós. Mesmo na noite em que nos conhecemos, nunca me senti tão distante dela. Como se ela estivesse olhando através de mim. Invisível. Irrelevante. "Você me deve isso. Só me diz a verdade."

"Não quero *você* como namorado, tá legal? Tá feliz agora?"

A arma estava carregada desta vez. A bala atravessa o meu peito.

"Falando sério, Conor, você é um cara legal e bonito, e o que mais? Você não tem ideia do que quer fazer com o resto da sua vida. Não tem ambição. Nenhum plano, nem perspectiva. E tudo bem. Você pode morar na casa dos seus pais e passar o resto da vida na praia. Só que eu quero mais para mim. Foi divertido, mas, ano que vem, é o nosso último ano aqui, e eu tô pronta para crescer. Você não."

Com isso, ela pega a mão de Sasha e passa por mim.

Desta vez, eu a deixo ir.

Porque ela finalmente acertou na mosca, o que eu sempre soube, mas esperava que pudesse ser ignorado — que estamos em caminhos diferentes. Taylor é brilhante e motivada. Vai conseguir tudo o que quiser. Eu sou... um merda. Um vagabundo sendo levado pela correnteza, sem objetivo ou impulso próprio.

O carro de Sasha se afasta e desaparece na esquina.

Uma pontada de perda me apunhala o estômago. Uma memória enterrada fundo dentro de mim ressurge. A lembrança de um menino num quarto escuro, chorando, sozinho, sem ninguém para consolá-lo. Foi quando percebi que não tinha pai, quando tinha idade suficiente para entender que as outras crianças tinham isso, mas eu não. Não porque ele tinha morrido, mas porque nós não valíamos a pena. *Eu* não valia a pena. Abandonado. Descartável. Lixo.

Isso um dia ia acontecer. A hora em que Taylor acordaria e perceberia que merece coisa melhor, que tinha me perdoado rápido demais por tê-la trocado por Kai. Eu a deixei no escuro e demorei demais para descobrir meus sentimentos por ela. Demorei demais para demonstrar minhas intenções e definir nosso relacionamento. Fui egoísta de pensar que ela precisava de mim, me queria, e que assim teria paciência. Eu achava que ela estaria sempre ao meu lado, porque ninguém nunca me fez me sentir tão confortável e aceito. Ninguém nunca me deu esse senso de autoestima.

E agora a melhor coisa que já me aconteceu acabou de ir embora.

# 40

## TAYLOR

Agora só vejo programas com sotaque britânico. É tipo sair de férias sem ter que se vestir. Na sexta, matei aula — era só revisão mesmo —, desliguei o celular e mergulhei na minha lista de programas para assistir que estavam só se acumulando havia meses. Como isso não foi o suficiente para me distrair, assinei uma dezena de testes grátis de serviços de streaming.

Minha conclusão até agora é que tem muito assassinato em série em cidadezinhas do interior. Além do mais, programas de namoro são muito melhores com sotaque. Mas uma coisa que também notei é a imensa ausência de excesso de álcool nos reality shows — quer dizer, como as pessoas podem começar a jogar cadeiras e a quebrar a porra toda se estão sóbrias o tempo todo? Mas as mulheres amam preenchimento labial e extensão de cabelo.

"Gosto do cara que diz 'gostosa' o tempo todo", digo a Sasha pelo viva-voz, enquanto assisto a um programa que é basicamente o Tinder, só que todo mundo mora junto. "E eles chamam as meninas de *broto*. Parece que o tempo parou nos anos cinquenta só em Cuba e na Inglaterra."

"Ã-ham", diz Sasha, entediada. "Você já tomou banho hoje?"

Tá na cara que ela não gosta de programas de televisão sofisticados.

"É sábado", digo a ela.

"Você não toma mais banho aos sábados?" Sempre cheia dos julgamentos.

"Água não dá em árvore, sabia?"

Depois que Sasha me trouxe para casa, na quinta à noite, botei meu moletom, deitei no sofá e assisti a seriados britânicos envolvendo padres, assassinatos e detetives, enquanto comia uma caixa inteira de Cheerios, antes de dormir na mesma posição, acordar de manhã, encomendar mais cereais e continuar com os seriados. Esta vai ser a minha vida agora. Com supermercado on-line e aulas pela internet, quem precisa sair de casa?

"O semestre tá acabando", acrescento. "Não é isso que universitários fazem? Ficam deitados, vendo TV e se entupindo de comida processada."

"Não desde que os millenials começaram a abrir um monte de startups, Taylor."

"Bem, sou uma alma antiga."

"Você tá se escondendo", diz ela, bruscamente.

"E daí?" E daí? Não posso? Fui arrastada para o meio do diretório estudantil, despida e cobiçada pela universidade inteira. Enfim, é assim que me sinto. Então, se tudo o que quero fazer é me trancar em casa e escapar para dentro da vida das outras pessoas por enquanto, o problema é meu.

"E daí que você foi violada", começa ela, mais calma.

"Tô sabendo." Obrigada.

"Você não vai fazer nada a respeito? A gente pode tirar o vídeo do ar. Pode ir à polícia. Eu te ajudo. Você não precisa simplesmente aceitar que isso aconteceu e ficar sofrendo."

"O que eu vou fazer, botar Jules na cadeia?"

"É", sua voz explode no viva-voz. "E o merda do namorado da Abigail também. Ou ex, acho, pelos gritos que vieram do quarto dela ontem à noite. O que aqueles dois fizeram é crime, Taylor. Seria considerado agressão sexual em alguns lugares."

"Não sei."

Ir à polícia quer dizer dar depoimento. Ficar sentada numa sala com um cara olhando para os meus peitos enquanto revivo minha humilhação na frente dele.

Ou pior, uma mulher que se acha moralmente superior e que vai me dizer que isso não teria acontecido se não houvesse um vídeo, se eu não tivesse me colocado naquela situação.

Que se foda tudo isso.

"Se fosse comigo, estaria decepando a garganta deles."

"Não é com você." Aprecio o veneno de Sasha. É o que amo nela. Ela é tudo que eu não sou, vingativa e confiante. Não tenho isso dentro de mim. "Sei que você está tentando. Obrigada. Mas ainda preciso de tempo para pensar. Ainda não estou nesse estágio."

A verdade é que mal consegui entender que isso está acontecendo, muito menos as implicações maiores. Quando meu alarme tocou ontem de manhã para ir à aula, uma sensação implacável e imediata de pânico dominou meus músculos. Tive ânsias diante da ideia de andar pelo corredor do campus com os olhares persistentes e as conversas abafadas. Cabeças se virando toda vez que entro numa sala. Colegas de classe com os telefones no colo, vendo o vídeo. Risos e olhares. Não consegui.

Então fiquei em casa. Num dos meus intervalos de TV, cheguei até a mandar uma mensagem para Rebecca. Não sei por que, acho que para chafurdar na tristeza com ela. Ela não respondeu, melhor assim, acho. Talvez se a gente só ignorasse isso tudo e uma à outra, a situação simplesmente desaparecesse.

"Já teve notícia de Conor?" Sua voz soa apreensiva, como se ela estivesse preocupada que eu talvez desligue por causa da pergunta.

Quase desligo. Porque ouvir o nome dele equivale a uma faca atravessando o meu coração. "Ele mandou algumas mensagens, mas não estou respondendo."

"Taylor."

"O quê? Acabou", murmuro. "Você tava lá quando eu terminei."

"É, tava, e tava na cara que você não tava pensando direito", diz ela, irritada. "Você fez tudo o que pôde para afastá-lo. Eu sei como é, tá legal? Quando a gente tá num nível de crise tão grande que se deixa levar pelas piores inseguranças. Você tava preocupada que ele ia te julgar ou ficar com vergonha por sua causa..."

"Não preciso de uma aula de psicologia agora", interrompo. "Por favor. Me deixa em paz."

Há um breve silêncio.

"Tudo bem, vou deixar." Outra pausa, e então ela diz, muito séria: "Estou aqui pra você. Qualquer coisa que você precisar. Qualquer coisa".

"Eu sei. Você é uma ótima amiga."

Com um sorriso na voz, ela responde: "É, sou sim".

Assim que desligo, volto aos meus programas de televisão e à comilança movida a ansiedade. Alguns episódios depois, alguém bate à porta. Fico confusa por um minuto, me perguntando se tinha esquecido que encomendei outra coisa, até que ouço uma segunda batida e a voz de Abigail me pedindo para entrar.

Merda.

"Antes que você me mande ir embora", diz ela, quando abro a porta relutante, "eu venho em paz. E para pedir desculpa."

"Tá tudo bem", respondo, só para me livrar dela. "Você já pediu desculpa. Tchau."

Tento fechar a porta, mas ela força a entrada e desliza a bunda magra para dentro da minha casa antes que eu possa esmagar o pé dela contra o batente da porta.

"Abigail", exclamo, "só quero um pouco de paz."

"É..." Fazendo uma careta para o meu moletom que jamais deveria ser visto por alguém, ela diz: "Deu pra perceber".

"O que você tá fazendo aqui, caramba?"

Abigail, sendo quem é, desfila até um dos banquinhos na pequena ilha da cozinha e senta. "Ouvi dizer que você terminou com Conor."

"É sério? Você quer começar com isso?" Inacreditável.

"Não foi a minha intenção", acrescenta ela depressa, inspirando fundo antes de recomeçar. "Quer dizer, acho que você cometeu um erro."

Sua fachada cai. Aquele ar de maldade permanente. Pela primeira vez em muito tempo, ela me olha sem um sorriso cruel ou sarcasmo. É... meio assustador.

Ainda não estou pronta para confiar nas suas intenções, e fico de pé diante dela, do outro lado da bancada. "E você por acaso se importa?" Não que eu dê a mínima para o que ela pensa.

"Certo, escuta. Eu me importo, sim." Há um quê de simpatia em sua voz. "Você está chateada e com vergonha e quer afastar todo mundo. Principalmente as pessoas mais chegadas. Assim elas não vão ver a dor que você está sentindo. Não vão te ver do jeito como você se vê. Eu entendo. De verdade."

Primeiro Sasha, agora Abigail? Por que o mundo não pode simplesmente me deixar em paz?

"O que você sabe da vida, hein?", murmuro. "Você troca de namorado como quem joga fora um lenço de maquiagem."

"Também tenho os meus problemas", insiste ela. "Só porque você não vê minhas inseguranças, não significa que elas não existam. Todo mundo tem as suas cicatrizes."

"Sim, bem, sinto muito pelos seus traumas pessoais profundos, mas você é um dos meus, então..."

Se Abigail está arrependida porque a maldade dela explodiu na minha cara, vai ter que procurar sua absolvição em outro canto. Ela pode ter compaixão por mim, mas não tenho nenhuma por ela.

"É exatamente disso que eu tô falando", diz ela, triste. "Fiquei tão insegura porque você beijou um cara que eu tava namorando num desafio idiota que o único jeito que arrumei de lidar com isso foi descontando a minha mágoa em você. Depois do beijo, ele não parava de falar *ah, que peitão* e *já pensou em colocar silicone* e essas merdas. Tem noção da humilhação?"

Franzo a testa. Não sabia disso. Quer dizer, sabia que ela tinha ficado chateada, claro. Mas, se um cara com que eu estivesse saindo ficasse falando essas coisas, comparando a gente, eu também teria perdido a cabeça.

"No colégio", confessa ela, desenhando aleatoriamente na bancada, "meu apelido era panqueca. Eu não tinha recheio nem pra encher um sutiã infantil. Sei que você provavelmente acha que é uma obsessão idiota, mas tudo que eu queria, a vida toda, era me sentir bonita nas minhas roupas, sabe? Me sentir sensual. Que os caras me olhassem como olham para outras garotas."

"Mas você é linda", digo, irritada. "Você tem um corpo perfeito e o rosto bonito. Sabe quando foi a última vez que usei um biquíni? Ainda dormia com a luz acesa." Eu aponto para o próprio peito. "Essa merda é um fardo. É pesado. Não cabe em nada. Tenho problema de coluna igual a uma velha de setenta anos. Todo homem que eu conheço fica olhando para o meu peito para se distrair do restante de mim."

Menos Conor. O que provoca outra pontada de solidão em minha barriga.

"Mas nunca me sinto bem. Nunca fico confiante com quem eu sou", responde Abigail. "E compenso isso..."

"Sendo uma vaca."

Ela sorri, revirando os olhos. "Basicamente. O que estou querendo dizer é que também já me senti uma merda e também afastei as pessoas. É isso que você tá fazendo com Conor, e isso é péssimo. Não sei nem me importo de saber em que ponto vocês pararam de me provocar... e não precisa negar. Vi direitinho o que vocês estavam fazendo. Mas, em algum momento, a brincadeira acabou, e vocês viraram uma coisa séria. É, também notei isso. Ele obviamente te ama, e se a sua mudança repentina de atitude nas últimas duas semanas for um sinal de alguma coisa, esse amor é recíproco. Então qual o sentido de perder isso porque uma outra pessoa fez merda?"

"Você não entende." Porque ela não tem como entender. E não sei mais o que dizer a ela que não soe como uma desculpa. Só de pensar em enfrentar Conor depois disso faz minha garganta fechar e minhas pernas tremerem. "Obrigada por ter vindo, mas..."

"Tá bom." Ela encerra o assunto, sentindo que estou prestes a mandá-la embora, para poder voltar a conversas que ocorram exclusivamente com sotaque de Manchester. "Não vamos falar de Conor. Nem das flores que ele deixou pra você, que agora estão cobrindo a mesa de centro da sala de estar inteirinha. Você já prestou queixa na polícia?"

Ela só pode estar brincando com a minha cara. "Foi Jules que te mandou aqui?", exclamo.

"Não", responde ela, depressa. "Nada disso, prometo. É só que, se for denunciar o vídeo, eu vou com você. Posso explicar como Jules teve acesso ao vídeo e tudo mais. Ser testemunha, se quiser."

O assunto está ficando cansativo. "Sabe, tô ficando cansada das pessoas ficarem me dizendo o que fazer. Tá todo mundo cheio de opinião, e isso é um pouco demais pra mim. Alguém pode me dar um minuto pra pensar?"

"Eu sei que é assustador, mas você precisa mesmo ir à polícia", insiste Abigail. "Se você não tomar uma providência agora, isso vai se espalhar. E o que vai acontecer quando um dia você se candidatar a um emprego ou, sei lá, concorrer numa eleição ou algo assim, e o vídeo aparecer? Essa coisa vai fazer parte da sua vida pra sempre." Ela levanta as sobrancelhas. "Ou você pode fazer alguma coisa a respeito."

"Você não é a melhor pessoa para me dar conselhos", eu a lembro.

É fácil dizer que é isso que eu tenho que fazer, me mandar engolir fundo e encarar a situação. Se ela estivesse no meu lugar, eu talvez dissesse o mesmo. Mas, daqui onde estou, as coisas são muito diferentes. A última coisa que quero fazer é botar na balança, de um lado, o impacto dos processos judiciais e dos depoimentos, das manchetes e dos repórteres, e do outro eu enfiando a cabeça debaixo das cobertas para nunca mais sair. A segunda opção é muito mais aconchegante.

"Você tem razão. Fui horrível com você. Não sabia como lidar com os meus sentimentos." Abigail olha para as mãos, cutucando as unhas. "Você era a minha melhor amiga durante a semana das calouras."

"É, eu lembro", digo, com rancor.

"Estava tão animada de ser sua irmã. E aí deu tudo errado. Foi minha culpa, eu devia ter feito alguma coisa na época, conversado sobre isso ou sei lá o quê, mas em vez disso a coisa só piorou. Perdi uma amiga. Mas estou tentando começar a me redimir. Deixa eu te ajudar."

"Por que eu devia fazer isso?" É ótimo que Abigail tenha tido uma epifania, mas isso não significa que vamos virar melhores amigas agora.

"Porque é nesse tipo de situação de merda que as mulheres têm que ficar unidas", diz ela, com sinceridade. "Isso é mais grave que qualquer outra besteira. Jules pisou na bola feio. Ninguém merece o que ela fez. Quero que ela seja punida por você, mas também por todas nós. Mesmo que você nunca mais fale comigo depois disso, vou te apoiar. Todo mundo na Kappa vai."

Sou obrigada a admitir que ela parece estar falando sério. O que deve significar que ela não é totalmente desprovida de coração. E ela precisou de coragem para vir aqui. Abigail merece alguns pontos por ter aberto o jogo sobre os próprios problemas e por ter assumido a culpa. Isso requer integridade.

Talvez nunca seja tarde demais para se tornar uma pessoa melhor. Para todo mundo.

"Não prometo ir à polícia", digo a ela. "Mas vou pensar no assunto."

"É justo", ela responde, com um sorriso que parece esperançoso. "Posso fazer mais uma sugestão?"

Reviro os olhos com um sorriso. "Já que não tenho opção..."

"Pelo menos deixa a minha mãe mandar avisos de remoção para os sites que estiverem hospedando o vídeo. Ela é advogada", explica Abigail. "Muitas vezes ela assusta as pessoas só com o papel timbrado. Você não precisa fazer nada nem falar com ninguém."

Na verdade, é uma ótima ideia. Estava tão em pânico que nem fui atrás de descobrir como essas coisas funcionam. Se a mãe de Abigail pode só usar o diploma de direito de uma faculdade importante e fazer isso sumir, seria ótimo.

"Vou ficar muito agradecida", digo, a voz falhando de um jeito irritante. "E obrigada por ter vindo."

"Então..." Ela gira no banquinho feito uma criança. "Não somos mais inimigas de morte?"

"Acho que estamos mais para irmãs postiças."

"Por mim, tudo bem."

# 41

**CONOR**

Alguém buzina bem alto. Assustado, levanto depressa, mas só consigo erguer a cabeça uns poucos centímetros, até que bato em alguma coisa, não sei o quê. Não consigo sentir as pernas. Tem alguma coisa me espremendo pelo lado. Meu braço está preso debaixo do meu corpo, e o outro está dormente, entalado debaixo...

Outra buzina. Estridente. Ensurdecedora. Uma longa sucessão de ruídos estrondosos.

Puta merda.

"Acorda, imbecil."

A buzina para. Minha cabeça se vira na direção de uma luz ofuscante, e fito o céu azul claro e o rosto de Hunter Davenport. Percebo então que estou encaixado no chão do banco traseiro do seu Land Rover, com a cabeça agora pendurada para fora da porta aberta.

"Que porra é essa?", resmungo, lutando para conseguir fazer meus membros responderem e entender o que está acontecendo. Mas não consigo me soltar.

"Estamos te procurando desde ontem, seu merda."

Hunter agarra meus braços e me puxa para fora do carro, então me deixa cair na calçada. Com esforço e todos os nervos do corpo formigando, levanto e estendo a mão para o veículo, para me sustentar. Meu cérebro está embaçado, os olhos sem foco. Minha cabeça está explodindo. Por um segundo, acho que consegui me controlar. Então corro para a grama, cambaleando, e vomito algo com gosto de uísque, Red Bull e Jägermeister.

Eu me odeio demais.

"Melhorou?", pergunta Hunter, animado, me entregando uma garrafa d'água.

"Não." Dou alguns goles, bochecho e cuspo no arbusto. Conheço esse arbusto. Estou perto da minha garagem. Mas não me lembro de ter saído da festa do outro lado da cidade. E definitivamente não me recordo de entrar no carro de Hunter. Cadê o meu carro? "Espera. Você disse que tava me procurando?"

"Cara, você sumiu ontem."

Confiro meus bolsos e encontro chave, carteira e celular. Então, pelo menos nesse departamento, tá tudo bem.

Voltamos para o carro de Hunter e nos encostamos contra o porta-malas, enquanto faço um inventário das minhas últimas lembranças. Teve uma festa na casa de alguma amiga da Demi. Os caras do time estavam todos lá. Jogamos *beer pong*, o de sempre. Lembro de virar vários shots com Foster e Bucky. Uma garota. Merda.

"Onde você se meteu?", pergunta Hunter, aparentemente notando que estou me lembrando.

"Peguei uma garota", digo, quase como uma pergunta.

"É, todo mundo viu. Vocês estavam mandando ver na cozinha. Aí você sumiu."

Porra. "Ela me levou para um dos quartos. A gente tava à toda. Beijando e não sei mais o quê. Então ela tentou tirar minha calça pra me chupar, e eu entrei em pânico. Não consegui."

"Brochada de uísque?"

"Mole feito um frango cru." Vasculho meu cérebro. "Acho que meio que deixei a garota lá e caí fora."

"Demi viu ela descer, mas a gente não conseguiu te encontrar depois disso", Hunter me diz. "Ninguém. Ligamos pra todo mundo. Nos espalhamos, te procurando."

Está tudo muito confuso. Tem uns brancos na minha cabeça. Só borrões de uma noite agitada. "Acho que saí da casa pelos fundos. Tava muito cheio no quintal, e não consegui encontrar o portão na cerca, então acho que pulei."

Olho para as mãos. Estão todas arranhadas, e minha calça jeans tem um rasgo novo. Parece que desci uma ribanceira rolando.

"Aí acho que tava vindo embora a pé, mas não sabia pra que lado eu tava indo nem onde ficava a minha casa. Lembro de ficar muito confuso sobre onde estava, e acho que meu telefone morreu, então pensei foda-se, vou esperar alguém me levar pra casa. Não sei por que, mas acho que rastejei pro seu banco traseiro."

"Meu Deus, cara." Hunter balança a cabeça, rindo de mim. Com toda a razão. "Deixei o carro na festa ontem à noite depois que desistimos de te procurar. Demi e eu voltamos para casa a pé, porque nós dois bebemos. Foster ligou hoje de manhã e disse que você não tinha voltado pra casa, então voltei pra pegar o meu carro pra sair por aí, te procurando pelas valas. Encontrei você no banco de trás e te trouxe pra casa."

"Desculpa, cara." Não é a primeira vez que acordo de uma maneira estranha depois de uma noitada. Mas é a primeira vez que acontece desde que vim para a Briar. "Acho que perdi um pouco o controle ontem à noite."

"Faz uma semana que você perdeu um pouco o controle." Hunter se vira para mim, de braços cruzados. Está com a sua cara de capitão. A que diz *não sou seu pai, mas...* "Talvez seja hora de pegar leve com as festas. Sei que eu também já fiz parte do time do Beber Pra Esquecer, mas agora já chega. Sumir por doze horas é o limite."

Ele tem razão. Tenho saído todo dia desde que Taylor me largou. Bebendo como se fosse o meu trabalho, tentando esquecê-la nos braços de outra garota. Só que não funciona. Nem para o meu coração nem para o meu pau.

Sinto falta dela. Sinto falta só dela.

"Você devia tentar falar com ela de novo", diz Hunter, rispidamente. "Já tem uns dias. Talvez ela esteja pronta para repensar."

"Mandei um monte de mensagem. Ela não responde." Provavelmente bloqueou meu número a esta altura.

"Olha, não sei o que aconteceu. Mas, quando ela estiver pronta, sei que vocês dois vão resolver isso. Não conheço Taylor direito nem nada assim, mas dava pra ver que vocês estavam felizes juntos. Ela está passando por alguma coisa. Que nem você antes." Ele dá de ombros. "Talvez seja a vez dela descobrir alguma coisa."

*Ela já descobriu.* Finalmente se deu conta de que é boa demais para mim. Posso estar fazendo progressos para melhorar de vida, mas ainda não cheguei lá, e Taylor sabia disso e não queria esperar, acho. Eu meio que entendo. O que ela ganhou ficando comigo além de uns orgasmos e um bolo num baile?

Engulo a onda de amargura que enche minha garganta. Ei, pelo menos não é mais vômito.

"Enfim, o que você precisar, cara. Você sabe que estou aqui." Hunter me dá um tapinha nas costas e me dá um empurrão. "Agora sai do meu carro. Tenho que lavar o mijo do banco traseiro."

"Vai se ferrar. Não mijei aí." Então paro. "Talvez tenha vomitado."

"Idiota."

"Obrigado pela carona", digo, aos risos, enquanto me afasto. "Até mais."

Entro em casa, onde sou infernizado por meus amigos sobre a noite passada. Eles não vão esquecer dessa tão cedo. Então me convidam para tomar café da manhã na lanchonete, mas estou exausto e tenho uma tonelada de coisas para arrumar antes de voltar para a Califórnia, em poucos dias. Então tomo um banho, e eles saem e me trazem uns waffles com bacon.

Depois de mais ou menos uma hora lavando roupas e encaixotando coisas, a campainha toca. Os caras estão jogando videogame, então caminho até a porta e abro.

Me deparo com meia dúzia de colegas da Taylor da Kappa, lideradas pela infame Abigail.

Antes que eu possa falar, ela diz: "Eu vim em paz. Estamos no mesmo time".

Eu pisco algumas vezes, confuso. "Hã?"

Não a convido para entrar, mas ela entra mesmo assim. E as outras seis garotas também. Elas marcham para dentro de casa e param no meio da sala, feito um bando de aldeões enfurecidos.

Foster me lança um olhar cauteloso do sofá. "Hunter disse que era para parar um pouco com a farra."

"Cala a boca, idiota." Eu me concentro em Abigail, que é claramente a líder desta invasão. Se tem algo a ver com Taylor, quero ouvir. "O que você tá fazendo aqui?"

"Escuta." Ela dá um passo à frente, as mãos nos quadris. "Taylor não te largou porque não te ama mais."

"Eita!" exclama Foster, e fecha a boca quando lanço um olhar de advertência para ele.

"Ela te largou porque tá rolando um vídeo dela por aí, da semana das calouras, no primeiro ano. Não era pra ser divulgado, mas alguém postou num site pra sacanear com ela. Agora Taylor tá morrendo de vergonha e de medo, e não queria que você soubesse, então terminou com você antes."

"Que tipo de vídeo?", pergunto, confuso com a imprecisão das informações. "E, se ela não queria que eu soubesse, por que você tá aqui?"

"Porque", diz Abigail, "se eu arrancar o Band-Aid pra ela, talvez ela pare de ter medo e reaja."

Se ela estiver falando sério, acho que não é mais tão inimiga assim. Impossível saber o que provocou essa mudança repentina, mas isso é outra história, e uma que não sei se é da minha conta. Não estou pronto para confiar inteiramente nela, mas isto parece elaborado demais pra ser só um trote.

"Reaja contra o quê?", pergunta Matt, da poltrona reclinável.

Boa pergunta. Os outros caras se ajeitam no sofá, ansiosos e interessados. Abandonaram completamente o vídeo game.

Abigail olha ao redor, sem jeito. "Na última noite da semana das calouras, as veteranas fizeram a gente ficar só de calcinha e camiseta, e deram um banho de mangueira na gente, então mandaram Taylor e uma menina se beijar. E filmaram tudo. Na semana passada, alguém roubou o vídeo e postou num site pornô. É... explícito. Tipo, dá pra ver, sabe, muita coisa."

"Ai, não." Foster me olha, com os olhos arregalados.

Filhos da puta. Um desejo esmagador de socar uma parede me passa pela cabeça, mas me contenho, lembrando que, da última vez que fiz isso, acertei uma viga e quebrei a mão.

Não tenho vazão para a fúria, e ela percorre meu sangue. Do coração aos dedos da mão e dos pés e de volta para o coração. Uma raiva quente e fervilhante, junto com as imagens invadindo minha mente — caras aleatórios olhando pra ela. Batendo punheta pra minha namorada.

Merda. Tudo o que quero fazer é decepar umas cabeças. Olho para Alec e Gavin, os dois estão curvados para a frente como se estivessem prestes a se lançar do assento. Punhos cerrados, assim como os meus.

"Como é que só tô sabendo desse vídeo agora, se você falou que tá rolando por aí?", pergunto.

"Pra ser sincera, fiquei surpresa que você ainda não estivesse sabendo." Ela se volta para as amigas com um aceno de satisfação. "Acho que nossos esforços estão dando certo."

"Esforços?" Franzo a testa.

"De apagar o vídeo e impedir que se espalhe pelo campus. Pedimos pra todo mundo nas fraternidades para não abrir a boca sobre isso e não passar o link adiante, mas não esperava que aqueles imbecis fossem obedecer, principalmente os caras de fraternidade. Estamos fazendo tudo pra impedir que viralize."

"Quem?", rosno, entre dentes. "Quem subiu o vídeo?"

"Alguém da Kappa. Agora ex-Kappa", Abigail acrescenta, depressa. "E o meu ex-namorado."

Isso é tudo o que os caras precisam ouvir — tem um cara que tá merecendo uma surra.

Eles se levantam na mesma hora.

"Cadê o filho da puta?", ruge Foster.

"Vou acabar com a cara dele."

"Acabar com a vida dele."

"Melhor ele ter testamento."

"Não", ordena Abigail, levantando as mãos para nos impedir de sair. "Viemos até aqui porque você precisa convencer Taylor a ir à polícia. A gente tentou falar com ela e com a outra menina no vídeo, mas elas estão assustadas. Achei que, se você pudesse convencer Taylor, a outra menina também entenderia que é a coisa certa a fazer."

"Não, foda-se", murmuro. "Ela pode fazer o que quiser. Vou acabar com esse babaca."

"Não vai, não. Confie em mim. Kevin é um merdinha mimado que com certeza vai te denunciar pra polícia se você colocar a mão nele. Você vai acabar preso, e aí quem vai proteger Taylor? Então fica calminho e me escuta."

"Taylor não tá falando comigo", digo às meninas, que me olham como se eu fosse um idiota. "Já tentei."

"Então tenta mais." Abigail revira os olhos, suspirando com força de um jeito teatral. "Dã."

"Dá um jeito", diz outra.

"Corre atrás." Isso vem de uma das meninas que estava na lanchonete na única vez que saí com elas. Olivia sei lá o quê.

Mas elas têm razão. Por mais que eu fosse gostar de arrastar esse filho da puta amarrado na traseira do meu carro, agora seria uma péssima hora para ser preso. Enquanto o vídeo de Taylor continuar público, ela é um alvo. Quem sabe que tipo de pervertido doente pode ter uma ideia idiota de se meter com ela. Tenho que defendê-la, mesmo que ela não saiba disso.

Faria qualquer coisa para mantê-la segura.

"Vou tentar", prometo às meninas da irmandade de Taylor. Minha voz soa áspera, então limpo a garganta. "Vou pra casa dela agora."

Se a história de Abigail sobre por que Taylor terminou comigo for verdade, então preciso conquistá-la de volta. Até agora, não quis pressioná-la demais. Tá, no mínimo enchi o telefone dela de mensagens na noite em que ela terminou, mas não fiquei na frente da janela com um megafone nem esperando do lado de fora das suas aulas com um cartaz. Não queria exagerar e acabar afastando-a ainda mais.

Mas agora percebo que também estava me escondendo. As coisas que ela falou naquela noite realmente doeram. Despertaram todas as minhas inseguranças, e fiquei com o orgulho ferido desde então. Não corri atrás dela nem implorei para voltar comigo porque não conseguia encontrar uma razão para ela fazer isso. Porque eu não era digno dela.

Mais do que isso, acho que tinha medo de uma rejeição final irreversível. Se evitasse o assunto, poderia continuar acreditando que havia uma chance futura de voltarmos. Se eu não olhasse na caixa, o gato estaria vivo e morto ao mesmo tempo.

Isso muda tudo.

# 42

**TAYLOR**

Acho que engordei mais de dois quilos esta semana e não consigo nem me importar. Depois do meu primeiro banho em dois dias, visto uma bata e uma calça jeans. Minha mãe ligou ontem, me convidando para outro jantar em família com Chad e Brenna Jensen, então não tenho escolha a não ser me esforçar. Isso significa pentear o cabelo também. Argh.

Desta vez, eles tomaram a sábia decisão de comer num restaurante italiano na cidade, em vez de arriscar outra catástrofe culinária. Tentei inventar uma desculpa para não ir, mas minha mãe não aceitou.

E então, claro, tive que me esquivar do assunto Conor, quando ela me disse para convidá-lo. Falei que ele estava enrolado e, além do mais, apesar do que o treinador possa ter dito, imaginava que ele preferiria não ter um dos seus jogadores acompanhando todos os seus programas em família. Ela aceitou a desculpa, ainda que não tenha acreditado muito. Mamãe me conhece bem demais — tenho certeza de que adivinhou que o relacionamento esfriou, mas está sendo muito gentil em não pedir mais detalhes.

Por mais que esteja com medo desta noite, acho que pode ser uma distração ao óbvio, um intervalo comercial para essa maratona infinita de televisão e autopiedade.

Mal termino de prender o cabelo num rabo de cavalo, e alguém bate à porta. Dou uma olhada no horário, no celular. Eles estão adiantados. Tanto faz. Não estava com vontade de passar maquiagem mesmo.

"Só um segundo pra eu achar meu sapato", digo, enquanto abro a porta.

Não é minha mãe.

Também não é Brenna.

Conor está parado na minha porta. "Oi", diz ele, sem jeito.

Fico momentaneamente embasbacada. É como se meu coração tivesse esquecido sua cara. Sua aura. Seu magnetismo e sua presença. Tinha esquecido da descarga elétrica que crepita à nossa volta quando estamos no mesmo ambiente, meu corpo ainda é escravo de seus instintos mais elementares.

"Você não pode estar aqui", exclamo.

"Vai sair?" Ele me observa, surpreso.

"Marquei uma coisa com alguém." Por mais que eu queira abraçá-lo, me seguro firme. Com todas as minhas forças. "Você não pode estar aqui, Conor."

Os nervos já estão se apertando em meu peito, um frio tomando minha barriga. Surge um forte desejo de bater a porta na cara dele e me esconder, enquanto a vergonha e a humilhação se juntam ao emaranhado de emoções que já estou sentindo. Sou uma guerra dentro de uma guerra, em conflito comigo mesma e perdendo a batalha.

"A gente precisa conversar." Conor ocupa a porta inteira, com seus ombros e peitoral largos. A tensão que emana dele chega quase a ser palpável.

"Agora não é um bom momento." Tento fechar a porta. Em vez disso, ele entra em casa como se eu nem estivesse na sua frente.

"Pois é, desculpa", diz ele, abrindo caminho, "mas isso não pode esperar."

"Qual é o seu problema?" Marcho até a sala de estar atrás dele.

Seu tom é suave, infeliz. "Já sei o que aconteceu, T. Abigail foi lá em casa e contou tudo. O vídeo, por que você terminou comigo. Eu sei."

Sou tomada pelo espanto. Ele está falando sério? E eu aqui pensando que Abigail e eu tínhamos nos entendido. Vamos ter que rever melhor a comunicação entre nós.

"Bom, sinto muito que ela tenha te envolvido", murmuro, "mas realmente não é da sua conta, então..."

"Eu não sinto muito", interrompe ele. "Nem um pouco. O que te faz pensar que eu não ficaria do seu lado numa situação dessas? Que eu não ia querer te proteger?"

Ignoro o forte aperto no coração e evito seus olhos suplicantes. "Não quero falar sobre isso."

"Qual é, Taylor. Sou eu. Você arrancou meus segredos mais profundos e obscuros de mim porque quase acabaram com tudo o que existe entre a gente", diz ele, gesticulando de mim para si. "Você pode falar comigo. Nada pode mudar o que eu sinto por você." Sua voz grave falha um pouco. "Me deixa ajudar."

"Não tenho tempo pra isso." Ou capacidade emocional. Estou esgotada, exausta. Não existe mais vontade de lutar dentro de mim neste momento. Tudo o que quero é fechar os olhos e fazer tudo desaparecer. "Minha mãe está vindo aí com Chad e Brenna, vamos jantar."

"Então cancela. Vamos para a delegacia. Prometo que vou ficar do seu lado."

"Você não entende, Conor. Não *posso*. Por mais humilhante que tenha sido pra você falar com a sua mãe e Max sobre Kai e o assalto, isso é cem vezes pior."

"Mas você não fez nada de errado", responde ele. "Não foi você que fez merda."

"É humilhante!", grito de volta.

Ai, meu Deus, não aguento mais ter que explicar isso para todo mundo. Eles não entendem? Não enxergam?

"Eu vou lá, faço uma ocorrência — aí mais uma dezena de pessoas vê o vídeo", digo, desesperada, começando a andar de um lado para o outro. "Eles abrem uma investigação, vamos pro tribunal — mais uma dezena de pessoas, duas. Cada passo que eu dou, mais gente me vê daquele jeito."

"E daí?", rebate ele. "Você já deve estar cansada de me ouvir dizer como é gostosa, Taylor. Algum otário vai ter uns segundos de alegria te vendo beijar uma garota, só isso."

"E você não se importa que um monte de estranhos me veja praticamente nua?"

"Claro que me importo, porra", rosna ele. "E, se quiser, eu bato em todo imbecil num raio de cinquenta quilômetros que fizer alguma gracinha com você. Mas não tem nada nessa história do que se envergonhar. Você não fez nada de errado. *Você* é a vítima. Quando Abigail apareceu e disse pra mim e pros caras, todos eles estavam prontos para sair no braço pela sua honra. Ninguém fez piadinhas nem pegou o celular. Só estamos preocupados com você. Você é tudo que me interessa, Taylor."

Meu coração está partido. Não por mim, mas por tudo que quase fomos. Como seria bom se Jules não tivesse jogado uma granada no meio do nosso relacionamento.

"Você não sabe como é", sussurro. "Não posso simplesmente esquecer."

"Ninguém está pedindo para você esquecer. Só se defender."

"E talvez, pra mim, me defender signifique esperar isso passar e tentar me enganar que estou esquecendo. Você não sabe como é achar que o mundo inteiro te viu pelado."

"Tem razão." Ele faz uma pausa. "Talvez eu devesse saber."

Num piscar de olhos, Conor está tirando a camiseta.

"O que você tá fazendo?"

"Mostrando empatia." Ele tira os sapatos.

"Para com isso", ordeno.

"Não." E então as meias. Em seguida deixa a calça no meio da minha sala de estar e baixa a cueca pelas pernas.

"Conor, coloca essa calça." E ainda assim não consigo desviar os olhos do seu pau. É tão... explícito.

Sem mais uma palavra sequer, ele sai pela porta da frente.

"Volta aqui, seu louco."

Ouço seus passos na escada, então pego as roupas descartadas e vou atrás dele. Mas o idiota é rápido. Só o alcanço quando já está do outro lado do estacionamento, parado no gramado junto da rua.

"Cadê seus celulares, pessoal?", grita Conor para o céu, os braços musculosos abertos. "Não é todo dia que vocês veem isso."

"Você ficou maluco." Fico olhando para ele, lindo e ridículo, dando voltinhas no gramado. Ele tem um corpo de foto retocada, mas não deveria se exibir assim no meio da rua. "Ai, meu Deus, Conor, para. Alguém vai chamar a polícia."

"Vou alegar insanidade temporária por coração partido", diz ele.

Por sorte, nesta rua só tem universitários. Ninguém que não seja estudante se aventura a morar num raio de pelo menos uns cinco quarteirões em torno do campus. As famílias já fugiram há muito tempo das festas em dia de semana e dos bêbados desmaiados entre os arbustos — ou seja, nenhuma criança vai acabar traumatizada com isso.

De cima a baixo pela rua, portas começam a se abrir. Persianas se erguem. Ele tem plateia agora. Ouço gritos e assobios, uma erupção de piadinhas eróticas.

"Parem de incentivar isso", grito de volta para os espectadores. Então concentro a atenção de novo em Conor, e no seu pênis incrível balançando, e solto um gemido, frustrada. "Por favor, para!"

"Nunca. Você me deixa completamente louco, Taylor Antonia Marsh."

"Esse nem é o meu nome do meio!"

"É *um* nome do meio, e não tô nem aí, se é isso que tenho que fazer pra diminuir o seu constrangimento, eu faço. Faço qualquer coisa."

"Você precisa ser internado", declaro, tentando o tempo todo conter o riso que ameaça transbordar.

Esse homem é... ridículo. Nunca conheci alguém como Conor Edwards, esse louco maravilhoso que está se exibindo para o bairro inteiro só para provar que está do meu lado e me fazer me sentir menos sozinha.

"Edwards!", alguém troveja.

Um carro se aproxima e, pela janela do motorista, Chad Jensen coloca a cabeça para fora. "O que você tá fazendo pelado na rua? Guarda essa coisa!"

Conor olha para o carro, absolutamente imperturbável. "Oi, treinador", diz. "E aí?" Quando percebe que minha mãe está no banco do carona, oferece um sorriso tímido. "Doutora mãe, que bom ver você de novo."

Inacreditável. Ponho as roupas nas mãos de Conor. Enquanto ele se cobre, olho para a minha mãe e vejo que está com os lábios tremendo para não rir e os olhos lacrimejando. Brenna, por outro lado, está tendo um ataque histérico no banco de trás, rindo tão alto que faz eco nos prédios.

"Já terminou?", pergunto ao bobalhão com um coração de ouro.

"Só se você estiver pronta para ir à polícia."

"Polícia?" Minha mãe se aproxima da janela, visivelmente alarmada. "O que aconteceu?"

Olho para Conor.

Eu poderia mentir. Inventar uma história boba na qual minha mãe não ia acreditar, mas que serviria como alternativa à clara indicação de que não quero discutir o assunto. Eu poderia dizer que Conor estava só afugentando um tarado que andava por aqui. Espantar pau com pau, ou qualquer outra coisa assim. Minha mãe respeita limites — ela confia no meu juízo e não me pressiona a tomar decisões que me deixam desconfortável.

E talvez seja por isso que nunca me aventurei muito. Ninguém nunca me incentivou a fazer escolhas difíceis, e nunca me forcei a isso. Minha vida toda, simplesmente me fechei, permiti que se criasse um abismo cada vez maior entre mim e qualquer coisa que pudesse me causar dor. Qualquer coisa que pudesse me incutir um sentimento de rejeição.

Criei meu próprio porto seguro e evitei chamar a atenção para mim mesma. Ninguém pode me criticar se não puder me ver. Não há nada do que tirar sarro se eu não me fizer notar. Fiquei dentro da minha bolha, segura e sozinha.

Não, eu não gosto muito da ideia de que meus amigos, inimigos e amantes tenham unido forças para segurar a minha mão. Não é assim que as coisas funcionam para mim. Mas... talvez fosse exatamente disso que eu estivesse precisando. Uma boa sacudida. Não porque eles estejam certos e eu errada, mas porque eu não estava me beneficiando em nada. Estava só cedendo aos meus medos. Eu os alimentei e permiti que ocupassem tanto espaço dentro de mim que até deixei de ser eu mesma e passei a achar que as coisas sempre tinham sido assim.

É essa a receita para as pessoas ficarem velhas e amarguradas. Endurecidas e rancorosas. É só deixar o mundo e as pessoas que não prestam roubarem sua alegria e substituí-la por dúvidas e inseguranças.

Sou jovem demais para ser tão infeliz, e amada demais para ficar sozinha. Eu mereço mais que isso.

Meu olhar se volta para Conor, cujos olhos cinzentos e sinceros me dizem que ele não vai sair do meu lado se eu o deixar ficar. Então viro para minha mãe, cuja preocupação é visível e que está aqui, pronta para me apoiar. Tem gente disposta a lutar por mim. Eu também deveria querer.

Encontro o olhar da minha mãe e lhe ofereço um sorriso tranquilizador. "Te conto no caminho da delegacia."

# 43

### TAYLOR

Já está tarde, quando Conor e eu voltamos ao meu apartamento. Deixo ele no sofá, assistindo TV, enquanto tomo um bom banho quente. Ligo uma música para me ajudar a relaxar, apago as luzes, deixo só umas velas na pia do banheiro e, pela primeira vez em uma semana, sinto um pouco da tensão sair do meu corpo.

Foi humilhante explicar a situação para a minha mãe, enquanto Conor levava a gente no Jeep. Fiquei me sentindo culpada de obrigá-la a cancelar o jantar com Chad e Brenna, mas, quando tentei pedir desculpas por ter estragado a noite, ela não aceitou.

"Minha filha vem em *primeiro* lugar", ela disse, com firmeza, e foi como se todas as vezes em que me senti negligenciada no passado tivessem deixado de existir. Hoje fui prioridade para ela, sua única preocupação. Não havia mais nada para ela além de mim, e me senti muito grata por isso.

Depois de uma sequência de mensagens, Abigail, Sasha e Rebecca nos encontraram na delegacia. Tive uma boa conversa com Rebecca antes de decidirmos prestar queixa. Nós duas estávamos hesitantes. Ela, por causa do que os pais iam pensar; eu, por causa da exposição ainda maior. No fim, concluímos que podíamos transformar isso em algo positivo. Não pedimos isso para nós, mas, em vez de nos escondermos, envergonhadas, poderíamos recuperar o nosso poder. Então, com um esboço de plano na cabeça, entramos juntas na delegacia. Mais fortes.

Como a mãe de Abigail nos explicou por telefone, Massachusetts não tem uma lei específica sobre pornografia de vingança. Se a própria Abigail, por exemplo, tivesse subido o vídeo, talvez não fosse crime. No entanto, Jules e Kevin, o ex de Abigail, podem ser enquadrados em outras leis estaduais por acesso não autorizado ao celular de Abigail, ao servidor da Kappa, e por terem copiado o vídeo e divulgado sem consentimento. A sra. Hobbes acredita que temos argumentos convincentes, e o policial com quem conversamos concordou.

Não perguntei o que pode acontecer com Jules e Kevin, ou quando. Não estou muito preocupada, desde que sejam punidos. Minha mãe, no entanto, ligou para a casa do reitor da Briar e marcou uma reunião para amanhã de manhã. Imagino que, até o final do dia, a universidade comece o processo para expulsá-los.

Meu cérebro ainda está em parafuso. Ainda faltam alguns dominós caírem em minha mente. Só o *clique, clique, clique* de mil consequências colidindo depressa até um desfecho subsequente em algum momento distante, em algum lugar futuro.

Mas o pânico diminuiu. A corda esmagadora do medo em volta do meu pescoço afrouxou. Em vez disso, estou cheia de ideias e de adrenalina. Tenho certeza de que o estímulo químico logo vai arrefecer e vou desmaiar por uma semana. Até lá, três pontinhos.

Assim que saio do banho e visto o pijama, fico de pé no corredor, observando Conor no sofá por um instante. Ele está com os olhos fechados, a cabeça pendendo sobre um dos ombros. Seu peito sobe e desce, numa respiração profunda.

Ele é impressionante. Poucos caras teriam reagido à situação como ele, entendido a gravidade da violação, em vez de tentar minimizar minha humilhação.

Mas Conor é assim. Ele tem um instinto para a empatia que é impossível para a maioria dos caras. Prefere fazer as pessoas à sua volta se sentirem bem consigo mesmas, ainda que isso não signifique que ele vá ganhar algo em troca. Mais do que qualquer coisa, foi por isso que me apaixonei por ele.

Fui boba de achar que precisava protegê-lo. Ele é a pessoa mais forte e mais resistente que conheço.

Fico tentada a deixá-lo dormir um pouco mais, só que, como se me sentisse o observando, seus olhos se abrem e me encontram nas sombras.

"Desculpa", diz ele, com a voz rouca. "Acabei pegando no sono."

"Não, tudo bem. Foi um longo dia."

Segue-se então um silêncio desconfortável. Conor começa a recolher o telefone e a chave que estão perdidos entre as almofadas do sofá.

"Bom, vou te deixar em paz. Só queria ter certeza de que você está bem depois de tudo." Ele se levanta para sair, dando a volta no sofá.

"Não", digo, impedindo-o. "Fica. Quer alguma coisa? Tá com fome?" Pego seu braço e então solto, como se tivesse me queimado.

Não sei como ficar perto dele agora. Não há mais aquela sintonia que havia entre nós. Parece meio forçado. Mas tem também esse desejo indefinível de estar perto dele que fica mais forte quanto mais tempo ele passa aqui.

"Na verdade, não", diz ele.

"É, nem eu."

Merda. Isto é estranho. Até onde sei, ainda estamos terminados. Apesar de tudo o que passamos juntos nas últimas semanas, não sei como abordar o assunto. Quer dizer, enfiei uma faca no peito dele na frente da casa da Kappa. Ele veio me ajudar num momento de necessidade, mas isso não significa que esteja tudo perdoado.

"Podemos, hã, assistir a um filme?", sugiro. Um passo de cada vez.

Conor assente. Então um sorriso quase imperceptível brinca em seus lábios. "Você tá me convidando para ver um filme abraçadinho no sofá?"

"Porra, você é fácil. Caramba, Conor, tenha algum respeito por si mesmo. Você nunca vai encontrar uma mulher digna se estiver sempre se oferecendo de graça."

Ele suspira dramaticamente. "Minha mãe sempre fala a mesma coisa, mas nunca aprendo."

Nós rimos, ainda de pé, meio bobos e nervosos, na sala da minha casa. Então sua expressão fica séria.

"A gente precisa conversar", diz ele.

"É."

Ele me leva até o sofá para sentar. De frente para mim, mas olhando para as próprias mãos no colo, ele luta para encontrar um lugar pelo qual começar.

"Não sei o que você tá pensando nem quais são as suas expectativas. Não tenho nenhuma, só pra você saber. Você está passando por uma coisa difícil, eu entendo, e quero estar do seu lado, mas só o quanto você me quiser por perto." Ele encolhe os ombros, sem jeito. "Seja como for."

Abro a boca para interromper, mas ele levanta a mão para dizer que ainda não terminou.

Depois de uma inspiração profunda, ele continua. "Fiquei com uma menina numa festa ontem."

Fecho os olhos por um instante. "Tudo bem."

Vejo seu pescoço se movendo, enquanto ele engole em seco. "Fiquei muito bêbado e aconteceu. Ela me levou para um quarto para continuar, mas não consegui ir adiante — nem fisicamente, nem emocionalmente. Mas, pra ser sincero, foi mais uma deficiência física. Talvez tivesse ido até o final se o equipamento estivesse funcionando."

Assinto devagar.

"Não tava pensando direito. Depois, fiquei enojado com isso. Não foi como se eu tivesse saído atrás de vingança ou tentado te esquecer com outra pessoa. Fiquei magoado, confuso, chateado, então tudo que queria fazer era encher a cara. Perdi o controle."

"A gente tinha terminado", digo a ele, sinceramente. "Você não precisa se explicar."

"Preciso. Eu quero. Porque não quero mais segredos. Não meus, pelo menos. Não quero que você tenha um motivo pra duvidar ou desconfiar de mim."

"Confio em você."

Ele ergue os olhos cinzentos, e vejo refletidas neles as feridas que infligi. A insegurança que instilei. Um mês atrás, teria dito que o maldito Conor Edwards era impenetrável a tudo e a todos. Completamente imune à mágoa.

Estava errada.

"Então, por quê?", pergunta ele, meio rouco. "Por que terminar pareceu a única solução?"

"Porque é o que eu sempre faço. Eu me escondo." A vergonha aperta a minha garganta. "Me esconder parecia a opção mais segura, o caminho menos humilhante. Era só cortar os laços, fugir e ia ficar tudo bem."

"Queria que você tivesse confiado que eu ia te apoiar."

Meus olhos se arregalam. "Meu Deus, não, você não entendeu... eu

308

não tinha dúvida de que você me apoiaria. Era a *única* coisa em que eu podia confiar, mas não queria fazer você passar por tudo isso."

Engulo com força, porque de repente minha garganta parece apertada e muito seca.

"Preciso que você saiba de uma coisa", começo. Engulo de novo. "Não quis dizer nenhuma daquelas coisas horríveis que eu falei. Só disse aquilo porque precisava que você aceitasse terminar comigo. Foi errado e doloroso e sinto muito por não ter tido coragem de explicar a verdade." As lágrimas enchem minhas pálpebras. "Fiquei com medo do que você ia pensar de mim, que você ficasse com vergonha por minha causa. Já foi bem humilhante ter que lidar com tudo isso sozinha. Não queria que virasse um problema para você também. Não queria que você me visse de outra forma."

"Eu só vejo você." Ele pega minha mão, esfregando o polegar na parte interna do meu pulso. "Do jeito que você é. Não imagino você como um ideal impossível. Para mim você é... de verdade." Seus lábios se abrem num meio sorriso. "Teimosa, cabeça-dura, mandona, engraçada, inteligente, gentil, dura demais consigo mesma, pavio curto, sarcástica, ferida, mas, de algum modo, otimista. Eu me apaixonei pelo que você é, T. Nada do que você pudesse dizer ou fazer me envergonharia. Nunca."

"Considerando o jeito como a gente se conheceu, né?", digo, sorrindo.

"Sabia que você tava nervosa. Morrendo de medo, até." O polegar dele continua as carícias suaves na minha pele, me embalando numa calma que não sinto há dias. "Ainda assim, você foi corajosa e muito sincera. Fiquei pensando as maiores besteiras na hora, mas minha coisa preferida naquela primeira noite foi como você foi despretensiosa."

"É, pra mim foi o cabelo", digo, solenemente. "Ah, e o abdome. O abdome também contou vários pontos."

Conor ri, balançando a cabeça. "Palhaça."

"Tô falando sério, desculpa. Por tudo. Surtei e tomei uma decisão precipitada. Parecia a única coisa que podia fazer na hora." Então acrescento, com firmeza: "Preciso que você saiba que vou te apoiar seja qual for a carreira que você escolher. Você *tem* perspectivas, e o que você decidir sempre vai ser bom o suficiente pra mim. Aquele monte de besteira que eu falei quando terminei, era só isso — besteira. Não falei nem um pouco sério, nem uma única palavra."

Ele entrelaça os dedos nos meus e aperta minha mão. "Entendi. Nós dois cometemos erros."

"Obrigada por ficar do meu lado, mesmo quando eu estava te afastando. Por não me dar as costas."

"Nunca."

Me aproximo e dou um beijo em seus lábios.

Ele hesita, só por um instante. Então, como se de repente estivesse convencido de que isto está realmente acontecendo, as mãos dele vão para as laterais do meu corpo e me puxam contra o dele. Seu beijo é suave, mas ávido. Uma fome gentil e uma necessidade delicada.

"Ainda te amo", sussurra ele contra a minha boca.

"Ainda te amo", sussurro de volta.

Fico de joelhos e sento em seu colo, enquanto ele deita para trás contra o apoio de braço. Meus dedos se enroscam nos fios longos e sedosos na base da nuca.

"É tarde demais para alegar insanidade temporária?", pergunto.

"Pensei que a gente ia fingir que a separação tinha sido só um delírio muito vívido." Conor arrasta os polegares em movimentos lentos e agonizantes sob meus seios.

"Acho que é uma boa explicação."

Beijo sua mandíbula e seu pescoço. Em resposta, seus dedos se encravam na minha pele. Ele está duro entre as minhas pernas, o quadril subindo para me encontrar. Tiro sua camisa e a jogo no chão. Então, minuciosamente, exploro seu peito nu com a boca. Beijo esse abdome divino, mordo a pele logo acima da cintura da calça jeans até ele estremecer e seus músculos fortes se contraírem.

"Posso?", murmuro, puxando seu cinto.

Conor assente de leve com a cabeça, a mandíbula cerrada, como se estivesse concentrando todas as suas forças para se manter imóvel. É essa energia contida dentro dele que sempre me atraiu e me intrigou. Um homem ao mesmo tempo tão pacífico e tão dinâmico.

Solto sua ereção da calça jeans e acaricio o membro grosso, enquanto suas mãos se erguem em busca de uma almofada que está acima da sua cabeça. Ele me observa cheio de expectativa, arrebatado e ansioso. "Porra, Taylor, você é a coisa mais linda que eu já vi."

Meu homem de fala mansa. Sorrindo, tomo-o em minha boca. Primeiro devagar, depois com mais ímpeto. Gemo com o gosto dele, o calor do seu pau enquanto desliza pela minha boca.

"Tão linda", murmura ele, trazendo a mão para segurar minha cabeça, brincar com meu cabelo.

Eu chupo, lambo e provoco, até ele ofegar e gemer. Eu podia continuar para sempre, mas logo sua mão roça a lateral do meu rosto e seu quadril se afasta, sinalizando que tenho que parar, a menos que queira terminar logo com isso.

Então monto nele de novo, me apertando contra seu pau duro, me esfregando nele. Conor agarra a minha bunda com as duas mãos, pedindo mais.

Tiro minha camiseta, e sua atenção se volta para os meus seios. Ele os segura e os aperta com as duas mãos, os polegares brincando com meus mamilos. Então ajusta sua posição e se senta, passando um braço pelas minhas costas para nos apoiar. Ele abaixa a cabeça e chupa um mamilo, enquanto seus dedos provocam o outro. Em segundos, estou completamente contraída, meu clitóris está latejando, e não aguento mais a provocação.

"Quero entrar em você", sussurra ele.

"Tem camisinha no quarto."

Sem aviso, Conor levanta comigo no colo e me leva para a cama. Ele coloca uma camisinha, enquanto tiro o short do pijama. Estamos nus agora, respirando com dificuldade, os olhos fixos um no outro.

Então ele arfa: "Vem aqui". E eu sorrio e subo em cima dele.

Me posiciono e aperto os lábios contra os seus, e assim que ele abre a boca para deixar minha língua entrar, sento em seu pau. Nós dois gememos, nos deliciando com a sensação. Ele me preenche completamente, seu corpo saciando todas as minhas necessidades mais prementes.

Ele não me apressa. Pousa as mãos de leve no meu quadril e me deixa ditar o ritmo. Encontro meu ritmo perfeito, em que cada descida envia uma onda de prazer a todas as minhas terminações nervosas. Logo, acelero os movimentos, cavalgando-o com mais insistência.

Conor morde o lábio, mas não consegue conter os gemidos baixos e silenciosos. E, quando já não pode mais controlar o próprio corpo, agarra os meus seios com as duas mãos e levanta o quadril para mim. Mais forte, mais rápido. Nós dois correndo em direção à magnífica libertação.

Ele conhece meu corpo às vezes até melhor do que eu. Percebendo minha necessidade, aperta o polegar no meu clitóris e começa a esfregar. De leve no começo, depois com mais força, enquanto balanço para a frente e para trás em seu pau, encontrando aquele ângulo perfeito em que ele está enterrado em mim e aquele ponto que me faz chegar ao auge.

"Ai, merda, vou gozar", gaguejo, e o riso dele enche o ar à nossa volta.

O orgasmo não me deixa pensar direito para rir de volta. Meus músculos se contraem de pura felicidade, e caio em cima dele, com o corpo tremendo descontroladamente. Ele persegue seu próprio orgasmo, entrando em mim até encontrar o alívio um momento depois, gemendo meu nome.

Depois, estamos quentes e suados, abraçados um ao outro.

"Estava com saudade de você", diz ele, sem fôlego.

"Estava com saudade da gente."

"Vamos parar de terminar, combinado?"

Não sei como tive a sorte de conhecer Conor Edwards. Como se todas as vezes em que o mundo cagou na minha cabeça fossem o prenúncio que levaria a este grande presente de desculpas. Às vezes, tomamos todas as decisões erradas, acabamos no lugar errado e, ainda assim, descobrimos que era exatamente ali que deveríamos estar. Conor foi uma surpresa feliz. No lugar errado, na hora errada, mas o cara certo. Ele me ensinou a me amar apesar dos meus esforços contrários, me mostrou uma imagem minha que nunca acreditei que existisse. Forte. Bonita. Confiante.

Nunca mais vou subestimar isso.

Me erguendo sobre os cotovelos, fito seus olhos saciados e pesados e sorrio. "Combinado."

# Epílogo

## CONOR

Bem, depois de alguns hematomas e muita paciência, finalmente consegui fazer Taylor ficar de pé numa prancha.

Fico sentado na minha prancha, do outro lado da arrebentação, observando enquanto ela surfa a onda até a espuma rasa no final. Sua postura continua meio desajeitada e insegura, mas acho que está gostando. Quando sai da água, está com um sorriso enorme no rosto. Ela acena, em êxtase, se certificando de que a vi. Então dá alguns pulinhos, fazendo um sinal de vitória com os braços.

Cara, ela é demais.

Tê-la aqui em Huntington Beach nas últimas três semanas foi um alívio para nós dois. Zero estresse. Só dormir até tarde, relaxar na praia, visitar os pontos turísticos. É o antídoto perfeito para as dores de cabeça no campus.

Minha mãe e Max a adoraram, tanto que já estão fazendo planos para o Dia de Ação de Graças e o Natal. Ela é o meu futuro agora, e eu sou o dela.

O treinador vai me matar quando perceber que vai ter que me aturar durante outro jantar em família com Iris.

Tinha esperanças de manter a mente de Taylor afastada de qualquer coisa que não fosse a praia ou a nós fazendo coisas pelados, mas a peguei algumas vezes no celular ou com o laptop aberto, tratando de outros assuntos. Pelo visto, quando ela e Rebecca decidiram prestar queixa, elas traçaram um plano primeiro. Com a ajuda de Abigail e da Kappa, estão pedindo ao conselho estudantil para organizar um seminário sobre consentimento e agressão e assédio sexual. Convidaram várias pessoas para dar palestras e querem promover um mês de conscientização antes da semana dos calouros, no outono.

Nunca tinha visto Taylor envolvida com alguma coisa de forma tão passional. Não vou mentir, no começo fiquei preocupado que o projeto pudesse fazer mal ao seu humor — trazer todos aqueles sentimentos à tona de novo —, mas o efeito foi o exato oposto. Ela nunca pareceu tão feliz. É como se finalmente ter uma missão estivesse lhe dando uma verdadeira paz de espírito.

"Ei", ela me chama, enquanto rema para ficar ao meu lado, um pouco ofegante, mas com um sorriso gigante.

"Você tá melhorando, gata. Aquilo quase não foi horrível."

Rindo, ela joga água na minha cara. "Babaca."

"Palhaça."

Ela se vira, e ficamos os dois de frente para a praia. "Seu telefone tava tocando quando passei nas nossas coisas pra tomar um gole d'água. A tela dizia Devin."

"Ah, legal. É o cara do projeto que eu falei."

"Ah, é? Uma ligação é um bom sinal, né?"

Taylor vai voltar para Boston em poucos dias, mas eu só devo ir em meados de agosto, então não vamos nos ver por um tempo. Achei melhor arrumar alguma coisa para me afastar dos problemas durante o mês e meio em que vamos estar separados.

"Acho que sim", digo. "Se fosse um não, acho que eles só mandariam um e-mail ou algo assim."

Depois de pesquisar um pouco, descobri que tinham alguns estágios de verão disponíveis com a filial local de outro grupo de proteção ambiental. O trabalho é basicamente fazer a divulgação do projeto na comunidade, montar estandes em feiras e festivais, recrutar voluntários. O foco deles é limpar oceanos e praias e educar o público sobre formas sustentáveis de desfrutar de entretenimento marinho. Depois de pensar muito no último mês — e de conversar muito com a minha namorada superinteligente —, decidi que essa é a minha paixão. O estágio parecia um bom passo para tentar descobrir como fazer disso uma carreira.

Sei que Taylor não quis dizer as coisas que disse no gramado da casa

Kappa quando me largou, mas ela não estava errada. Nos últimos anos, não tive um objetivo sequer fora do hóquei e só segui o caminho que Max havia traçado para mim. Sei que sua intenção era me ajudar, mas não sou ele. Não posso seguir seus passos.

Precisava encontrar meu próprio caminho e, enfim, parece que tenho um objetivo. Sinto que posso ser um homem do qual Taylor se orgulharia.

"Recebi um e-mail da mãe de Abigail hoje de manhã", diz ela, passando os dedos pela água, enquanto flutuamos na maré. "Jules está implorando por uma acusação mais leve. Acho que tá morrendo de medo de alguma ameaça do promotor de ser indiciada como hacker. Mas parece que os pais do Kevin contrataram um advogado figurão para a defesa. Então, pode acabar indo a julgamento."

"Acha que tá preparada pra isso?"

Ela tem sido bem corajosa durante todo esse estresse. Queria muito que isso terminasse logo, mas não, aparentemente o idiota pretende fazê-la sofrer só para não ter que assumir a responsabilidade. Tenho que ficar convencendo a mim mesmo que socar a cara dele não ajudaria em nada as coisas para Taylor. É uma luta.

"Vou ter que estar", diz ela. "Pra falar a verdade, quanto mais ele me provoca, mais quero me envolver. Esse cara vai desejar nunca ter mexido comigo."

Um sorriso surge em meus lábios. "Essa é a minha garota."

Cara, eu não poderia estar mais impressionado com a forma como ela lidou com a pressão. Taylor é a minha heroína. A cada novo desdobramento no caso, ela encara o desafio, mais comprometida do que nunca a enfrentar as pessoas que queriam derrubá-la.

Todos os dias, me apaixono mais por ela. O que só faz aumentar o nó no meu estômago.

"Então", digo, parando enquanto uma onda passa por nós. "Você sabe que Alec, Matt e Gavin vão se formar, né? Já que íamos ficar só eu e o Foster, achamos melhor não renovar o aluguel da casa."

"É, ainda tenho umas semanas para decidir se vou ficar com o meu apartamento ou procurar outra coisa."

"Bom, tava conversando com Hunter, e parece que ele e Demi estão pensando o que vão fazer também. Brenna e Summer vão morar com os namorados, e Mike Hollis está casado agora, então... é..."

Ela levanta uma sobrancelha para mim. Porra, não achei que ia ser tão difícil.

Engulo em seco. "Enfim, não me lembro de como chegamos ao assunto, mas alguém falou que, sabe como é, talvez nós quatro pudéssemos, tipo, arrumar uma casa."

"Uma casa", repete ela.

"Juntos."

"Você tá me chamando pra morar com você."

"Hã, não. Quer dizer, mais ou menos."

"Ah." Taylor me olha. Imóvel. Nem mesmo um tremor nos lábios. É meio assustador o modo com ela continua parada. "Mas não vai ficar esquisito para você e Demi?"

Minhas sobrancelhas se erguem. "O quê? Não. Nem um pouco. Quer dizer, ela me beijou uma vez, mas foi só pra deixar Hunter com ciúme. Não teve *nada*."

"Não", corrige Taylor, muito séria, "tava falando de toda a óbvia tensão sexual entre Hunter e eu. A gente segurou a onda esse tempo todo, mas..."

"Vai se foder", digo, rindo e jogando água na cara dela. "Sua idiota."

"Tenho que confessar", continua ela, "sou louca pelo seu melhor amigo. Quer dizer, ele é o capitão, afinal de contas."

Estreito os olhos. "Vou quebrar as pernas dele no meio da noite."

"Você pode assistir, se quiser." Ela me lança um sorriso satisfeito, e não consigo me controlar. Sou doido por essa garota.

"Vem aqui." Puxo sua prancha para junto da minha e a beijo. Profundamente. "Você é a minha unha encravada."

"Também te amo."

Se alguém em algum momento tivesse me pedido para descrever meu par ideal, eu não teria sido capaz de fazer isso. Provavelmente soltaria um monte de clichês que seriam uma soma de todos os casos de uma noite só que já tive. Mas, de alguma forma, a vida colocou Taylor bem no meu caminho. Ela fez de mim uma pessoa melhor. Me ensinou a ser fiel a mim mesmo. Me ajudou a ver meu valor como pessoa. Cara, ela consertou até a minha relação com a minha família.

Ela e eu tentamos de todas as formas possíveis sabotar nossa felicidade, com os dois recaindo nos velhos hábitos e nas antigas inseguranças. Mas o que me faz acreditar em nós é que sempre conseguimos acabar de volta aqui. Juntos. Acho que existe esperança para dois desajustados, afinal de contas.

"Então, isso é um sim?", pergunto a ela.

Taylor olha por cima do ombro para a onda que se aproxima. Ela posiciona a prancha e se prepara para pegá-la. Então, com um sorriso travesso, começa a remar.

"Vamos ver quem chega primeiro."

TIPOGRAFIA Adriane por Marconi Lima
DIAGRAMAÇÃO Verba Editorial
PAPEL Pólen Soft, Suzano S.A.
IMPRESSÃO Gráfica Bartira, janeiro de 2022

A marca FSC® é a garantia de que a madeira utilizada na fabricação do papel deste livro provém de florestas que foram gerenciadas de maneira ambientalmente correta, socialmente justa e economicamente viável, além de outras fontes de origem controlada.